LA MONTRE AILÉE

Marco Strazzi

traduit de l'italien par
Isabelle-Béatrice Marcherat

Éditions Pressision S.A.
Via Speranza, 5 - 6900 Lugano (Suisse)

ISBN-13: 978-2-9700519-6-1

À ceux qui étaient présents
À ceux qui le seront toujours

AVANT-PROPOS

Ce roman est une œuvre de fiction basée sur des faits historiques. Les noms des personnages sont purement fictifs car il ne serait pas légitime d'attribuer des actes et des propos inventés, quand bien même plausibles, à des personnes existantes ou ayant existé. Cependant le 9ᵉ Bataillon et ses héros sont bien réels. Ils sont aussi authentiques que la gratitude des visiteurs qui viennent se recueillir sur les tombes des soldats qui reposent dans le cimetière militaire de Ranville et qui chaque année, le 6 juin, célèbrent le retour des vétérans en Normandie. Ils sont aussi vrais que les témoignages et les reconstitutions historiques que le lecteur trouvera dans les références bibliographiques ; elles pourraient s'avérer utiles au lecteur qui souhaiterait approfondir les sujets traités dans ce livre et qui arrivera peut-être à la même conclusion que l'auteur : parfois la vérité est trop grande pour la confiner dans un livre ou un site Internet, si grande qu'on est tenté de la laisser s'affranchir des limites de l'Histoire pour entrer dans la légende.

1. 6 JUIN 2014, 0:02

Bip-bip... clic !

Deux secondes pour écraser la touche. Aussi rapide que Sam Sam Youny sur le parquet : dribble, lance dans la foulée et panier. Trop vite pour que quelqu'un ait pu l'entendre. Je ne pensais pas que je me serai rendormi, pas cette nuit, et pourtant... Je me souviens du *bonne chance*, de la bise avant de dormir, de la main sous l'oreiller pour vérifier si le sachet était bien là, mais c'est tout. Il est vraiment nul ce réveil, avec les bras de Winnie l'Ourson à la place des aiguilles, un truc de mômes alors que moi j'ai sept ans. Plus exactement, je viens d'en avoir huit, il y a deux minutes. Heureusement que c'est la dernière fois. À partir de demain, j'aurai le nouveau réveil, celui qui ressemble à un ballon de basket. C'est l'un de mes cadeaux d'anniversaire. Je le sais parce que je suis allé regarder dans l'armoire de mes parents. Comme ça je n'aurai plus à me rappeler de cacher celui-là chaque fois que Malik et Yves viennent me voir. Ce sont mes copains, mais je parie que s'ils le voyaient, ils iraient dire à tout le monde à l'école : *tu savais que Théo dort encore avec Winnie l'Ourson comme s'il avait cinq ans ?*

Aucun bruit, je peux y aller, mais en silence car si maman se réveille, ça va chauffer. Elle me fait la tête depuis deux jours. Pas moyen de lui parler ou de m'expliquer, elle se fâche encore plus. Elle n'est pas comme nous, il vaut mieux qu'elle ne sache rien, on ne doit pas lui faire courir de risques inutiles... Papa est bien gentil, mais en attendant c'est moi qui écope. De toute façon il ne peut pas m'accompagner car il est trop tard pour convaincre Pierre. Quand il a expliqué la mission, on aurait dit qu'il ne s'apercevait de rien (un peu comme le chauffeur du bus l'autre jour, quand il a manqué l'arrêt alors que maman et moi avions la main levée) : *fais bien attention, tu dois faire ceci, tu dois faire cela, surtout n'oublie rien, et sois à l'heure.* Exactement comme la maîtresse, sauf qu'elle au moins, elle nous demande si nous avons compris les exercices et si quelqu'un répond que non, elle les explique encore une fois. Pas comme Pierre qui ne me laisse pas placer un mot. J'ai dû attendre qu'il finisse pour lui dire qu'il valait peut-être mieux attendre papa.

– Mais si nous ne savons même pas à quelle heure il rentrera. Et ça ne servirait à rien.

– Pourquoi ?

– Tu le sais très bien.

Que pouvais-je lui répondre ? Jusqu'à hier il avait raison, mais maintenant papa avait compris. C'est à cause du réveil, dit-il. Mais ce n'était pas vrai. À mon avis il ne veut pas admettre qu'il avait encore tout ce *noir* en lui. Il aurait suffi qu'il comprenne deux jours avant, et il aurait pu venir avec moi, s'excuser, lui dire qu'il regrettait et tout le monde aurait été content, surtout moi car je n'aurais pas eu à affronter le couloir tout seul. Mais là...

Là, j'ai peur. Je ne l'ai pas avoué à Pierre parce que j'ai honte, mais il a dû le comprendre tout seul en voyant la tête que je faisais ou parce que je ne parlais plus. J'en suis sûr car il a changé de sujet. Il m'a posé des questions sur le match, même si le basket ne l'intéresse pas. En fait, il n'y connaît rien.

Pourtant il m'écoutait. Quand je lui ai dit que cela ne m'intéressait pas parce que j'avais d'autres choses en tête, il s'est mis en colère :

– Que penseraient tes copains s'ils le savaient ? Et les miens, si je leur disais que cette mission ne m'intéresse pas ? Tu dois tout prendre au sérieux : l'école, le basket, les promesses, les rendez-vous. Sinon comment puis-je avoir confiance en toi ?

Qu'est-ce que ça voulait dire ? Qu'il se ferait aider par quelqu'un d'autre parce que je suis trop petit ? Ça, il n'en était pas question. Si moi je dis que je suis petit ça va, ça m'arrange même des fois pour éviter un savon, mais je n'aime pas quand ce sont les autres qui le disent. Et puis c'est quoi cette histoire de confiance ? C'est sûr qu'il a confiance en moi, sinon il ne m'aurait pas confié ses copains pour que je les prépare à la mission. Ça m'a pris deux heures et je n'ai même pas terminé mon devoir de français, mais au moins ils sont fin prêts. Maintenant je les lui ramène et on verra s'il a encore quelque chose à dire sur la confiance. Franchement, ça m'étonnerait. En fait, je pense qu'il a déjà oublié, les adultes sont comme ça. Il y a des fois où on ne sait pas ce qui leur passe par la tête et probablement, ils ne le savent pas eux-mêmes, alors ils tournent autour du pot, s'inventent des histoires.

Lui, celle de la confiance, papa et maman celle de la crise d'épilepsie quand nous étions au supermarché. Ils auraient pu dire tout simplement qu'ils ne m'achèteraient pas le jeu vidéo la *Galaxie perdue* parce qu'il coûtait trop cher, un point c'est tout ! Au lieu de ça, ils se sont lancés dans une tirade sans fin, pire qu'une leçon de grammaire : « Il ne faut pas passer autant de temps devant l'ordinateur, c'est mauvais pour les yeux et pour les nerfs, un enfant de ton âge a été hospitalisé pour une crise d'épilepsie après avoir joué trois heures d'affilée… ». Et ils ne m'ont même pas expliqué ce qu'est une crise d'épilepsie, ils ont juste pris un air inquiet, fin de la discussion. Et moi que pouvais-je leur répondre si je ne savais même pas de quoi ils parlaient ? Dès que nous sommes rentrés à la maison j'ai allumé l'ordi pour vérifier s'ils ne m'avaient pas raconté des bobards. J'ai trouvé des mots compliqués, mais j'ai compris le plus important car c'était bien expliqué. *Convulsions* : c'est quand quelqu'un se roule par terre. Je ne sais pas à quel point ça fait mal, en tout cas ça a l'air moche. Je me demande si la peur aussi peut provoquer des convulsions.

Et puis il y a ce couloir, la nuit. Comme l'été dernier.
C'est vrai que c'est quelque chose de bizarre le temps. Pourquoi certaines choses semblent récentes même si elles sont arrivées il y a des mois ou des années ? Prenons le vélo de la loterie par exemple. Je pourrais jurer que je l'ai gagné hier car je me souviens de tout. Plus exactement, je vois et j'entends tout, la couleur du billet – comme il était rose, je n'en voulais pas, mais papa et maman ont insisté –, les gens qui parlaient fort pour se faire entendre d'une table à l'autre, l'odeur de frites, la serviette en papier que je tenais sur le genou pour qu'ils ne remarquent pas la tache de ketchup sur mon bermuda, Vincent et Melissa qui se disputaient parce qu'ils voulaient tous les deux le même billet, le directeur de l'école qui lisait les numéros à voix haute, le cri de maman, la canette d'orangeade qu'elle a renversée en levant la main, et qui, heureusement, était presque vide, les gens qui applaudissaient, mamy qui riait comme si c'était elle qui avait gagné, papa qui me soulève pour me mettre sur la selle, le photographe qui me demande de sourire. Pour être sûr que deux ans ont passé, je dois monter sur le vélo et essayer de pédaler ; je ne peux pas car il est devenu trop petit, ou plutôt, ce sont mes jambes qui sont trop longues. Peu importe : j'ai décidé que c'était le plus beau jour de ma vie et que je ne l'oublierai jamais.

Quant à l'autre chose par contre, j'aurais voulu l'oublier tout de suite, mais même maintenant je n'y arrive pas. Quand j'en ai parlé à maman, elle a répondu que ça passera avec le temps. Est-ce vrai ? Et si, au contraire, ça restait dans ma tête pour toujours, comme la loterie ?

J'aurais préféré qu'il fasse noir, au moins je ne me serais aperçu de rien, mais la nuit, nous laissons la porte des toilettes entr'ouverte et la lumière allumée, comme ça si quelqu'un a besoin d'y aller, il trouve tout de suite le chemin. Il faisait chaud et j'étais en sueur même si toutes les fenêtres étaient ouvertes. Je suis allé aux toilettes, j'ai fait pipi, je me suis lavé les mains, et dès que je me suis retrouvé dans le couloir j'ai senti quelque chose qui bougeait au-dessus de ma tête. Alors j'ai allongé la main sur le côté pour trouver l'interrupteur de la salle de bains et rallumer la lumière du couloir. J'ai levé les yeux et je les ai vus : deux machins noirs qui volaient en cercle, comme les pales du ventilateur de la pizzeria où les parents d'Yves nous avaient emmenés pour son anniversaire. Sauf que nous ici, nous n'avons pas de ventilateur, nous n'en avons jamais eu. Tout d'un coup, mes jambes se sont mises à trembler et j'ai eu l'impression que mon cœur s'arrêtait de battre. Des chauves-souris ! Comme celles du documentaire à la télé, la fois où j'avais changé de chaîne parce que j'en avais peur. D'ailleurs, je déteste même les fausses chauves-souris du char du carnaval ! Quand les *Ratapignata* défilent, je regarde ailleurs, même si papa soutient qu'elles sont l'emblème de la ville et qu'elles ne peuvent pas me faire du mal puisqu'elles sont en papier mâché. Moi j'ai plutôt l'impression qu'elles sont prêtes à attaquer, avec leurs ailes déployées.

J'étais paralysé. Je les regardais et j'avais l'impression que quelque chose enflait en moi, comme quand on reste la bouche ouverte par grand vent. Peut-être que les chauves-souris le savaient et qu'elles attendaient que j'explose en mille morceaux comme les monstres des jeux vidéo : elles auraient eu des bouts plus petits, plus faciles à dévorer et elles auraient bu mon sang éclaboussé partout, sur les murs et par terre. J'ai hurlé de toutes mes forces en courant dans la salle de bains et j'ai fermé la porte à clé. Heureusement que l'année dernière je ne savais rien des convulsions, sinon je suis sûr que j'en aurais eues.

 – Que se passe-t-il ? Où es-tu ?

C'était maman, j'entendais ses pas qui approchaient.

 – Les chauves-souris ! Je les déteste, fais-les sortir !

 – Laisse-moi entrer.

 – Non ! Si j'ouvre, elles vont entrer aussi. Appelle la police !

Elle était derrière la porte et elle parlait, parlait... Elle disait qu'on ne pouvait pas appeler la police pour des chauves-souris, que dans la maison il y en avait seulement deux, dans le couloir justement, qu'elles étaient entrées parce que les fenêtres étaient ouvertes, qu'elles volent de cette façon parce qu'elles sont aveugles, que ce n'est pas vrai qu'elles boivent le sang et se prennent dans les cheveux, qu'elles sont très utiles au contraire car elles mangent les moustiques. Moi je continuais à pleurer et à faire les cent pas dans la salle de bains. Quand je me suis vu dans la glace, j'ai eu encore plus peur. Je ne me reconnaissais pas : j'étais tout rouge, les yeux gonflés, avec une petite coupure sur la joue. J'avais peur qu'une chauve-souris m'ait griffé pour sucer mon sang pendant que je dormais, alors qu'en réalité je m'étais fait mal tout seul, avec l'ongle, en me frottant trop fort les yeux pour essuyer mes larmes. C'est ce que m'a expliqué maman, plus tard. Tout ce que je savais pour le moment, c'était que j'étais pris au piège et que même la fenêtre fermée ne m'aurait pas sauvé. Les chauves-souris qui assiégeaient la maison allaient briser la vitre d'un moment à l'autre. Je n'aurais aucune chance, surtout si je restais seul. Alors j'ai tourné la clé de la porte de la salle de bains et maman s'est précipitée à l'intérieur. Elle m'a serré dans ses bras et m'a fait asseoir à côté d'elle sur le bord de la baignoire. J'ai arrêté de pleurer, puis j'ai recommencé car j'entendais des bruits sourds dans le couloir. Je pensais qu'il en arrivait d'autres, féroces, assoiffées de sang, et aussi grandes que celles du carnaval ou que Batman.

 – C'est papa : il essaie de les chasser avec le balai.

Quelques instants après nous avons entendu sa voix :

– Vous pouvez sortir, elles sont parties.

– Et si elles reviennent ? Moi je ne bouge pas d'ici.

Il leur a fallu une demi-heure pour me calmer et seulement après avoir promis que je pourrais dormir dans leur lit.

J'ai dormi avec eux toute la semaine, puis je suis retourné dans ma chambre car tout l'été nous avons fermé les fenêtres la nuit. Mes parents se plaignaient de la chaleur, mais dès qu'ils parlaient d'ouvrir une fenêtre je me mettais à hurler, même si papa disait qu'il resterait à côté de la fenêtre pour empêcher les chauves-souris d'entrer et qu'il n'irait pas se recoucher avant de l'avoir refermée. À la fin, au printemps, tout en rouspétant parce que ça coûtait cher, ils ont fait installer deux climatiseurs, un dans leur chambre et un dans la mienne. Maintenant, si on laisse ouvertes les portes de nos chambres, la fraîcheur arrive aussi dans le couloir, dans la salle de bains et même un peu à l'étage au-dessous. De toute façon, je ne vais plus dans le couloir la nuit. Ce n'est plus nécessaire car depuis ce jour-là je n'ai plus besoin d'aller aux toilettes jusqu'au matin.

Là par contre, je dois arriver au bout du couloir, jusqu'à l'escalier, descendre, traverser la cuisine, ouvrir la porte du fond et entrer dans le garage. Dix fois plus que ce que j'avais peur de faire avant. Il a dit que c'est ma mission, je ne peux plus faire marche arrière.

– N'oublie pas que tu es un vaillant soldat.

Je ne savais pas quoi répondre.

– Tu sais ce que c'est le courage ?

– C'est quand on n'a pas peur…

– Erreur.

– Mais…

– Tout le monde a peur, moi aussi, mes camarades aussi, mais nous regardons la peur en face car si on la regarde en face, elle semble moins effrayante et nous prenons courage. Exactement comme tu le feras toi aussi et dimanche tu le prouveras. Compris ?

J'avais répondu oui, mais ce n'était pas tout à fait vrai.

– Et puis tu dois être comme ton père.

Papa ne m'avait jamais parlé de cela et tout à l'heure il a eu l'air surpris que je le sache, il a même pâli. Il a dit qu'il était fatigué à cause du voyage. Un jour, maman m'avait expliqué que quand il se comportait comme ça, c'était parce qu'il y avait quelque chose qui le tracassait. Je crois qu'il a toutes les raisons de l'être : c'est une belle histoire et il a été courageux car il ne savait pas qu'en réalité il n'avait rien à craindre, à part le *noir* qu'il avait en lui. Sur le moment je l'ai mieux compris que quand Pierre avait dit qu'on a moins peur si on connaît la peur. J'y ai repensé après, même hier à l'école, et la maîtresse m'a grondé parce que j'étais distrait. C'était peut-être comme les convulsions : j'en ai peur, mais je sais ce que c'est. Si je devais en avoir à cause de la peur, je saurais déjà qu'elles ne durent pas. Par contre, si je n'avais rien trouvé sur Internet, je croirais encore qu'elles durent pour toujours et peut-être que justement pour ça, elles dureraient vraiment pour toujours. Et puis il y a la chanson. Si j'ai trop peur, je penserai à la chanson. Je ne l'ai pas dit à Pierre, mais d'après papa ça peut marcher.

Bon, il vaut mieux que j'y aille, sinon je risque d'être en retard et je préfère ne pas imaginer sa colère. J'entends quelque chose, les voix de papa et maman. La lampe du bureau est allumée, un rai de lumière filtre sous la porte. Pourquoi sont-ils là à cette heure ? J'aimerais bien écouter ce qu'ils disent. Ça m'est déjà arrivé : je me mets derrière la porte en retenant mon souffle pour mieux entendre. Ils ont peut-être des secrets, j'aime bien savoir les secrets. Un soir, avant l'histoire des chauves-souris, ils s'en sont aperçus et ils se sont fâchés, sauf qu'ils n'étaient pas dans le bureau, mais dans leur chambre. J'entendais des soupirs et des gémissements et je ne comprenais pas ce qui était en train de se passer. Alors je suis entré. Ils se sont tout de suite couverts avec le drap en me disant que ça ne se faisait pas d'entrer de cette manière, que...

Crac !

C'est la latte de parquet à moitié décollée ! J'aurais dû longer le mur, comment ai-je pu l'oublier ?

– Qu'est-ce que c'est ?

C'est la voix de maman. Si elle sort et qu'elle me voit, qu'est-ce que je vais lui raconter ? Que je vais aux toilettes ? Et après ? Je ferai quoi si elle m'attend ? Papa a promis qu'il occuperait maman si c'était nécessaire... Peut-être qu'il a réussi à la distraire. Ils continuent de parler. Je me sens un peu comme Pierre. Je marche silencieusement, dans le noir, en espérant que personne ne s'en apercevra. Sauf que lui et ses camarades prennent de vrais risques. Que pourrait-il m'arriver à moi ? Tout au plus que maman me retienne à la maison toute la matinée, mais ça m'étonnerait qu'elle annule la fête, après tout le mal qu'elle s'est donné pour la préparer.

La porte du garage ! C'est drôle, j'y suis arrivé sans m'en rendre compte. J'avais tellement peur que maman me surprenne que j'en ai oublié les chauves-souris. Peut-être que les mauvaises choses n'existent que si on y pense et qu'elles disparaissent si on n'y pense pas. Tiens, c'est pas mal ça comme découverte.

– Tu es à l'heure.

Le voilà qui sort de derrière l'armoire à outils. Je devrais y être habitué, mais il continue à m'impressionner. Il est si grand, plus que papa et que les autres adultes que je connais.

– Tu as eu peur ?

– Non !

– Tu sais que je n'aime pas les mensonges ?

– Oui…

– Alors ?

– Un peu…

– Un peu comment ?

– Un peu beaucoup…

– Et alors ? Comment as-tu fait ?

Difficile de le suivre quand il vous bombarde de questions comme ça. D'ailleurs, la plupart du temps je n'y arrive pas, alors je me tais. Pour ne pas dire de bêtises et risquer qu'il se fâche, j'attends que ce soit lui qui me fasse comprendre ce que je dois répondre. Mais pas cette fois, car je veux lui parler tout de suite de l'arme secrète.

— J'ai compris qu'il y a une autre façon.

— De faire quoi ?

— De vaincre la peur.

— C'est-à-dire ?

— On n'a pas besoin de la regarder en face. Il suffit de l'oublier.

— Excellente idée. Elle pourrait nous servir à nous aussi. C'est tout ?

— Comment… ?

— C'est seulement pour ça que tu es venu ? Parce que tu as oublié la peur ?

— Non, non : c'est ma mission.

— Très bien mon garçon.

Quand il sourit, il est sympa, dommage que ça ne lui arrive pas souvent et que ça ne dure pas longtemps. Maintenant il me toise d'un air bizarre :

— Mets-toi sous la lumière.

— Pourquoi ?

— Je veux voir une chose... qu'est-ce que tu as sur les joues ?

— Rien...

Il s'en est aperçu. Pourtant maman a bien frotté, et en plus il fait presque nuit dans le garage parce que quand l'ampoule du plafond a grillé, papa l'a remplacée par la première qui lui est tombée sous la main, une petite, trop faible.

— C'est nous qui partons, pas toi, rit-il.

Comment fait-il pour rester aussi calme ?

— Lave-toi bien demain, sinon bonjour la honte devant les invités !

Mieux vaut changer de conversation, j'en ai marre de cette histoire :

– Tu sais... il se souvient de toi maintenant.

– Il ne m'a jamais oublié. Toi, tu arriverais à oublier quelqu'un comme moi ?

– Et la montre... il y est bien arrivé.

– Vous *y êtes* arrivés. Toi aussi t'as été bien. Tu les as apportés ?

– Là, dans le sac.

– Vide-le par terre.

– Comme ça, ça va ?

– Parfait. Mets-les droits et fais attention à ne pas toucher leur visage ; tu te rappelles du dessin pour l'école ?

Évidemment ! J'avais été obligé de le refaire parce que comme j'avais posé mes doigts dessus, il y avait des empreintes digitales comme celles qu'on voit dans les séries télé.

– L'un à côté de l'autre, en rang par deux. Pas comme ça : ils doivent se regarder. Voilà... Merci. Et joyeux anniversaire.

– Je te garderai un morceau de gâteau, au cas où tu reviendrais à temps...

– J'aimerais bien, mais je serai loin. Tu t'amuseras bien quand même : il y aura un tas de gens à la maison.

– C'est ton anniversaire à toi aussi…

– Mes camarades me le souhaiteront dans l'avion et nous mangerons quelque chose ensemble. Allez, vas-y maintenant.

– Est-ce que je peux rester encore un peu ? Jusqu'à ce que vous partiez...

– Non. Il est tard et tu dois te reposer.

– C'est dimanche…

– Tu ne veux pas être en pleine forme pour ta fête ?

– Si, mais...

– Qu'est-ce qu'il y a ? Tu sais bien qu'on ne discute pas les ordres.

– Non. Euh ... je voulais dire oui. Je voulais juste te

demander...

Je vois bien à la tête qu'il fait que mes questions commencent à l'agacer. La même expression qu'ont papa et maman quand ils disent « nous en parlerons plus tard » ou « maintenant je ne peux pas, je dois me concentrer ». Se concentrer. Moi aussi je dois me concentrer quand je dois faire un problème de maths, et ça ne me semble pas si compliqué. Peut-être que c'est plus difficile pour les adultes. Je sais que je dois le laisser tranquille parce qu'il n'a plus beaucoup de temps, mais je ne veux pas partir avant qu'il m'ait répondu :

– Tu reviens quand ?

2. 6 JUIN 1944, 0:02

Je fixais l'obscurité en essayant de distinguer ces lueurs minuscules et pour me convaincre que les autres étaient vraiment assis à deux pas de nous. Depuis le décollage, je ne voyais plus leurs visages, seulement leurs silhouettes. Seule l'incandescence des cigarettes révélait leur présence, anomalies intermittentes qui semblaient fluctuer dans l'obscurité et pendre à l'extrémité de fils invisibles plutôt que des doigts de mes camarades. Ils étaient tous silencieux, sauf le capitaine Kadwell dont l'envie de bavarder tomba pile sur moi. Cette fois, il ne se contenta pas de m'asticoter pour tromper le temps comme au mess. Il voulait m'obliger à réagir et comprendre si j'étais prêt. Lorsqu'il me tendit les tranches de pain, je ne secouai même pas la tête, espérant qu'il croirait que le bruit des moteurs m'empêchait de l'entendre. Il revint à la charge en parlant plus fort, en hurlant presque :

– Si t'es devenu sourd Roger, je suis désolé pour toi, il est trop tard pour te faire porter pâle.

Je ne pouvais pas lui répondre de me laisser tranquille et encore moins l'envoyer balader. À cause de son grade surtout. Ceci dit, je ne pense pas que je l'aurais fait, même si je l'avais rencontré sans le connaître habillé en vulgaire péquin, au stade par exemple. Le nez camus, un physique de poids lourd-léger, cette façon de planter son regard droit dans les yeux de quiconque se trouvait en face de lui... Il l'avait appris sur le ring, disait-il, pour battre l'adversaire avant de le frapper.

– Je vous entends, mon Capitaine.

– Alors tu n'as pas d'excuse : celui qui refuse une part de gâteau d'un officier finit devant la cour martiale. Qu'est-ce qu'il y a, elle te plaît pas cette fête ? Beaucoup d'entre nous sont là pourtant.

– Si, mon Capitaine.

– Mange et souhaite-moi un joyeux anniversaire. C'est un ordre.

– Joyeux anniversaire, mon Capitaine.

– Voilà, c'est mieux ! Je n'ai pas besoin d'un invité grincheux. Pas plus que d'un soldat qui tombe dans les pommes parce qu'il a le ventre vide, dit-il tandis que je m'efforçais de déglutir.

Allait-il se taire quelques minutes maintenant que je lui avais obéi ? Je voulais réfléchir, trouver un moyen d'oublier ce poids entre la poitrine et l'estomac, cette sensation d'un corps étranger qui ne me quittait plus depuis que le capitaine nous avait alignés en file indienne sur la piste, près du fuselage, tournés vers la queue de l'appareil, lui en tête parce qu'il serait le dernier à entrer et le premier à sauter.

« Vingt OK ! », « Dix-neuf OK ! », répétions-nous comme nous le faisions avant les sauts d'entraînement, tout en contrôlant le parachute du camarade qui nous précédait, jusqu'au « Tous Ok ! » du capitaine.

Le premier à gravir les marches de la passerelle commença à chanter et les autres le suivirent, y compris le capitaine. Comme je ne pouvais pas être le seul à me taire, je pris part à cette chorale et en m'asseyant sur le banc de métal, j'essayai de me convaincre que nous n'avions pas seulement des mois d'entraînement, notre uniforme et une mission en commun. Nous percevions tous ce clandestin encombrant assis sur notre poitrine et nous tentions tous de nous en défaire avec les paroles d'un hymne à la bière et aux fleurs de macadam.

Nous étions pourtant mieux lotis que Ted. Je ne l'avais jamais vu pleurer, pas même lorsqu'il s'était pris une balle dans le tibia lors du premier exercice de tir à balles réelles. Il jurait comme un cuitard jeté sur le trottoir par un patron de bistrot, mais pas une larme. Il refusa même la morphine, trop furieux pour sentir la douleur. Sa route s'arrêtait là, il le comprit aussitôt. N'importe qui à sa place aurait accepté qu'on le renvoie chez lui sans faire d'histoires. Pas lui. Il insista pour rester, même s'il boitait et pourrait tout au plus donner un coup de main au mess ou à l'armurerie. Lorsque je le vis au volant du camion qui devait nous conduire sur la piste, j'en fus heureux : c'était un ami, le meilleur que j'avais dans le peloton, celui que je saluerai en dernier, au moment de partir. Pourtant je changeai d'idée quand nous nous serrâmes la main à la lumière des phares. Il pleurait à chaudes larmes maintenant. Sans crier, sans rien dire, à part les cinq mots qu'il murmura péniblement :

– Je devrais être avec vous.

Je plaisantai, je lui dis qu'il avait de la chance car j'avais oublié de fermer l'armoire où il y avait un peu de monnaie qu'il allait pouvoir dépenser à ma place pour boire deux bières à notre santé. Cela ne servit pas à grand-chose. Ce ne furent pas les adieux que j'imaginais.

À la fin de la chanson, tout le monde se tut et d'aucuns allumèrent une cigarette. Avaient-ils réussi à chasser le clandestin ou était-il toujours là ? Essayaient-ils de le brûler en même temps que le tabac, à la lueur rougeâtre des cendres ? Pour ma part, la chanson n'avait pas suffi. Il m'en fallait bien davantage. Un test de mémoire ? Pourquoi pas. La liste complète de ce qu'il y avait dans mon barda, un tas de choses à énumérer, juste de quoi faire passer une minute et oublier le reste. Mieux valait m'apercevoir que j'avais oublié quelque chose au camp plutôt que me laisser écraser par ce poids sans nom.

Donc : la chemise de troupe sur le débardeur ajouré et le maillot porte-bonheur ; le pantalon avec une ration 24 heures et deux grenades Mills dans la grande poche à soufflet au-dessus du genou gauche ; la dague et la seringue de morphine dans les petites poches de droite et des pansements dans les poches fessières ; la Denison smock avec la carte de soie cousue sur la doublure ; le nécessaire d'évasion, des comprimés de vitamines et des billets de banque français dans la poche interne ; le bonnet de laine, le béret et le pistolet dans les poches externes ; la corde d'assaut enroulée autour de la poitrine et de la taille ; le foulard de camouflage autour du cou ; le gilet sans manches pour le saut ; le gilet de sauvetage, le Sten et les chargeurs fixés sur la poitrine par les sangles du parachute ; le casque muni du filet de camouflage ; les brodequins, les gants et les chaussettes en laine tricotée. Tout le reste était tassé avec le sac à dos plié et les sacoches que je rangeais dans le sac fixé à ma jambe droite : grenades Gammon et grenades au phosphore, munitions pour les Bren du peloton, baïonnette, sous-vêtements de rechange, pull-over, poncho en toile cirée, chaussures de repos en toile, serviette, ration de réserve pour un jour, gamelle, tasse, gourde, pelle démontée en deux parties, pinces coupantes pour barbelés, masque à gaz, lampe torche, étui de toile enroulé contenant couteau, fourchette, cuillère, rasoir, brosse à dents, miroir, peigne, lacets de chaussures, et une enveloppe contenant du fil, une aiguille et des boutons. Et puis le livret de solde, les plaques d'identification autour du cou et les passants rouges du bataillon fixés aux épaulettes, que j'avais mis au dernier moment parce qu'à la cantine quelqu'un m'avait fait remarquer que je ne les avais pas :

– Si le commandant s'en aperçoit, tu auras des ennuis.

Tout était à sa place, soit environ cent livres à porter. Cent livres et trois onces pour être précis. J'oubliai de mentionner le petit manuel, peut-être parce que c'était la première chose que j'avais mise dans le sac, et parce qu'il n'avait vraiment rien à voir avec l'équipement proprement dit. On nous avait recommandé de le lire attentivement, mais dès les premiers mots ça avait tout l'air d'une blague : *Ce manuel n'a rien à voir avec les opérations militaires.*

La lecture n'avait jamais été mon fort, à part les BD et la page des sports des journaux, mais je n'étais pas le seul à ne pas comprendre pourquoi ils nous faisaient perdre du temps avec ce guide de comportement. Quelques instructions dispensées au camp n'auraient-elles pas suffi ? Une petite demi-heure, juste le temps de nous rappeler de ne pas les appeler « grenouilles ».

Le type en civil – quelqu'un du Ministère, dirent-ils – fit un discours solennel sans jamais esquisser un sourire et voulut assister à la distribution du guide comme s'il n'avait pas confiance et qu'il craignait que l'un de nous n'en ait pas. Quand j'ai commencé à le lire, j'aimais bien tout ce qui avait trait à l'histoire, à la géographie, aux habitudes, et les phrases à apprendre par cœur, c'était intéressant, mais leurs recommandations… Ils nous traitaient comme des débiles : saluer, respecter tout le monde, surtout les femmes, se montrer compréhensif devant les souffrances endurées, se féliciter de la contribution de la Résistance, essayer de parler français en faisant tout notre possible pour comprendre et être compris, si nécessaire en nous faisant mettre par écrit ce que nous ne comprendrions pas.

Quant à tout ce qu'il ne fallait pas faire, il y en avait autant que dans les sermons que ma mère me serinait quand j'étais petit : ne pas critiquer l'armée vaincue en 1940, ne pas parler de religion ni de politique, ne pas accepter de nourriture des civils car ils en avaient trop peu pour l'offrir, ne pas semer le désordre, même dans les logements abandonnés, ne pas se saouler, ne pas donner des rations ou des choses du barda, et encore moins les vendre ...

– Tu mangeais quelque chose avant les matchs, non ?

reprit-il.

– Les matchs ?

– Avec ta p'tite équipe.

– Tottenham n'est pas une *petite équipe*, mon Capitaine. Elle a remporté deux fois la Coupe d'Angleterre.

– Tu me l'as dit mille fois, fiston, mais ça c'était au Moyen-âge. Par contre, Liverpool ne cesse de gagner. Champion en 1943, tu te souviens ?

– De la Ligue Nord. Et Tottenham au Sud, il y a quelques semaines.

– Ça, je l'ignorais. Tu es en train de me dire qu'il leur a suffi de se débarrasser de toi pour jouer correctement ?

– Moi, j'ai joué quatre fois seulement...

– Après quoi ils ont compris qu'il valait mieux mettre le premier venu sur le terrain ou jouer à dix.

– Ce n'est pas vrai !

Il m'avait piqué au vif, de sorte que j'oubliai d'ajouter « mon Capitaine ».

– C'est de la faute des spectateurs. Ils sifflaient dès qu'ils entendaient mon nom dans la composition de l'équipe parce que j'avais seize ans et que personne ne me connaissait. Ils voulaient des pros, des vedettes...

– Ça me paraît logique.

– S'ils avaient été des nôtres, d'accord, mais ils venaient d'ailleurs. Ils demandaient l'autorisation à leur club, ils jouaient pour encaisser les trente shillings du match puis ils repartaient d'où ils étaient venus. Si l'un d'entre eux se présentait au dernier moment, on m'expédiait au milieu des spectateurs, alors que moi j'étais déjà prêt à descendre sur le terrain. Peu importe : c'était des drôles de championnats et à vrai dire, rien n'a changé. Des équipes qui gagnent 9 à 0 et qui la semaine d'après perdent 6 à 0 contre le même adversaire...

– Drôles ? Les championnats *normaux* vont bientôt reprendre et nous verrons bien ce que tu vaux. Si tu es aussi bon que tu le dis, je te souhaite de passer au Liverpool FC.

J'évitai de répondre. Après tout, j'avais une dette envers lui. Quand je lui avais demandé la permission de porter le maillot des Spurs sous l'uniforme, il avait bougonné un *oui* comme un frère aîné fatigué auquel les parents auraient confié le petit dernier pendant leur absence. Il ne m'écoutait même pas pendant que je lui expliquais que ce maillot me porterait chance parce que le petit coq de combat de l'emblème rappelait celui de la France et que c'était là qu'ils nous envoyaient. J'étais sûr maintenant que le foot ne l'intéressait pas en réalité. Il voulait me distraire tout en se demandant, comme il le faisait depuis des mois désormais, si je serais à la hauteur. Pour lui, j'étais un gamin, même si j'avais dix-sept ans et demi et qu'à l'entraînement j'étais toujours parmi les meilleurs du peloton.

Il n'y avait que le premier saut en parachute qui ne s'était pas très bien passé. Un atterrissage maladroit, un gros patatras ! Je m'étais relevé aussitôt, étourdi, meurtri, mais sans gémir, muet comme une carpe.

— Plus ils sont jeunes, plus ils veulent jouer les héros, avait-il ronchonné sans me regarder après avoir assisté à la scène, toutefois assez fort pour que je l'entende.

J'essayai d'épier ses traits pour deviner ce qu'il allait encore inventer pour me faire parler, mais son visage noirci se confondait avec son casque et seuls ses yeux semblaient percer l'obscurité.

« Des héros… On n'a pas besoin de héros », avait-il encore répété dans le camion. Il suffisait de faire ce qu'on devait faire, de réciter notre leçon comme nous l'avions fait jusqu'à la nausée ces dernières semaines. Sans improvisation et surtout, sans erreur. L'objectif était identique à la reconstitution qu'ils nous en avaient faite au camp, dans les moindres détails : à la place du béton armé il y avait des échafaudages en fer, en bois et en toile, mais les emplacements des mitrailleuses et des batteries anti-aériennes, les casemates abritant les canons, les barbelés, le terrain miné, le fossé antichars étaient exactement comme sur les photos. Tout avait été fidèlement reconstruit, y compris la dernière partie du trajet qui menait sur le site, et en respectant les distances : les cent *yards* parcourus à West Woodhay représentaient bien les cent *yards* qu'il allait falloir parcourir aux abords de l'objectif, pas quatre-vingt-cinq ou cent vingt. Tout se passerait comme dans les simulations, assurait le capitaine : pourquoi en serait-il autrement ? Il voulait paraître sûr de lui, pourtant je crois qu'il avait des doutes. Très peu d'entre nous, un sur vingt tout au plus, avaient participé à des combats réels. Et nous étions tous jeunes, moi plus que les autres, la plupart ayant entre dix-neuf et vingt-deux ans. Comment réagirions-nous en voyant nos camarades tomber, en entendant les coups de feu, les cris des blessés ?

Lui non plus n'était pas un vétéran. Il avait passé quatre ans sous les drapeaux mais n'avait jamais vu l'ennemi. En fait, il n'avait jamais bougé de sa caserne de Liverpool. Il avait gagné ses galons dans la *Territorial Army* et s'était ensuite porté volontaire parce qu'il en avait marre de se tourner les pouces, comme il l'avait expliqué la première fois que je l'avais rencontré. Je n'eus aucune peine à le croire puisque j'étais là pour la même raison. Mais quelques semaines plus tard, je crus qu'il plaisantait.

– Pour être courageux, il faut connaître la peur et la regarder bien en face, assura-t-il en ajoutant, il est même indispensable d'*avoir* peur.

Je trouvai cette théorie assez singulière venant d'un boxeur, quand il renchérit, on ne peut plus sérieux :

– Au contraire, c'est l'arme parfaite.

Agressivité et prudence, une formule qui lui avait permis de gagner beaucoup de matchs sans prendre de risques inutiles et qui - jurait-il, peut-être en exagérant comme il avait souvent tendance à le faire - l'aurait mené aux Jeux olympiques de 1944 si Hitler n'avait pas décidé de conquérir le monde.

– Peu importe, ajouta-t-il, les Fritz sont foutus, on leur

donne le coup de grâce puis je retourne sur le ring. Et chez Jane.

Il s'était marié avec Jane deux semaines avant son départ pour l'entraînement, c'est lui qui avait insisté. Ils se connaissaient depuis toujours, avaient habité dans la même rue, avaient fréquenté la même école, puis s'étaient fiancés. Il n'y avait aucune raison d'attendre, disait-il, comme si devoir convaincre l'intéressée ne lui avait pas suffi et qu'il voulait me convaincre à mon tour. Bientôt la guerre serait finie et il rentrerait chez lui tout entier - au pire, en clopinant, ployant sous le poids des médailles. C'était l'une de ces boutades préférées et il était bien le seul que cela amusait. D'après ce que j'avais compris, Jane ne la trouvait pas drôle. Il m'avait montré une photo : des cheveux clairs descendant sur ses épaules (« roux, avait-il précisé, mais fins et brillants, pas comme cet écheveau d'étoupe que tu as sur la tête »), un sourire forcé fendait son visage parsemé de taches de rousseur et ses yeux grands ouverts regardaient au-delà de l'objectif en donnant l'impression qu'elle scrutait l'avenir, à l'horizon. Je crus percevoir de la fragilité dans ce regard, de l'inquiétude, mais je me trompais. J'allais me rendre compte un jour que Jane était plus forte que moi.

Combien d'entre nous rentreraient-ils chez eux ? Je me souvins de bribes d'une conversation surprise à la cantine quelques jours auparavant. Deux officiers, des médecins, parlaient du poste à aménager pour les urgences, au plus vite, car ils s'attendaient à voir arriver un grand nombre de blessés. Quand ils s'aperçurent que je les écoutais, ils se levèrent et sortirent. Il n'y avait pas de quoi. Il y avait longtemps que nous faisions nos propres statistiques : d'aucuns disaient que nous allions mourir presque tous, d'autres que ce serait un jeu d'enfant car les Fritz allaient se rendre. Moi j'avais opté pour un cinquante-cinquante. En pratique, si l'opération n'avait impliqué que le capitaine et moi, l'un de nous n'aurait pas vu l'aube du jour suivant. Lequel des deux ? Je n'allais pas tarder à le savoir, pensai-je, au moment où il me donnait un coup de coude dans les côtes.

Il avait la main gauche enfouie dans la poche à soufflet de son pantalon et semblait chercher quelque chose. J'aurais voulu être drôle, lui dire que s'il avait oublié sa brosse à dent, il était un peu tard pour y remédier, mais le courage me manqua et je me replongeai dans mes pensées. J'avais peur, c'était cette pression constante sur l'estomac, mais pas la peur de mourir. J'avais peur de rentrer chez moi invalide, d'être un fardeau pour les autres et pour moi-même, et surtout, que le capitaine ait raison de douter de moi. J'avais peur de décevoir mes camarades, de commettre une erreur qui coûterait la vie de ceux avec lesquels j'avais partagé des mois de fatigue, de blagues, et d'imprécations contre nos supérieurs pendant les marches de nuit.

Du coin de l'œil, j'aperçus un éclair et me retournai : le capitaine éclairait son poignet gauche avec sa torche électrique.

– Qu'est-ce qu'il y a, mon Capitaine ?

– J'*énergise* ma montre.

3. 31 MAI 2014, 15:12

Le ciel était une digue de plomb qui menaçait de céder. Assis sur la selle de son scooter, un pied posé sur l'asphalte, Cédric Roussel écoutait le flic flac des premières grosses gouttes de pluie qui s'écrasaient sur son casque, en surveillant le feu rouge, à une vingtaine de mètres de là devant la file de voitures. Virer à gauche pour remonter la file et se placer devant tout le monde avant le vert ? Risqué s'il y avait un flic de mauvaise humeur embusqué après le carrefour. Mais s'il s'en tirait, Cédric gagnerait quelques secondes et réussirait peut-être à s'abriter avant l'orage. Il se lança et n'eut pas besoin de regarder à travers les fenêtres des voitures pour se sentir observé par les conducteurs qui assistaient à cette bravade. Leur regard devait être aussi hostile que le sien lorsque les rôles étaient inversés et qu'un imbécile en deux-roues heurtait son rétroviseur en se faufilant entre la portière et la barrière de sécurité.

Peu importait. Il était prêt à essuyer un coup de klaxon et quelques insultes. Il était même prêt à risquer une amende et un retrait de points sur son permis pour ne pas rentrer chez lui trempé jusqu'à la moelle comme trois semaines auparavant.

Le lendemain matin dans l'autobus, alors qu'il parcourait la même rue en sens inverse en éternuant toutes les dix secondes, il se mit à repérer les abris possibles pour être prêt à la prochaine menace d'orage ; et le soir, pour être sûr de les avoir tous localisés, il étudia même l'itinéraire sur Google Street View. Maintenant il se rendait compte qu'en fait il avait de la chance, car s'il devait se retrouver dans la même situation, il trouverait le salut deux cents mètres plus loin. Sous la lumière blafarde qui semblait présager une éclipse, Cédric conclut sa manœuvre par une embardée sur la droite en plantant ses deux roues sur le passage piéton, comme pour être sûr d'avoir bien violé toutes les règles du code de la route. En face, au rez-de-chaussée de l'immeuble situé entre Pessicart, Arène et Domaine du Piol, l'enseigne de la pharmacie s'alluma. Flic flac, flic floc floc, le rythme des grosses gouttes s'accélérait.

Vert ! Cédric s'élança dans le tournant qui délimitait normalement la circulation du centre-ville et le début de la côte qui grimpait vers chez lui. Mais pas aujourd'hui, car sa destination était un immeuble récent de cinq étages, un parallélépipède gris avec des vérandas et des balcons rouges, enchâssé entre un bâtiment plus bas et une petite maison au toit pentu. Un mélange discutable, mais ce qui intéressait Cédric, c'était la rampe d'accès au garage et non les incohérences du plan d'urbanisme. Arrivé au milieu de la rue qu'il devait traverser, l'asphalte mouillé l'invita à la prudence. Il parcourut la rampe jusqu'à la porte basculante, puis fit demi-tour pour se garer avec le phare allumé tourné vers l'entrée. Sain et sauf, à l'abri et presque sec : un miracle car tout près de là, un coup de tonnerre retentit violemment et des gouttes de pluie commencèrent à tomber, brillantes et grosses comme des billes, qu'on aurait pu prendre pour des grêlons si ce n'avait été pour les éclaboussures.

Sa première réflexion fut la plus prévisible de toutes : pourquoi l'avait-t-il fait ? Pourquoi avait-il quitté un appartement si pratique dans le centre, d'où personne ne l'aurait délogé, à dix minutes à pied de l'école, pour le mirage de la maison individuelle, en s'exposant deux fois par jour aux aléas de la météo et en s'endettant jusqu'à l'âge de la retraite ? Une question oiseuse, juste pour se convaincre que ses raisons étaient toujours valables deux ans après cette décision. Un jardin minuscule, mais bien à eux – à lui, Sylvie et Théo – le garage, le bon air, la trentaine de mètres carrés en plus, et le prix raisonnable, voire alléchant. Les propriétaires avaient hâte de vendre car ils partaient au Canada, une occasion à ne pas rater. Leurs économies en financeraient la moitié, le reste serait couvert par un emprunt qui ne semblait pas prohibitif. Ils pouvaient compter sur deux salaires ou presque : son travail, plus qu'un temps plein – bénie soit la réforme de l'enseignement secondaire sur les heures de formation et les stages qui lui permettaient d'arrondir ses fins de mois – et le travail à temps partiel de Sylvie. Si rien ne changeait dans les dix-huit ans à venir, ils y arriveraient. *Si...*

Les coups de cœur font toujours perdre la tête et cette maison en avait été un. Les trajets ? Un détail négligeable, pensèrent-ils. Ils se trompaient. Le budget familial, déjà lourdement grevé, ne leur permettait pas d'acheter une seconde voiture et ils durent donc se contenter d'un scooter d'occasion.

C'était presque toujours Cédric qui l'utilisait car vu leurs horaires de travail, aller récupérer Théo à l'école s'avérait plus facile pour Sylvie.

Un coup de tonnerre plus proche que les autres déclencha l'alarme antivol d'une berline mal garée de l'autre côté de la rue, et qui séparait les eaux du petit ruisseau qui se formait entre le trottoir et la chaussée. Cédric éteignit le moteur, enleva son casque et l'accrocha au guidon. Pour tuer le temps en attendant, il y avait les prospectus qui dépassaient des boîtes à lettres dans le local à sa droite, à côté du pavé numérique et de l'interphone, ainsi que son portable avec ses écouteurs. Il opta pour la musique. Dans ces cas-là, le choix était toujours le même : Glasgow 1976 ou Birmingham 2006, trente ans après, toujours la même énergie, un choix qui serait chaque fois difficile pour Cédric s'il ne s'en remettait pas depuis longtemps au principe de l'alternance. Aujourd'hui, c'était au tour du concert du quarantième anniversaire. Les *Status Quo* en direct, un antidote strictement personnel, d'une efficacité éprouvée contre les crises d'ennui ou d'agitation soudaines. Personne dans son entourage ne trouvait reposants, voire supportables – pour employer un terme plus approprié – des titres comme *Caroline* ou *Down down*. Quand il était en voiture avec sa famille, il se sentait obligé de choisir quelque chose de moins agressif, genre Adèle, Coldplay, Dido, ou les inoxydables Abba – notamment parce qu'il se souvenait encore de la question que Sylvie lui avait posée des années auparavant, en frôlant presque l'incident diplomatique quand leur relation n'en était qu'à ses débuts :

– Tu arrives vraiment à distinguer les différentes chansons ?

Pour les amis et les collègues, il mettait Alizée, Céline Dion, les Superbus ou Mylène Farmer. De la pop plus ou moins autochtone afin d'éviter des remarques du style « Cédric l'anglophile », « celui qui a élu Londres, ou plutôt Liverpool, comme capitale ». En réalité, s'il avait vécu dans le comté de Merseyside et avait dû se déplacer en scooter, le climat aurait suffi à le dissuader d'aller vivre à la campagne.

À cet instant, dehors, il semblait que quelqu'un avait allumé la lumière. Cédric poussa le scooter avec les jambes pour s'approcher de la sortie. L'orage avait fait place à une bruine impalpable. De fines gouttelettes denses et légères étincelaient sous le soleil qui venait de percer les nuages quelque part à l'ouest de la ville, en versant une lumière gris perle plutôt encourageante, même si aussi étrangère à la gamme chromatique de la Côte d'Azur que le couvercle de plomb de tout à l'heure. On aurait plutôt dit l'un de ces après-midi anglais, de ceux où on hésite entre mettre un t-shirt à manches courtes ou un imperméable. Pendant qu'il reculait – il était trop tôt pour repartir – Cédric laissa échapper un sourire, le premier depuis que le directeur du lycée avait accepté qu'il s'absente en fin semaine ; il effleura l'écran pour faire taire la *Fender Telecaster* de Francis Rossi car il avait cru entendre quelque chose sous le crépitement léger de la pluie et entre deux gémissements de la berline, comme l'écho d'un chant qui rebondissait sur des milliers de bras levés et d'écharpes tendues. Fausse alerte, sa mémoire lui jouait des tours.

***

C'était il y a vingt-six ans, dans une autre vie, un autre monde. Le tunnel sous la Manche n'existait pas, pas plus que les vols *low-cost* des compagnies aériennes. À l'époque, ils s'appelaient *vols charter*. S'ils coûtaient moins que les vols de ligne, ils étaient encore trop chers pour la bourse d'un étudiant de dix-huit ans, et avec ce qu'il restait, même le plus minable des hôtels londoniens s'avérait inabordable. Pourtant il ne voulut pas renoncer au voyage prévu pour fêter leur baccalauréat entre amis, les « Quatre Mousquetaires » comme on les surnommait au lycée en raison de l'amitié à toute épreuve qui les unissait. Ce serait donc auberge de jeunesse et *fish & chips* tous les jours, au grand dam d'Olivier, de Damien et de Wilfred qui, en ne plaisantant qu'à moitié, ne rataient pas une occasion de lui reprocher d'avoir choisi cette destination : un climat épouvantable, un logement miteux, une bouffe déprimante. Plus qu'à une récompense, ce voyage ressembla davantage à une punition, imméritée du reste, puisqu'ils avaient tous obtenu leur diplôme.

Il parlait encore avec Damien de temps en temps. C'était le gérant du supermarché où Cédric et Sylvie allaient faire leurs courses le samedi et où ils pouvaient laisser Théo dans la zone de jeu surveillée, équipée d'un téléviseur, de tables de dessin et qui était quelquefois animée par un clown ou un prestidigitateur. Chaque fois qu'ils se voyaient, Damien lui rappelait comment il leur avait gâché la fête pendant ces vacances exécrables.

– Au diable l'Angleterre, bougonnait-t-il, moi je n'y suis jamais retourné.

Cédric, lui, si, une fois, pour un court séjour d'études, en partie remboursé par l'école. Ceci dit, l'aventure mémorable restait celle qu'il avait partagée avec ses amis, qui le suivirent même s'ils n'étaient pas tout à fait d'accord, lui reconnaissant une autorité fondée sur des arguments incontestables : les résultats des épreuves d'anglais et sa connaissance encyclopédique du rock et du foot, clés de voûte de la culture britannique pour tout adolescent. Sa position de leader sortit même indemne des initiatives les plus discutables de ces deux semaines, comme le concert à l'Hammersmith Apollo – attentat brutal contre leurs tympans, perpétré par un obscur survivant de l'ère punk et son groupe, dans les nuées et les exhalaisons acres de centaines de joints – ou encore le voyage en train à Liverpool, la première journée de *First Division*, un après-midi de la mi-août qui ressemblait à un jour de novembre, humide, froid, gris. Un cauchemar pour ses compagnons de voyage et un rêve devenu réalité pour Cédric, la destination tant désirée depuis qu'à la maison il avait dessiné, puis affiché sur la porte de sa chambre, une copie rudimentaire du panneau qui accueille les joueurs lorsqu'ils descendent les marches des vestiaires : un oiseau mi-aigle mi-cormoran au cœur d'un écu blanc sur champ rouge portant la devise « This is Anfield ». Anfield Road, le repaire du Liverpool Football Club. Un avertissement pour les visiteurs, un rappel pour les maîtres des lieux, un mythe pour les fanatiques du ballon rond.

This is Anfield. Et lui y était. Il allait assister au match depuis les gradins en ciment du Kop, le secteur des supporters locaux où, à l'époque, on était debout. Et aujourd'hui en y repensant, il ne se souvenait même plus du nom de l'équipe adverse, sans doute du menu fretin, sinon il n'aurait pas réussi à trouver des billets. Il savourait l'attente au cœur de la passion d'Anfield, en contemplant la pelouse encore déserte et en murmurant qu'il n'existait pas d'herbe plus verte que celle d'un terrain de foot anglais. À côté de lui, Wilfred l'écoutait avec l'air mélancolique de quelqu'un qui doit se rendre à l'évidence : son meilleur ami était arrivé au point où l'hôpital psychiatrique n'était plus une option, mais une cruelle nécessité.

Peu après, il commença à pleuvoir, la même bruine lente et régulière qui étendait aujourd'hui son voile léger sur la capote de la berline gémissante, mais avec dix degrés de moins, et la foule entonna *You'll Never Walk Alone*, le tube de Gerry and the Pacemakers devenu l'hymne des Reds dans les années soixante. Cédric en connaissait les paroles par cœur et s'en souvenait encore ; elles s'harmonisaient étrangement avec la scène qui se déroulait sous ses yeux, à la sortie du parking : *Quand tu marches dans la tempête / Garde la tête haute / Et n'aie pas peur de l'obscurité / À la fin de l'orage / Il y a un ciel doré / Et le doux chant argenté d'une alouette / Marche toujours contre le vent / Marche sous la pluie / Même si tes rêves ont été piétinés et balayés / Marche toujours le cœur rempli d'espoir / Et tu ne marcheras jamais seul.* L'occasion de chanter avec les cinquante mille supporters de l'Anfield Road était là, à saisir, mais Cédric ne parvenait pas à contrôler le tremblement de ses lèvres qui restaient muettes. Immobile, avec la chair de poule, les larmes aux yeux et la gorge serrée, déconcerté, il se demandait comment Wilfred et les autres pouvaient rigoler et plaisanter sur le mastodonte chauve au torse nu couvert de tatouages qui s'égosillait trois gradins plus bas. Puis il trouva une explication : eux s'amusaient, ou tentaient tout au moins de le faire, parce qu'ils étaient au stade, alors que lui était dans un Temple, et on ne rit pas dans un temple. Comment aurait-il justifié leur sacrilège si les gardiens de la foi qui les entouraient l'avaient exigé ? Mieux valait ne pas y penser : trois ans après le drame du Heysel, la réputation des supporters du Liverpool FC était toujours aussi mauvaise, en dépit des propos rassurants de Cédric pour convaincre les autres mousquetaires de l'accompagner.

***

La première fois, il avait sept ans. Maintenant, à dix-huit ans, il s'étonnait de la clarté avec laquelle il se revoyait assis dans le séjour, lorsque sa lecture de l'album ouvert sur la table avait été interrompue par un bruit insolite et que son regard avait été attiré par le téléviseur resté allumé après les infos, par la voix du journaliste qui ne parvenait pas à couvrir la clameur qui s'élevait des tribunes, par ce chant lent, solennel, poignant. Liverpool contre Saint-Étienne, la Coupe d'Europe des clubs champions 1977. L'almanach vivant qu'il était devenu n'avait aucune peine à replacer ces fragments dans leur contexte précis. Le souvenir le plus vif était l'embarras qu'il avait éprouvé lorsque sa mère lui avait expliqué qu'il fallait supporter les verts parce qu'ils étaient français. Mais les rouges et le chant entonné par leurs supporters ne valaient-ils pas mieux ? s'était-il demandé. Il ferma l'album de BD et s'assit sur le divan, seul puisque sa mère était occupée et que son père n'était plus là et, pour la première fois, il regarda un match de football jusqu'à la fin. Trois à un pour les rouges : c'est lui qui avait raison, les rouges étaient plus forts et ça ne pouvait être que leur chanson qui les rendaient invincibles.

Il n'y pensa plus jusqu'au moment où, des années plus tard, il entendit des élèves échanger des propos exaltés sur la nouvelle – qui était peut-être une légende métropolitaine – que les Pink Floyd préparaient une tournée imminente en France. Qui sont les Pink Floyd ? se demanda-t-il avec l'angoisse de quelqu'un qui, banni par ses pairs, contemple pour la première fois l'abîme de son ignorance. Pourtant, ce nom lui disait quelque chose... Mais bien sûr ! Il l'avait lu sur l'un des cartons que sa mère avait apportés quand ils s'étaient installés à Nice. Sa visite à la cave le lui confirma. Il y avait trois albums, apparemment son père aimait ce groupe. C'était l'occasion pour un cours accéléré qui lui permettrait de participer aux conversations des autres élèves. Quelle musique bizarre, pensa-t-il en écoutant les premiers titres de *Meddle*, jusqu'au moment où sa perplexité se changea en frisson : la chanson des Reds, comme au cours du match à la télé, juste quelques secondes avant la fin du troisième titre, suivies d'un encouragement cadencé : « Li-ver-pool ! Li-ver-pool ! ». Quel rapport y avait-il avec les Pink Floyd ? Le lendemain, à l'école, il s'approcha des élèves qui prétendaient tout savoir sur les groupes, trop impatient d'en savoir plus pour craindre qu'ils ne le prennent pour un idiot, mais ces soi-disant experts le déçurent. Aucune information utile, à part ce que signifiait le titre de la chanson : « *Fearless* voulait dire *sans peur*. » Logique, pensa-t-il. Ceux qui entendaient ce chant ne pouvaient avoir peur de personne, donc ils gagnaient toujours, comme les rouges contre les verts.

La découverte qu'il fit ensuite, un soir à la fin du journal télévisé, le secoua plus encore que celle du vinyle. Le Liverpool FC à Paris ! Contre le Real Madrid pour la finale de la Coupe des clubs champions européens, dans un mois. Il n'y avait pas une minute à perdre, il devait s'informer, être prêt quand la télé transmettrait l'hymne des invincibles. Pour quelle raison ? Il l'ignorait et n'avait pas envie de le savoir. Il devait le faire, point barre. Il chercherait une explication plus tard, à l'âge où l'on cherche le pourquoi de telle ou telle manie, et il la trouverait quatre ans après – un laps de temps proche de l'éternité pour qui oscille entre l'enfance et l'adolescence – dans la répétition de cette superposition de musique et de foot, une coïncidence à laquelle l'arrivée imminente du Liverpool FC en France conférait le sens d'une prophétie.

Il renonça tout d'abord aux albums de bandes dessinées pour mettre tout son argent de poche de la semaine dans *France Football*, la bible du football français et international, mais le match était encore trop loin pour que les équipes y soient déjà présentées. Que faire ? Ce fut de sa mère que vint la réponse. Le restaurant où elle travaillait recevait tous les jours deux journaux anglais, une astuce simple et efficace pour attirer les touristes d'outre-Manche. Il lui suffisait de demander au barman de les lui mettre de côté au lieu de les jeter en fin de journée, pour qu'elle puisse les porter à Cédric, même si c'était quarante-huit heures après leur parution. Quelle importance cela pouvait-il avoir ? Quatre ou cinq pages de sport tous les jours, dont pas moins de deux dédiées au football : une mine d'or ! En théorie, car pour pouvoir exploiter ce gisement, il fallait des outils que Cédric n'avait pas.

Les journaux anglais, constata-t-il horrifié, étaient écrits en anglais. Comment ferait-il pour les lire ? Les compétences acquises à l'école les mois précédents, deux heures par semaine supportées à contrecœur, lui permettaient tout juste d'avoir la moyenne aux interrogations écrites d'anglais. Comment allait-il faire pour tenter d'imaginer, de prévoir ? se demanda-t-il pendant quelques jours, tandis que les pages froissées s'empilaient sur son bureau, indéchiffrables, châtiment cruel et – dut-il admettre – mérité vu sa paresse. Puis un titre attira son attention, et pas seulement parce qu'il se référait à un joueur de Liverpool, mais aussi parce qu'il le comprenait. Le peu qu'il savait lui avait suffi pour déchiffrer une ligne de cinq mots ! Le découragement disparut, balayé par l'espoir et la découverte d'une vérité universelle : rien ne saurait arrêter un garçon motivé de onze ans qui milite pour une cause juste. Grammaire et dictionnaire, dictionnaire et grammaire. Soir après soir, Cédric sonda chacune des syllabes des articles où figurait le nom « Liverpool », des heures d'efforts frénétiques pour abattre la barrière de hiéroglyphes qui se dressait entre sa soif de connaissance et la source.

En quatre semaines, juste le temps qui restait avant la finale, ses efforts produisirent deux résultats mémorables. Par ordre croissant : la meilleure note à l'avant-dernière interrogation écrite d'anglais de l'année – le prof eut des doutes, car que pouvait-il bien se cacher derrière une si bonne note si ce n'est une combine suspecte ? – et la solution du mystère *hat trick*, qui signifie littéralement « coup du chapeau

». Cette expression le tourmenta longtemps jusqu'à ce qu'il parvienne à l'associer à un prodige de « King » Kenny Dalglish : trois buts au cours de la même partie ! Qui sait pourquoi, maman semble plus intéressée par ma note que par Dalglish, se demanda-t-il en attendant le début de la finale de Paris, assis devant la télé. L'adulte qu'elle était, devait pourtant avoir une idée claire de ce qui compte dans la vie.

Ce fut un match terne et mal joué, mais Cédric, qui tendait l'oreille au moindre mouvement du chœur, n'était pas inquiet : les *rouges* étaient invincibles. Ils eurent le dessus en effet et trois ans après, Cédric étant désormais un malade incurable, ils reprirent le titre de champions d'Europe. Ce fut à cette occasion, et durant sa lecture quotidienne des journaux d'outre-Manche, que Cédric trouva son Graal : le titre et le texte de la bande originale du Kop, quelques jours avant le nouveau triomphe européen des Reds. Les notes devenaient finalement des mots.

Malgré l'épouvantable interrogation écrite de maths qui l'attendait le lendemain matin, Cédric n'hésita pas à veiller tard pour les traduire et découvrir ce qui se cachait derrière l'invincibilité des Reds. Quand il eut terminé, la perplexité l'emporta sur sa fierté de maîtriser la langue au point de s'en être sorti en une demi-heure. Ce qu'il venait d'écrire l'étonnait et le décevait un peu : mélancolie et espoir à la place d'une joie inaltérable et de certitudes, une tempête de vent et une pluie diluvienne là où la lumière éblouissante de la victoire devrait toujours briller.

Il comprit un an après. Pendant qu'il se traînait lamentablement vers l'école un matin de fin mai, après une nuit peuplée de cauchemars, le visage cireux, les yeux encore chargés des images de l'horreur – quarante morts écrasés par un muret sous la charge d'hooligans ivres de Liverpool – il se sentit comme broyé par un ouragan. À son arrivée, l'un des élèves les plus bravaches l'accueillit avec un « T'as vu ce qu'ont combiné tes amis anglais ? »

Il n'eut pas la force de répondre, et les autres mousquetaires intervinrent, faisant cercle autour de lui, en précisant bien qu'ils ne toléreraient pas d'autres provocations. Après tout, la chanson disait vrai, se consola-t-il : tant que j'aurai des amis, je ne marcherai jamais seul. Et si cela valait pour la mauvaise vanne d'un élève, pourquoi cela ne vaudrait-il pas contre les mauvais souvenirs ? Tandis que la passion pour le Liverpool FC, déshonorée par l'Heysel, déclinait brusquement – il lui faudrait des mois pour renaître, différente, plus mûre, assurait-il, même si les autres mousquetaires nourrissaient à ce sujet des doutes que le voyage en Angleterre allait légitimer – son lien avec l'hymne du Kop devenait profond, intime, définitif. Il les écoutait souvent, ces quelques secondes à la fin de *Fearless*, après lesquelles il se sentait mieux, plus fort, prêt à défier l'ouragan. *Marche toujours, le cœur rempli d'espoir / et tu ne marcheras jamais seul* : ce message lui était adressé, annonçait un futur qui remplirait le vide laissé par sa plus grande douleur.

***

Trois ans plus tard, debout sur le ciment du Kop, Cédric écoutait cette promesse en direct et plissait les yeux pour chasser le brouillard qui lui voilait le regard pendant qu'il fixait la sortie du tunnel où apparaissaient les guerriers vêtus de rouge – que le destin mettait à l'épreuve eux aussi – et qui étaient déterminés à recouvrer l'innocence, la victoire, le bonheur. Les rires de ses amis se dissipèrent, étouffés par le grondement de foule qui ondulait comme un miroir d'eau sous le vent. Lui résister n'aurait été ni judicieux ni possible. Il fallait suivre le courant et se laisser porter. Mais l'inexpérience leur avait fait choisir une place derrière une traverse en fer qui d'appui pour les coudes s'était transformée en brise-lames sur lequel venaient déferler les vagues de supporters, pour se retirer ensuite et retomber de nouveau. Pour protéger leurs côtes, ils avaient dû se déplacer, chacun pour soi, en tirant parti des espaces que le reflux de cette marée créait çà et là, afin d'arriver quelques gradins au-dessus. Maintenant, ils n'étaient plus l'un à côté de l'autre comme au début et pendant un instant, lorsqu'il aperçut sur sa droite, au milieu des écharpes rouges, le visage pâle d'Olivier, le timide du groupe, Cédric se sentit coupable.

Puis il s'abandonna à son tour aux flots qui devenaient cascades chaque fois que les Reds marquaient un but, torrents humains qui se déchaînaient vers les panneaux publicitaires comme pour les engloutir et déborder sur l'herbe. Cela se produisit trois ou quatre fois. Liverpool avait gagné facilement et Cédric était radieux malgré les quelques coups qu'il avait pris avant de comprendre comment se déplacer au milieu de la foule. Au retour, dans le train, il commit l'erreur d'avouer que, trop ému, il n'avait pas réussi à chanter avec le public du stade, et ses amis ne laissèrent pas passer cette occasion :

– Bon, en fait, c'est comme si tu avais emmené la plus belle fille du lycée dans ta chambre et que tu avais manqué ton coup.

Ils pouvaient dire ce qu'ils voulaient, peu importait. Il riait même avec eux. Rien ne pouvait ternir le plaisir extrême, indicible, d'avoir écrit la page la plus passionnante de ses dix-huit premières années.

4. 6 JUIN 1944, 00:23

Du coin de l'œil, j'aperçus un éclair et me retournai : le capitaine éclairait son poignet gauche avec sa torche électrique.

– Qu'est-ce qu'il y a, mon Capitaine ?

– J'*énergise* ma montre.

– Vous quoi ?

– Après le saut, elle me servira, tu ne crois pas ?

– Si, mais…

– Je ne pourrai pas me servir chaque fois de la lampe électrique, les Fritz me verraient. Alors je le fais maintenant.

– Je ne comprends pas...

– Il y a une substance phosphorescente sur les aiguilles et sur les chiffres qui permet de les voir dans le noir, et si tu les mets sous la lumière, l'effet dure plus longtemps. Toute la nuit j'espère. Je croyais que tu le savais.

– Non... La mienne ne se lit pas dans le noir.

– C'est quoi ? demanda-t-il en prenant mon poignet qu'il éclaira de sa torche, une montre de boys scouts ?

– C'est un cadeau de ma mère. Elle est précise.

– Mais elle ne sert à rien la nuit. T'aurais dû en demander une au magasin. Ou à moi. Je t'aurais donné la mienne.

– La vôtre ?

– Celle que j'avais avant. Je l'ai laissée à la base.

– Vous en avez deux ?

– Affirmatif. Celle-ci est neuve.

Il éteignit la torche et me plaça le poignet à quelques centimètres du nez d'un geste si brusque que je ne pus m'empêcher de reculer et que mon casque alla heurter la barre qui était derrière moi, entre deux montants du fuselage, celle à laquelle je m'agripperai pour me lever. On distinguait clairement les aiguilles, le douze et les autres chiffres, comme des éclats de marbre clair dans un seau de charbon.

–Alors t'as vu que ça marche la lumière ?

– Oui…

– Je parie que t'aimerais bien savoir qui me l'a donnée.

– Je ne sais pas… C'est comme vous préférez, mon Capitaine.

– C'est un cadeau.

– De Jane ?

– Du Ministère de la Guerre. Une récompense pour ma mission.

– Quelle mission ?

– En Suisse. Ils m'avaient choisi parce qu'il fallait sauter de nuit, dans la zone où on parle français. C'est ma mère qui m'a appris cette langue. Elle est née à Lyon, mais ça tu le savais.

– Quand ça… ? En Suisse ?

– En mars.

– Vous étiez au camp, en mars...

– À part l'hospitalisation.

– Certes, mais…

– Pas plus d'appendicite que de beurre en broche. C'est un truc qu'ils ont inventé pour me faire disparaître pendant quelques jours. J'ai voyagé incognito, en civil, en feignant d'être Suisse. Personne ne devait deviner que j'étais Anglais.

– Pourquoi ? La Suisse est avec les Fritz ?

– Elle est neutre.

– Neutre ?

– Elle n'est avec personne. Et elle fait des affaires avec tout le monde à ce qu'on m'a dit : avec nous, avec les Yankees, et surtout avec les Fritz. Donc, je devais faire attention à tout, y compris aux détails. Porter uniquement les vêtements qu'on m'avait fournis parce qu'ils se les étaient fait expédier de Suisse, éviter les expressions typiquement françaises, commander du vin et pas de la bière... Le jour du rendez-vous, je me suis retrouvé devant une usine tellement grande que lorsque je l'ai vue, j'ai cru qu'ils y fabriquaient des voitures. J'ai donné mon nom à une secrétaire, un faux naturellement, et elle a appelé quelqu'un au téléphone. Un type en costume-cravate m'a demandé mes papiers. Il a fait semblant de croire qu'ils étaient vrais puis m'a accompagné dans une petite salle. Il est revenu dix minutes après avec une boîte en carton épais qu'il m'a remise en me saluant, sans rien me faire signer, ni m'offrir à boire. Il était clair qu'il voulait se débarrasser de moi au plus vite. Alors je suis sorti et j'ai pris le premier train à la gare du patelin. Dommage, j'aurais bien aimé faire un tour. C'était un bel endroit, au fond d'une grande vallée, un air pur. Il y avait encore un peu de neige dans les prés. J'aimerais bien y retourner après la guerre, en été, et revoir ce type pour lui demander ce qu'il savait de moi.

– Vous êtes allé en Suisse seulement pour retirer un paquet ?

– Non. De toute façon, je ne peux pas en parler, même pas pour raconter comment je suis rentré en Angleterre. Ça, c'est une belle histoire. Imagine s'ils avaient envoyé Lickert à ma place.

– Lickert ?

J'étais gêné car j'étais justement assis entre le capitaine et le caporal Lickert.

– Tu l'as certainement entendu quand il se vante de parler français. Eh bien, si dans une heure les Fritz l'interceptent et qu'il tente de se faire passer pour un mec du coin, ils lui tireront dessus, après lui avoir expliqué que l'accent *cockney* se reconnaît même dans le noir.

Je laissai échapper un petit rire, certain que Lickert n'entendrait pas, mais je le vis se tourner vers moi. Le capitaine s'approcha si près que son haleine me parla des tranches de pain à la confiture qu'il avait mangées dès que nous étions montés à bord de l'avion, les mêmes que celles qu'il m'avait fait avaler tout à l'heure :

– Fais gaffe. S'il s'aperçoit que tu ris de lui, il va te renvoyer au camp avec un mois de corvée de chiottes.

J'étais sûr d'avoir rougi, et même si personne ne pouvait le remarquer, je préférai changer de conversation.

– Et la montre ?

– Elle était dans le paquet que j'ai rapporté de Suisse, avec les autres prototypes.

– Les prototypes ?

– Des pièces à tester. Ils les ont fabriquées pour que notre armée les essaie. Si elles sont approuvées, ils les donneront aux officiers. Pour le moment, il y en a cinq, avec celle que j'ai au poignet. Comme tu vois, je suis quelqu'un d'important. Ceci dit, ne vas pas crâner avec tes potes sous prétexte que tu me connais.

– Non, mon Capitaine.

– Au retour, j'ai fait mon rapport à un fonctionnaire. J'allais sortir quand il m'a demandé d'attendre. Il a coupé la ficelle et a rompu le sceau de la boîte devant moi. Il en a sorti cinq enveloppes qu'il a posées sur le bureau. Puis il a extrait la montre de l'une d'elles et me l'a tendue en disant « Tenez, elle est à vous ». Avant qu'il n'ouvre le paquet, je n'avais aucune idée de ce qu'il pouvait contenir. Tout au plus, je pouvais l'imaginer, car en Suisse j'avais jeté un coup œil à travers la fenêtre d'un atelier. Craignant d'avoir mal compris, je ne bougeai pas. « Et alors ? » me demanda-t-il. Je lui répondis que je n'en avais pas besoin car j'avais la montre fournie par l'armée. « Vous devez la prendre, c'est tout ! », me dit-il. Puis il m'expliqua que quelqu'un de l'armée avait fait remarquer que s'il fallait faire un test de solidité, il aurait été impossible de trouver meilleure occasion que la libération de l'Europe. Je suppose que ça venait d'un officier de l'aéroportée, celui qui m'avait proposé pour la mission.

– Un des nôtres ?

– Naturellement.

– Qui ?

– Ça, je ne peux pas le dire. De toute façon, ça serait inutile.

Il savait que je ne le croyais pas toujours. Je me demandai ce qu'il pouvait y avoir de vrai dans ses propos cette fois. Je me promis de le vérifier le lendemain ou la semaine d'après, en l'épiant pendant qu'il se changerait. Si je remarquais une cicatrice près de l'aine, j'aurais la preuve qu'il avait bien été opéré et qu'il avait tout inventé. En attendant, je préférai continuer à l'écouter car il savait raconter les histoires, vraies ou fausses.

– Puis le type du Ministère m'a salué en disant : « essayez-la et passez me dire ce que vous en pensez ». Pratiquement, il m'ordonnait d'en sortir vivant. C'est plutôt rare que je reçoive des cadeaux, même dans le civil, alors j'ai décidé de fêter ça. Avant de rentrer à la base, je suis passé chez un bijoutier pour demander s'il était possible de faire graver l'emblème du régiment et le nom de Jane au dos de la montre. La vendeuse m'a expliqué que ça ne posait aucun problème pour les lettres et que je pouvais choisir le type de caractères que je préférais, mais que reproduire l'insigne du béret était plus difficile car les gravures compliquées se font généralement sur l'or, pas sur l'acier. Un homme aux cheveux gris et costume-cravate est sorti de l'arrière-boutique. Il a remarqué mon uniforme et s'est présenté. C'était le patron. Nous nous sommes mis à parler. Il m'a raconté qu'il avait combattu en France pendant la Grande Guerre, « exactement comme vous », avait-il ajouté. Tout le monde savait où ils allaient nous expédier, mais comme je n'étais pas autorisé à lui répondre, je lui souris sans rien dire, juste pour ne pas être impoli. Il a compris et a changé de conversation. Il m'a promis qu'il confierait la montre au meilleur graveur qu'il connaissait et qu'il ferait tout son possible pour me satisfaire. Il a tenu parole et même plus : lorsqu'il m'a expédié le paquet, il y a glissé une lettre à la place de la facture. Il avait payé le graveur de sa poche, car il ne pouvait s'imaginer présenter la note à un Chevalier de la Liberté, disait-il. *Chevalier de la Liberté* : ça me plaît bien, ça sonne mieux que capitaine. Si ce n'était pas aussi long, je t'ordonnerais de m'appeler comme ça, Roger. Je lui ai écrit deux lignes pour le remercier et lui promettre que moi aussi j'allais faire de mon mieux, comme lui l'avait fait.

– Vingt minutes ! hurla l'opérateur radio en quittant son poste derrière les pilotes pour se diriger vers la porte à l'extrémité du fuselage ; c'est lui qui devait nous assister pendant le largage.

5. 31 MAI 2014, 15:35

La voie était libre. Le soleil s'était levé et l'asphalte séchait rapidement. Cédric tourna la clé de contact du scooter en murmurant un remerciement à l'adresse du bâtiment, pour cet abri improvisé. En sortant, il trouva une rue presque dégagée entre des trottoirs vides. Probablement parce qu'étant moins accoutumés à la pluie que ceux qui fréquentaient l'Anfield Road, les Niçois préféraient attendre avant de mettre le nez dehors. Cinq minutes lui suffirent pour laisser derrière lui la série de virages en côte bordés de villas et d'immeubles aux jardins bien entretenus, et prendre le chemin qui le conduisit devant la haie et le portail de sa maison. Avant d'ouvrir, il hésita, comme absorbé dans ses pensées, ne sachant pas vers quoi elles l'entraînaient. Cédric l'anglophile, ou l'avocat du diable, comme l'avait baptisé une collègue qui avait la critique venimeuse contre tout ce qu'avait produit le Royaume-Uni depuis Margaret Thatcher, des guerres d'Afghanistan et d'Iraq à la finance sauvage du troisième millénaire, en passant par les hooligans bien sûr. Cela, toujours avec un sourire sur les lèvres, bien obligée d'admettre que les arguments (atténuants ?) de Cédric allaient bien au-delà du Liverpool FC et des

Status Quo. Le lieu de naissance, les souvenirs de famille entremêlés à l'Histoire avec un grand H, et son travail lui garantissaient le bénéfice du doute même de la part de ses connaissances les plus immunes au charme du *Made in England.*

– Papa est arrivé !

Le cri joyeux qui fusa à travers la fenêtre ouverte le ramena à la réalité où la Méditerranée remplaçait la Manche. Théo était dans la cuisine comme presque toujours à cette heure. Officiellement, pour faire ses devoirs en ayant à la fois sa mère et le goûter à portée de main. En réalité, parce qu'il voulait être le premier à le voir pour annoncer son retour à Sylvie. Sa mère jouait le jeu et feignait de ne s'apercevoir du retour de son mari que lorsqu'elle entendait le cri officiel, même si parfois elle l'apercevait la première parce qu'à ce moment-là, et aussi étrange que cela puisse paraître, Théo était effectivement occupé à écrire.

« Papa est arrivé ! » Trois mots : assez pour reléguer au second plan les caprices de la météo, l'arrêt forcé au garage et le souci des traites à payer. Théo se précipita dehors en courant vers son père qui, guidon à la main, parcourait le chemin pavé qui traversait le minuscule triangle de pelouse dessiné par la haie, sur l'un des côtés les plus longs, et par le portique qui abritait la porte, de l'autre côté. Être le premier à le voir ne lui suffisait pas. Cédric le savait, et se gardait bien de répéter l'affront involontaire qu'il avait commis le jour où il avait posé un baiser sur la joue de Sylvie avant d'avoir décoiffé Théo avec ce geste rude qu'imposait le cérémonial du retour, baptisé *shampoing sec.* Le petit prince des lieux s'était vexé et avait boudé jusqu'à l'heure du dîner. Depuis, Cédric respectait les priorités, sauf qu'aujourd'hui Théo l'avait anticipé et l'avait plaqué, en risquant de les faire tomber, lui et le scooter :

– Tu es en retard !

– C'est à cause de la pluie. J'ai dû m'abriter.

En allant garer le scooter sous le portique et pendant qu'il le hissait sur la béquille, son regard tomba sur le ballon resté au fond de la cage de but. Une cage, qui n'avait plus de filet et qui était aussi bancale qu'une vieille table, sur le côté court de la pelouse, devant le muret en pierre qui marquait la limite de la propriété. Un héritage des anciens propriétaires. Ils pouvaient la laisser là, leur avait assuré Cédric, elle servirait à son fils. Un an après, Malik réussit à convaincre Théo de s'inscrire au MiniBasket et la cage de football perdit son attrait. Elle n'était plus le cadre de ses rêves comme pour beaucoup de petits garçons, mais un déchet encombrant à mettre au rebut. Jusqu'ici, Cédric n'avait jamais eu envie de s'en occuper, heureusement, car ces derniers temps Théo avait recommencé à shooter dans le ballon.

Qu'est-ce qui allait résister le plus longtemps ? Les vieux montants rouillés ou le petit fauteuil en osier sur lequel Cédric posa son sac lorsqu'il entra dans la cuisine pour embrasser Sylvie, puisque maintenant il pouvait le faire, le sourire de Théo l'y autorisant. Avec son coussin beige fané et son emplacement improbable à côté du réfrigérateur où personne n'aurait eu l'idée d'aller s'asseoir, cela faisait deux ans que ce petit fauteuil déjouait tous les principes de décoration d'intérieur. Qu'avait-t-il à voir avec cette cuisine ultramoderne : portes des meubles plaquées aluminium, étagères en marbre foncé, table en verre et en acier, chaises en similicuir gris ? Rien. Quelqu'un qui ne serait pas de la maison pourrait le considérer comme une faute de goût. Ce n'était pas le cas de Cédric et de Sylvie qui l'associaient à une image du passé. L'appartement dans le centre-ville avec le petit balcon donnant sur la cour intérieure et où ils parvenaient quelquefois à déjeuner tant bien que mal, tout en surveillant Théo qui, à deux pas d'eux, montait et descendait du petit fauteuil dont deux pieds restaient sur le sol du séjour car il était trop grand pour tenir tout entier sur le balcon. La nostalgie, voilà pourquoi personne n'avait encore proposé de le reléguer dans le jardin ou dans le débarras qui servait d'antichambre à la poubelle pour les objets qu'on n'utilisait plus.

Soudain, une rencontre faite quelques instants plus tôt lui donna une idée. Un chat noir et blanc avait traversé la rue, assez loin pour qu'il ait le temps de ralentir sans devoir freiner. Tiens, pourquoi pas ? Si on avait un chat à la maison, il irait somnoler sur le petit fauteuil qui retrouverait ainsi un statut d'objet utile. Un jour, Théo avait dit qu'il aimerait bien avoir un animal de compagnie, mais sans insister ni préciser de quel animal il parlait. Cependant il n'y avait aucun doute : pas de chien. Cédric détestait l'agressivité bornée de certains représentants de cette espèce, à commencer par le doberman qui ne manquait jamais de lui montrer les crocs derrière la grille du jardin des Merle, deux maisons plus loin, chaque fois qu'il passait devant. Par contre, il aimait bien les chats, pour leur élégance et leur nature indépendante. Mais en parler à Sylvie, et surtout à Théo, était prématuré. Il fallait d'abord évaluer les avantages et les inconvénients. En attendant, il s'assit à côté de son fils et de son cahier pour passer à l'étape suivante, le compte-rendu de la journée.

R.A.S. Sylvie se contenta de maudire une fois de plus le virus qu'aucun technicien ne semblait pouvoir éradiquer des ordinateurs du cabinet médical où elle travaillait comme secrétaire. Quant à Théo, il n'avait rien de particulièrement mémorable à lui raconter, pas même un triomphe au concours de tirs au panier pendant la récréation à l'école, par exemple. Cédric, par contre, aurait bien eu quelque chose à raconter, mais il le ferait plus tard éventuellement. Pour le moment, il préférait y renoncer car le regard de son fils lui faisait comprendre qu'il voulait arriver sans attendre à la question du jour, ou plutôt de chaque instant depuis l'annonce de lundi dernier : la fête de dimanche. Une double fête, puisque l'anniversaire de Cédric tombait le même jour que celui de Théo. Naturellement, ce n'était pas une nouveauté en soi. C'était la huitième fois que cela arrivait, et seulement la seconde dans la nouvelle maison.

L'an passé, Théo était on ne peut plus radieux. Lorsqu'il avait soufflé ses bougies, vingt-deux invités l'avaient applaudi, au lieu des cinq ou six qui venaient lorsqu'ils habitaient en centre-ville. Alors, vive la maison avec jardin, et au diable les traites. Sylvie ne se plaignait ni des trajets ni des sacrifices financiers à faire. Elle aimait s'occuper des plantes : une passion qui n'était pas partagée, à en juger par la mystérieuse hécatombe végétale de l'hiver dernier dans les pots alignés le long du mur du portique. De plus, elle n'avait jamais eu une cuisine aussi grande et n'avait peut-être jamais osé en rêver. Théo regrettait la proximité de ses copains, même s'il continuait à les voir une bonne partie de la journée car il n'avait pas voulu changer d'école. Puis lorsqu'il rentrait à la maison, il n'avait que l'embarras du choix : le portique pour repasser les bases du basket, sa chambre pour écouter de la musique, la cuisine américaine pour faire ses devoirs et regarder la télé. Ces derniers temps, il y avait aussi le garage, qui était devenu un refuge et une salle de jeux puisque le plus souvent la voiture restait garée devant la porte basculante du box. En fait, pour être vraiment pratique, il aurait fallu que la porte du garage s'ouvre à distance, avec une télécommande. Une option classée superflue, pour le moment. Cédric et Sylvie se seraient également bien passés des climatiseurs, mais ils n'avaient pas eu le choix puisque l'été dernier Théo avait été effrayé par les chauves-souris qu'il avait vues dans le couloir de l'étage au-dessus. Jamais plus de fenêtres ouvertes la nuit, leur avait-il fait jurer, de sorte qu'ils avaient dû faire face à des dépenses imprévues, et inutiles, étant donné qu'il continuait à refuser de sortir de sa chambre après dix heures du soir, et n'admettait aucune exception.

C'était l'heure des grandes manœuvres, pas des mauvais souvenirs. Il fallait faire le point sur l'organisation de la fête, vérifier chaque détail, comme la liste des invités ayant confirmé leur présence, l'heure de la chasse au trésor et celle du gâteau, le t-shirt que porterait le héros de la journée (la permission de mettre le débardeur jaune et bleu de l'équipe était devenue officielle), les chansons à écouter dans le séjour (là, pas d'histoire, interdit de déranger les voisins avec la musique dans le jardin), la malle sur laquelle les cadeaux seraient exposés avant d'être ouverts. Sylvie, qui serait en droit de se sentir fatiguée avant de commencer, affrontait avec une patience inébranlable l'énième interrogatoire de Théo, trop impatient pour se rendre compte que les réponses étaient les mêmes qu'hier et qu'avant-hier. Quant à lui, Cédric – qui avait été éloigné bien que, après tout, cette fête fût aussi la sienne – en profita pour annoncer qu'il allait faire un saut à l'étage du dessus.

Après avoir monté la rampe d'escalier et parcouru les quelques pas qui le séparaient de son refuge, petit, mais lumineux, avec sa porte-fenêtre ouvrant sur un mini-balcon donnant sur la pelouse – rien à voir avec l'espèce de cagibi qu'il avait dans le centre – Cédric s'assit derrière le bureau et regarda autour de lui. Il aimait bien admirer le bureau professionnel qu'il s'était aménagé : le retour où se trouvaient l'écran et le clavier de son ordinateur, les deux chaises en face et, au fond, la paroi aménagée et les étagères remplies de livres.

Seul défaut, le fauteuil, confortable mais sans accoudoirs. Une idée de Théo. Il était à la maison le jour de la livraison et pendant qu'il assistait au montage avec Cédric, il avait fait remarquer qu'avec les accoudoirs il lui aurait été difficile de s'assoir sur les genoux de son père. Objection accordée sans réserve : de temps en temps, et quand Théo ne la voyait pas, Sylvie aussi s'asseyait sur les genoux de Cédric. Dans les deux cas, le poids était négligeable. Son fils était petit et mince, comme elle.

– Tu es sûre de ne pas être mexicaine ? lui demandait-il autrefois, un peu pour la taquiner et un peu pour se faire remarquer d'elle quand ils fréquentaient le même groupe d'amis. Elle avait des pommettes légèrement saillantes, la peau mate, et des cheveux lisses et noirs qui l'obligeaient tous les matins à de longues séances de coiffage devant le miroir, et toutes les deux semaines au moins, à faire des retouches pour masquer les premiers fils argentés. Cédric, l'anglophile, s'était trouvé une compagne d'allure très méditerranéenne, pour ne pas dire carrément hispano-américaine. Deux femmes en une, se disait-il lorsqu'il assistait à la métamorphose du soir, un phénomène qui ne manquait jamais de le surprendre, même après douze ans de mariage : de vifs et attentifs, ses yeux légèrement bridés devenaient rêveurs et ingénus dès qu'elle retirait ses lentilles de contact, une mutation tendre et sensuelle, une invitation aux ébats nocturnes qui demeuraient assidus, joyeux et, suite à l'incursion des chauves-souris, relativement bien protégés des interférences d'un petit trouble-fête qui passait la tête dans l'embrasure de la porte au mauvais moment. Difficile de prévoir ce qui allait protéger leur intimité quand Théo n'aurait plus peur des souris ailées.

***

Des fêtes, des gâteaux décorés de bougies. Habituellement, ces choses plaisent davantage aux enfants qu'aux adultes et finissent par passer, d'année en année, comme les vêtements. Pour Cédric, il n'en était pas ainsi. Il préférait le présent au passé, à ce visage pâle et maigre creusé par des cernes profonds derrière les lunettes aux verres rétro ; il le préférait aux vœux à peine susurrés que les quintes de toux provenant de la chambre d'à côté étouffaient davantage, à la tranche de gâteau avalée à la hâte, sur la table de la cuisine entre les miettes du repas et deux assiettes sales ; il le préférait au regard de sa mère qui lui avait tenu compagnie quelques instants puis avait posé sa fourchette en essayant de paraître gaie et en lui disant, tout en ramassant les assiettes pour les laver, qu'il en resterait un peu plus pour le soir, en réalité un prétexte pour lui tourner le dos, alors que lui savait qu'elle pleurait. Joyeux anniversaire... Peut-être que sa mère aurait voulu lui promettre un *ça ira mieux la prochaine fois*, mais elle ne le fit pas, consciente qu'il n'en aurait pas été ainsi.

Son sixième anniversaire fut le dernier avec son père. Après, Cédric ne voulut plus de gâteau. Il craignait qu'en en goûtant un morceau dans la cuisine ou le séjour, il aurait de nouveau entendu ces quintes de toux et revu sa mère se cacher pour pleurer. Ce n'est que des années plus tard qu'il recommença à fêter son anniversaire, avec les Mousquetaires, à la pizzéria. Mais la première fois, après avoir coupé une part de sa Margherita, il était resté quelques secondes la fourchette dans la main, hésitant. S'il avait entendu quelqu'un s'éclaircir la gorge à une table voisine, il se serait précipité dehors. Cela ne se produisit pas et il continua à manger. Par la suite, il fêta d'autres anniversaires qui, avec le temps, et surtout avec l'arrivée de Théo, retrouvèrent leur nature d'événements joyeux, conviviaux, dignes d'un bon souvenir.

La seconde vie de Cédric commença dans cette pizzéria, alors que la première demeurait une question sans réponse qui refusait de se laisser archiver, un récit sans le mot « fin », inachevé. Il devait en être de même pour quiconque avait perdu trop tôt son père ou sa mère. Et qui aurait pu comprendre Cédric ? Un, peut-être, qu'il avait rencontré pendant quelques minutes, trois ans auparavant, et qu'il n'avait jamais pu oublier. Le petit garçon de Sanremo. Qu'était-il devenu ? Avait-il trouvé un père ? Lui avait-on dit que s'il trouvait la force de marcher le cœur rempli d'espoir, il ne serait jamais seul ?

***

Cinquante kilomètres d'autoroute pour passer un dimanche d'été qui sortait de l'ordinaire, la Riviera des Fleurs à la place de la Côte d'Azur, l'italien comme fond sonore au lieu du français et surtout, la table avec vue sur la mer et les *trofie al pesto* de Gianni. Cédric marchait dans l'eau, immergé jusqu'à la taille, pour stimuler l'appétit, en tirant le minuscule canot gonflable sur lequel il avait assis un Théo fasciné par ce qui devait lui sembler une aventure en haute mer, tandis que Sylvie les suivait du regard en marchant sur le sable mouillé, en levant la main pour les saluer tout en faisant du slalom entre les chaises longues.

– On t'appelle ! C'était Théo qui, du canot, apostrophait son père.

– Papa ! Papa !

Cédric avait entendu cet appel insistant qui se confondait dans le brouhaha de la plage, sans y prêter attention. La voix était celle d'un enfant de l'âge de Théo, qui avait un maillot de bain rouge, des cheveux blonds et courts, et qui courait à mi-chemin entre Sylvie et eux en brandissant un pistolet à eau. Lorsque Cédric s'était tourné, l'enfant s'était mis à hurler plus fort des « Papa ! Papa ! », suivis d'un flot de paroles incompréhensibles tout en lui montrant le pistolet. Il était légèrement plus grand que Théo, robuste sans être gros, avec de grands yeux bleus écarquillés.

– Papa ! Papa!

De nouveau cet appel et ce discours incompréhensible, une langue de l'Europe de l'Est, semblait-il.

– Tu veux remplir ton pistolet ? lui demanda Cédric, tu veux que ce soit moi qui le fasse ?

– Papa ! Papa !

Cédric écarta les bras, en croisant le regard interrogateur de Sylvie.

– Tu t'es perdu ? Tu ne retrouves plus tes parents ?

– Il vaudrait mieux appeler le maître nageur, lui suggéra Sylvie.

Un instant après, précédée par un cri, une femme d'une trentaine d'année fit irruption au milieu de la scène. Elle s'approcha en courant presque, au milieu des éclaboussures, en tenant d'une main le bas de sa jupe pour ne pas la mouiller. Elle saisit l'enfant par un bras et le tira vers la rive. La tête baissée, et avant de disparaître entre les parasols, l'enfant se retourna vers Cédric en lui montrant le pistolet à eau, avec ce regard triste qu'ont ceux qui voient une illusion s'évanouir et se profiler le retour à une réalité détestée.

– On y va ?

Théo était impatient de poursuivre la navigation et Cédric s'exécuta. Plus tard, au restaurant, il revint sur cet épisode pendant que Théo, hypnotisé par le tour de main, frisant la virtuosité, des deux jeunes assis à la table voisine qui enroulaient sur leur fourchette des spaghettis aux fruits de mer, avait temporairement renoncé à réclamer toute l'attention de ses parents.

– Est-il possible qu'un enfant appelle papa le premier qui passe ?

– Peut-être qu'il est vraiment ton fils ! avait répondu Sylvie en riant, un de ceux dont tu ignores l'existence.

– Arrête ! Je parle sérieusement. Tu as vu sa tête lorsque cette femme est venue le chercher ? Peut-être que nous aurions dû...

– Quoi ? Théo aussi fait la tête quand on le réprimande. Ce gosse faisait un caprice et sa mère s'est fâchée, voilà tout.

– Il n'aura pas été enlevé ?

– Carrément ! Moi, j'ai eu l'impression qu'il lui ressemblait à cette femme.

– Je ne m'en suis pas aperçu, je regardais le gamin.

– Ne t'inquiète pas, à l'heure qu'il est, ils ont déjà fait la paix et elle lui a acheté une glace.

– Il pourrait s'agir d'un orphelin, insista Cédric.

– Comment ?

– Un orphelin de père, ou bien il ne l'a même jamais connu. Ce môme m'a vu avec un enfant qui m'appelait papa et pour lui, j'étais son père à lui aussi.

– Mais non : il a un père, mais comme il a entendu dire que tu étais le meilleur papa du monde, il voulait se sauver avec toi...

– C'est bon, je me rends. Pas moyen de parler sérieusement aujourd'hui, avait-il conclu en haussant les épaules, et en laissant Sylvie changer de conversation tout en gardant ses réflexions pour lui. Corriger le destin comme s'il s'agissait d'un mauvais scénario à réécrire : était-ce ce que lui demandait le petit garçon au pistolet à eau ? Ou bien était-ce lui qui lui attribuait un rêve impossible pour se donner l'illusion que quelqu'un le partageait avec lui ? En réalité, le regard qui lui avait inspiré ce scénario mélodramatique ne cachait-il pas simplement la déception de se retrouver avec un pistolet à eau vide et de ne plus pouvoir jouer à éclabousser les autres enfants et, comme si cela ne suffisait pas, celle d'avoir été humilié par sa mère devant un inconnu ? Probablement, essaya-t-il de se convaincre sans y parvenir.

***

En se réappropriant du ciel de Nice, le soleil semblait prendre sa revanche sur l'orage et irradiait une lumière si intense dans le bureau de Cédric que le noir brillant de l'écran devenu miroir reflétait clairement son image dans les moindres détails. Les cheveux clairs, de plus en plus clairsemés sur les tempes, les sourcils trop fins pour cacher la cicatrice laissée par une chute de vélo quand il était petit, et de grands yeux marrons : « la plus belle chose que tu aies », lui rappelait Sylvie, en ajoutant moqueuse, « pour ne pas dire la seule ! » C'était vrai. Le nez busqué n'était pas celui d'une star de cinéma, les lèvres non plus d'ailleurs, si peu enclines au sourire qu'elles paraissaient pires qu'elles ne l'étaient. Pas de quoi parader, mais Cédric observa longuement ce visage. Il ne cherchait aucune satisfaction, ce qu'il cherchait, c'était un souvenir, un repère, un lien avec les photos de famille, la confirmation de ce que lui avait dit sa mère : « Tu as le même regard que lui ».

Il cessa de s'observer quand il remarqua que le voyant vert au bas de son écran était allumé. Quelqu'un s'était servi de l'ordinateur et avait oublié de l'éteindre. Il n'était pas difficile d'imaginer qui, puisque Sylvie, après sa croisade quotidienne contre l'informatique au bureau se gardait bien de prolonger le supplice à la maison. Depuis quelques mois, Théo avait découvert Internet et les jeux vidéo, et commencé à montrer des signes de dépendance. Pour le moment, ses parents se contentaient de lui imposer des limites – Internet seulement lorsqu'ils étaient tous les deux à la maison – et de refuser d'acheter de nouveaux jeux. Le problème était que dire non ne suffisait pas, il fallait aussi affronter les longues discussions qui s'ensuivaient. Quelques semaines auparavant, ils avaient trouvé l'inspiration dans un article de journal : l'histoire d'un enfant de Toulouse qui avait été hospitalisé pour une crise d'épilepsie après être resté plusieurs heures devant l'écran d'un ordinateur. Ils en avaient profité pour justifier leur énième refus, ce qui avait peut-être servi à quelque chose puisque Théo n'était pas encore revenu à la charge. En attendant, il semblait ignorer les interdictions.

– Théo ! Cédric fait sa grosse voix en se penchant du seuil de son bureau.

– Oui...? Le ton craintif de la réponse qui monte de l'étage du dessous équivaut à un aveu.

– C'est toi qui as allumé l'ordinateur ?

Silence.

– As-tu oublié ce qu'on avait dit ? Pas d'Internet quand maman et moi ne sommes pas à la maison.

– …

– Tu m'entends ?

– Oui. Mais c'est Pierre, c'est lui qui me l'a dit.

Voilà pourquoi il se taisait : il préparait une stratégie défensive !

– Qui ?

– Pierre. Il voulait... Euh… on était en train de jouer et il ne se rappelait plus un truc.

Se fâcher ou laisser tomber ? À la charge du prévenu, il y avait la mauvaise foi et, manifestement, la tentative de mener ses parents en bateau. À sa décharge, les progrès faits à l'école – « il a l'air plus motivé », avait expliqué l'institutrice à Sylvie durant la réunion de parents d'élèves au début du mois – ainsi que l'imminence de la fête qui lui valait une immunité temporaire, mais ne portant que sur les infractions mineures :

– Passe pour cette fois, mais dorénavant nous voulons être prévenus quand vous décidez quelque chose Pierre et toi. Nous sommes d'accord ?

– Oui papa.

– Essaie de t'en souvenir !

C'était toujours la faute de Pierre ! Lorsque Théo fonçait dans le garage au milieu du dîner, le plus souvent quand les épinards arrivaient sur la table (« On a rendez-vous… »), lorsqu'il essayait de gagner quelques minutes devant la télévision (« Attends la fin, Pierre aime bien ce film. »), quand il se lançait dans des exercices qui n'avaient rien à voir avec le MiniBasket (« Il dit que je dois faire des pompes pour renforcer mes bras »), et même quand il disparaissait au plus grand désespoir de sa mère. Ce fut un mercredi, jour sans école pour Théo et libre pour Sylvie qui, de la cuisine, le surveillait du coin de l'œil pendant qu'il jouait dans le jardin. Un instant après, le temps d'aller dans la salle de bains pour vider la machine à laver, elle ne le vit plus. Elle l'appela une douzaine de fois, fouilla la maison de fond en comble ; elle alla sonner à la porte de deux ou trois voisins pour leur demander s'ils l'avaient aperçu, puis son inquiétude se transforma en panique. Elle envoya deux textos à Cédric – identiques en l'intervalle de deux minutes : « Appelle-moi tout de suite ! » – et lorsqu'il la rappela du lycée, elle l'implora en sanglotant de courir au commissariat le plus proche avec la photo de Théo qu'il conservait dans son portefeuille car en cas d'enlèvement il fallait intervenir immédiatement. Puis, sans écarter le téléphone et en risquant de lui perforer le tympan, elle lança un cri strident : « Le voilà ! ». Elle venait de le voir qui marchait tranquillement sur le trottoir d'en face et s'était précipitée dehors.

– Où étais-tu passé ?

– Pierre n'avait jamais vu notre rue, alors on est allés se promener. Tu sais que quand nous sommes passés devant la maison des Merle, leur chien s'est mis à couiner en se sauvant ? La prochaine fois que je sors, je lui demanderai de m'accompagner.

– La prochaine fois que tu sors sans me prévenir, je t'enferme à clé dans ta chambre pendant une semaine ! répliqua-t-elle en hurlant, tellement hors d'elle que le soir Théo confia à Cédric qu'*il était un peu inquiet pour sa mère !*

Il était temps d'affronter Pierre pour lui dire que ça ne pouvait pas continuer comme ça. Non sans lui laisser la possibilité de se justifier, cela va de soi. Le problème était que Pierre ne pouvait ni se défendre ni être puni puisqu'il n'existait pas. C'était une invention de Théo, un ami imaginaire, compagnon de jeux ou bouc émissaire selon les cas. Il était facile de se rappeler à quel moment Pierre était entré dans leur vie : c'était la semaine où ils avaient regardé ensemble un vieux film avec Gérard Depardieu et Whoopi Goldberg. Depardieu y interprétait l'ami invisible d'un enfant d'environ huit ans, l'âge de Théo, qui l'aidait à surmonter la douleur d'avoir perdu sa mère.

Ainsi, le matin du samedi suivant, Théo se présenta dans la cuisine et, sans daigner regarder le bol de lait et de céréales, annonça que lui aussi avait un ami comme celui du film et que le sien ne s'appelait pas Bogus mais Pierre. Il aurait pu lui trouver un nom plus original, pensa Cédric en faisant un clin d'œil à Sylvie. Prendre acte de cette nouveauté ne suffit pas. Théo voulut que ses parents le suivent pour leur présenter le nouveau venu, dans le garage puisque c'était là qu'il avait élu domicile. Pris au dépourvu, Cédric et Sylvie avaient dû retarder le petit-déjeuner et la lecture du journal pour lui faire plaisir, tout en se demandant comment il fallait se comporter dans un cas semblable. Devait-on faire semblant de voir le fantôme, devait-on lui adresser la parole, lui demander s'il était satisfait de son logement ? Ou devait-on, dès le départ et avec délicatesse, dissiper cette illusion ? Que se passerait-il si le père optait pour la première solution et la mère pour la seconde, ou vice et versa ?

Ils n'avaient pas le temps de se mettre d'accord sur une stratégie commune, ils devaient improviser. Du reste, tous les parents doivent improviser : le manuel de l'illustre pédiatre et fin psychologue que Cédric et Sylvie avaient acheté pendant sa grossesse dormait encore dans le placard, dans le carton où il avait échoué au moment du déménagement, et personne n'avait éprouvé le besoin de l'en sortir.

– Lui, c'est Pierre. Et eux, ce sont mes parents.

Des présentations dans les règles de l'art, dommage que Théo ne tînt pas autant aux formalités lorsqu'ils recevaient quelqu'un à la maison. Cédric effleura le bras de Sylvie qui hocha la tête en signe d'approbation, puis s'adressa à la porte du garage :

– Bonjour, heureux de te connaître, Pierre. Tu es bien chez nous ?

– Qu'est-ce que tu fais ? le reprit Théo.

– Comment ça, qu'est-ce que je fais ? Je lui dis bonjour...

– Alors regarde-le. Il est à côté de l'armoire.

– Ah ! Excuse-moi, je ne vois pas grand-chose. Il n'y a pas assez de lumière. Il faut que je me décide à changer cette ampoule, autrement Pierre ne pourra pas lire.

– Ne t'inquiète pas, il a dit que pour lui c'était bien comme ça. Au début, moi aussi j'avais du mal à le voir. Avec ce visage noir, et puis... mais ses mains sont blanches, on les remarque tout de suite.

– Blanches ?

– Mais, non. Roses, comme les nôtres.

Apparemment, Théo avait élaboré une solution toute personnelle au problème de l'intégration, un hôte à la fois noir et blanc, ou alors il avait réuni ses deux meilleurs amis de la vie réelle, Yves et Malik, en un seul personnage.

– À plus tard, Pierre. Bonne journée.

Théo sembla satisfait. Maintenant que tous les membres de la famille se connaissaient, il pouvait retourner à ses occupations. Dernièrement, il consacrait toujours plus de temps à Pierre et cette manie de lui attribuer la responsabilité d'initiatives que ses parents désapprouvaient, commençait à devenir agaçante.

– On aurait mieux fait de regarder un autre DVD, soupira Sylvie un soir.

Cédric avait souri :

– C'n'est pas dit. S'il avait hébergé des mutants venus de l'espace à la place de Pierre, nous n'aurions même plus de place dans le garage pour le scooter.

– Quel besoin a-t-il de s'inventer un ami ? Il a les vrais.

– Et toi, quel besoin as-tu de regarder John Reese dans *Person of Interest* ? Tu m'as moi…

– Il est réel, lui.

– L'acteur oui, pas le personnage.

– Et si on lui disait qu'il est parti ?

– Qui ? Reese ?

– J'ai parfois le soupçon qu'en fait, tu *ne* le fais *pas* exprès.

Jusqu'à présent Cédric avait toujours remis la question à plus tard, mais cette solution tout juste improvisée il y a quelques instants le satisfaisait. Si les projets de Pierre étaient d'abord soumis à l'avis des parents, très bien. Autrement, une solution plus radicale s'imposerait. Mais pas avant la fête d'anniversaire : Pierre était un invité de marque et le seul ayant une place réservée, une chaise devant la télé – « pour qu'il ne s'ennuie pas » – sur laquelle Théo demandera à tous de ne pas s'asseoir. La veille, Cédric et Sylvie avaient troqué cette concession contre la promesse qu'il ferait son lit tout seul pendant un mois. Un bon plan, se dirent-ils en allant se coucher, qui mériterait d'être inscrit dans le code officiel des pratiques familiales. Le prochain pacte pourrait porter sur les épinards. Le problème serait alors de trouver une contrepartie assez alléchante pour le convaincre d'en manger une fois par semaine au lieu d'une fois par mois.

***

Mieux valait contrôler ce que Théo trafiquait avec l'ordinateur. Cédric effleura la souris et sur l'écran se dessina une image qui n'avait apparemment rien à voir avec le basket ou avec une recherche pour l'école – à Dieu ne plaise ! – ni le pouvoir de suggérer l'éventualité de sordides rencontres virtuelles. C'était une plaque ronde, couleur argent sur fond noir, qui présentait six encoches rectangulaires disposées en rayons sur le bord extérieur, avec un dessin raffiné au centre, coiffé de l'inscription *Jane* en italique. Une médaille ? Sur la barre d'adresse, il voyait les www. habituels et une longue série de mots qui ne lui disaient rien, entrecoupée de barres obliques et de signes de ponctuation. Il s'apprêtait à cliquer sur le retour à la page précédente quand il s'arrêta. Ce dessin, ou plutôt cet emblème... Pour le concurrent lambda d'un jeu télévisé, ce serait un symbole ésotérique valant cent mille euros, tandis que pour lui, c'était la couverture d'une encyclopédie dont il connaissait chaque ligne de chaque page par cœur. Le parachute flanqué d'ailes, surmonté d'une couronne et d'un lion. Le Régiment des Parachutistes, l'élite de l'armée britannique d'hier et d'aujourd'hui, l'Afghanistan, les Falkland et surtout, le D-Day. Dans un jeu télévisé réel, l'animateur aurait mieux fait de lui signer le chèque sans broncher et d'interrompre le programme avant que Cédric n'assomme les téléspectateurs d'un monologue interminable. Mais là, pas de chèque en vue. Pourquoi ces jeux ne posaient-ils jamais la bonne question à la bonne personne ?

La bonne personne : aujourd'hui, même le directeur du lycée, qui n'était pas du genre expansif, l'avait reconnu, bien qu'à sa façon. C'est de cela qu'il aurait voulu parler à son retour à la maison, avant que l'ouragan Théo ne s'abatte sur Sylvie, agité comme il l'était en raison de la fête, et ne l'oblige à battre en retraite. Aurélien Rascoussier, latiniste sévère (*nomen omen*, dirait-il), lui avait *demandé* de pouvoir assister à son cours d'histoire au lieu de se contenter d'annoncer sa présence comme il le faisait généralement avec les professeurs. Il ne s'agissait pas en effet de la présence de routine prévue par le planning des cours, mais d'un hors-programme lié à ce que lui avait demandé Cédric. Le directeur lui avait paru agacé : pourquoi ne savait-il rien de ce livre ? Cédric lui expliqua qu'il n'aimait pas se vanter. « Se vanter non, mais en parler oui ! » avait rétorqué son supérieur en regrettant peut-être, juste après, de ne pas avoir formulé sa réplique en latin pour la rendre plus efficace. Cédric s'était excusé avec toute l'humilité dont il était capable. Il se serait mis à genoux, aurait imploré s'il l'avait fallu, prêt à tout – sauf les larmes – pour lui arracher ce congé de trois jours. Il ne voulait pas, ne pouvait pas décliner l'invitation à aller retirer son Nobel à lui, un livre sur le débarquement en Normandie, la présentation dans une bibliothèque de Caen, non pas en qualité de spectateur mais comme interprète, lors de la rencontre de l'auteur avec ses lecteurs et surtout, en qualité de traducteur de l'édition française, voyage et séjour remboursés. Le directeur l'avait tenu sur les charbons ardents jusqu'à ce matin, lorsque – non sans exagérer les problèmes qui en découlaient – il lui avait annoncé qu'il avait réglé la question des remplacements. Après quoi, il lui demanda quand il comptait traiter le sujet de ce livre en classe.

– Aujourd'hui, avait répondu Cédric. À quelques jours du soixante-dixième anniversaire du débarquement et, puisque que le 6 juin tombait un dimanche, autant anticiper la leçon. D'où la demande de Rascoussier et l'accord forcé de Cédric qui, du reste, n'avait aucune raison d'éprouver la moindre angoisse de performance. Et pour quel motif ? Il jouait sur son propre terrain et savait qu'il pouvait compter sur ses élèves. S'il commettait l'erreur de s'en vanter, Sylvie se moquait de lui :

– Évidemment, t'es un prof de roman-feuilleton ; tu es même si peu crédible qu'aucun producteur ne se hasarderait à faire de toi le protagoniste d'une série.

Lui feignait de se fâcher, mais au fond, il était content. Quel mal y avait-il à vouloir alterner travail et plaisir ?

On obtient parfois des avantages qui vont bien au-delà de la sympathie et de la discipline en classe. Comme l'automne dernier, lorsqu'Adrien, un élève de seconde, un surdoué de l'informatique, lui avait installé sur son téléphone portable, un lien qu'il avait téléchargé sur YouTube : *You'll Never Walk Alone*, chantée par tous les supporters de Liverpool et de Barcelone avant un match de la Ligue des Champions, un truc à faire venir les larmes aux yeux, comme l'après-midi à Anfield Road. C'était devenu sa sonnerie préférée, pour ne pas dire la seule habilitée à l'arracher au sommeil à six heures quarante-cinq le matin.

— Bien joué, l'avait-il félicité, en le priant toutefois de ne pas se faire d'illusions : cette prouesse informatique ne lui garantirait aucun point en plus à la prochaine épreuve d'histoire. L'adolescent, un petit maigre à lunettes, l'idée qu'on se fait du *nerd* typique, ne tarda à prendre sa revanche. Lorsque Cédric lui demanda « comment as-tu fait ? », il lui lança un regard sceptique de pilote de la NASA qui se demande pourquoi il devrait perdre son temps à expliquer le fonctionnement de son Shuttle à un dinosaure, et coupa court :

— Je dois y aller Prof, Sandrine m'attend.

Et il disparut en laissant Cédric méditer seul sur les bizarreries de l'univers des jeunes d'aujourd'hui – était-il possible qu'un cyber-addict trompe son ordinateur avec une fille de première, une écervelée comme Sandrine de surcroît ? – et en ne lui laissant pas le temps de poser son autre question : était-ce légal de télécharger ces images ? Il dut se contenter d'imaginer la non-réponse d'Adrien, se résumant tout entière dans l'air ahuri que lui-même aurait eu si on l'avait emmené voir un film chinois en version originale. Le système d'exploitation implanté dans le cerveau d'un adolescent des années 2000 traitait le droit d'auteur comme un intrus que le plus primitif des antivirus pouvait éliminer, donc comme quelque chose d'absolument insignifiant. Il aurait dû y penser lui, Cédric, avant de lui confier son portable. Mais il ne l'avait pas fait et à présent, quand il entendait cette sonnerie, il lui arrivait d'éprouver un léger scrupule, toutefois ni assez fréquent ni assez fort pour l'effacer.

Un professeur de roman-feuilleton... N'importe quoi. Il savait que, dans certaines limites, il devait lâcher prise. Ainsi, il tolérait qu'un élève puisse se distraire de temps en temps, tant qu'il ne dérangeait pas ceux qui voulaient suivre son cours. Dans ce cas, il haussait le ton et, si nécessaire, menaçait de sévir. Cela lui arrivait tout au plus avec les élèves de seconde : les événements du passé ne semblaient pas avoir un grand pouvoir d'attraction sur eux et, lorsque la leçon d'Histoire coïncidait avec la dernière heure de cours de la journée, maintenir la discipline devenait ardu.

Les choses changeaient quand on arrivait au vingtième siècle car les élèves avaient grandi et les événements de l'époque de leurs grands-parents les intéressaient davantage. Une métamorphose qui devenait évidente lorsqu'il parlait de la Seconde Guerre mondiale et, en particulier, du D-Day. Il constatait alors que les rappels à l'ordre n'étaient plus nécessaires. Il en était toujours ainsi, que le directeur fût ou non présent dans la classe. Par conséquent, il n'était pas inquiet. Tandis qu'il parlait en dessinant sur le tableau la position des forces déployées sur le terrain, il jeta un regard en coin, la force de l'habitude. Il était certain que personne ne profiterait de la situation pour lorgner l'écran du portable ou papoter avec son voisin. Les élèves étaient tous presque immobiles, les coudes sur leur pupitre, silencieux, comme s'ils regardaient un film d'action. Tout le mérite lui revenait, aujourd'hui comme les autres jours, pour sa façon de raconter, de s'investir, pour le ton de sa voix et sa gestuelle. Les questions fusaient : sur la Résistance, sur les parachutistes, sur le massacre d'Omaha Beach, sur le port artificiel des

Américains détruit par la tempête, sur Hitler qui dormait parce que nul n'osait le réveiller à l'aube pour l'informer de ce qui était en train de se passer sur les plages de Normandie.

Rascoussier attendit que la classe se fût vidée pour s'approcher de Cédric et commenter :

– Pas mal, Roussel !

Ce qui, venant de lui, équivalait à recevoir un doctorat honoris causa. Cédric sourit, satisfait mais pas surpris, car il voyait dans ce commentaire une admission, la reconnaissance inévitable d'une prédestination dont il n'avait jamais doutée. Naître un six juin, en Normandie, à Caen, devait forcément signifier quelque chose pour quelqu'un qui avait eu un parent touché par ces événements et qui avait vécu le jour le plus long. Son grand-père, Jean-Jacques, avait quitté ce monde avant sa naissance – « trop tôt » disait son père en ne se doutant pas que cette affirmation cachait un présage – fier de sa vie et de ce qu'il avait fait durant ces quelques mois, d'abord comme coursier de la Résistance, puis comme informateur des Alliés. Les récits de ces vicissitudes avaient accompagné l'enfance de Cédric, façonné son imaginaire, et déclenché le Big Bang de son anglophilie, bien avant le Liverpool FC et les *Status Quo*. Un fatras de souvenirs auxquels, il y a huit ans, vint s'ajouter une coïncidence singulière : Théo aussi était né le 6 juin, quelques minutes avant minuit, une semaine avant la date calculée par le gynécologue, comme s'il tenait à respecter les échéances et les traditions familiales.

***

Après la mort de son père et le déménagement à Nice où un oncle de sa mère lui avait trouvé une place de serveuse, c'était elle qui avait perpétué la tradition. Cédric voulait continuer à écouter des récits de la guerre. Il avait ainsi l'impression que son père était toujours avec eux et que son grand-père, qu'il n'avait pas connu, participait aux réunions de famille, ce qui lui donnait l'illusion d'avoir autant de parents que ses camarades de classe. Pauvre maman, se disait-il parfois. Combien d'efforts lui avait-il imposés ! Pour lui faire plaisir, peut-être avait-elle dû lire des tas de livres, apprendre par cœur des noms, des dates, des lieux, des faits, de façon à créer une toile de fond pouvant se prêter aux gestes de son beau-père. Souvent, lorsqu'elle était assise à côté de son lit, elle tenait un carnet ouvert sur les genoux, noirci de lignes serrées, peut-être les notes qu'elle prenait pour être à la hauteur de la situation. Il se pouvait aussi qu'elle ait inventé des choses. Il le lui avait demandé un jour, mais la réponse avait été évasive et il n'avait pas insisté. Pourquoi ternir le souvenir des soirs où Cédric refusait de dormir tant qu'on ne lui avait pas raconté quelque chose, peu importait quoi, sur les cartes des fortifications dessinées par son grand-père au cours des semaines qui précédèrent le débarquement, sur les dangers encourus pour porter des messages dont il ignorait le contenu à des destinataires dont le nom se cachait sous un pseudonyme, sur les rencontres avec Landon, l'officier auquel il passait des informations sur les mouvements des troupes allemandes pendant le siège de Caen ? Il est bizarre cet enfant, avait-t-elle dû penser. Aux super-héros des bandes dessinées, des dessins animés et des films, il préfère des gens ordinaires dont certains sont français, tandis que d'autres sont venus de loin pour se battre dans des endroits dont ils n'ont jamais entendu parler et, dans bien des cas, pour y mourir.

Pour Cédric, il ne s'agissait pas seulement de chroniques de guerre ou d'histoires de famille, c'était aussi un prétexte pour cultiver la mémoire de ses racines. Il était interdit de parler de vacances. D'abord parce que le budget familial ne les leur permettait pas, ensuite parce que lorsqu'on vit sur la Côte d'Azur – le gourmandait sa mère – on a la mer à portée de main, bien plus invitante que les eaux froides et grises de la Manche – un argument qui lui rappelait la fable *Le Renard et les Raisins*. Il restait bien les visites au cimetière et aux parents du côté paternel, à Caen, des incursions rares, hâtives et déprimantes qui lui laissaient un goût amer dans la bouche.

À peine arrivée à la gare, sa mère paraissait si impatiente de reprendre le train que, un ou deux jours plus tard, quand ils s'apprêtaient réellement à rentrer, Cédric se sentait soulagé lui aussi. Pas pour longtemps. Alors que le voyage en train donnait à sa mère l'illusion que les mauvais souvenirs pouvaient rester derrière elle, c'était lui qui se sentait écrasé par la nostalgie et par les regrets.

Les années ne l'avaient pas libéré de ce fardeau. Le vide était moins vide, voilà tout. S'il ne s'en était pas rendu compte tout seul, Cédric aurait pu le lire dans les yeux de sa mère quand il lui amenait son petit-fils, chaque dimanche matin, dans le deux-pièces situé à cinq minutes de la Promenade des Anglais qu'elle n'avait pas voulu quitter, pas même quand, avec Sylvie, il lui avait proposé de venir vivre avec eux dans leur nouvelle maison. Trop loin des commerces, de l'église et de ses amies, avait-elle expliqué, bien que la vraie raison fût la crainte de les déranger avec ses problèmes de santé. Elle se contentait ainsi de la visite hebdomadaire. Mais la prochaine visite serait différente des autres. Cédric irait la chercher et l'accompagnerait chez eux. Si la fête devait se prolonger tard dans la soirée, elle dormirait à la maison et peut-être que ce serait elle qui raconterait à Théo les histoires du grand-père Jean-Jacques, en admettant qu'elle s'en souvienne encore. Pour lui, ce n'était pas un problème car, de toute évidence, c'était écrit, c'était le destin que ces histoires fussent un jour à l'origine de sa carrière de professeur, de ses débuts de traducteur et, aujourd'hui, du « Pas mal ! » du directeur. Il aurait bien aimé en parler, mais il devait attendre son tour, attendre que Sylvie ait fini de rassurer Théo.

6. 6 JUIN 1944, 00:46

... – Vingt minutes ! hurla l'opérateur radio en quittant son poste derrière les pilotes pour se diriger vers la porte à l'extrémité du fuselage ; c'était lui qui devait nous assister pendant le largage.

Nous nous levâmes pour accrocher les sangles d'ouverture automatique au câble qui longeait le plafond, répétâmes la séquence jusqu'au « Tous OK », et revînmes nous asseoir en attendant le signal.

– Cinq minutes !

Le capitaine s'approcha de la porte. Je le suivis, Lickert et les autres derrière moi, juste quelques pas à faire, entravés par les sacs à dos, les parachutes, les sacs. Le capitaine se pencha au-dehors et recula aussitôt : le vent devait être plus fort qu'il ne s'y attendait. Tandis que j'essayais de voir par-dessus son casque en suivant des yeux les nuages qui défilaient au-dessous de nous, je sentis une violente secousse suivie d'un gros bruit. Je ne restai debout que parce qu'il n'y avait pas assez de place pour tomber, serré comme je l'étais entre le capitaine et Lickert qui se tourna en jurant. L'opérateur radio gisait sur le sol, le dos et la tête appuyés contre la paroi de queue, immobile. Il semblait évanoui. Les deux derniers de la file avaient perdu l'équilibre et étaient tombés à la renverse, atterrissant presque sur le seuil de la cabine de pilotage. J'entendis un camarade hurler que son fusil s'était coincé et j'en vis un autre qui tentait de l'aider en risquant de tomber à son tour, secoué par la défense anti-aérienne et par les manœuvres du pilote qui zigzaguait pour éviter de se faire encadrer par les projecteurs.

Nous avions l'air de marionnettes entassées dans une boîte en fer qui dévale un sentier cahoteux. Mais les marionnettes ne vomissent pas, contrairement à Whaite. Lorsque je l'aperçus accroupi derrière Lickert, les mains appuyées sur le sol, je me demandai si j'avais bien fait d'accepter les tranches de pain du capitaine. Le voyant rouge à droite de la porte s'alluma. Il fallait compter une minute avant qu'il ne passe au vert, mais le Dakota fit une embardée qui éjecta le capitaine qui disparut comme englouti par la nuit. J'hésitai une seconde de trop :

– Dehors ! hurla Lickert dans mon oreille, si fort que je pensai qu'on l'entendrait même au sol.

Ce fut une bonne chose que de ne pas avoir le temps de penser. Je sautai comme l'instructeur avait parié que je n'en aurais jamais été capable, les bras croisés sur la poitrine et les genoux serrés, en gardant cette position jusqu'au moment où je sentis la secousse de la sangle d'ouverture automatique et, aussitôt après, celle du parachute qui s'ouvrait. Si le pilote avait réussi à maintenir la bonne altitude, je m'étais lancé de six cents pieds et je disposais de vingt-cinq secondes pour m'orienter, éviter de finir sur un arbre ou sur un toit et, surtout, pour me libérer du sac, en le faisant osciller sur le câble fixé aux sangles du parachute afin qu'il absorbe l'impact en premier. Le décrocher trop rapidement signifiait risquer de rompre la corde et de tout perdre, mais ne pas réussir à le détacher aurait été pire : avec tout ce poids attaché à la jambe et le pied coincé dessous, je risquais de me fracturer le tibia au moment de l'impact avec le sol, comme cela était arrivé à un caporal de la Compagnie B pendant l'entraînement. Je saisis la corde et lorsque je sentis qu'elle se tendait, je tirai de toutes mes forces, puis la laissai se dérouler le plus lentement possible. Pendant la descente, je levai les yeux pour chercher mes camarades. J'en vis deux, vingt pieds au-dessus de moi. Avaient-ils tous réussi à sauter ?

En dessous, ils commencèrent à tirer, des rafales qui provenaient d'armes légères, et des balles incendiaires. L'une d'elles m'effleura et traversa le parachute. Une éventualité que je n'avais pas envisagée. Je savais que je serais une cible facile et que je risquais de rester accroché quelque part, mais l'idée que la coupole puisse prendre feu ne m'avait jamais traversé l'esprit. Ils tiraient au hasard. Ils ne me voyaient pas car j'étais encore au milieu des nuages, qui n'étaient pas seulement des nuages – je m'en rendais compte maintenant – il y avait aussi la poussière soulevée par les bombes au moment du raid avant le largage, et portée par le vent.

Ce qui m'apparut quand j'en sortis me glaça le sang. Le reflet imperceptible de l'eau, reconnaissable malgré l'obscurité, beaucoup d'eau, partout. Je me souvins des photos prises par les avions de reconnaissance, de la vallée entre les deux rivières, partiellement inondée pour décourager les parachutages. Les pilotes allaient tenter de l'éviter, nous assurèrent-ils. De toute évidence, le nôtre n'y était pas parvenu. Ou bien, nous aurions dû attendre que la lumière devienne verte, mais si nous l'avions fait, le capitaine se serait retrouvé tout seul. Je relevai un point de repère dans ce qui, vu d'en haut, semblait être la fenêtre éclairée d'une maison, puis avec ma main libre je m'agrippai aux élévateurs avant pour corriger la descente. Si j'atterrissais dans l'eau, j'aurais de gros problèmes, mais je n'avais pas le temps de dégainer ma dague pour couper la corde et me libérer du surpoids. Je compris que j'avais eu de la chance lorsque je vis le sac s'enfoncer dans la boue, de quelques pouces sous la surface. L'impact, un instant après, fut le plus doux de tous les sauts que j'avais effectués depuis le début de l'entraînement.

J'attendis que la voilure finisse de se coucher sur l'eau, je m'assis et décrochai la boucle rapide du harnais. Je retirai les sangles cuissardes et la sangle de poitrine, contrôlai si le sac était encore fermé puis je regardai autour de moi. Le clair de lune qui filtrait à travers les nuages se reflétait sur un lac artificiel bordé de haies sur trois côtés et, au loin, d'une barrière sombre et irrégulière. Derrière ces arbres, il devait y avoir la lumière que j'avais entrevue pendant la descente. Je fis quelques pas vers la haie la plus proche, en choisissant soigneusement les touffes d'herbe qui dépassaient çà et là tout en me demandant où j'avais atterri. Ce que je voyais n'avait rien à voir avec les images que nous avions étudiées à la base : une jachère au milieu des bocages, des vergers et des broussailles. Je me retournai en entendant un bruit sourd, ou plutôt un plongeon, qui venait du milieu de l'étang, suivi d'un silence insolite. Un camarade ? Qu'attendait-il pour se débarrasser de son parachute ? Où était-il passé ? Puis je frémis d'horreur : il était en train de couler, entraîné par le poids de son barda. J'abandonnai le sac pour voler à son secours, mais la boue se collait aux semelles de mes brodequins en me ralentissant davantage à chaque pas. J'avançai dans l'eau, immergé jusqu'à la taille, quand le fond se déroba sous mes pieds, me faisant couler à pic. Je touchai le fond presque aussitôt et me retrouvai la tête sous l'eau. J'étais tombé dans un trou, comme lui. Je ne savais pas si j'aurais pu m'en sortir tout seul, la natation étant le seul sport qui ne m'avait jamais attiré. Tandis que je me débattais, je sentis un coup sur mon casque et, en me retournant, j'aperçus l'ombre d'une main qui s'agitait dans l'eau. Je la saisis et me sentis tiré si fort qu'en un instant je me retrouvai la poitrine hors de l'eau, les pieds ancrés à ce qui devait être le bord du trou. Je reconnus une silhouette trapue et familière :

– Merci, mon Capitaine.

– Parle doucement, murmura-t-il.

– Il a atterri ici, nous devons...

– C'était un sac, pas l'un des nôtres, dit-il en saisissant mon bras.

La surface était sombre, immobile. Le capitaine devait avoir raison, autrement nous aurions au moins vu la coupole du parachute. Mais je n'en étais pas certain et lui non plus car sans me lâcher le bras, il prononça « Il faut y aller » sur un ton qui ne me semblait pas le même que d'habitude. Tandis que nous nous dirigions vers la lisière du champ, je l'entendis marmonner des consignes dont nous nous souvenions tous les deux, comme si quelqu'un lui avait demandé de répéter la leçon : rejoindre au plus tôt le reste du bataillon, sans tergiverser. Je me retournai une dernière fois à la recherche d'un signe de vie. Rien, que de l'eau, l'obscurité et le silence.

– Où diable nous ont-ils largués ?

– Éclaire-moi, dit le capitaine.

Il me tendit la lampe torche, sortit la carte de la poche de son pantalon et la déplia au pied de la haie, sur la bande d'herbe qui émergeait de l'eau :

– Pointe-la en bas, contre la carte… Nous sommes ici, murmura-t-il en effleurant le quadrillage tracé au milieu de la langue de terre claire qui pénétrait profondément dans le bleu en coupant une ligne côtière verticale.

La mer à l'est, pas au nord ? pensai-je, en croyant qu'il avait mis la carte dans le mauvais sens. Puis je compris : ce qui semblait être la côte était la limite entre la zone inondée et la zone émergée et, s'il avait raison, la fenêtre éclairée que j'avais entrevue se trouvait dans le village situé au centre de la presqu'île. Il fit glisser son index sur la carte pour me montrer le chemin que nous allions emprunter pour contourner le village au nord et arriver à destination, le point de rendez-vous, à environ trois miles de distance. Les champs que nous devions traverser étaient près des maisons, mais nous n'avions pas le choix, à quelques pieds de là, il n'y avait que de l'eau.

Tout à coup, je sentis qu'on m'arrachait la torche de la

main et qu'on me poussait dans l'herbe mouillée. Le capitaine se jeta par terre en éteignant la lumière. J'aperçus deux silhouettes qui avançaient le long de la haie, à une trentaine de yards, le torse penché en avant. Le capitaine souffla dans l'appeau pour canards que nous portions avec nous pour nous faire reconnaître de nos camarades dans l'obscurité. Pas de réponse. Il arma le Sten, les laissa s'approcher et susurra :

– Punch...

– ... et Judy ! murmura une voix.

Bien qu'étouffée, je reconnus celle qui m'avait abasourdi vingt minutes plus tôt dans l'avion. C'était bizarre d'entendre en France, en pleine nuit, les noms des marionnettes que mes parents m'emmenaient voir quelquefois le dimanche, sur le bord de mer de Brighton, quand j'étais petit. Le commandant devait être sûr que les Allemands ne connaissaient pas ces noms pour les avoir choisis comme mots d'ordre.

– Capitaine Kadwell. Qui êtes-vous ?

– Caporal Lickert et soldat Whaite.

– Pourquoi diable n'as-tu pas répondu à l'appel, Lickert ?

– J'ai oublié, mon Capitaine. Excusez-moi...

– La prochaine fois que tu oublieras quelque chose, tu te feras tirer dessus.

Nous contrôlâmes le barda. Whaite avait eu moins de chance que moi ou alors, vomir dans l'avion l'avait déboussolé au point d'en oublier le sac qui s'était décroché et avait atterri Dieu seul savait où. Dans l'eau, espérai-je, car je voulais trouver une explication, me convaincre que c'était seulement un sac qui avait coulé et pas un ami. Lickert avait perdu le rouleau avec le fusil, mais le reste était à l'abri dans le sac à dos. Le capitaine et moi avions tout récupéré. En me libérant du blouson de saut, je me rendis compte qu'il m'avait également servi au sol, ou plutôt, dans l'eau. Mon pantalon et les manches de la Denison étaient trempés, mais la poitrine et le dos étaient presque secs. Il n'y avait personne aux alentours. Les Allemands devaient être convaincus que le lac artificiel suffisait. Le silence était déchiré par les rafales de la défense anti-aérienne, l'obscurité sillonnée par les obus traceurs qui poursuivaient les avions qui rentraient à la base. Je me souvins du moment où ils nous avaient recommandé : en cas de doute sur la direction, prenez la route des Dakota comme point de repère et allez à gauche. L'indication correspondait à la carte et à la façon dont l'avait interprétée le capitaine, nous nous mîmes en marche.

7. 31 MAI 2014, 16:07

Qu'était ce disque argenté qui trônait, énorme, au centre de l'écran ? Cédric alla sur la page précédente et une autre image, plus grande, apparut accompagnée d'un texte cette fois : « Montre WWW de l'armée britannique », annonçait le titre. Elle était en piteux état, complètement rayée, le bord des aiguilles partiellement rouillé, avec des craquelures sur la partie claire à l'intérieur. Le cadran noir était parsemé de petits points en relief semblables à la peau lorsqu'on a la chair de poule ; les chiffres, de un à douze, étaient imprimés sur la bande extérieure, d'une couleur oscillant entre l'orange et le brun, qui à certains endroits, bavait sur le bord. Légèrement au-dessus du point où se joignaient les aiguilles, un symbole de la même couleur qui ressemblait à un grand accent circonflexe traversé par une troisième ligne descendait verticalement du sommet. À côté de l'image principale, il y en avait trois autres plus petites accompagnées de noms énigmatiques : « mouvement », « fond de boîte » et « intérieur de la boîte ». S'il cliquait sur celle du milieu, le disque en métal apparaissait avec le nom et l'emblème.

Un autre retour à la page précédente pour lire la

description : « Montre à remontage manuel avec boîtier en acier et fond vissé, index et aiguilles luminescents. Années 40. Diamètre 37 mm, épaisseur 10 mm. Mouvement : 12 lignes, 15 rubis, échappement à ancre, balancier monométallique, spiral plat. » Mais qu'est-ce que cela pouvait bien vouloir dire ? Ça ne lui était encore jamais arrivé de lire deux lignes rédigées, apparemment, en français sans en comprendre un mot. Le paragraphe suivant était moins hermétique : « L'armée britannique commanda les montres « WWW » (Wrist Watch Waterproof, montre bracelet étanche) à des fabricants suisses pendant la Seconde Guerre mondiale. Le cadran de cet exemplaire arbore le signe de la « Broad arrow » qui identifiait les fournitures, propriété du Gouvernement, mais pas le fond de la boîte, gravé d'un prénom féminin et de l'emblème du Régiment des Parachutistes britanniques qui prit part à la bataille de Normandie. La comparaison avec des objets similaires et les témoignages dont nous disposons nous permettent de garantir que cet exemplaire doit être considéré comme authentique et original bien que la marque ne soit pas apposée sur le cadran et les ponts du mouvement, et que le numéro de série ne figure pas sur le fond de la boîte et sous les anses. En assez bon état (nous recommandons une révision du mouvement). »

Un peu plus bas, au milieu de la page et en caractères gras : « Valeur estimée : de 2 500 à 3 000 € ».

Qu'est-ce que Théo avait à voir avec ça ? Pour autant qu'il soit dégourdi et précoce, il est difficile de l'imaginer aux prises avec des enchères en ligne et même s'il les trouvait aussi amusantes qu'un jeu vidéo, il lui manquerait le numéro de carte bancaire à indiquer. En cliquant sur le lien de la page d'accueil, Cédric tomba sur le logo d'une maison de ventes aux enchères parisienne puis, en revenant sur la montre, sur l'icône qui était la couverture d'un catalogue. 4 juin, Deauville : la Normandie huppée, l'endroit idéal pour placer ce genre de reliques – en assez bon état ? Et les objets en piteux état, comment étaient-ils ? – à partir de 2 500 euros. Il suffisait de jeter un coup d'œil distrait au reste du catalogue pour s'apercevoir que parmi les lots à vendre, celui-ci était l'un des moins chers.

Quatre heures et demie. Cédric n'avait pas envie de vider son sac-à-dos et d'archiver les notes du jour, il le ferait après le dîner. Pour l'heure, il préférait découvrir comment Théo était arrivé sur ce site. Inutile de le lui demander directement, il ferait encore porter le chapeau à Pierre et cette fois, Cédric se sentirait obligé de se fâcher. Qu'est-ce qui poussait les enfants à provoquer leurs parents ? Un test pour voir jusqu'où ils pouvaient aller ? L'envie de se faire remarquer ? Le besoin d'affection ? Si sa mémoire était bonne, pas même le manuel enfoui dans le carton ne donnait des explications convaincantes à ce sujet.

L'historique du navigateur renvoya Cédric à la page initiale de Google, où le site de la maison de ventes aux enchères occupait la neuvième place d'une liste de résultats correspondant à « www.armée britannique ». Voici l'explication : Théo était persuadé que les trois « w » étaient une sorte de formule magique qu'il pouvait mettre partout, y compris dans le champ de recherche où il tapait les mots-clés. La combinaison des mots l'avait porté à la montre du catalogue et, comme cela ne l'intéressait pas, il était allé rejoindre sa mère dans la cuisine en oubliant d'éteindre l'ordinateur. Quant à son intérêt pour l'armée britannique, il trouvait également une justification et Cédric aimait à penser que le mérite lui revenait, ou plutôt, qu'il revenait aux petits soldats en plastique.

***

Il avait été surpris, il y avait moins d'un mois, de les revoir sur l'étagère au-dessus du lit. Pourquoi Théo avait-il récupéré ces rescapés de l'enfance de Cédric, sortis indemnes de tous les déménagements ? C'était sa mère qui les lui avaient offerts après leur déménagement à Nice pour illustrer concrètement ses récits : des parachutistes anglais de la Seconde Guerre mondiale, ceux de l'emblème gravé sur la montre, une douzaine, de cinq centimètres de haut chacun. Lorsque la boîte d'origine avait cédé à l'usage, Cédric les avait transférés dans une boîte en fer qui, à l'origine, contenait des biscuits au beurre de Normandie : une résidence appropriée et un abri sûr, s'était-il dit lorsqu'il la rangea sous le lit de sa chambre. Au fil des mois, il dut changer d'avis. La première menace fut représentée par les valises dans lesquelles sa mère, après avoir épuisé la faible capacité des armoires, rangeait les vêtements hors saison. Elles avançaient sous le lit comme des colonnes de blindés – en général pendant que Cédric était à l'école – obligeant les parachutistes à se replier toujours plus au fond. Les récupérer pour jouer s'avéra chaque fois plus ardu, jusqu'au jour où cela n'en valut plus la peine. Cédric avait grandit, les héros kakis cédèrent le pas aux champions rouges, si bien qu'un jour sa mère tenta le tour de force :

– Pourquoi ne pas les donner au fils de Madame Duchamp ! Tu ne joues plus avec...

Cette tentative produisit le contraire de l'effet désiré. Elle lui rappela l'existence de la boîte, le fit se sentir coupable du long abandon auquel il l'avait vouée et lui inspira la politique des années à venir : une résistance tenace et déterminée contre toute logique, à commencer par celle, rigide, qui régissait l'exploitation du peu d'espace disponible dans la maison. Les parachutistes ne se rendent jamais, pensa-t-il, donc, il tiendrait dur lui aussi. Les escarmouches devinrent des combats, puis les offensives de sa mère s'atténuèrent au moment de l'emménagement dans un appartement légèrement plus grand et doté d'une cave. Après une longue négociation, Cédric réussit à la persuader de lui laisser un coin de l'étagère la plus basse et la plus branlante en étayant sa requête avec l'histoire d'un copain de classe qui avait posé ses albums de vignettes sur le sol de la cave et les avait retrouvés à moitié détruits par une fuite d'eau. Pas même son mariage ni le dernier déménagement ne réussirent à le convaincre de se défaire des petits soldats. « C'est tout ce qu'il me reste de mon enfance » avait-il expliqué à la jeune mariée pour l'attendrir pendant qu'il rangeait la boîte dans le meuble de cuisine au-dessus du réfrigérateur, prétextant que de toute façon elle ne l'aurait pas utilisé, vu qu'il était trop haut pour elle. En vérité, c'était Sylvie qui était petite, mais Cédric avait préféré une formule diplomatique, craignant de possibles représailles contre les petits soldats. Avec l'achat de cette maison, les parachutistes en plastique eurent droit au logement le plus confortable de leur existence, une récompense méritée après trente-cinq ans de service : le placard à outils, dans le garage, où ils étaient définitivement à l'abri de toute menace d'élimination.

Ils y restèrent jusqu'à l'hiver dernier, quand Cédric estima que Théo était assez grand pour le remplacer dans ses fonctions de gardien et lui en fit cadeau. La réaction de son fils fut tiède. Les vieux soldats en plastique et leur total look kaki devaient paraître bien insignifiants à quelqu'un qui pouvait compter sur la protection de Gyorx. Ce mutant spatial se cachait entre les BD et les livres d'école, la planque idéale pour repérer les envahisseurs et les éliminer avant d'être vu – le terme exact était « *dispariser* », le « terminer » des Années 80/90 – avec les armes bioniques qui sortaient de ses avant-bras. Il avait atterri chez eux, sous le sapin de Noël, dans une boîte encombrante, et Théo l'avait accueilli avec la chaleur et l'admiration qui se doivent à un héros de la guerre entre la Galaxie perdue et l'Étoile de cendres. La saga, racontée par la dernière superproduction hollywoodienne en 3D, avait subjugué la quasi totalité des moins de douze ans de la planète Terre et, comme tout conflit, avait eu des effets désastreux sur l'économie, notamment celle des parents, martelés par les demandes de leurs enfants que le marketing de la superproduction avait soumis à un véritable lavage de cerveau. Cela mériterait la censure, pensait Cédric, de la part de toutes les associations humanitaires pour la protection des enfants, à commencer par l'Unicef. Au cours des premières semaines de janvier, les parachutistes et leur boîte reprirent le chemin du garage, en silence, presque en cachette, comme si Théo avait craint de devoir donner des explications. Mais Cédric ne lui demanda rien. Finalement c'était bien ainsi : à chaque époque ses jouets et ses héros. Ce serait donc de nouveau à lui de veiller sur leur destin.

Quelques mois plus tard cependant, ils réapparurent sur l'étagère, à portée de main. Pendant qu'il souhaitait bonne nuit à son fils, Cédric ne put cacher sa curiosité.

– Qu'est-ce qu'ils font ici mes petits soldats ?

– Ce ne sont plus les tiens. Tu me les as donnés.

– Je sais. Mais où est passé Gyorx ?

– Dans le garage, dans le placard.

– Comment ça ?

Après un instant d'hésitation, Théo formula une réponse qui, sur le moment, sembla presque inédite :

– Pierre préfère jouer avec eux.

– Ça me fait plaisir. Tu sais combien je tiens à mes parachutistes.

– Et puis je suis grand maintenant.

– Vraiment ?

– Et lui c'est un jouet.

– Qui ?

– Gyorx. Je ne peux plus m'amuser avec des jouets, j'ai presque huit ans.

– Il aurait mieux valu que tu deviennes grand avant Noël, maman et moi ne te l'aurions pas acheté.

Théo fit semblant de bâiller, sa manière à lui de gagner du temps pour réfléchir à une diversion si la conversation prenait une tournure qu'il n'aimait pas. Au lieu de se réfugier dans un discours sur les éliminatoires de la NBA ou sur les nouvelles baskets de Malik, il surprit son père en lui posant une drôle de question :

– C'est vrai que tu avais le noir dedans quand tu étais petit

?

– Quoi ?

– Grand-père était malade et tout te semblait noir. Même dans ta tête.

– Je ne dirais pas exactement ça, mais oui, c'est vrai, j'étais triste.

– Tout était si noir que tu n'arrivais même pas à faire la différence entre les amis et les ennemis ?

– Ça, non. Ce serait trop, tu ne crois pas ?

– Et maintenant ? Tu l'as encore ce noir dedans ?

– Quand j'oublie d'allumer la lumière, maman et toi, vous y pensez Qui t'a raconté des choses pareilles ?

– Personne…

– Tu les as inventées tout seul ? Ça m'étonnerait !

– Mamy..., répondit Théo en riant.

Puis il se tourna de l'autre côté, pour lui faire comprendre que l'audience était terminée. Ainsi Cédric dut garder pour lui le reproche sur l'argent gaspillé pour un cadeau déjà oublié et la remarque qu'il voulait faire sur les petits soldats : n'étaient-ils pas des jouets eux aussi, comme Gyorx ? Pas pour Théo apparemment, ni pour lui du reste, autrement, pourquoi aurait-il tout fait pour les protéger ?

Le lendemain, il téléphona à sa mère :

– Qu'est-ce qui te passait par la tête quand tu as raconté cette histoire à Théo ?

– Quelle histoire ?

– Celle du noir qui me tenaillait parce que papa était malade. C'est toi qui lui en as parlé ?

– Non. Pourquoi aurais-je dû ? Ce sont des choses tristes...

– Tu en es sûre ?

– Je m'en souviendrais. Je ne suis pas aussi gâteuse que tu le crois.

Donc la première réponse était la bonne : Théo avait tout imaginé tout seul. Mais comment ? Peut-être en brodant sur quelque chose qu'il avait entendu à la télé ou qu'il avait trouvé sur Internet, ou bien après avoir surpris des bribes de conversations à la maison. Parfois, il écoutait aux portes. Sylvie et lui le savaient, c'est pourquoi ils n'abordaient les sujets délicats que si Théo dormait ou après avoir vérifié s'il n'était pas dans les parages.

**

Deux mille cinq cents euros : un chiffre qui exerçait la fascination de l'absurde. S'il existait quelqu'un disposé à dépenser autant pour cette vieille ferraille, alors il n'y avait pas de limites aux caprices des nantis. Que ne feraient-ils pas pour se délester de leur trop-plein d'argent ! La seule montre de valeur que Cédric n'ait jamais possédée était son cadeau de fiançailles, avec une dédicace gravée au dos. Elle avait dû coûter cher, bien qu'il n'avait jamais demandé combien à Sylvie, car cette montre était en or et surtout, elle était neuve. Douze ans après, elle était toujours aussi neuve puisque Cédric ne la portait que rarement, comme à son mariage, ou au baptême et à la communion de Théo, pour la signature du contrat de vente de la maison et en toutes ces occasions qui requièrent un costume-cravate. Jamais au lycée et encore moins à la maison : incompatible avec le bricolage. Il n'avait pas d'autre montre, ni précieuse ni bon marché. Il lisait l'heure sur son portable.

Il aurait pu éteindre l'ordinateur et ne plus y penser, mais ce parachute avec des ailes... Combien de ceux qui allaient participer aux enchères savaient-ils ce qu'il représentait sans avoir consulté le catalogue ? Une chose était sûre : peu de particuliers disposaient d'archives comme les siennes. Cédric se leva et prit sur l'étagère la plus haute un livre dont il connaissait bien la couverture. C'était une photo en couleurs ou, plus précisément, coloriée par la suite, l'une des plus couramment utilisées pour représenter le D-Day. On y voyait l'hélice d'un avion en arrière-plan et, au premier plan, quatre parachutistes en cercle, avec leur veste de camouflage et leur casque, qui regardaient leur poignet gauche, partiellement couvert par leur main droite, et qui synchronisaient leurs montres, que l'on ne voyait pas. Dommage.

Internet, voilà d'où pouvait venir quelque chose d'utile. Cédric se remit au clavier et tapa « Broad arrow », à savoir « Grande flèche », l'accent circonflexe avec une jambe en plus. Si celui qui avait compilé le catalogue n'avait pas jugé bon de traduire ce terme, cela signifiait que ses lecteurs savaient de quoi il s'agissait et donc, qu'on le trouvait aussi sur Google. Le nombre de résultats était impressionnant : plus d'un million. Le premier de la liste renvoyait à une page de Wikipedia, un texte dense avec deux images. En haut, un emblème sophistiqué qui ne rappelait que vaguement une flèche. Un peu plus bas, une ancienne borne en pierre, de l'*Ordnance Survey*, l'institut géographique national du Royaume-Uni, chargé de la cartographie du pays. Le symbole gravé au-dessus des initiales WD, pour *War Department*, était une flèche identique à celle de la montre. Apparemment, il existait deux sortes de *Broad arrow*, l'une utilisée dans l'héraldique et l'autre par le gouvernement britannique pour marquer le matériel militaire, comme la montre, en l'occurrence.

Et l'estimation ? Cédric lança une recherche en tapant les mots correspondant au sigle WWW, c'est-à-dire « Wrist Watch Waterproof » (montre-bracelet étanche), en y ajoutant le mot « prix ». La kyrielle de réponses, huit millions cette fois, commençait par deux images. La première présentait deux montres semblables à celle du catalogue, mais modernes, probablement des reproductions réalisées pour les amateurs du genre. La seconde montrait un modèle ancien et presque identique. Seule différence : la couleur de la flèche et des chiffres des heures. Ils étaient blanchâtres et non orange. Cédric cliqua sur les autres liens de la première page de Google et découvrit tout un monde dont il ignorait l'existence. Des groupes de discussion où des centaines de collectionneurs et d'amateurs passionnés partageaient des liens d'amitié, des conseils, des renseignements, des découvertes, le plaisir d'un achat réussi ou la déception d'une occasion manquée, et qui entraient dans une transe extatique non seulement lorsqu'ils se consacraient aux objets de leur désir, mais aussi jusque dans la description des boîtes qui les contenaient, le tout illustré par des photographies d'un niveau semi-professionnel. Et des chiffres à volonté : dans les marchés cités dans les forums, sur les sites des commerçants, dans les enchères en ligne, dans les archives virtuelles patiemment compilées par les blogueurs. Les prix variaient de mille cinq cents à quatre mille euros selon l'état de l'objet.

Quand la première page d'un PDF qui ressemblait à un traité apparut, Cédric s'y attarda un instant.

Une vingtaine de pages remplies de tableaux et de photographies, tirées d'une revue et, d'après les notes biographiques, signées par deux sommités en la matière. Ce n'était pas le fait que le texte fût en anglais qui lui posait un problème, mais le jargon abscons qui l'obligeait à revenir constamment en arrière pour comprendre le lien entre texte et images. Il n'abandonna pas, et au bout d'une heure il se sentit expert à son tour. L'article résumait pratiquement tout ce qu'il fallait savoir à ce sujet : le nom des fabricants qui avaient produit les WWW pour l'armée britannique, le nombre de montres fabriquées, plus souvent présumé qu'établi, les caractéristiques techniques – apparemment supérieures à la moyenne et de nature à en faire des instruments réservés aux spécialistes du génie ou aux officiers –, les variantes, les photos. Non seulement la *Broad Arrow* était imprimée au même endroit sur tous les cadrans, mais elle était également gravée sur le fond du boîtier, à l'intérieur et à l'extérieur, avec le numéro de série, celui qui manquait sur la montre mise aux enchères, tel que précisé dans le catalogue.

Bien que commandées des mois plus tôt, les WWW n'avaient été livrées qu'à partir de mai 1945, à savoir après la fin de la guerre en Europe. Par conséquent, aucune d'elles n'avait été utilisée sur le champ de bataille. Alors pourquoi la société de vente aux enchères se référait-elle à la bataille de Normandie ? Peut-être qu'en l'associant à un événement historique, elle voulait rendre l'objet plus attractif, supposa Cédric qui retourna sur l'image pour la comparer avec celles du PDF et s'attarder un instant sur l'un des détails fournis dans le catalogue : la montre mise en vente était la seule dont le cadran ne portait pas le nom de la marque.

Ce devait être une déformation professionnelle des enquêteurs, se dit-il en poursuivant sa recherche : en cas de doutes, il valait mieux les éliminer tout de suite plutôt que les ignorer. Après une douzaine de tentatives, il trouva une explication dans un forum de discussion. Le cadran anonyme, expliquait un passionné au sujet d'une montre portée, celle-ci, pendant la Grande Guerre, était une mesure de prudence pour éviter que l'ennemi ne puisse remonter à l'origine des montres confisquées aux prisonniers. Une sage précaution pour les fabricants suisses car les camps ennemis auraient considéré ces fournitures comme une violation de la neutralité helvétique.

Plausible. Mais quel besoin d'anonymat pouvait-il y avoir une fois la guerre terminée, c'est-à-dire d'après l'article, au moment où les WWW auraient été livrées ? Et pourquoi manquait-il le numéro de série qui figurait sur tous les autres exemplaires qu'il avait vus sur Internet ? La seule chose certaine, c'était que le propriétaire de cette montre avait quelque chose à voir avec l'aéroportée. Si au moins le prénom avait été suivi d'un nom... De toute manière, un « Jane Smith » par exemple, n'aurait pas résolu grand-chose, étant un nom trop courant au Royaume-Uni, tant au cours des Années 40 que de nos jours.

Le premier propriétaire de la montre était-il toujours de ce monde ? Improbable, si les auteurs de l'article disaient vrai, au moins soixante-neuf ans s'étaient écoulés. Le propriétaire actuel pouvait être un héritier, ça oui, mais comment savoir qui il était ? Cédric se trouvait au pied d'un mur qui fermait une impasse. Cependant, avant de baisser les bras, il voulut jouer la dernière carte dont il disposait pour escalader cet obstacle et jeter un coup d'œil de l'autre côté. Cela ne lui aurait pris que quelques minutes tout au plus, et un euro de téléphone. L'emblème, les parachutistes, les aventures de son grand-père, son propre travail, et même ses petits soldats étaient des raisons suffisantes.

Presque six heures. Cédric composa rapidement le numéro de téléphone relevé sur la page Contact du site comme si les secondes gagnées in extremis lui donnaient davantage l'espoir de trouver quelqu'un encore au bureau.

– Bonjour, je suis Cédric Roussel, je vous appelle de Nice. Je suis intéressé par la montre qui sera mise aux enchères le 4 juin à Deauville. Dans le catalogue on parle de témoignages qui prouveraient...

– Un instant, s'il vous plaît… Après la musique d'attente, la voix féminine fut remplacée par une voix d'homme :

– Bonjour, je suis Alain Onfray.

Le ton rappelait celui des majordomes anglais dans les films, tellement guindé qu'il sonnait faux, peut-être le style qui convenait à ceux qui traitaient les objets de luxe avec les vendeurs et les acheteurs aisés.

– Bonjour. J'aimerais avoir des renseignements sur un lot qui sera mis aux enchères vendredi prochain. Le catalogue dit qu'il s'agit d'une montre de l'armée britannique...

– Le numéro du lot ?

– ... Malheureusement je ne l'ai pas noté. Je vérifie sur Internet et je vous rappelle.

– Peut-être que ce ne sera pas nécessaire : s'agit-il de la montre ailée ?

– Ailée ?

– Avec des ailes gravées sur le fond de la boîte. Des ailes et un parachute.

– Oui, exactement. Elle s'appelle réellement comme ça ? Montre ailée ?

– Non…, même ce petit rire avait quelque chose d'affecté, … nous l'aurions écrit. C'est une personne qui a téléphoné hier d'Angleterre pour avoir des renseignements, qui l'a baptisée ainsi. Elle a parlé de *montre ailée* pour me faire comprendre de quoi elle parlait, étant donné que le cadran de la montre est anonyme.

– Original…

– Et efficace puisque cela a marché également avec vous. Le numéro est 115, si cela vous intéresse. Que voulez-vous savoir ? C'est moi qui me suis occupé de l'expertise et je n'ai aucune raison de douter...

– Oui, je l'ai lu sur le site, et on y évoquait aussi certains témoignages... De quoi s'agit-il ?

– De documents : un certificat de donation datant de juillet 1944 et un reçu de 1975.

– De donation ?

– Timbré par les Civil Affairs de Caen. La montre a été offerte par le commandement britannique à un citoyen français, tandis que le reçu se réfère à la vente de la montre à un parent du propriétaire actuel.

Caen, juillet 1944, voilà pourquoi le catalogue cite la bataille de Normandie. Par conséquent, ce n'est pas vrai que ces montres ont été livrées après la guerre. Pas toutes, tout du moins.

– Et les ailes ? Je voulais dire l'emblème, vous en savez quelque chose ?

– Uniquement ce que nous avons indiqué, qu'il s'agit de celui du Régiment des Parachutistes.

– Serait-il possible de voir ces documents ?

– Ils seront à la disposition du public vendredi matin à Deauville avec la montre, à l'hôtel où se tiendra la vente aux enchères.

– Pourriez-vous m'en envoyer une copie numérisée via e-mail ? C'est que je suis à Nice et je ne sais...

– Je crains que non, cher monsieur. Si tout le monde le

demandait...

L'attitude avait changé, passant du compassé courtois au guindé froid. De quelque manière, par intuition ou par expérience, ce Monsieur Onfray devait s'être aperçu qu'il n'avait pas affaire à un habitué des ventes aux enchères et encore moins à un débutant au portefeuille garni. Ainsi, il aurait préféré le liquider rapidement pour se consacrer à des activités plus prometteuses ou tout simplement pour rentrer chez lui.

Que faire pour gagner un supplément d'attention et devenir plus intéressant aux yeux du commissaire-priseur ? Aplomb et culot :

– J'ai d'autres montres de ce genre, mais aucune permettant de remonter au lieu et à l'époque de son utilisation. À en juger par le certificat de celle que vous avez au catalogue, elle a été portée pendant la bataille de Normandie, ce qui la rend doublement précieuse pour moi. Mon grand-père s'était engagé dans la Résistance et vivait à Caen. C'est d'ailleurs là que je suis né, à dire vrai... Excusez-moi si j'insiste, c'est important. Puis-je vous laisser mon numéro de téléphone et mon adresse e-mail ? On ne sait jamais, dans le cas où vous trouveriez cinq minutes et pourriez m'envoyer ces copies. S'il fallait l'autorisation du propriétaire, n'hésitez pas à lui donner mes coordonnées.

Cela ne suffirait pas à séduire Monsieur Onfray, mais l'idée était d'instiller le doute : « et si cet interlocuteur était un bon client potentiel ? » Après tout, la Côte d'Azur évoquait davantage l'image d'un rentier plein aux as plutôt que celle d'un professeur de lycée hanté par le cauchemar des traites à payer, et Cédric n'avait aucune raison de parler de son travail, à moins qu'on le lui demandât expressément.

– Je verrai ce que je peux faire... Quel est votre nom déjà ?

– Je ne vous l'avais pas encore dit : Roussel.

– Roussel... ?

– Oui. R-O-U-S-S-E-L.

– Roussel... Et votre prénom ?

– Cédric. Voulez-vous que je l'épelle ?

– Ce ne sera pas nécessaire. Vous êtes de Caen, avez-vous dit ?

– J'y suis né, mais je vis depuis longtemps à Nice.

– Donc Roussel sans L-E à la fin ...

Il était dur d'oreille ou il était fatigué après une dure journée de travail, ce Monsieur Onfray. C'était pourtant un nom de famille assez courant.

– Exact. Sans L-E à la fin.

Deux mille cinq cents euros : d'après le cours accéléré suivi sur le Web, le chiffre était correct, tout au moins par rapport aux habitudes d'un monde peuplé de maniaques. Cette constatation le dérangeait. Ou plutôt, ce qui le dérangeait, c'est le fait même que cela le dérangeait. S'il avait fait cette recherche et téléphoné, c'était seulement par curiosité. Que lui importait le prix ?

8. 6 JUIN 1944, 01:27

... L'indication correspondait à la carte et à la façon dont l'avait interprétée le capitaine, nous nous mîmes en marche.

Nous nous tenions en file indienne en frôlant les feuilles et les branches, sur le cordon herbeux qui émergeait de l'eau, car prendre le chemin de l'autre côté de la haie aurait été risqué. Nous devions éviter toute rencontre, surtout avec l'ennemi. La mission avant tout. En l'occurrence, quatre hommes dont un désarmé, il ne serait pas difficile de résister à la tentation de régler de vieux comptes, comme les appelait le capitaine.

Pendant que nous marchions, je me sentais comme lorsque j'allais à l'école, aux prises avec les dernières révisions, avant les examens. J'y étais habitué : « Englin, donne-moi les positions exactes et le plan d'attaque ». J'entendais cette phrase plus souvent que le « Tous OK ! ». Cela arrivait à la fin des exercices, pendant les réunions quotidiennes avec le capitaine et les sous-officiers : des tests surprises qui n'étaient pas vraiment une surprise puisque c'est moi qu'ils visaient, le bébé du peloton. Désormais, je connaissais mieux la position des mitrailleuses que le chemin de retour vers la maison à Londres.

Les éclaireurs devaient avoir fini à cette heure. Ils étaient partis avant nous, en deux groupes. Le premier groupe devait rejoindre l'objectif pour préparer le raid, baliser au moyen de rubans blancs le chemin à suivre sur le terrain miné, ramper jusqu'aux barbelés pour localiser les endroits où placer les torpilles Bangalore, et disposer les mortiers d'où partiraient les fusées éclairantes pour guider les pilotes des planeurs qui devaient se poser sur le terrain clôturé. Le second devait délimiter la zone du point de Rendez-vous et la rendre visible. C'était là que nous devions nous rassembler avant de marcher vers la batterie et où les planeurs devaient descendre avec le matériel lourd : jeeps, mortiers, pièces d'artillerie, explosifs, lance-flammes, détecteurs de mines, le nécessaire de premiers soins et le matériel de transmission.

De là, nous devions parcourir un peu moins de deux miles et, après avoir franchi la première barrière de barbelés grâce aux ouvertures pratiquées par les éclaireurs, nous diviser en quatre groupes, un pour chaque bunker. Mon peloton, formé de trente-deux hommes, devait s'occuper du bunker numéro un, le plus grand. À l'arrivée des planeurs, nous devions faire sauter le grillage interne en quatre points et donner l'assaut pendant que nos camarades descendaient des avions. Une attaque simultanée qui, espérait-on, sèmerait la confusion parmi les Allemands. Première étape : neutraliser les mitrailleuses en suivant les indications des éclaireurs. Deuxième étape : atteindre les casemates, faire sauter les portes en acier avec les explosifs, éliminer les occupants ou les faire prisonniers. La troisième étape, la plus importante, était de détruire les canons.

« Nous sauverons la vie de centaines des nôtres », avait annoncé le capitaine la veille du départ. Il ne le disait pas seulement pour nous motiver. La batterie se trouvait à quelques miles de la mer, mais si nous avions laissé ces canons calibre 150 millimètres tirer sans problème, ils auraient fait un carnage et peut-être réussi à repousser les troupes de débarquement dans les eaux de la Manche. Après l'assaut, le commandant devait établir un contact radio avec le croiseur qui attendait des nouvelles à un mile de la côte. Si à cinq heures et demie le navire n'avait reçu aucune communication, il aurait bombardé la batterie depuis la mer, mais il lui aurait été impossible d'obtenir les mêmes résultats qu'une action directe. Donc, nous ne pouvions pas échouer. Ensuite nous devions rejoindre et attaquer un village qui surplombait la vallée où devaient avancer l'infanterie et les colonnes de blindés, à quelques miles de là. Il fallait déloger l'ennemi et tenir la position jusqu'à la relève.

Arrivés au bout de la haie, nous nous rendîmes compte que les arbres que nous apercevions de notre point de départ étaient plus loin qu'il ne semblait, au-delà d'un croisement et d'un champ apparemment sec et praticable. L'un après l'autre, nous traversâmes en courant la chaussée en dos d'âne, au milieu des pavés de porphyre déchaussés et éclatés par les bombardements, et nous jetâmes à terre. Nous attendîmes une vingtaine de secondes en épiant les premières maisons du village, sur la gauche. Aucune lumière, on entendait seulement l'aboiement d'un chien. Le capitaine indiqua un fossé profond au milieu du champ qui s'étendait devant nous. En le suivant, nous serions arrivés aux arbres et, de là, aurions décidé comment continuer.

Nous marchions depuis quelques secondes quand nous entendîmes un grondement sourd dont l'intensité augmentait rapidement. « Lancaster ! », fut l'avertissement que murmurèrent presque simultanément le capitaine et Lickert qui plongèrent tête baissée, les coudes plantés au fond du fossé et les mains derrière la nuque. Whaite et moi fîmes la même chose juste avant que ne se déchaîne l'apocalypse. Autour de nous, la terre tremblait, se soulevait, retombait ; on avait presque l'impression de l'entendre mugir comme les bœufs que j'avais vus à l'abattoir où mon oncle travaillait avant la guerre, telle un animal gigantesque éventré par des crochets d'acier, dont les entrailles giclaient de tous les côtés. Il ne nous restait plus qu'à attendre, immobiles, couverts de mottes de terre de la tête aux pieds, au milieu des sifflements et des explosions des bombes.

– Couillons ! grommela Lickert, le premier à s'asseoir pour vérifier s'il était encore entier lorsque les bombardiers s'éloignèrent. Je m'agenouillai en pensant que si l'objectif du raid était de mettre la pression sur la batterie, il avait doublement échoué : d'abord en manquant la cible, puis en risquant de massacrer les assaillants. Cependant, il avait servi à nous révéler où étaient les Allemands. Entre deux explosions, nous avions pu remarquer des traceurs à 150-200 yards, sur deux côtés du champ. Il suffirait de rester dans le fossé pour éviter ces deux postes, si les bombes ne les avaient pas déjà touchés.

– Tout va bien ?

– Oui, mon capitaine.

Tandis que nous nous remettions en marche, nous entendîmes des ordres hurlés en allemand, puis une moto qui démarrait, annoncée par le faisceau de lumière de son phare. À mi-chemin, le fossé changeait d'aspect en s'ouvrant sur un cratère de cinq pieds de profondeur. En le contournant, je me dis que si nous étions partis du marais trente secondes plus tôt, nous serions tous morts. Nous traversâmes le boqueteau et nous retrouvâmes dans un champ qui faisait penser à un énorme pique-épingles : des dizaines de pieux plantés par deux dans le blé qui arrivait à la taille, avec des câbles en fer tendus entre eux, à une hauteur variant de huit à dix pieds. Il s'agissait d'obstacles pour les planeurs, invisibles d'en haut, et trop gros pour que nous puissions les scier avec ce que nous avions sous la main.

Nous continuâmes jusqu'à arriver dans des broussailles épaisses et, lorsque nous en sortîmes, je n'en crus pas mes yeux. Nous nous sommes trompés, pensai-je, le R.V. ne pouvait pas être ici. Puis je reconnus, sur ma droite, l'arbre isolé qu'on nous avait signalé sur les photos, si près d'un fossé qu'on aurait dit qu'il allait tomber dedans, et le verger adjacent. En face, un dégagement où je distinguais des dizaines d'hommes mais pas de planeurs ni de jeeps ou de mortiers. Déjà en route vers la batterie ? Impossible, ils ne seraient pas partis en laissant tout ce monde. Nous nous approchâmes après avoir murmuré le mot d'ordre aux deux camarades les plus près de nous. Au centre, se tenait un petit groupe, quelques officiers qui écoutaient le commandant. Lorsqu'il nous vit, il s'arrêta :

– Qui êtes-vous ?

– Capitaine Kadwell avec le caporal Lickert et les soldats Englin et Whaite.

– Les autres qui étaient dans l'avion avec vous ?

– Je ne les ai pas vus, j'espérais qu'ils étaient arrivés avant nous. Et les planeurs, mon Commandant ?

– Ils ne sont pas là. Nous avons une Vickers, quelques Bren, une dizaine de Bangalore, c'est tout. Et il manque quatre cinquièmes des hommes. Nous devons changer de plan.

9. 1 JUIN 2014, 10:37

L'indicatif était celui de Caen, mais le numéro que Cédric avait vu sur son portable à la fin de la deuxième heure de cours n'était pas celui d'un parent. Après avoir ramassé les copies de l'interrogation écrite et accompagné le dernier élève à la porte de la classe, Cédric descendit l'escalier et sortit sur la grande esplanade bordée de chaque côté par les trois étages du bâtiment scolaire. À cette heure, il n'y avait presque personne. Il s'assit sur un banc, à l'ombre de l'un des arbres qui un jour ou l'autre, avec leurs racines, menaceraient le sol rougeâtre où étaient tracées les lignes des terrains de basket et de volley-ball. Il effleura la touche de rappel de son téléphone. Il valait mieux vérifier.

— Étude Levasseur, bonjour.

— Bonjour. Je suis Cédric Roussel, je vous appelle de Nice. J'ai trouvé ce numéro sur mon portable...

— Roussel ? Patientez un instant, s'il vous plaît. Le notaire est occupé, mais il m'a demandé de lui passer l'appel dans le cas où vous téléphoneriez.

Le nom Levasseur ne lui disait rien, bien qu'il disposât d'une vingtaine de secondes pour fouiller sa mémoire, accompagné d'un extrait de musique classique.

– Allô ? La voix laisse deviner un certain âge, plus de soixante ans

– Oui…

– Levasseur, Thierry Levasseur. Vous êtes Monsieur Roussel...

– Oui.

– Cédric Roussel, n'est-ce pas ?

– Oui…

Encore un qui avait des problèmes avec la phonétique de ce nom ?

– Je suis le propriétaire de la montre qui sera mise en vente vendredi.

– Je ne voulais pas vous déranger, je voulais seulement...

– Vous ne me dérangez pas. Quand la secrétaire de la maison de vente aux enchères m'a appelé, c'est moi qui lui ai dit que je préférais vous contacter personnellement. Au début elle n'était pas d'accord, peut-être craignait-elle que je tente de les court-circuiter. Puis je l'ai convaincue : le mandat de vente est signé depuis un mois et ce sont eux qui ont la montre. Évidemment, si je l'avais su avant...

– Si vous aviez su... quoi ?

– Que vous étiez intéressé. Mais bon, comment aurais-je pu le savoir du reste ? Ainsi vous vivez toujours à Nice...

Que disait-il ? Cédric se tut : valait-il mieux chercher une formule polie pour lui poser des questions ou faire semblant de rien en attendant de saisir quelques indices ? Le notaire ne lui laissa pas le temps de décider :

– Allô ?

– Oui je…

– J'aimerais bien continuer cette conversation avec vous mais j'ai des clients qui attendent. Nous pourrions nous voir à mon étude ? Jeudi après-midi, par exemple. La veille de la vente aux enchères. Je crois que nous devrions bavarder un peu, car vous viendrez en Normandie, je suppose.

Ne pouvait-il pas lui faire adresser ces copies, tout simplement ?

– À vrai dire, je...

– Je vous écoute, dit-il avec un brin d'impatience dans la voix, probablement pour lui rappeler que le temps c'est de l'argent.

Pourquoi pas ? Ce type pouvait avoir des informations intéressantes, et s'il l'avait pris pour quelqu'un d'autre, tant pis :

– D'accord. Jeudi après-midi.

– 14 heures, cela vous convient-il ?

– Oui...

Après avoir fixé pendant presque une minute son téléphone mobile qui indiquait la durée de l'appel, Cédric se ressaisit et pressa la touche de fin d'appel. La prochaine facture lui dirait combien lui avait coûté cette distraction.

10. 6 JUIN 1944, 02:41

... – Et il manque quatre cinquièmes des hommes. Nous devons changer de plan.

Le capitaine nous éloigna. Lickert se mit à charrier Whaite pour l'odeur infecte et bien reconnaissable qu'il dégageait : dans le fossé, il n'avait pas seulement échappé aux bombes, il était aussi tombé sur de la bouse de vache française ! Je ne perdais pas de vue les officiers et tendais l'oreille. Le capitaine allait-il m'informer de quelque chose ? De nouveau cette angoisse qui semblait s'être dissipée lorsque j'avais sauté de l'avion. Pénible, mais pas autant que ce que j'avais ressenti peu avant, dans le champ, lorsque les battements de mon cœur se confondaient avec les explosions, si violents que toute ma poitrine tremblait, comme si mon cœur voulait se frayer un chemin entre les côtes pour bondir dehors, et si forts qu'ils me résonnaient dans les tempes. Il ne m'était jamais rien arrivé de semblable. Peut-être qu'il s'agissait de ce qu'on appelle la panique, pensai-je, une peur incontrôlable.

Lickert et Whaite avancèrent de quelques pas pour taper un clope à des camarades, mais je préférai rester où j'étais car je voulais être le premier à savoir. Le capitaine se détacha du groupe et s'approcha.

– On s'en va, et peut-être pour me faire comprendre qu'il n'était pas inquiet, il ajouta : n'oublie pas la tasse.

– Quelle tasse ?

– Les Yankees disent que nous ne renonçons jamais à la pause thé, même au combat. Ce serait dommage de les décevoir. Donc, dès que nous aurons pris la batterie, nous prendrons une belle photo de groupe, la tasse à la main, et nous l'enverrons à Eisenhower.

– La batterie ?

– Nous sommes là pour ça.

– Et les autres ?

– Nous ne pouvons pas les attendre.

Et il s'éloigna pour appeler Lickert.

Nous commençâmes à marcher, en deux files indiennes sur les bords d'une route poussiéreuse avec un monticule couvert d'herbe clairsemée au milieu. Les trous creusés par les bombes étaient la principale différence d'un paysage que la pleine lune qui, de temps en temps perçait les nuages, éclairait suffisamment pour en révéler les pièges : des haies, des arbres, des buissons et des herbes hautes, l'idéal pour une embuscade. Nous procédions par petites étapes derrière une patrouille qui nous précédait de cent yards et se servait de l'appeau pour donner le feu vert. Nous ne rencontrâmes pas âme qui vive jusqu'au moment où, trois quarts d'heure plus tard, quelqu'un répondit au signal. J'entrevis des ombres qui sortaient de derrière les arbres, devant la tête de la colonne, puis des poignées de main.

– Les éclaireurs, murmura le capitaine derrière moi.

Leur largage s'était mieux passé que le nôtre. Ils avaient atteint l'objectif dans les temps prévus, déminé à la main le chemin qu'il fallait prendre pour s'approcher de la clôture interne, relevé d'autres mitrailleuses, en plus de celles qu'on voyait sur les photos aériennes, mais le matériel pour les signalisations avait été perdu, tout comme les planeurs.

Tandis que nous les suivions en direction de la batterie, je remarquai qu'il y avait de plus en plus de cratères dans le sol. Les bombardiers avaient aussi touché la cible, après tout. J'espérai qu'ils avaient réglé le problème à notre place car, quand nous nous postâmes entre l'orée d'un bosquet et la clôture qui entourait le terrain miné, nous n'entendîmes rien, à part le meuglement des vaches que notre passage avait réveillées.

– S'ils ne retournent pas dormir, je les tue, dit quelqu'un.

– Tais-toi, intima le capitaine.

La batterie n'était pas abandonnée comme il semblait, nous détrompa l'un des éclaireurs qui s'était allongé sous le grillage interne, car quelques minutes après, il avait entendu parler allemand.

Le capitaine appela une dizaine de noms, dont le mien, et nous rassembla sous les arbres.

– les Bangalore ne suffisent pas pour faire sauter les barbelés à quatre endroits. Nous ouvrirons deux brèches et deux groupes passeront par chacune d'elles. Le nôtre est le premier du flanc droit. Nous suivrons les artificiers jusqu'à une trentaine de yards des barbelés. Tous dedans dès que les Bangalore explosent, et suivez bien les traces de pas que les éclaireurs ont laissées avec leurs brodequins : c'est le seul moyen que nous avons pour éviter les mines puisqu'il n'y a pas de rubans de balisage. Notre objectif est la casemate numéro un, la première après les barbelés et la plus grosse. Ne vous arrêtez pas, sous aucun prétexte, les infirmiers s'occuperont des blessés. Attention à la mitrailleuse sur le toit du bunker, il faut la neutraliser dès que possible. Ensuite nous nous arrangerons avec ce que nous avons puisque les explosifs lourds ne sont pas arrivés. Nous lancerons les grenades à travers les meurtrières du bunker, mais ne les utilisez pas toutes : une fois dans le bunker, elles serviront à saboter le canon. Laissez ici ce qui ne vous sert pas.

Nous enlevâmes nos sacs à dos que nous posâmes contre

des troncs d'arbres pendant que les artificiers, une trentaine divisée en deux groupes, passaient à travers l'ouverture de la clôture et avançaient vers le terrain miné en traînant les tubes remplis d'explosif, précédés par les éclaireurs qui leur indiquaient où mettre les pieds.

Nous les suivîmes jusqu'à une trentaine de yards des barbelés internes, puis le capitaine nous ordonna de nous poster à côté de l'un des cratères creusés par le raid aérien. Non pas dedans car nous aurions risqué de tomber sur une mine antichar non explosée, ramenée à la surface par le bombardement et si sensible qu'elle pouvait sauter au contact d'une main ou d'un genou. La couche de nuages s'était épaissie, mais pas au point d'occulter complètement le clair de lune et nous empêcher d'étudier le lopin de terre qui nous séparait de l'objectif. Ce que je vis me stupéfia, comme si je n'avais jamais vraiment cru à ce qu'on nous avait montré sur les photos. À part les mines, nous n'aurions rencontré aucun obstacle jusqu'aux barbelés car le fossé de quinze pieds de large et de dix pieds de profondeur n'avait été creusé que du côté opposé à la batterie, vers la mer, après quoi les pelleteuses s'étaient retirées. Personne ne s'expliquait pourquoi, ni au Quartier général ni à la base.

Trente secondes passèrent et, tandis que j'essayais de distinguer les camarades affairés le long de l'enchevêtrement métallique, je sentis une petite tape sur l'épaule. Skevington indiquait une ombre silencieuse qui se détachait des nuages et se dirigeait vers nous depuis le nord. L'un des planeurs qui étaient censés attaquer la batterie de l'intérieur, pensai-je, mais il ne semblait pas vouloir atterrir et disparut derrière nous, derrière les arbres. Impossible de localiser l'objectif sans fusées de signalisation. La garnison sembla sortir de sa torpeur : des ordres et des pas précipités, des sons métalliques, les armes au poing. Le planeur n'avait été d'aucune utilité, mais il avait mis les Allemands en état d'alerte. Et maintenant un autre apparaissait, à basse altitude, toujours depuis le nord. Cette fois, ils ouvrirent le feu, une tempête qui finit par toucher la queue du planeur. Quelques secondes après l'avoir perdu de vue, j'entendis un grand fracas. J'espérais qu'ils s'en soient sortis, même s'ils n'auraient pu nous donner un coup de main. Heureusement, j'ai toujours eu tendance à voir le verre à moitié plein et le côté positif des choses en toutes situations : à la maison, à l'école, sur le terrain, à l'usine, à la base, partout. Attaquer la casemate à douze au lieu de trente-deux et sans l'aide des planeurs n'aurait pas été le pire des maux, pensai-je, car nous étions si peu nombreux que toucher l'un de nous par erreur dans le noir aurait été pratiquement impossible. C'était ce que je craignais le plus depuis qu'ils nous avaient expliqué le plan.

À l'intérieur de la batterie, il ne faisait plus nuit. Les fusées traçantes projetaient des éclairs qui survolaient les barbelés en éclairant les feuilles et les branches derrière nous. Deux mitrailleuses ouvrirent le feu presque en même temps, de l'intérieur. Le sifflement des balles et l'impact sur les troncs d'arbres, à mi-chemin entre nos deux groupes et ceux postés sur le côté gauche, ne laissaient aucun doute : ils s'étaient aperçus de notre présence, même s'ils tiraient à l'aveuglette. J'entendis le commandant, derrière nous, hurler des ordres et, quelques instants après, un bruissement sur la droite. J'épaulai mon Sten, mais je vis un éclair pâle, une main qui se posait sur le canon en l'abaissant.

– Ce sont Beltman et ses hommes.

Le capitaine s'était interposé entre Skevington et moi, et indiquait un groupe qui s'approchait des barbelés, les contournait, puis disparaissait de notre champ visuel. Nous entendîmes des rafales, des explosions, des cris qui venaient de l'entrée principale de la zone fortifiée. Une mitrailleuse se tut, l'autre pivota pour viser le peloton de Beltman qui faisait diversion. Puis ce fut comme si le vacarme venant de l'intérieur avait trouvé une paroi où se répercuter à quelques centaines de yards au-delà des arbres, derrière nous. Nous

nous retournâmes presque tous, sans comprendre.

— Des coups de Bren, murmura le capitaine, les gars du planeur ont de la compagnie.

Je me souvins de ce qu'il nous avait dit en sortant d'une réunion avec les officiers. Ils avaient été avertis par le brigadier en personne : nous pouvions compter sur un entraînement et sur un plan impeccables, mais nous ne devions pas nous étonner si le chaos régnait quand l'heure de vérité sonnerait. Car il en serait certainement ainsi.

11. 1 JUIN 2014, 13:32

– Qu'est-ce qu'il y a ?

Cédric leva les yeux de son assiette où il essayait, sans conviction, de piquer une olive avec sa fourchette.

– Quelque chose ne va pas ? insista Sylvie.

– Rien, j'étais juste en train de penser...

Il avait du mal à reprendre contact avec la réalité comme certains matins, lorsqu'il se tournait en tendant la main vers la table de chevet pour éteindre la sonnerie téléchargée par Adrien, et qu'il lui fallait quelques instants pour réaliser qu'il était dans son lit et non pas au stade avec les autres Mousquetaires. Là, cependant, il ne disposait pas des deux minutes de décompression qu'il pouvait s'accorder à sept heures moins le quart, car le regard de Sylvie lui fit comprendre que le « j'étais juste en train de penser... » n'était pas une réponse satisfaisante.

– Ça pose un problème si je pars demain au lieu de jeudi ? À Caen, je veux dire.

– Je ne sais pas... Pourquoi ?

– Tu te souviens du documentaire de Planète ? Celui sur l'avion américain de la Seconde Guerre mondiale retrouvé en

Bosnie, démonté pièce par pièce et transporté en Normandie, puis restauré... ? Nous l'avons vu ensemble...

Pourquoi préférer un mensonge tordu à une vérité douteuse ? La réponse, en admettant qu'elle existât, se cachait dans un profond repli du cerveau, trop sinueux pour qu'il pût la dénicher en quelques secondes. Ce qui le préoccupait le plus pour le moment, c'était la peur de se trahir, car lorsque quelque chose le troublait, il avait tendance à pâlir.

– Je crois que oui...

Cette réponse vague disait le contraire : pourquoi aurait-elle dû se souvenir d'une émission passée à la télé il y avait trois ans et qui, de plus, traitait d'un sujet qui n'intéressait que lui ?

– Quand je suis allé au musée de la Batterie de Merville, il n'y était pas encore. J'aimerais bien le voir car j'aurais l'air malin si quelqu'un en parlait pendant la présentation et que je ne savais pas quoi dire. Ça ne pose pas de problèmes au lycée car demain est mon jour de congé. Je partirais tôt et j'irais le lendemain matin. Le musée est près de Caen. Et de Deauville, mais ça, inutile de l'ajouter, pensa-t-il. Ceci dit, je pourrais ne pas rendre visite aux parents, comme ça je rentrerais plus tôt. Je ne les ai pas encore appelés.

– Ne le fais pas. S'ils apprenaient que tu es allé à Caen sans aller les voir, ils le prendraient mal.

– Comme tu préfères. De toute façon, ça ne me coûterait pas un euro de plus que prévu. Quand ils m'ont invité, c'est moi qui leur ai dit que deux nuits d'hôtel suffisaient. Je pourrais les rappeler cet après-midi pour leur dire que j'ai changé d'idée parce que je dois faire des recherches aux archives de la bibliothèque municipale.

– Si tu y avais pensé avant, j'aurais demandé trois jours de congé et nous serions tous venus avec toi, ta mère aussi.

– Tu sais bien qu'elle n'aime pas retourner à Caen, et puis...

– ... La fête ! les interrompit Théo.

Trop occupé à rendre son histoire plausible, Cédric avait

oublié la fête. L'intervention de Théo ne le surprenait pas, mais son regard, si. Il lui rappelait un professeur du collège – un professeur d'histoire, naturellement – qui l'aimait bien et qui, lorsqu'il l'interrogeait, le regardait avec une inquiétude paternelle et dont le visage s'illuminait chaque fois qu'il donnait la bonne réponse.

– Tu as raison. Vous devez encore tout préparer, comment feriez-vous pour venir ? Ne t'inquiète pas Théo. Samedi soir, je serai là.

Tout en lui pinçant le bout du nez, il surveillait du coin de l'œil la réaction de Sylvie. Elle se taisait, pensive. Alors il essaya de plaisanter :

– Tu n'es pas contente ? Tu pourras demander à ton soupirant de t'accompagner dans son super SUV...

– Encore cette histoire !..., soupira-t-elle, en parvenant à concentrer trois états d'âmes en une seule expression : l'agacement pour cette allusion récurrente, la gêne à cause de la présence de Théo et une pointe de satisfaction, perceptible malgré ses efforts pour la cacher.

– *I'm just a jealous guy...*, fredonna-t-il, non pour imiter John Lennon ou Bryan Ferry, mais parce qu'ainsi Théo, que le fixait stupéfait, ne comprenait pas. Juste un instant avant que Sylvie n'ait pu répliquer, il fit marche arrière :

– Je plaisante…

Il n'en était pas exactement ainsi. Des mois après, le souvenir le mettait toujours de mauvaise humeur. Le chef et la secrétaire : avant même que d'être désagréable, c'était insupportablement banal. Si ensuite le chef en question était Monsieur Weber, cinquante ans, célibataire, ayant la réputation d'étendre son intérêt pour les femmes au-delà de son cabinet de gynécologue, l'invitation à dîner ne pouvait aucunement être considérée comme une simple reconnaissance des qualités professionnelles de l'employée. Cédric l'avait mal pris, bien que l'avance eût été repoussée. Depuis, il essayait de la convaincre de chercher un autre emploi. « Comme si c'était facile », répondait-elle, en ajoutant que c'était une affaire classée et qu'il n'y avait eu ensuite ni insistance ni, encore moins, harcèlement. Le problème c'était lui, Cédric. À plus de quarante ans il avait découvert qu'il était un *jealous guy*, même s'il ne voulait pas l'admettre. S'il essayait d'en rire, il était encore moins convaincant qu'un homme politique qui jure de se battre pour défendre les intérêts de la communauté. Inutile de le nier, il n'avait toujours pas digéré le petit sourire de Sylvie lorsqu'elle lui avait parlé de l'invitation, au point qu'il était certain d'en avoir perçu une trace, minime, presque un filigrane subtil, mais décelable pour un œil sensible (ou paranoïaque), même maintenant, derrière la moue agacée. Mais ce n'était pas le moment de s'éloigner de l'objectif principal :

— Qu'en penses-tu ? Tu vas y arriver si je pars avant ?

— À quoi ?

— Tu vas rester sans voiture...

— Demain nous restons à la maison tous les deux. Si j'ai besoin de quelque chose, je téléphonerai à Céline.

— Et pour le reste ? Théo, la fête...

— Ce n'est qu'un jour de plus. De toute façon, on ne peut pas dire que tu en fasses beaucoup quand tu es là...

Cédric encaissa sans réagir, mieux valait une remarque ironique que d'autres questions.

— Je te promets qu'à mon retour je ferai les courses pendant un mois. Ou plutôt, lui et moi. D'accord ?

— Bien sûr ! confirma immédiatement Théo qui, au lieu de finir sa salade ou de la laisser là où elle était en annonçant qu'il devait courir au garage pour apporter un Coca à Pierre – son stratagème habituel pour en boire deux fois plus que la demi-boîte par jour autorisée par les règles de la maison – arborait le sourire du prof qui lui disait « Très bien ». À moins que ce ne fût le sourire d'un enfant qui savourait déjà l'idée de passer un mercredi de rêve, sans école et sans un père chiatique montant la garde devant l'ordi.

12. 6 JUIN 1944, 04:25

... Nous ne devions pas nous étonner si le chaos régnait quand l'heure de vérité sonnerait. Car il en serait certainement ainsi.

Je m'efforçais tellement de comprendre ce qui se passait de l'autre côté de la batterie et derrière nous que j'en oubliais les Bangalore jusqu'à l'explosion. Le « Dedans, dedans ! » m'arriva étouffé, à travers des bourdonnements d'oreilles. Plus que l'entendre, je le devinai en voyant les autres sursauter et se lancer vers le nuage de poussière qui cachait les barbelés. Je partis en dernier, mais une vingtaine de yards me suffit pour dépasser les autres, rejoindre le capitaine et l'entendre hurler « Les traces ! » Je ne sais pas comment il avait réussi à distinguer quelque chose à travers la brume qui montait du sol, entre les trous, dans les ténèbres déchirées par les lueurs des coups de feu. Il tenait le Sten posé sur la hanche, en tirant de courtes rafales, devant et à droite, à hauteur d'homme, tandis que les mitrailleuses semblaient concentrer leur feu ailleurs. Je ralentis pour essayer de marcher au même pas que lui et mettre les pieds où il avait posé les siens. Deux camarades vinrent se mettre à côté de nous. L'un d'eux fut projeté en l'air et retomba comme un pantin sans mettre les bras en avant pour amortir le coup, blessé ou tué par une mine.

– Derrière moi ! criai-je à l'autre, mais il s'écroula aussi, sous la grêle de balles qui avait commencé à nous tomber dessus.

Je savais que je ne pouvais pas m'arrêter pour lui porter secours, néanmoins j'hésitai et, lorsque je repartis, je vis bondir le capitaine. Devant moi, il y avait un cratère plus grand que les autres. Impossible de le contourner, j'aurais risqué de finir en charpie moi aussi, et je ne courais pas assez vite pour pouvoir le franchir en sautant. Je tâtais le bord opposé avec la pointe de ma chaussure, mais je glissai dedans jusqu'à la poitrine, tandis que mes semelles raclaient la paroi de terre meuble, et qu'en cherchant une prise, mes mains arrachaient des touffes d'herbe épargnées par les bombes. Au moment où quelqu'un me dépassait en sautant, je réussis tant bien que mal à me hisser sur les coudes, émergeant lentement, cible trop facile devant le barrage qui paraissait un mur solide, sous le sifflement des balles couvert par les coups de mortier. Au milieu de la fumée, j'entrevis trois corps immobiles, alignés les uns derrière les autres tels une flèche pointée vers les barbelés.

Je me remis à courir, en me demandant si le capitaine se trouvait parmi les camarades gisant sur le sol, et au moment où je passai à côté du dernier, ce fut avec soulagement que j'entendis un gémissement. Il était blessé mais vivant. Un autre camarade était couché sur le ventre, au milieu de la brèche, la tête tournée dans ma direction et les pieds outre les barbelés.

– Sur moi ! hurla-t-il.

C'était l'un des artificiers. Il s'était allongé par terre pour servir de passerelle car les Bangalore n'avaient pas ouvert un passage assez large.

Au-delà des barbelés, une énorme bosse sombre, le haut illuminé par les lueurs de la mitrailleuse et une silhouette solitaire qui courait le long de la pente herbeuse à sa gauche, m'apparurent. Aux pas courts et rapides, je reconnus le capitaine. Les artilleurs ne s'en étaient pas aperçus et continuaient à mitrailler la brèche dans les barbelés, derrière moi. Arrivé au bunker, je fis un écart à gauche et, pendant que je montais, j'entendis des rafales de Sten suivies d'un juron. Sur le toit, j'aperçus le capitaine qui trafiquait le chargeur de la mitraillette, allongé au milieu d'une forêt de tubes qui dépassaient de l'herbe et de la terre dont les Allemands avaient recouvert le dessus et, au fond, au-delà des sacs de sable, deux casques, une main et le canon d'une arme qui se tournait vers nous. Je saisis une grenade que je dégoupillai en continuant à avancer et la lançai, une fois arrivé à une douzaine de pieds de la position. Deux Allemands bondirent dehors pour se mettre à l'abri, puis sautèrent du bunker avant que j'eusse le temps de tirer. J'allais me lancer à leur poursuite quand le capitaine m'arrêta en hurlant.

– À terre !

Je compris et plongeai dans l'herbe. Deux autres pas et j'aurais été déchiqueté par ma propre grenade.

Après l'explosion, nous enjambâmes les sacs de sable. À l'intérieur, nous trouvâmes une caisse de munitions, une gamelle et la mitrailleuse renversées, un calot et un Schmeisser avec deux chargeurs que le capitaine ramassa après avoir mis son Sten en bandoulière.

– Celui-là je le garde, je ne me fie plus au mien.

Le sien s'était enraillé comme il l'avait fait plusieurs fois à la base. Il plaça une grenade sous la mitrailleuse pour être sûr que nul ne pourrait plus s'en servir et nous bondîmes dehors. Vue d'en haut la batterie semblait balayée par une tempête, des lueurs éclairaient des silhouettes en mouvement entre les bunkers et les plateformes de la contre-aérienne, des coups de tonnerre suivis de retombées de poussières, des cris, le reflet d'une lame de poignard.

Quelque part, tapis dans le noir, quelqu'un continuait à viser les barbelés, mais il s'agissait d'un tireur isolé qui ne put empêcher trois camarades de nous rejoindre. Nous n'avions pas le temps de le débusquer, nous devions nous occuper du canon. Whaite monta sur le toit, Loane et Jontz se postèrent en dessous, devant la porte en acier. Nous lançâmes une dizaine de Mills et de grenades au phosphore dans les conduits d'aération et, après avoir entendu leur détonation sourde, nous descendîmes tous, Loane en dernier après s'être approché de l'un des tuyaux fumants pour hurler quelque chose. Il ne parlait pas allemand, mais il se fit comprendre au ton de la voix. Quelques secondes après, la porte en acier s'entrouvrit, laissant entrevoir un mouchoir blanc attaché au canon d'un fusil.

– Dehors ! cria le capitaine.

Ils étaient quatre. Ils sortirent les mains derrière la tête après avoir jeté par terre le fusil avec le mouchoir. Seuls deux d'entre eux portaient l'uniforme et le casque, la veste du troisième était tachée de sang et ses bretelles pendaient de son pantalon comme s'il avait eu tout juste le temps de l'enfiler. Le quatrième portait un manteau dont la manche droite était brûlée jusqu'au coude, un maillot de corps en laine et des petites lunettes en métal avec un verre brisé. Abasourdis, chancelant sur leurs jambes et terrorisés, ils ne semblaient pas être blessés.

– Ruskis ! Ruskis ! se mit à hurler l'un des deux en uniforme, le plus jeune.

Qu'est-ce que ça voulait dire ? Qu'ils étaient russes ou qu'ils croyaient que nous l'étions ?

– J'n'aime pas ça, dit le capitaine en regardant la porte entrouverte. Il vaut mieux les faire entrer les premiers.

D'un geste, il leur fit comprendre de nous précéder. Celui qui portait le manteau secoua la tête sans répondre, en baissant les yeux. Il devait être persuadé que s'ils entraient là, nous les aurions tous tués. Le capitaine le convainquit en tirant une rafale de Schmeisser à ses pieds.

Loane s'arrêta dans l'entrée, près du seuil. Les autres et moi suivîmes les prisonniers le long d'un couloir étroit percé de deux ouvertures. À gauche, s'ouvrait une pièce avec deux portes l'une en face de l'autre.

– Qu'est-ce qu'il y a là-dedans ? demanda le capitaine, d'abord en anglais puis en français.

Comme personne ne comprenait, il appuya le canon de son Schmeisser contre le dos du binoclard.

– Ouvre !

Il y avait tout un arsenal, non, carrément deux, arrivant presque jusqu'au plafond, avec d'un côté les obus et de l'autre, des caisses d'explosifs. Nous continuâmes jusqu'à la porte de droite, arrachée par les bombes. Les murs étaient couverts de débris qui, quelques minutes avant, devaient avoir été des armoires et des lits de camp. Je ne parvenais pas à en voir davantage car la fumée ne s'était pas encore dissipée et le faisceau de lumière que projetait la torche électrique du capitaine se déplaçait trop rapidement. Mais ces flashes suffirent pour avoir le cœur au bord des lèvres : la déchirure sombre dans le ventre d'un cadavre, les plumes d'un oreiller ou d'un matelas projetées au plafond, le liquide visqueux s'échappant d'une marmite percée qui coulait par terre, une autre flaque un peu plus loin autour d'un corps dont les jambes n'étaient plus qu'une bouillie informe. Et les odeurs : de cordite, d'oignon, de chair brûlée, d'urine, de sang. Il me paraissait impossible que cela ait été l'effet de quelques grenades.

– Qu'est-ce que c'est que ce joujou ? s'exclama le capitaine lorsque nous nous penchâmes vers la voûte qui abritait le canon. Devant nous, monté sur un support en bois, il y avait une vieille pièce d'artillerie de taille moyenne, rien à voir avec le 150 mm qu'on nous avait annoncé.

– Whaite, ordonna le capitaine, rejoins Loane avec les prisonniers et fais-les s'allonger par terre, puis reviens ici pour aider Jontz. Placez une Gammon sous la hausse et une sur la culasse, puis jetez les Mills dans la bouche du canon. Nous ne réussirons pas à le détruire, mais il leur faudra pas mal de temps avant de le remettre en état. Roger, avec moi.

Où ça ? Ça m'était égal, l'important c'était de retourner à l'air libre, loin de ces relents fétides qui collaient aux narines, aux mains, aux vêtements.

13. 2 JUIN 2014, 19:29

Heureusement que la carte du GPS était à jour. Après une douzaine d'heures au volant – jamais fait autant de kilomètres d'une seule traite en une journée – Cédric n'aurait pas voulu en passer une de plus dans la circulation de Caen, en prenant les sens uniques du mauvais côté pour contourner des zones piétonnes toute récentes. Tandis qu'il s'approchait de la Place de la République en regardant autour de lui à la recherche d'une place libre, il se sentit envahi à la fois par la fatigue, la faim et la tentation d'aller prendre une douche à l'appartement que lui avaient réservé les responsables de la librairie.

Mais avant, il avait un rendez-vous. Il y pensait depuis son départ, depuis exactement mille cent cinquante-neuf kilomètres. C'était d'ailleurs pour cette raison que, parmi les options proposées par les organisateurs de la présentation, il avait choisi la moins pratique. Un hôtel sans garage dans le centre historique, « simple mais moderne et doté de tout le confort », garantissait le site Internet. C'était bien pour ceux qui venaient en train, mais moins pour ceux qui arrivaient en voiture. En effet, Cédric dut faire trois fois le tour du terre-plein central de la place, aménagé avec des plates-bandes, du

111

gravier, des arbustes et un râtelier à vélos, avant de voir le clignotant d'un break qui libérait une place en face de la terrasse d'un café. Mais il ne le regrettait pas. C'était un emplacement idéal, situé dans le triangle que formaient l'hippodrome, l'Abbaye-aux-Hommes et le Château et, surtout, à deux pas de la rue où il habitait quand il était petit.

En cinq minutes, il arriva au carrefour où les pavés de la zone piétonne faisaient place à l'asphalte. Le cœur battant comme il y avait fort longtemps, lorsque sa mère était avec lui après avoir cédé devant son insistance et l'avait accompagné devant l'entrée mais l'avait ramené presque aussitôt, ou plus récemment, quand ce furent Sylvie et Théo qui l'accompagnèrent cette fois, un peu comme s'il n'eût pas su ce qui l'attendait. Et une fois de plus, après avoir parcouru une trentaine de mètres, il se sentit déçu, perplexe, floué, incapable d'accepter que sa maison ait été juste là, au deuxième étage d'un immeuble triste à la façade noircie par le smog, où les fenêtres aux châssis clairs et modernes semblaient un vain sursaut de vanité. Rien à voir avec ce qu'il aurait voulu se rappeler de ces années, une mauvaise surprise qui se répétait, une expérience trop pénible pour pouvoir l'intégrer.

Le portail était entrouvert, une distraction ou quelqu'un qui était sorti en prévoyant de rentrer aussitôt. Cédric n'hésita pas une seconde et entra sans se demander ce qu'il aurait inventé pour justifier sa présence s'il avait été surpris par l'un des habitants. Il ne s'en soucia pas car, dès qu'il referma légèrement la porte derrière lui, la lumière de cet après-midi quasi estival qui, de la moitié supérieure de la porte, filtrait à travers la vitre en projetant l'ombre des arabesques du fer forgé sur le sol, l'invita à monter la première marche et à saisir la main-courante, appui et tremplin de l'enfant qui montait l'escalier quatre à quatre tandis qu'une voix rauque derrière lui, le poursuivait d'un reproche affectueux :

— Va doucement, si tu tombes, tu vas te faire mal. Pourquoi cours-tu comme ça ?

Cédric devait avoir cinq ans, son père était déjà malade et ne parvenait pas à le suivre. Mais Cédric ne pouvait pas l'attendre.

– Parce que j'ai peur qu'il nous rattrape.

– Qui ?

– L'autre, là.

– Il n'y a personne ici.

– Bien sûr que si.

– Alors il n'y a que toi qui le voies.

– Je n'arrive pas à le voir, il fait trop sombre.

Cet après-midi-là, la minuterie était en panne et ils se retrouvèrent dans l'obscurité alors qu'ils n'étaient encore qu'à mi-chemin. La seule source de lumière était, en bas, la porte entrebâillée qui laissait juste voir le bord des marches, le reste dépendait de la mémoire.

– D'abord tu dis qu'il y a quelqu'un, ensuite que tu n'arrives pas à le voir. Décide-toi...

– Je sais qu'il est là.

– Et moi je sais qu'il n'est pas là. Reste près de moi, si tu ne me crois pas.

Cédric s'arrêta, le cœur battant et les pupilles dilatées, en partie à cause de l'obscurité et en partie à cause de l'angoisse de distinguer cette présence. Son père le rejoignit et le pris par la main, plus essoufflé que lui qui venait de monter deux volées de marches en courant. Comme il est faible, pensa Cédric en continuant à regarder en bas, derrière lui. Qu'auraient pu faire un enfant et un adulte incapable de se défendre si cet inconnu les avait agressés ? Il avait l'impression que c'était lui qui accompagnait son père, et non le contraire, pendant qu'ils arrivaient devant leur porte. Il le suivit jusqu'au salon et, après l'avoir vu se laisser tomber dans un fauteuil, il retourna vers la porte d'entrée pour tourner la clé dans la serrure et rester à l'écoute presque une minute, l'oreille collée contre le bois. Aucun bruit, alerte terminée.

À partir de ce jour, cependant, il trouva plutôt désagréables

les tâches de « grand » que sa mère lui confiait de temps à autre, comme l'envoyer acheter quelque chose à l'épicerie du rez-de-chaussée, aujourd'hui remplacée par l'une des nombreuses agences immobilières de cette rue. Il ne pouvait pas refuser, son père étant presque toujours au lit, mais il avait peur. Cette *Présence* existait, Cédric la percevait. Ainsi, lorsqu'il refermait la porte derrière lui pour se lancer dans un voyage qu'il savait plein de dangers, il essayait de se donner du courage en proférant des menaces à haute voix.

– Laisse-moi tranquille ! Papa est à la maison. Si tu t'approches, je l'appelle.

Les souvenirs affleuraient, à la fois nets et énigmatiques. D'où était venue cette phobie ? Peut-être de l'obscurité qui, sans préavis, avait englouti les couleurs et les contours avant de se tapir dans un repli de sa conscience d'où seules les années avait pu l'expulser. Ou venait-elle de la douleur ? La *Présence* était l'ennemi embusqué qui ne se contentait pas de vampiriser son père sous ses yeux. Elle voulait le frapper lui aussi, en le poursuivant sans relâche partout où il allait pour le tourmenter, pour l'intimider, pour l'enfermer dans un labyrinthe sans issue.

Après l'enterrement, l'une des premières fois où ils étaient retournés sur la tombe de son père, sa mère rencontra quelqu'un qu'elle connaissait au croisement de deux allées, au fond du cimetière Saint-Gabriel, là où les cimes des arbres dépassaient les haies qui emprisonnaient leurs troncs et s'inclinaient en se touchant presque et en formant un tunnel d'un vert sombre. Elle lui dit de continuer sans elle, qu'elle le rejoindrait après. La tombe se trouvait à quelques pas de là, après un écran épais de verdure, au bord d'une allée de gravier. Cédric marcha jusqu'à la plaque funéraire en marbre sombre sur le bord de laquelle étaient gravés les noms et les dates, posée comme un couvercle sur une boîte de deux mètres sur deux, sur un lit en pierre ébréché où de la mousse poussait dans les fissures. Il continua ensuite vers la pelouse du monument aux victimes civiles de la guerre, un espace assez large où il espérait que se dissiperait le malaise ressenti dans le passage étroit entre les tombes et la haie. Mais il n'y arriva pas car il perçut quelque chose. Ce n'était ni un bruissement ni une ombre et pas même le mouvement d'air produit par le passage de quelqu'un. C'était une *Présence*, comme celle dans l'escalier. Énorme, laide, méchante, menaçante. Comment était-elle arrivée jusqu'ici ? Cédric recula d'un pas, terrorisé et incrédule, puis fit demi-tour et se mit à courir vers la tombe de son père, tandis que ses yeux se remplissaient de larmes et que la colère suffoquait la peur pour exploser dans un cri spasmodique :

– Va-t'en ! Va-t'en ! Va-t'en !

Les quelques visiteurs assez près pour l'entendre se demandèrent contre qui hurlait cet enfant et s'il avait besoin d'aide, lorsqu'ils virent une femme sortir de derrière la haie pour courir vers lui et le prendre dans ses bras. « C'est la veuve Roussel », chuchotèrent ceux qui la connaissaient, en retournant à leurs occupations. Mais Cédric continua à hurler et sa mère, gênée, l'accompagna à la sortie après avoir déposé à la hâte le bouquet de fleurs sur la tombe.

– Qu'est-ce qui te prend ? lui demanda-t-elle pendant qu'ils se dirigeaient vers la sortie et que Cédric, courait, puis ralentissait pour se retourner, arborant le visage de la haine.

– Si tu fais comme ça, nous ne pourrons plus venir sur la tombe de papa.

– Bien sûr que nous pourrons, il ne reviendra pas.

– Qui ?

– Lui. Il est méchant. C'est de sa faute si papa n'est plus là. Mais je l'ai chassé.

Sa mère secoua la tête sans répondre, persuadée que son fils avait besoin de défouler sa rancœur sur quelqu'un, quitte à l'inventer.

Par la suite, la demi-heure au cimetière le dimanche matin devint plus tranquille. Cédric finit par comprendre la solennité de ces lieux en aidant sa mère à mettre les fleurs fraîches dans le col étroit du vase en laiton fixé sur un coin de la plaque funéraire et en les arrosant avec délicatesse, quelques gouttes à la fois. Après le déménagement à Nice les visites se raréfièrent. Une par an, pendant les voyages dans le passé, si pénibles pour sa mère. Elle ne voulut jamais s'informer sur la possibilité de faire transporter la tombe près d'eux. « Ce ne serait pas juste », expliquait-elle, « C'est sa ville et c'est ici qu'il aurait voulu rester. »

Cédric était tellement absorbé qu'il se retrouva au deuxième étage sans s'en apercevoir. Aujourd'hui, il pouvait sourire des courses folles dans l'escalier, des menaces, de l'affrontement dans le dédale vert de Saint-Gabriel. Par contre, son pied s'attarda sur l'avant-dernière marche tandis qu'avec son coude il s'appuya sur la main-courante en se penchant pour scruter en bas, aux premières marches du rez-de-chaussée, comme s'il s'attendait presque à apercevoir une silhouette en mouvement ou à entendre des pas. Mais seule une voix de femme lui parvenait de l'étage du dessus, sans doute les répliques et les rires durant un appel téléphonique entre amies, unique interférence avec le bourdonnement qui montait faiblement de la rue. La porte, sa porte, était à trois pas. Cédric la regarda sans s'approcher, en se demandant si c'était la même qu'alors et si – en la frôlant de sa joue comme il le faisait autrefois de l'intérieur pour écouter et s'assurer que la *Présence* ne l'avait pas suivi – il retrouverait, assoupi entre le bois et le vernis, le parfum de la tarte aux pommes de sa mère. Il aurait aimé essayer, mais qui ouvrirait sa porte à un inconnu qui se présente avec une histoire pareille ? Même s'il s'agissait d'un enfant. Alors il descendit rapidement l'escalier, sortit sans refermer la porte et s'éloigna, soulagé. Personne ne l'avait vu, on ne l'avait pas pris pour un cambrioleur ou pour un fou et il avait dissipé un doute qui devenait inquiétant : si vraiment c'était lui qui avait eu le dessus sur la *Présence*, pourquoi, dans cette cage d'escalier, s'était-il senti si petit et si vulnérable, comme lorsqu'il avait cinq ans ?

14. 6 JUIN 1944, 04:51

… – Roger, avec moi.

Où ça ? Cela m'était égal, l'important c'était de retourner à l'air libre, loin de ces relents fétides qui collaient aux narines, aux mains, aux vêtements.

Nous reprîmes le chemin que nous avions suivi à l'aller. L'intensité des coups de feu avait diminué et semblait avoir changé de direction. J'espérai que tout finirait d'un instant à l'autre et, pour la première fois depuis des heures, j'éprouvai un léger soulagement. Le sniper qui visait les barbelés pendant que nous attaquions la casemate avait peut-être été tué, les survivants de la garnison ne s'étaient pas aperçus que nous faisions marche arrière. Il n'y avait personne au pied du passage : où était passé le camarade qui s'était offert comme passerelle ? Je pensai qu'il s'en était sorti, sinon je l'aurais vu là, immobile. Nous rejoignîmes le groupe du lieutenant-colonel qui avait progressé jusqu'à l'endroit où nous avions attendu l'explosion des Bangalore. Ils étaient une vingtaine, la réserve qui se jetterait dans la bataille en cas de besoin.

– Casemate numéro 1 prise, mon Colonel.

– Le canon ?

– Mes hommes s'en occupent. Mais je croyais...

– Allez contrôler. Vous deux, avec eux.

Je reconnus Mortimer et Hudnell.

De nouveau sur le terrain miné. Le capitaine guidait le groupe en marchant vite et moi, le dernier de la file, je ne le perdais pas de vue. Bien que pratiquement rien ne se fût déroulé comme prévu, il paraissait calme, lucide. Tel que je le connaissais, j'étais sûr qu'une fois l'opération terminée, il irait dire au commandant ce qu'il pensait du pilote qui nous avait largués dans les marécages et du Quartier général qui avait pris le joujou, comme il l'avait appelé, pour une arme de destruction massive. En attendant, il savait se contrôler. Je l'enviai et, en même temps, j'étais content d'être avec lui car j'avais besoin d'un point de repère.

Mais, tout à coup, je ne le vis plus. Je m'étais retourné en entendant un gémissement et lorsque je levai la tête, le capitaine avait disparu. Mortimer, juste devant moi, hurlait « À terre ! » tout en sautant dans un trou, aussitôt suivi par Hudnell. En les imitant, je perdis mon casque qui alla frapper le visage de l'un d'eux. J'avais oublié de serrer la jugulaire après l'avoir détachée dans la casemate quand j'avais eu l'impression d'étouffer. L'exclamation de Mortimer fut couverte par le bruit d'une série de coups de feu qui semblait venir d'un fusil, d'un seul. Le crépitement d'un Bren répondit derrière nous. Quand il se tut, Mortimer et Hudnell bondirent hors du trou et repartirent en courant en me laissant à la traîne. En récupérant mon casque, je me demandai où était passé le capitaine. Je l'aperçus en sortant du trou, à dix pieds sur ma gauche, couché sur le côté. Ça devait être lui car le canon qui reflétait les rayons de lune, près de lui, était celui d'un Schmeisser. Cependant ce n'était pas vers le fusil qu'il tendait sa main droite. Il semblait l'allonger vers son bras gauche tout en bougeant lentement les jambes, dans un mouvement circulaire. Il est blessé, pensai-je, et il essaye de comprendre s'il peut se remettre debout.

Lorsqu'il me vit agenouillé près de lui, il s'efforça de changer de position, sans y parvenir. Je le pris sous les aisselles pour l'aider à se tourner ; sur le côté gauche, un liquide dense, tiède, poisseux, trempait sa Denison. Ce n'était pas l'eau de l'étang.

– Brancardier ! Un blessé !

– Prends ça, murmura-t-il en me tendant quelque chose.

– Comment ?

– Donne-la à Jane.

Il me serra fortement le bras et même si je ne parvenais pas à le voir clairement, je savais que son expression était la même que celle qu'il avait, à la base, lorsque je tardais à exécuter un ordre.

– Prends !

Je me retrouvai avec un objet métallique lié à une fine lanière de cuir, dans la main.

– Ne bougez pas, mon Capitaine. J'ai appelé les secours.

– Non...

– Capitaine ?

Il devait être évanoui. J'hésitai. Devais-je le laisser ici, comme on nous l'avait dit ? Devais-je l'aider ? Et comment ? Lui injecter le flacon de morphine ne servirait à rien, il avait perdu connaissance. Revenir sur mes pas pour chercher de l'aide ? Je restai longtemps immobile. Si j'en avais fait autant ne fusse que quelques minutes auparavant, j'aurais été une cible facile, mais à présent on n'entendait plus tirer. La batterie était à nous. Les autres n'avaient pas besoin de moi, contrairement au capitaine. J'attendrai l'arrivée des secours avec lui. Je mis le Schmeisser et le Sten en bandoulière puis je traînai le capitaine à l'intérieur du trou et je m'assis au fond. En regardant la paume de ma main droite, j'eus l'impression d'avoir ramassé une dizaine de lucioles. Le capitaine avait raison : on pouvait encore lire la montre. Je la lui rendrai avant qu'il ne soit transporté à l'hôpital du camp.

Quand j'entendis des pas et une voix, je la glissai

rapidement dans la cartouchière avec les chargeurs qui me restaient. La patrouille qui s'approchait était commandée par le lieutenant-colonel. Ils me virent et quelqu'un me demanda si j'étais blessé.

— Non, c'est le capitaine. Il est évanoui. Où sont les brancardiers ?

Le commandant s'agenouilla et posa sa main sur le cou du capitaine.

— Il n'est pas évanoui. Il est mort.

— Vous vous trompez, mon Colonel. Il vient juste de me parler.

— Il est mort, te dis-je. Viens avec nous !

— Je ne peux pas, le capitaine a dit…

J'étais tétanisé, incapable de me lever. Je sentis qu'on me soulevait et qu'on m'emmenait. Ils étaient deux. Ils me portèrent dans la casemate en me soutenant comme si j'étais incapable de marcher. Je ne suis pas blessé, pensai-je lorsqu'ils me lâchèrent, pourquoi devrais-je rester ici sans rien faire ? Je retournai vers la sortie, désarmé.

— Arrêtez-le.

Quelqu'un me saisit par le bras et me fit asseoir par terre.

— Bouge pas d'là. T'as compris ?

Je levai les yeux vers le visage qui était devant moi, mais je n'aurais pu dire de qui il était. J'étais trop abasourdi, même pour dire oui. Ainsi, je restai là, muet.

15. 3 JUIN 2014, 09:58

Les mats des drapeaux lui apparurent lorsqu'il s'engagea sur la route étroite entre les pavillons et les jardins entourés de murets de pierre, sur la courte ligne droite qui se terminait par une boucle asphaltée. Au centre, une pelouse ovale avec les drapeaux tricolores de la France et l'Union Jack, avec, au fond, une palissade en bois et un portail peint en vert-bleu ciel.

Cédric se gara près du Jardin de la Mémoire, nom que le site Internet de la Batterie de Merville donnait à cet espace orné d'arbustes récemment plantés, à droite de l'entrée, mais au lieu de descendre de la voiture, il composa un numéro sur son portable. Il y pensait depuis la veille au soir, après avoir conclu qu'alimenter l'équivoque serait inutile, voir contre-productif.

– Bonjour Madame. J'ai rendez-vous cet après-midi avec le notaire, mais avant j'aimerais lui parler au téléphone, si possible.

– Désolée, il est sorti. Il rentrera à quatorze heures. Dois-je lui laisser un message ?

– Non, je vous remercie.

Trop tard. Dans le meilleur des cas, ce Levasseur le

mettrait à la porte dès qu'il s'apercevrait qu'il avait donné rendez-vous à la mauvaise personne et Cédric se retrouverait au point de départ, de sorte que pour voir la montre et ses documents, il devrait se présenter à l'hôtel de Deauville, exactement comme lui avait expliqué Onfray. Dans le pire des cas en revanche, plutôt que de lui reprocher de lui avoir fait perdre du temps, le notaire lui facturerait le tarif maximum autorisé par le barème déjà exorbitant de la catégorie.

Dommage, la journée avait pourtant bien commencé. Avant de quitter Caen, Cédric était passé par Saint-Gabriel et ce qu'il avait vu l'avait réconforté. Les couleurs fraîches des fleurs, aux tiges vertes et humides, la surface candide du marbre montraient que ses proches y venaient souvent. Celle de son père était une famille nombreuse et bien qu'il n'eût ni frère ni sœur, il avait quatre cousins qui avaient des enfants, onze au total. Sur le bord de la plaque sombre figurait un nom en plus, en caractères dorés, celui de Vivienne, la cousine préférée de son père. Son enterrement avait coïncidé avec la dernière visite de Cédric à Caen, il y avait deux ans, un aller-retour en un week-end. Bruno, le mari de Vivienne, était encore vivant. C'était le premier de la famille qu'il pensait appeler, mais il ne l'avait pas encore fait et il ne savait pas s'il le ferait. Il continuait à se répéter que la vraie réunion de famille était fixée pour le prochain Noël, à Nice, et que même le plus sédentaire de ses membres n'aurait pas résisté à la tentation de venir sur la Côte d'Azur en hiver. Pourquoi ne pas devancer cette réunion par une visite-surprise maintenant ? lui demanda une petite voix intérieure sans qu'il sût quoi répondre.

Sa première visite au musée remontait à une douzaine d'années quand l'avion n'était pas encore exposé. Le Dakota de Planète, identique à ceux utilisés pour le largage nocturne des parachutistes qui précéda le D-Day, avait été récupéré en Bosnie-Herzégovine, démonté, puis transporté en Normandie au cours d'un voyage aventureux afin de le remettre en état pour l'exposer dans l'enceinte de la Batterie. Cédric avait enregistré le documentaire et l'avait regardé deux fois, frappé par la passion avec laquelle tant de bénévoles s'étaient improvisés forgerons, polisseurs et peintres pour sauver un bout d'histoire de l'oubli et de la démolition. Même si Jacqueline, l'employée qui travaillait dans le bungalow en bois qui servait de billetterie, ne le lui avait pas conseillé, l'avion aurait été la première étape de son itinéraire.

On aurait dit qu'il était prêt à décoller, ce vieux Douglas C-47, le « train du ciel », dit Dakota selon l'abréviation de son interminable nom officiel (Douglas Aircraft Company Transport Aircraft), comme si on venait juste de le peindre aux couleurs du D-Day : un mélange de brun et de vert bouteille pour le fond, des bandes noires et blanches au milieu des ailes et près de la queue, qui avaient été ajoutées la veille du décollage pour éviter que les avions de chasse des Alliés ne le prennent pour un avion ennemi. Cédric fit le tour du museau arrondi qui arborait l'acronyme insolent, SNAFU, soit « Situation Normal: All Fucked Up » *[Situation normale : c'est le bordel]*, le nom de baptême que l'équipage avait donné à son bimoteur. Il s'attarda entre l'aile gauche et la queue, à côté de l'échelle métallique conduisant à l'entrée dépourvue de porte comme sur tous les Dakota qui faisaient route sur la Normandie. La porte avait été retirée pour éviter qu'elle ne devînt un obstacle au moment du largage dans le cas où la défense anti-aérienne l'aurait endommagée ou déformée.

Puis Cédric monta les marches et entra en baissant la tête. Tout était vert comme à l'extérieur, sauf le plancher qui était gris comme l'asphalte d'un centre-ville et sillonné de rails semblables à celles des tramways. Il s'agissait des guides prévus pour monter les sièges dans la version de l'aviation civile, comme Cédric l'avait lu quelque part. Des bancs en fer s'alignaient en vis-à-vis sous les hublots latéraux. Des panneaux présentant les images de la restauration, ainsi que des informations sur l'avion, telles que ses caractéristiques, son équipage, ses signes distinctifs, étaient posés là où s'asseyaient les parachutistes. À l'extrémité du fuselage, à travers une embrasure étroite, on apercevait les instruments du navigateur et le poste de pilotage. Cédric s'approcha pour jeter un coup d'œil puis, en revenant sur ses pas, il effleura la sangle qui pendait du plafond, accrochée avec un mousqueton à un câble au-dessus de sa tête. C'était le dispositif d'ouverture automatique du parachute, qu'il avait vu dans les films d'archives et dans « Band of Brothers » en DVD. Il marchait sur les traces des parachutistes, maintenant. Arrivé à la porte, il se pencha pour regarder vers le haut. C'était une belle journée, un peu trop fraîche et avec trop de vent pour la saison, mais le ciel ne semblait pas menaçant. Contrairement à cette nuit-là, où la pleine lune se cachait derrière les nuages.

Cédric s'attarda, les pieds à l'intérieur et la tête au-dehors, en se demandant ce qu'avaient pu éprouver les sept cents jeunes qui se lancèrent dans le vide, conscients du danger mais ignorant ce qui les attendait, un cauchemar abominable et non la mission planifiée dans les moindres détails, à accomplir presque les yeux fermés pour laquelle ils avaient été entraînés au cours des mois précédents. Le vent, la défense anti-aérienne, le peu de visibilité et les erreurs des pilotes dispersèrent la plupart d'entre eux à des kilomètres de l'objectif. Beaucoup se noyèrent dans les champs que les Allemands avaient inondés. Les survivants eurent du mal à rejoindre la zone de ralliement où ils découvrirent que les planeurs s'étaient égarés eux aussi, avec l'artillerie lourde à bord. À peine cent cinquante hommes, parmi lesquels le commandant qui décida de tenter d'attaquer quand même un ennemi qui avait tous les avantages de son côté : les mines, la double barrière de fil barbelé, l'artillerie lourde, les bunkers en béton armé. La moitié d'entre eux fut blessée ou tuée, mais l'assaut réussit et permit de saboter les canons avec des grenades. Ainsi, quelques heures plus tard, quand les Allemands en reprirent le contrôle, leur puissance de feu était trop faible pour représenter un problème pour les troupes qui débarquaient sur les plages.

Si cela avait été le scénario d'un film, on aurait eu envie de le classer comme l'énième navet hollywoodien assaisonné d'effets spéciaux tonitruants et de litres de peinture rouge. Sauf qu'ici le sang était réel et les héros n'étaient pas des doublures à la belle gueule, couvertes de fausses cicatrices, remplacées par les stars du moment − généralement sur la quarantaine, aussi séduisantes qu'improbables − dès que le scénario prévoyait un gros plan.

Le plus âgé avait vingt-neuf ans tandis que la plupart d'entre eux ne dépassaient pas vingt-deux ans. À peine plus que des adolescents, ils s'étaient portés volontaires et avaient été enrôlés, notamment parce que la majeure partie d'entre eux n'avaient pas d'enfants. Ainsi, ceux qui tomberaient sur le champ de bataille, épilogue prévisible pour nombre d'entre eux, ne laisseraient pas d'orphelins.

Cédric quitta l'avion et parcourut les quelques mètres qui le séparaient de la Casemate numéro 2, transformée en mémorial du Bataillon qui mena l'attaque. Un espace en clair-obscur, sombre et oppressant au centre, tel qu'il avait dû apparaître à ses occupants en 1944. Il était éclairé par des projecteurs fixés aux murs, avec des vitrines garnies d'uniformes, d'armes et des casques alignées de chaque côté. Celle du fond était dédiée au commandant du bataillon, décédé en 2006. Sous le grand emblème argenté du Régiment, se trouvait une sorte de châsse qui ressemblait à un autel. Elle contenait son béret et ses médailles, un don de ses héritiers. Le parachute ailé était encadré de photographies et de deux écrans sur lesquels passaient le film d'une interview du commandant, ainsi que de photos des soldats tombés au champ d'honneur.

L'une d'elle attira l'attention de Cédric, un visage souriant comme les autres, mais familier. Où avait-il vu ces lèvres aux commissures relevées formant un sourire insolite, semblable à un rictus, surmonté d'un un nez camus ? La photo n'était pas de grande qualité, mais les yeux plissés, à peine plus que des fentes, et l'arc des sourcils – net bien que fin – stimulaient l'association d'idées. À qui ressemblait-il ? À un copain d'université ? À un ancien élève de son lycée ? À un milieu de terrain du Liverpool FC des années 1950 ? Ou tout simplement à lui-même, car Cédric avait peut-être vu ce visage dans un documentaire de la BBC sur l'entraînement des parachutistes. La photo disparut de l'écran, remplacée par celle d'un autre soldat, avant qu'il n'ait pu lire le nom.

À la sortie de la casemate, il y avait, en haut, un panneau long et étroit. « 9th Battalion – The Parachute Regiment », lisait-on au bas de la photo montrant des centaines de soldats qui posaient, ceux des premiers rangs assis et les autres debout, probablement sur une estrade aménagée pour l'occasion ; les héros au grand complet, peut-être pour la première et la dernière fois. Derrière eux, on remarquait les fenêtres et la pente du toit d'un bâtiment à la façade en brique. Près du seuil, se trouvait un autre panneau avec des dizaines de gros plans. Peut-être y avait-il aussi celui de notre Monsieur Rictus, mais ça ne valait pas la peine de le chercher : lui donner un nom n'aurait pas suffi à dévoiler l'identité du sosie assoupi au fond de la mémoire de Cédric.

Une fois sorti du blockhaus en béton armé, Cédric parcourut le sentier entre les casemates, en traversant une pelouse interrompue çà et là par des plateformes circulaires où, en 1944, étaient posées les pièces de la défense anti-aérienne, et par des pancartes qui décrivaient le fonctionnement et la logistique de la batterie. La silhouette menaçante d'un canon se dressait derrière une clôture en bois, et un peu plus loin, le socle en pierre portant le buste du commandant. Les traits sculptés dans le bronze semblaient vouloir se conformer aux chroniques de l'époque et au film-témoignage. Un dur, autrement comment aurait-il pu vouloir tenter l'assaut malgré tout ? Comment aurait-il pu guider les survivants en résistant pendant des jours dans la campagne environnante contre un ennemi supérieur en nombre ? Comment aurait-il pu commander pendant plus d'un mois malgré les séquelles d'un blast, suite à une explosion, lorsque l'onde de choc l'avait projeté contre un arbre ? Dès que les circonstances le permirent, on l'envoya au contrôle médical. Il fut rapatrié contre sa volonté, remplacé par un autre lieutenant-colonel et, naturellement, décoré.

Une douzaine d'années plus tôt, après l'une des commémorations du D-Day, il avoua qu'il n'avait pas été facile pour lui de serrer la main de l'officier allemand qui avait commandé la Batterie. Dieu seul savait ce qu'il aurait pensé ce jour-là, au cours de la cérémonie du soixante-cinquième anniversaire lorsque – devant les autorités, les visiteurs, les drapeaux et les vétérans en uniforme couverts de médailles – les notes du « Deutschland über alles » résonnèrent avant celles du « God save the Queen » : l'hymne des oppresseurs avant celui des libérateurs. Nul ne le saurait jamais puisqu'il n'était plus de ce monde. Il en aurait certainement été tout aussi stupéfait que Cédric lorsqu'il vit les images sur YouTube. Peut-être aussi que la surprise serait devenue indignation, s'il avait appris que la fanfare régimentaire n'était ni britannique ni française, mais allemande. Selon l'article d'un quotidien repris sur Internet, les anciens ennemis avaient proposé de rendre hommage aux héros parce que le Ministère de la Défense britannique n'avait délégué qu'une seule fanfare pour les cérémonies organisées en Normandie. Trop peu pour participer à toutes les célébrations, de sorte que la commémoration de Merville s'en était sortie grâce à la plus invraisemblable des suppléances. Si cela était vrai, avait pensé Cédric, les dirigeants donnaient de bons conseils et de mauvais exemples : ils recommandaient aux jeunes de se souvenir, mais s'il fallait limiter les frais, ils n'hésitaient pas à le faire au détriment de la mémoire.

La dernière étape, tout aussi inédite pour lui, était la Casemate numéro 1 qui présentait toutes les demi-heures une simulation audiovisuelle de la bataille, vue du côté des défenseurs. Déconseillée aux personnes impressionnables, avertissait le dépliant. La lumière verte au-dessus de la porte signalait qu'il pouvait entrer. Il descendit quelques marches et se retrouva seul dans un autre espace lugubre. La partie visuelle de la reconstitution était assurée par des mannequins en uniforme allemand. L'un d'eux tenait le combiné d'un téléphone dans une main, près du mur latéral. C'était l'opérateur chargé de transmettre les instructions pour le pointage venant du responsable de la batterie, posté à quelques kilomètres de là sur une hauteur d'où il pouvait surveiller la plage et la zone fortifiée. À côté de lui, le canon avec les artilleurs affectés au chargement et au tir. Les lumières se tamisèrent, remplacées par des projecteurs qui éclairaient tour à tour le téléphoniste et les artilleurs, pendant que des ordres formulés en allemand couvraient partiellement le fracas des explosions et le crépitement des armes automatiques qui semblaient provenir de l'extérieur. Le premier coup fut accompagné d'un grondement et d'un petit nuage de fumée. Entre deux coups de canon, on entendait le cliquettement de la recharge, de nouvelles rafales, des voix agitées. Puis le « Get in! Get in! » qui donnait le feu vert à l'attaque, les cris et les coups de feu qui se rapprochaient, l'explosion des grenades, le tintement des douilles sur le sol, l'obscurité percée çà et là par la lumière bleutée de la lampe du plafond, les voix en anglais, d'abord agitées puis calmes. Enfin le silence, suivi d'un morceau de musique.

Revenu à l'air libre, Cédric eut du mal à lire sur l'écran de son portable sous le soleil qui avait finit par réchauffer l'air : il était presque midi. Il ôta son pull-over et le posa sur le dossier du banc qui se trouvait en face de la Casemate numéro 1, à quelques pas de la limite Est de la zone fortifiée. Une pelouse s'étendait au-delà de la palissade, bordée d'une rangée d'arbres au fond. C'était de là qu'ils étaient arrivés, en courant à découvert pendant une centaine de mètres sur le terrain truffé de mines, dans l'obscurité, sous le feu des mitrailleuses et des mortiers. Certains étaient passés là où il se trouvait maintenant. Il eut l'impression d'entrevoir leur silhouette entre les bancs et le bunker aux parois à demi cachées par l'herbe, qui s'agitait sans avancer, retenue par le poids des armes. Mais en réalité, ces ombres et les appendices immobiles qui freinaient leur élan étaient dessinés par les six drapeaux qui flottaient au sommet de leurs mats, non par des soldats ; et dans le silence que seul le claquement de leur étoffe interrompait, on n'entendait ni cris ni coups de feu, et pas même les voix basses des visiteurs que Cédric avait vus se promener entre les casemates quelques instants plus tôt. Ils étaient tous partis, le laissant seul, en proie à une angoisse imperceptible qu'il ne pouvait confier à Sylvie. Trop tôt pour lui téléphoner, il manquait une demi-heure à la pause-déjeuner. Alors, il se dirigea vers le bungalow et salua Jacqueline sans s'arrêter pour regarder les livres exposés. Le temps pressait. Il devait rentrer à Caen pour manger quelque chose et se changer avant son rendez-vous avec le notaire. En ouvrant la portière de la voiture, il regarda les passagers descendant du car qui venait de se garer devant l'entrée. Des personnes âgées, des adultes et des enfants qui parlaient anglais. Cédric sourit : la Batterie était en bonnes mains.

16. 6 JUIN 1944, 05:17

... J'étais trop abasourdi, même pour dire oui. Ainsi, je restai là, muet.

Je me pris la tête entre les mains, les coudes posés sur les genoux. C'était la première fois que je rencontrais vraiment la mort. La seule que je connaissais était celle des films, solennelle, lente, au milieu des larmes et des phrases à retenir. Il ne m'était jamais passé par l'esprit qu'il pouvait s'agir d'une mise en scène, d'une visite guidée, d'un stratagème pour préparer le spectateur et lui donner le temps de se rendre compte que quelque chose d'important était en train de se passer. À vrai dire, je ne m'étais même pas posé la question. Mais là, je n'avais pas le choix : le capitaine m'avait fait éclater en pleine figure une réalité qui ne prévenait pas et ne donnait aucune explication. Il était parti, c'était tout, en quelques instants, tel un voyageur contraint de monter dans le train sans pouvoir saluer ceux qui l'avaient accompagné à la gare, obligé de regarder par la fenêtre, le nez écrasé contre la vitre pour retenir l'image des visages qui s'éloignaient, et tenter de lire le futur. Que seraient-ils devenus ? Jane, surtout. Ses parents, ses sœurs, les amis d'une vie brève. Le capitaine avait-il eu le temps de trouver une réponse ? Je pensai que oui. Il était tellement sûr de sa force qu'il croyait qu'il en resterait assez pour tous. J'essayai de me convaincre qu'il avait eu une belle mort, quasi instantanée, sans douleur ni remord. Son dernier souci cependant : trouver le moyen de faire parvenir la montre à Jane.

Il y était parvenu, ou du moins l'espérait-il. Et moi je ne le décevrai pas. Dès que possible, je porterai la montre à Jane. Savait-elle que son prénom y était gravé, l'avait-elle déjà vue ? Non, pensai-je. Le capitaine l'avait reçue depuis peu, quand les permissions avaient été suspendues. Je glissai les doigts au milieu des chargeurs, la repêchai au fond de la cartouchière et l'examinai tandis que de temps à autre, quelqu'un se penchait dans l'embrasure de la porte du bunker et regardait à l'intérieur, peut-être en se demandant pourquoi je restais assis là, l'air absent.

C'était la première fois que je l'observais tranquillement. Dans l'avion, je ne l'avais vue que le temps d'un éclair. Elle était massive, les aiguilles se détachaient sur le cadran noir ainsi qu'un symbole, qui ressemblait à une lettre stylisée. Que pouvait-il bien signifier ? Je la retournai et vis la gravure. Celui qui l'avait faite connaissait son métier comme l'avait assuré le patron de la bijouterie. L'emblème du Régiment, en bas, était parfait. Les plumes des ailes et les décorations sur la couronne étaient identiques à celles de la broche de mon béret ; le nom de Jane, juste au-dessus, semblait avoir été écrit à la plume. Comme j'avais peur de la faire tomber parce que ma main tremblait, je la remis dans la cartouchière.

– Tout va bien ?

Le lieutenant Beltman était debout devant moi. Je ne focalisai son visage qu'après avoir entendu sa voix. Il attendait une bonne réponse, pas la vérité.

– Oui… ça va.

– Viens avec moi.

Nous sortîmes. L'aube blanchissait dans un silence froid

traversé par des silhouettes qui glissaient sur le sol et disparaissaient tout à coup, englouties par les trous plus profonds, pour réapparaître un peu plus loin. Des draps sombres se posaient sur des corps puis s'en éloignaient, ressemblant davantage à des âmes fuyant leur enveloppe déchirée qu'aux ombres des vivants. Pendant que je marchais, je me retournai vers les barbelés en espérant apercevoir le capitaine, tout en sachant que c'était impossible. Le trou où nous l'avions laissé était derrière le grillage, invisible de ce côté, et à cette heure on devait l'avoir emporté. Je n'aurais plus eu l'occasion de l'épier pour vérifier s'il avait une cicatrice près de l'aine ni de lui faire remarquer que j'avais deviné son mensonge, pensai-je, en éprouvant aussitôt un sentiment de honte. J'avais l'air d'un somnambule qui ne voit pas l'obstacle sur son chemin et continue à marcher jusqu'au moment où il tombe par terre, puis se réveille en regardant autour de lui pour vérifier si quelqu'un l'a vu. Encore quelques instants avant, je n'y croyais pas, pas vraiment. À présent j'y croyais, convaincu par une cicatrice dont je n'étais même pas sûr qu'elle existât. Fini les plaisanteries. Il n'aurait plus ri en me tendant un verre de lait tiède au mess sous prétexte que les enfants ne doivent pas boire d'alcool.

Beltman me conduisit derrière la Casemate numéro 2 où le lieutenant-colonel était agenouillé à côté d'un sergent allongé sur une civière, que je ne reconnu pas, à la fois à cause du bandage qui entourait sa tête et parce que son visage semblait un chiffon sale, avec du sang coagulé entre les joues barbouillées de suif et le blanc des yeux, la voix fêlée par un râle.

– Je viens avec vous, mon Colonel.

– Dans l'état où tu es, Jim. Fais-toi soigner et bois à notre santé. Nous nous reverrons à Paris.

– Beltman et Englin au rapport, mon Colonel.

– J'ai besoin d'un aide de camp car le mien est hors combat, ils doivent le rapatrier. Englin, crois-tu pouvoir le remplacer ?

– Moi… oui mon Colonel, certainement mon Colonel.

– Le capitaine Kadwell m'avait parlé de toi quand nous étions à la base. C'était un bon officier, il nous manquera. Il t'a appris un peu de français ?

– Non…

– Tant pis, moi je sais quelques phrases. Va chercher tes affaires, appelle le Major Abbott et reviens ici.

« Aide de camp du lieutenant-colonel… Te voilà frais ! » aurait dit le capitaine. Mais c'était précisément ce qu'il me fallait pour prendre mes marques. Et puis, en restant à côté de lui, j'aurais toujours été le premier à savoir ce qui se passait.

Je connaissais le major. Il guidait notre compagnie au début de l'entraînement, puis il était devenu l'adjoint du commandant. Je le revis en sortant, après avoir récupéré le sac à dos et le Sten, et l'accompagnai chez le lieutenant-colonel qui était allongé sur le toit de la casemate, pointant ses jumelles vers le nord-ouest. Je me tins à quelques pas, mais je pus entendre ce qu'ils disaient.

– Les canons ? demanda le commandant en descendant du bunker.

– Ils ne sont pas près de s'en servir.

– Le message est parti ?

– Depuis cinq minutes, après la seule fusée traçante que nous avions. Mais le pigeon a fait deux fois le tour de la batterie, puis il est parti dans la mauvaise direction.

– De toute façon, il lui faudrait trop de temps pour traverser le Canal. Espérons qu'ils aient vu la fusée traçante. Si…

Il fut interrompu par le sifflement d'un obus, suivi d'un grondement assourdissant, à une centaine de mètres au-delà de la clôture au sud de la batterie. Ce n'était pas le croiseur.

– Les Fritz. Ils savent que nous sommes là. Et on dirait qu'ils sont prêts à achever leurs blessés pour nous avoir. Nous devons y aller. Combien sommes-nous ?

– Soixante-huit.

Cinq heures après le début de l'opération, il ne lui restait qu'un dixième des effectifs. Il laissa échapper un début de juron mais se retint.

– Fais transporter les blessés graves dans les casemates. Ceux qui sont transportables viennent avec nous au Calvaire.

Je marchais à côté de lui en dépassant des groupes de trois ou quatre hommes, des visages que j'avais du mal à reconnaître sous la lumière pâle, des traits altérés par la tension ou par l'étonnement incrédule de ceux qui s'en étaient sortis indemnes, par la douleur chez les blessés qui s'appuyaient sur leurs camarades.

– Laisse-moi descendre, je suis en sécurité ici, entendis-je le caporal Poitier ordonner au soldat qui le portait sur ses épaules.

Le Calvaire : il s'agissait d'un Christ en bois de dix pieds de haut qui se dressait au croisement de trois routes dévastées par les cratères, jonchées de branches et de troncs d'arbres. Notre destination provisoire, et appropriée, pensions-nous tous, même si personne ne l'avait dit. J'étais assis sur les marches du crucifix, à côté du commandant, sous les yeux des prisonniers que nous avions fait asseoir dans un trou. Tandis qu'au loin, le pilonnage de la batterie s'intensifiait, nous vîmes arriver une carriole poussée par deux camarades. Le lieutenant Sanberg était assis dedans, une bouteille à la main, la jambe droite de son pantalon trempée de sang.

– Belle bataille, non ? cria-t-il dès qu'il nous aperçut.

Quelqu'un lui demanda s'il s'était blessé lui-même pour pouvoir siffler tout le whisky peinard. Quand il arriva à notre hauteur, il répondit que oui mais qu'il ne fallait le répéter à personne. Nous éclatâmes tous de rire. Nous en avions besoin. Nous le vîmes disparaître avec les autres blessés, quatre de nos infirmiers et deux Allemands vers la masure abandonnée où devait être aménagé l'hôpital de guerre.

Le major s'approcha.

– Que fait-on ?

– Au village, comme prévu, répondit le commandant.

Nous nous mîmes en marche, précédés par une patrouille de six hommes qui croisaient de temps en temps des camarades qui avaient atterri Dieu savait où pendant la nuit. Une trentaine au total, dont vingt Canadiens que le commandant plaça au fond pour protéger nos arrières et surveiller les prisonniers. L'avant-garde marchait le long du mur éclaté de l'une des premières maisons, tout près d'une intersection, lorsque nous entendîmes des rafales de mitrailleuse. Ceux qui étaient devant reculèrent précipitamment en tournant au coin, et se hissèrent sur les fenêtres sans vitres du rez-de-chaussée, imités par la moitié de la colonne qui les suivait sur la droite. Le commandant, les autres et moi étions à gauche, légèrement derrière, près des cratères creusés par deux bombes. Nous n'avions pas le choix : nous plongeâmes au milieu des décombres de ce qui avait dû être un hangar pour matériel agricole, et j'évitai de justesse la lame d'une faux au manche cassé. On nous tirait dessus d'en haut, probablement du clocher de l'église que nous apercevions en face du trou, après le carrefour et le parvis. Le lieutenant-colonel fit un geste en direction de la route bordée d'arbres que nous avions quittée en entrant dans le village. Les Canadiens débouchèrent, en se repliant pour se mettre à l'abri.

Un mortier vint s'ajouter à la mitrailleuse, et les tirs se rapprochèrent davantage. Ils ne se servaient pas seulement du clocher pour nous tirer dessus, mais aussi pour orienter le tir de leurs camarades postés en bas, peut-être derrière l'église.

– Qu'est-ce qu'ils attendent avec leurs Bren ? pesta le commandant.

Un instant après, j'entendis une longue rafale partir de l'intérieur de la maison. Le sommet de la tour disparut derrière des nuées claires et la mitrailleuse se tut. Ce devait être Consalvi. Pour quelqu'un qui savait centrer une bouteille à un quart de mile, c'était une cible facile.

– Et d'où diable sort-il celui-là ?

Le lieutenant-colonel sortit la tête du trou, stupéfait. Je regardai aussi. Au milieu du carrefour, un civil en vélo avançait, un ballot en bandoulière, un chapeau sur la tête, et des pinces à linge aux chevilles pour protéger le bas de son pantalon. Lorsqu'il nous vit, il ralentit et s'approcha. Un grand mince avec un long nez, qui devait avoir l'âge du capitaine.

– Parachutistes ? demanda-t-il dans un anglais approximatif tandis qu'un obus atterrissait à une trentaine de pieds de notre abri.

Les Allemands n'avaient plus d'indications de tir, mais ils continuaient à tirer un coup toutes les cinq secondes.

– À terre ! lui hurla le commandant.

L'homme descendit de son vélo qu'il coucha sur le bord de la route, calmement, puis il se glissa dans le cratère. Incroyablement indemne, et flegmatique comme nous ne nous y serions pas attendu de la part d'un Français, le premier rencontré depuis le largage.

– Attention, y'a plein de Boches au pays.

– Combien ?

– Deux cents, peut-être plus.

– Je ne sais pas si nous pouvons nous y fier, murmura le commandant au major, mais il vaut mieux attendre. Les commandos devraient être ici dans deux heures. Quand ils arriveront, nous nous organiserons et nous attaquerons. Roger, va voir les autres et dis à Dewhurst de couvrir notre retraite avec deux Bren ; nous tirerons trois coups de Sten en l'air quand ils pourront nous suivre. Abbott, prends une patrouille et inspecte les environs. Nous avons besoin d'un poste où nous installer.

La route ne pouvait pas être pire que le terrain miné, pensai-je. Je sautai hors du trou, certain de devoir me soucier uniquement du mortier, lorsque j'entendis une rafale et des balles siffler au-dessus de ma tête. Une autre mitrailleuse, au ras de la route cette fois. J'arrivai de l'autre côté avant qu'ils n'eurent ajusté le tir, tandis qu'un Bren répondait au feu en mitraillant ce qui de loin me semblait être une table en pierre dans les jardinets à côté de l'église. Je m'accroupis dans le coin et regardai à travers l'une des fenêtres.

Ils étaient postés derrière un tas de décombres, ce qui restait du mur qui faisait face à l'église, peut-être abattu par les raids aériens de ces derniers jours. Le toit n'existait plus et on devinait le plan des lieux grâce aux quelques piles de briques presque intactes qui délimitaient encore les pièces. Seuls deux murs restaient à peu près debout : celui qui longeait la route et l'autre, perpendiculaire, à une trentaine de pieds des gravats qui protégeaient mes camarades.

— Replions-nous, ordre du commandant. Il veut le lieutenant et deux Bren pour nous couvrir, criai-je.

— Ils l'ont eu ! dit le sergent Tomkins en indiquant un homme à terre, immobile, puis il reprit :

— Moi je reste avec Consalvi et Alden.

Au moment où nous sortîmes de derrière l'angle, nous nous trouvâmes sous le feu des Allemands. Les mitrailleuses étaient deux maintenant. Ils avaient recommencé à tirer du clocher et Consalvi devait être à court de chargeurs car il répondait par des rafales brèves, isolées. Pendant que je courais, je vis quelqu'un, un peu plus loin, tomber face contre terre, les bras tendus en avant et MacLaury s'attarder un instant à côté de lui, puis repartir en le contournant.

— Ne vous arrêtez pas ! Il est mort.

Nous arrivâmes à proximité du cratère, ultime effort. Tous parvinrent à traverser indemnes, à part MacLaury qui poussa un hurlement et boita jusqu'au bord du trou où les bras de deux camarades le saisirent pour le traîner à l'intérieur. Puis vint mon tour. En sautant, je sentis un coup violent, sec, sur le côté droit. C'est fini, pensai-je en tombant dans les bras du cycliste. J'allais mourir et celui qui me donnerait le dernier adieu était un Français dont on ne savait même pas s'il était réellement content de nous voir. Je l'entraînai avec moi au fond du trou et l'entendis jurer « Merde » – l'un des peu de mots dont je me souvenais – tout en s'agrippant à mon casque et en risquant de m'étrangler. Il fut le premier à s'agenouiller près de moi et me dévisagea :

– T'as du bol, l'Anglais !

Des camarades l'écartèrent pour laisser passer le commandant.

– Que fais-tu couché là, Roger ?

– Je n' sais pas… euh, peut-être que je suis blessé…

– Je n'en ai pas l'impression. Je crains que tu doives nous tenir compagnie encore un bon bout de temps. Allez, debout !

Je saisis la main tendue et au même moment un obus atterrit devant la maison où nous avions laissé Tomkins et les autres.

– Ils doivent partir de là. Donne le signal, Roger.

Je tirai les trois coups convenus et une dizaine de secondes après nous vîmes Consalvi sortir d'une fenêtre et se mettre à courir, ciblé par les mitrailleuses, les mortiers, le canon d'un tank semi-chenillé qui débouchait de derrière l'église et avançait lentement vers nous. Pour couvrir Consalvi, il ne restait plus que le Bren de Whaite qui concentra le tir sur le clocher et réduit de nouveau la mitrailleuse au silence. Je croisai le regard du cycliste assis au fond du cratère. Il devait avoir compris qu'il était dans le même pétrin que nous. Quand Consalvi arriva, le lieutenant-colonel lui demanda ce que faisaient Tomkins et Alden. La réponse fut un « non » de la tête.

– Barrons-nous d'ici.

Une autre course en file indienne, à découvert, sauf que maintenant nous pouvions compter sur les Canadiens. Ils avaient positionné leurs mortiers et une Vickers dans les broussailles, à l'entrée du village, et il était évident qu'ils avaient plus de munitions que nous. Leur réaction désorienta le conducteur du semi-chenillé qui fit marche arrière et retourna derrière l'église.

J'étais en train de courir lorsque j'entendis des cris derrière moi.

– English ! English !

Le cycliste agitait les bras. Que voulait-il ?

– Il nous appelle, mon Commandant.

Le commandant se retourna.

– Il est fou : si les Fritz le voient nous parler, ils le descendent. Il vaut mieux pour lui qu'on fasse semblant de rien. Et puis il est trop loin, je n'entends rien.

Le Français continuait à gesticuler en parlant. Je ne comprenais pas un mot, mais le commandant avait raison. Ces cris pouvaient lui coûter cher. Je posai l'index sur mes lèvres. Il se tut et disparut dans le trou. Je rejoignis les autres.

Nous croisâmes la patrouille d'Abbott à un demi-mile de là, le long de la route bordée d'arbres.

– Suivez-nous. Nous vous conduisons au château.

– Au château ?

Exactement. Rien que pour nous.

17. 3 JUIN 2014, 13:43

C'était Sylvie qui lui avait rappelé hier matin de prendre une veste et une cravate, alors qu'il avait déjà fermé sa valise.

– Tu ne peux pas te présenter à la libraire en jean et en t-shirt.

Chez le notaire non plus d'ailleurs. Deux ans plus tôt, à l'occasion de la signature du contrat de la maison, Cédric avait remarqué qu'une tenue formelle semblait être de rigueur pour tous : propriétaire, collaborateurs et clients. Un usage en fonction des rémunérations, pensa-t-il, pendant que, devant le miroir, il nouait et dénouait deux fois sa cravate avant de décider, quoi qu'il arrivât, que la troisième serait la bonne. Un dernier contrôle des cheveux dont le seul signe de jeunesse, désormais, était leur faible propension à se laisser dompter par le peigne, et le tour était joué. Prêt pour un rendez-vous tout à fait inutile.

L'attente fut brève. Moins de cinq minutes, puis Angèle - prénom désuet et chevilles branlantes sur des talons vertigineux – l'accompagna au bout du couloir et l'introduisit dans une pièce dont le centre était occupé par une grande table ovale.

– Le notaire arrive tout de suite, dit-elle.

Cédric s'installa dans l'un des fauteuils en cuir puis regarda autour de lui. Du parquet au point de Hongrie pour le sol et des murs revêtus de boiseries dans les espaces libres entre les bibliothèques qui montaient jusqu'au plafond. Le lustre, une cascade de gouttes de cristal, devait être un spectacle le soir, lorsqu'il réfractait sa lumière dans toutes les directions. De lourds rideaux de velours jaune liés par des cordons de passementerie encadraient la porte-fenêtre en face de l'entrée. Deux consoles se faisaient face sur les côtés courts de la pièce, tellement luisantes et si parfaites qu'elles auraient pu sembler neuves si ce n'avait été pour l'élégance et la légèreté des formes, pour les ornements et la marqueterie, signes d'un art ancien et oublié. Sur l'une d'elle, trônait une pendule au grand cadran blanc couronnée de figurines en bronze, sur l'autre, un vase en porcelaine rose du XVIIIᵉ siècle, décoré de scènes de chasse. Le silence rompu seulement par le tic-tac de la pendule, l'odeur de bois et de cuir vieillis accentuaient la sensation de voyage dans le temps et dans l'espace, vers une constellation lointaine qui ne connaissait pas l'angoisse des traites à payer. Pourquoi le propriétaire de ce musée voulait-il vendre une montre qui lui rapporterait tout au plus un vingtième de son chiffre d'affaires mensuel ? Peut-être ne lui plaisait-elle pas.

Le grincement de la poignée de porte, seul détail qui jurait avec le reste, annonça l'entrée imminente du notaire. Il avait dépassé la soixantaine, comme le lui avait suggéré sa voix au téléphone. Il était plutôt petit, de carrure robuste, quelques cheveux gris concentrés autour des oreilles, des lunettes en métal aux verres ronds. Il portait un costume ardoise avec une pochette blanche dépassant de la poche extérieure gauche de la veste déboutonnée sous laquelle un gilet encadrait le col de la chemise bleu ciel fermé par un nœud de cravate également bleu. Heureusement que je suis habillé comme il se doit, pensa Cédric en lui tendant la main.

– Je vous en prie.

Le notaire fit le tour de la table, y posa sa serviette en cuir noir et s'assit en face de lui.

– Cédric Roussel dans mon étude, qui l'aurait dit ?

Une approche si singulière que Cédric ne put éviter une association d'idées tout aussi surréaliste. Lui n'aurait pu prononcer une telle phrase, avec cette tête, que si en rentrant à la maison après le lycée, les circonstances l'avaient obligé à s'exclamer « Charlize Theron dans ma cuisine, qui l'aurait dit ? ». Il s'agissait toutefois d'une éventualité improbable, alors que le sourire d'un étranger qui le traitait comme une célébrité était une réalité embarrassante. Cédric s'apprêtait à lui réciter le petit discours qu'il s'était préparé, du style « je crains qu'il s'agisse d'un malentendu… », etc., mais Levasseur le devança.

– Comment avez-vous su pour la montre ?

– Je suis tombé par hasard sur le site de la société de vente aux enchères. La montre ne m'intéresse pas spécialement, mais…

– Elle ne vous intéresse pas ?

– Je voulais dire… elle m'intéresse, mais seulement pour cette gravure, les ailes avec le parachute du Régiment de Parachutistes anglais. Vous savez, je suis professeur d'histoire et la bataille de Normandie…

Cédric s'interrompit car son interlocuteur avait changé d'expression qui, de cordiale était devenue contrariée ; tant pis pour lui, pensa-t-il, je n'y peux rien.

– Mais vous, qui êtes-vous ?

– Je suis Cédric Roussel. Mais vous m'avez certainement pris pour quelqu'un d'autre, un homonyme peut-être. J'ai téléphoné ce matin pour...

– Un homonyme ? Donc vous n'êtes pas le Cédric Roussel né à Caen le 6 juin 1970, fils de Clément et Francine, qui est allé vivre à Nice en février 1977...

Le nom, le lieu de naissance et l'adresse, il les avait bien donnés à Onfray, mais pas le reste.

– Si, mais comment...?

– J'avais pris la liberté de vérifier au bureau d'état civil avant de téléphoner. Pour être certain de ne pas commettre d'erreur. Néanmoins, apparemment, ...

Laissée en suspens, la phrase semblait annoncer un congé plus brutal qu'il ne l'avait craint car le notaire se leva. Cédric s'apprêtait à l'imiter quand le notaire l'invita, voire, lui ordonna presque :

– Un instant, s'il vous plaît.

Il prit un gros volume vert dans la bibliothèque derrière lui et l'ouvrit en le posant près du vase. En retournant à sa place, il tenait dans la main une enveloppe en papier jauni. Elle contenait un petit carton rectangulaire qu'il tendit à Cédric, sans mot dire.

– Qu'est-ce que c'est ?

– J'espère que vous allez me le dire, ainsi comprendrai-je peut-être avec qui je suis en train de parler. C'était une photographie en noir et blanc. On y voyait deux personnes debout au centre, entourées d'énormes rouleaux clairs et de machines d'environ deux mètres de haut. Cela ressemblait à une usine.

– Alors ? insista Levasseur.

Cédric examinait la photographie, perplexe et agacé par ce ton inquisitoire, lorsqu'une image effaçât instantanément le notaire, la montre, la vente aux enchères et tout le reste. La plage de Cabourg, deux ombres en mouvement que le soleil d'un crépuscule d'automne dessinait sur le sable, l'une longue et l'autre courte, une main trop grande pour la serrer toute entière, des yeux levés vers un sourire doux et rassurant, le même sourire qui capturé sur une vieille photo lui revenait dans les yeux comme un éclair aveuglant, comme le soleil à la sortie des tunnels de la Provençale.

– C'est mon père ! dit-il dans ce qui sembla plus un murmure étranglé qu'une exclamation.

– Lequel des deux ?

– Celui avec la blouse foncée. Comment se fait-il que vous ayez cette photo ?

Cédric savait qu'il avait pâli, il le sentait et le visage de son interlocuteur le lui confirmait, le doute et la surprise ayant remplacé la mauvaise humeur de tout à l'heure.

– Regardez au dos, cela devrait vous rappeler quelque chose.

Quelques mots écrits au stylo-plume dont l'encre, peut-être noire à l'origine, avait déteint en un rougeâtre délavé : *1973 Jean-Claude et Clément, l'équipe gagnante*.

– Me rappeler quoi ? Qui est Jean-Claude ?

– Mon oncle.

– Ils se connaissaient ?

– Plus que cela, ils étaient amis, ce qui est plutôt rare entre un patron d'entreprise et un ouvrier.

– D'entreprise ?

– Celle de la photo. Vous ne savez pas quel travail faisait votre père ?

– Typographe. Mais il en parlait peu. Il était contrarié d'avoir dû arrêter à cause de la maladie. Et j'étais encore petit quand il est mort.

– Je sais. Mon oncle me l'a raconté il y a deux ans lorsqu'il était à l'hôpital. J'étais allé retirer des documents dans son coffre-fort et j'avais vu la montre, celle de la vente aux enchères...

– Elle était à lui ?

– Oui. Il l'a laissée à ma sœur et à moi car il n'avait pas d'enfants. Mais avant, elle appartenait à votre père, Monsieur Roussel.

Levasseur fit une pause comme s'il craignait que Cédric, pétrifié et les yeux rivés sur la photo, eût du mal à le suivre, puis il reprit :

– C'est curieux que ce soit moi qui vous raconte ces choses. C'est même incroyable, dirais-je...

– Moi, je n'en savais rien. Rien de rien.

– Dans ce cas, je vous prie de m'excuser. Je vous ai proposé ce rendez-vous en croyant comprendre pourquoi la montre vous intéressait. Peut-être vous ai-je paru désagréable, mais... je pensais que vous vouliez faire le malin pour quelque raison.

– Peu importe... Mais comment m'avez-vous trouvé ?

– C'est vous qui vous êtes manifesté. Quand vous avez téléphoné à la société de ventes aux enchères, Monsieur Onfray a pensé qu'il s'agissait d'une homonymie, mais le lieu de naissance et le grand-père partisan... Je me suis demandé s'il y avait un lien entre le Roussel de Nice qui voulait des renseignements et celui du document.

– Du document ?

– L'acte de donation. Signé par l'officier anglais qui a donné la montre à votre grand-père.

Comment l'avait appelé Onfray lundi soir, déjà ? *Un citoyen français.* Pas un Français quelconque, visiblement…

– Donc, c'est mon grand-père...

– … qui a offert la montre à votre père qui lui, l'a vendue à mon oncle.

– Vendue ?

– Il aurait préféré ne pas devoir le faire. Mais il est tombé malade et a dû quitter son travail juste au moment où il allait reprendre la typographie. Ils étaient d'accord sur tout. Mon oncle lui avait promis qu'il lui donnerait un coup de main au début. Mais ensuite… sans travail, avec un enfant en bas âge à élever. Votre père craignait de ne pas y arriver et décida de vendre la montre. Mon oncle la lui racheta le double de ce que lui avait proposé une bijouterie du centre. Il voulait lui faire comprendre qu'il pouvait compter sur lui. Et il lui assura que dès qu'il serait guéri et qu'il reprendrait le travail, il la lui aurait revendue. Malheureusement…

– Oui...

Cédric trouva la force de détacher le regard de la photo, non pour formuler l'une des questions qui lui passaient par la tête, comme les branches transportées par une rivière en crue, pour disparaître aussitôt après, même celle qui aurait pu sembler la plus facile à retenir à l'instant où elle se présentait à l'esprit, proche mais inaccessible.

Ce fut le notaire qui rompit le silence.

– Je me demandais... Si vous ne saviez pas, comment... ? Ah ! J'oubliais… Internet.

– Et l'emblème du Régiment. Si je ne l'avais pas vu, je ne serais pas ici.

– À propos… je dois vous montrer ces papiers. Je n'ai que des photocopies car c'est la société de vente aux enchères qui a les originaux.

Il sortit deux documents de sa serviette. Celui qui était tapé à la machine était décoloré et difficile à lire. Quelques lignes en anglais avec des fautes d'orthographe, signées par un certain major Landon Roach qui déclarait avoir décidé de donner la montre pour remercier un « patriote français courageux » de son aide, au péril de sa vie, lors de la bataille pour la libération. En haut, un cachet défraîchi avec une date : « Caen, juillet 1944 ». Il manquait le jour, mais la rigueur formelle des paperasses ne devait pas être l'une des priorités de l'époque. L'autre document reportait au centre la copie d'une déclaration manuscrite : « *Caen, le 18 février 1975. Je déclare recevoir la somme de 1 800 francs de Monsieur André Levasseur en paiement d'une montre ayant appartenu à mon père, Jean-Jacques. Caractéristiques : emblème avec parachute ailé et prénom de femme (Jane) gravé sur le fond. Clément Roussel* ».

– Vous pouvez garder la photo si cela vous fait plaisir. Celle de la typographie.

– Vraiment ?

– Mais j'aimerais en avoir une copie. Vous me l'enverrez dès que vous pourrez. Les photocopies... Eh bien, vous pouvez les garder aussi, mais si vous achetez la montre, vous n'en aurez pas besoin car on vous remettra les originaux. Je suppose que vous participerez aux enchères.

– Oui… C'est-à-dire, je dois y penser. C'est une belle somme.

– Si vous décidez d'essayer, je croiserai les doigts pour vous.

– Merci…

– Je crois que mon oncle aussi aurait voulu la vendre, mais il n'en eut pas le cœur. Il m'avait dit qu'il la gardait dans le coffre parce que l'idée de la porter le rendait triste, cependant, il n'arrivait pas à s'en séparer. Maintenant qu'il n'est plus de ce monde, ma sœur et moi avons décidé pour lui. Et nous avons bien fait : c'est l'occasion où jamais pour qu'elle retourne chez elle.

– Je l'espère…

– Maintenant je dois y aller. Mais vous, si vous voulez, vous pouvez rester examiner les papiers en prenant tout votre temps.

– Je crois que je vais accepter votre invitation… Combien vous dois-je ?

– À quel propos ?

– Je vous ai fait perdre une demi-heure…

– Vous plaisantez ! Si je demandais des honoraires au fils de Clément Roussel, le fantôme de mon oncle me persécuterait jusqu'à la fin de mes jours.

La main posée sur la poignée de la porte, le notaire hésita.

– Je ne voudrais pas être indiscret mais… avez-vous toujours votre mère ?

Elle arrivait finalement, la plus importante des questions évanescentes.

– Oui. Elle vit à Nice elle aussi.

– Ah !...

Qu'allait-il lui demander ? Non – cela n'était pas son affaire.

– … Transmettez-lui mes hommages. Et bonne chance.

Il était pressé, autrement il n'aurait pas oublié de remettre le volume à sa place. Cédric s'approcha de la console et ouvrit le livre. C'était un album. Des photos de famille où deux visages lui semblèrent familiers, peut-être ceux du notaire et de son oncle, il y avait des années. Les autres devaient être des membres de la famille ou des amis. Des enfants, des sourires, des verres levés pour un toast autour d'une table, des coiffures et des vêtements démodés, un groupe posant avec une voiture à pédales en arrière-plan, des familles nombreuses et, probablement, au complet. Contrairement à la sienne. La photographie posée sur la table à côté des photocopies, était la cicatrice d'une amputation. Mais à présent il y avait Sylvie et Théo. Et son fils était un enfant comme ceux de l'album. Ses souvenirs seraient entiers.

Cela ne se faisait pas de mettre le nez dans les affaires des autres, disait-on, mais en s'approchant de la vitrine pour remettre l'album de la famille Levasseur à sa place, au milieu des volumes qui dénotaient un penchant pour la littérature française du XIXe siècle, Cédric donna un dernier coup d'œil à la reliure en cuir. Pas un grain de poussière, on voyait que le notaire devait le feuilleter souvent, cet album. Il devait y tenir. Et la photo de son père était là, protégée par une enveloppe, et même mieux conservée que les autres, par un étranger qui ignorait qu'un rendez-vous avec le destinataire de ce message du passé l'attendait.

Angèle devait être trop occupée pour lui offrir un café ou un verre d'eau, ou bien elle préférait éviter de se déplacer si cela ne s'avérait pas indispensable, consciente qu'une chute de ses talons hauts pouvait lui coûter cher. C'était mieux ainsi. Cédric avait besoin de rester seul pour se remettre les idées en place, à commencer par celles que le notaire lui avait fait revenir à l'esprit avant de prendre congé. Son père avait longtemps porté cette montre et ce n'était pas les récits sur son grand-père Jean-Jacques qui avaient manqués. Pourquoi sa mère ne lui avait-elle jamais rien dit ? Elle ne pouvait pas avoir oublié : il s'agissait presque d'une croix de la Valeur militaire. Son premier élan aurait été de lui téléphoner aussitôt. Mais c'était l'heure de la sieste, et ce n'était pas si urgent après tout. Il la verrait ce dimanche et aurait tout le temps de lui parler. Son regard revint sur les photocopies posées sur la table. À qui appartenait la montre à l'origine ? À ce Roach ? Peut-être. La logique aurait voulu que disposer de la montre d'un autre ne rentrât pas dans le cadre de ses fonctions. Mais pourquoi s'en séparer ? Et s'il était parachutiste, comme le laissait supposer la gravure au dos, que faisait-il loin du théâtre des opérations ? Peut-être que lui et les survivants des batailles précédentes avaient bénéficié d'une permission après la libération de Caen, lorsque le front s'était déplacé ailleurs ?

De simples conjectures que Cédric formulait pour tenter fébrilement mais inutilement d'éviter le dilemme : et maintenant ? Qu'est-ce qui était le plus difficile : revenir en arrière ou aller de l'avant ? Et s'il faisait le mauvais choix, entre les deux, quelle aurait été l'erreur la plus grave ? Valait-il mieux faire quelque chose d'absurde ou regretter de ne pas l'avoir fait ? Devait-il demander à Sylvie ce qu'elle en pensait ? Inutile, il connaissait déjà la réponse, qui d'ailleurs n'était pas une réponse mais une question : « Tu délires ou quoi ? » C'était trop facile de laisser les autres décider pour soi. Cédric prit congé d'Angèle et, une fois dans la rue, il se mit à marcher d'un pas alerte.

Deux mille cinq cents euros. La traduction du livre lui en avait rapportés sept mille qui, ajoutés à leurs économies, lui auraient permis de changer de voiture. Cela faisait neuf ans qu'il avait cette petite berline familiale qui était devenue trop petite. Y entasser tout ce qui servait pour les vacances, et surtout ce qui ne servait à rien mais que Théo considérait comme indispensable, s'était avéré plus difficile chaque été. Cédric avait repéré un break d'occasion, sans prétention, qui convenait parfaitement à leurs besoins et s'était mis d'accord avec le concessionnaire sur la valeur de reprise de sa vieille voiture. Les comptes cadraient avec le reste, les délais et les formalités aussi. Toutefois, le projet conçu en pesant chaque détail et en parlant souvent avec Sylvie, semblait perdre de sa consistance à chacun des pas pressés qui le ramenait à l'hôtel.

Deux mille cinq cents euros. Quel était le dernier caprice qu'il s'était accordé ? Le téléviseur à écran plat, il y avait un an et demi de cela. Mais il ne s'agissait pas vraiment d'un caprice. Le gros machin avec magnétoscope intégré qu'ils avaient rapporté de l'appartement du centre-ville était un vestige de l'archéologie industrielle, et la dernière réparation leur avait coûté autant qu'un téléphone mobile de dernière génération. Il fallait se décider à le changer et comme la place dans la nouvelle maison le permettait, pourquoi ne pas se lancer dans l'univers des écrans géants Full HD avec, cerise sur le gâteau, une parabole pour suivre le Championnat d'Angleterre ? Ça oui, ça avait été un caprice, et de fait, Sylvie avait refusé de contribuer à l'achat. Mais il s'agissait d'une exception, un cas plus unique que rare dans une vie conditionnée par un prêt immobilier et vouée à la sobriété jusque dans les loisirs. Cédric ne s'était pas encore décidé à acheter des chaussures neuves pour le football à cinq auquel il jouait le vendredi soir, bien que ses semelles étaient aussi usées que les pneus d'une voiture ayant cinquante mille kilomètres au compteur et que, tôt ou tard, elles lui vaudraient une entorse. Son short et son maillot étaient tellement élimés que pour se justifier auprès de ses amis, Cédric répétait comme un disque rayé : « C'est la tenue de Liverpool des années 1980, je la mettrai tant qu'elle résistera. » Le restaurant ? Jamais, seulement une pizza toutes les deux semaines. Les cigarettes ? Cédric ne savait même pas ce que c'était. Les voyages ? La lune de miel aux Maldives avait été le dernier voyage d'un peu plus de deux semaines. Les spectacles ? Le théâtre et l'opéra ne l'intéressaient pas, le méga téléviseur servait aussi à éviter d'aller au cinéma ; le nouveau stade de Nice était magnifique mais il n'attirait guère quelqu'un qui pouvait voir Liverpool-Manchester du canapé de son salon ; un jour, il avait été tenté d'aller au concert des

U2 à Paris, puis il s'était ravisé, le prix était exorbitant. Pas même Harpagon n'aurait trouvé la moindre dépense superflue à lui reprocher.

Deux mille cinq cents euros. Dimanche n'était pas seulement l'anniversaire de Théo, même si tout le monde, et lui-même, semblait l'oublier. Sylvie lui ferait un cadeau comme toujours. Mais depuis combien de temps Cédric ne s'était-il pas offert lui-même quelque chose ? Depuis des temps antédiluviens, pire que le vieux téléviseur. Il avait beau chercher dans sa mémoire, Cédric ne se souvenait pas avoir acheté quelque chose pour lui tout seul pour son anniversaire. Le seul épisode de dépenses insensées remontait à la nuit des temps, au voyage en Angleterre avec ses amis au cours duquel il avait tout dépensé, jusqu'au dernier centime : des économies qu'il avait faites grâce à des petits boulots l'été et à la récompense que sa mère avait réussi à lui glisser dans une enveloppe pour le baccalauréat. Des cassettes vidéo, des livres, des albums de Spiderman en version originale, des disques, des t-shirts, plus les billets du concert et ceux du match : Cédric avait laissé un bon souvenir de son passage chez les commerçants de Londres. Cependant, ce n'avait pas été pour son anniversaire et surtout, cela avait été dans une autre vie, sans responsabilités, avant d'entrer dans le monde du travail, et avant de fonder une famille.

Deux mille cinq cents : avec toutes ces syllabes, les mots impressionnaient autant que le chiffre.

Cédric fit irruption dans sa chambre d'hôtel, essoufflé après avoir grimpé deux par deux les marches des quatre volées d'escalier, trop impatient pour attendre l'ascenseur. L'accès au réseau Wifi était compris dans les services de l'hôtel. C'était le moment d'en profiter.

Internet fut une véritable mine de renseignements et de conseils sur les ventes aux enchères. La première recommandation, répétée jusqu'à la nausée, était de se fixer une limite à ne pas dépasser, de rester calme durant les quelques secondes qui s'écoulaient entre le début des enchères et l'adjudication pour éviter de se laisser entraîner dans une spirale ruineuse. Mais ce qui le frappa, ou mieux, ce qui le traumatisa, fut un détail plus concret des risques liés à l'ivresse de la compétition, qu'il découvrit en lisant les conditions appliquées par la société de vente aux enchères. Il fallait ajouter une commission et des taxes pouvant représenter un total de plus de 40 %. En pratique, comme le lui révélait avec une implacable précision la calculatrice de son portable, si la montre avait été adjugée à 2 700 euros, c'est-à-dire la moyenne entre l'estimation la plus haute et la plus basse, l'acquéreur débourserait environ 3 800 euros. Un coup à tomber KO, et de fait, les dix secondes accordées à un boxeur pour se relever et reprendre le combat, ne suffisaient pas à Cédric, pas plus qu'une minute entière, pour se ressaisir. Il ne sortit de sa stupeur que lorsque, en revenant sur la page initiale de son portable, il remarqua l'heure : déjà cinq heures ! Il devait prendre une décision. Il le fit avec une rapidité surprenante pour qui le connaissait, et s'élança dehors en refermant son portable sans l'éteindre.

Il savait où aller, il avait noté l'adresse sur son téléphone mobile avant de quitter Nice. « On ne sait jamais », s'était-il justifié à lui-même. Seule une longue attente aurait pu le faire réfléchir, hésiter, vaciller et peut-être renoncer. Mais derrière la porte en verre blindé, il n'y avait que trois employés, deux assis derrière les guichets et un debout derrière eux, qui bavardaient en attendant la fermeture. Trois mille huit cents euros, pas un de plus, de sorte qu'il lui aurait été impossible de céder à la tentation d'enchérir au-delà de cette limite. Pendant que le caissier comptait les billets devant lui, Cédric culpabilisa. Il avait gagné cet argent grâce à la traduction du livre, mais le compte était également au nom de Sylvie. Si le lot lui était adjugé, où trouverait-il le courage de lui avouer qu'avec les économies faites pour la nouvelle voiture il avait acheté une vieille montre ?

18. 6 JUIN 1944, 10:58

... – Au château ?

– Exactement. Rien que pour nous.

Le major avait exagéré. C'était plutôt une grande demeure qu'un château proprement dit. Nous l'entrevîmes entre les branches en montant le long du chemin bordé d'arbres des deux côtés, juste après un portail dont il ne restait qu'un seul battant rouillé sur ses gonds. En face du mur effrité et des fenêtres curieusement intactes, le sentier se dédoublait pour contourner une plate-bande ovale infestée de mauvaises herbes. Un bâtiment de deux étages de trente yards sur quinze, au jugé.

Les Allemands s'en étaient servis comme dépôt, juste quelques heures avant. Partout, dans l'entrée comme dans les chambres, sur les tables et sur les chaises, par terre et dans les armoires aux portes grandes ouvertes, il y avait les traces laissées par une garnison qui avait reçu l'ordre de quitter les lieux sur le champ. Des vêtements, des armes, des munitions, des couvertures, des draps, des serviettes, une paire de jumelles, deux machines à écrire toute neuves avec des rames de papier à côté, et même une boîte en fer remplie de billets de banque, sur ce qui devait avoir été le bureau du trésorier. « Je crois que je vais oublier de les remettre au Quartier général », annonça le commandant, « ils nous serviront pour aller boire un verre quand on viendra nous relever ». Le vacarme des camarades qui étaient entrés les premiers dans la cuisine annonça une découverte bien plus appréciée que l'argent, et utilisable immédiatement. Dans le cellier attenant, il y avait de tout : du pain, de la viande de bœuf, du lard, du beurre, des paquets de sucre, des pots de confiture, un bidon en métal plein de crème fraîche et deux autres de lait.

Un coup de chance mais aussi un signal d'alarme : les Allemands auraient pu revenir d'un moment à l'autre. Le lieutenant-colonel envoya une trentaine d'hommes divisée en trois groupes, le premier pour patrouiller le périmètre, les deux autres pour repérer les endroits offrant la meilleure vue sur les voies d'accès et y installer les postes. Tandis que j'aidais à monter la Vickers sur son trépied, des coups de mortier isolés partaient d'une masure à un mile de là, et atterrissaient, inoffensifs, à quelques yards du demi-portail. Beltman ordonna de ne pas riposter, un peu pour économiser les munitions dont nous aurions besoin jusqu'à l'arrivée des commandos mais aussi parce que les Allemands n'étaient peut-être pas certains de notre présence, autrement ils auraient tiré directement sur la villa. Mieux valait les laisser dans le doute. En traversant le parc pour rejoindre le commandant, je croisai une vingtaine de camarades qui marchaient dans l'autre sens, guidés par le capitaine Rundell. Où allaient-ils ? me demandai-je. Je le compris peu après, lorsque je montais l'escalier, en entendant ce que se disaient le major et son ordonnance : une sortie pour déloger les Allemands de la masure tout en leur donnant l'impression qu'ils avaient affaire à un ennemi supérieur en nombre et bien armé. L'exact contraire de ce que nous étions.

Le commandant s'était installé dans une pièce au premier étage, qui devait avoir été la salle à manger. Le papier peint à rayures bleues et jaunes, déchiré par endroits, portait encore les traces laissées par les tableaux que quelqu'un avait dû cacher ou qui avaient été volés. Devant la cheminée en pierre grise, se trouvaient un canapé et deux fauteuils en piteux état, recouverts d'un tissu élimé d'une couleur indéfinissable, entre le rouge foncé et le brun. Au centre de la pièce, il y avait une table rectangulaire qui n'était certainement pas celle autour de laquelle les propriétaires se réunissaient autrefois. Son plateau ondulé et écaillé la rendait plus adaptée à l'atelier d'un charpentier qu'à la salle de séjour d'une famille aisée. Qui sait où se trouvent les propriétaires, me demandai-je. Le lieutenant-colonel était assis sur l'une des chaises, toutes dépareillées, placées autour de la table, et étudiait la carte qu'il avait dépliée près du casque et des jumelles.

– Avez-vous besoin de moi, mon Colonel ?

– Non, pas pour l'instant. Tu peux descendre.

La cuisine était bondée. D'aucuns mangeaient, d'autres fumaient, et certains avaient trouvé de la bière. Je m'assis par terre, dans un coin, avec un verre de lait et une assiette que j'avais garnie de tranches de pain et de lard, et j'écoutai les autres. Nul ne doutait de la réussite de l'expédition, et sans aucune perte.

Ils avaient raison. Lorsque je remontai au premier étage, Rundell était rentré et parlait avec le commandant. Des Allemands avaient été tués, certains avaient pris la fuite ou avaient été capturés, parmi lesquels un officier.

– Enferme-les avec les autres dans l'enceinte du court de tennis et mets un homme de garde en plus.

Il m'enjoignit de m'asseoir. Je le fis prudemment en me demandant si le fauteuil qui paraissait le moins délabré aurait résisté. Quelle heure était-il ? J'avais perdu la notion du temps et ce fut seulement à ce moment, en regardant mon poignet, que je m'aperçus que le cadeau de ma mère avait mal fini. Sous le verre cassé, l'aiguille des minutes était pliée, à moitié écrasée contre celle des heures, arrêtée à une heure et demie.

C'est à cause du bombardement et du saut dans le fossé, pensai-je. Je me souvins de la montre du capitaine. Je l'utiliserai à la place de la mienne sans la porter au poignet et je la rangerai chaque fois, après avoir regardé l'heure.

Je soulevai la languette de la cartouchière où je glissai le pouce et l'index de la main droite, machinalement et sans regarder comme je le faisais au camp pendant les exercices de tir, mais mes doigts ne saisirent que le vide. Je baissai la tête et à travers un grand trou d'au moins un pouce, je vis la grande poche droite de la Denison. J'ouvris l'autre cartouchière et y enfilait la main pour en sortir les grenades. Je palpai ma poitrine, mes jambes. Puis je me mis à vider le sac en jetant tout par terre, devant la cheminée. Je m'agenouillai pour fouiller tout en essayant de repasser mentalement tout ce que j'avais fait au cours des dernières heures. Quand l'avais-je vue la dernière fois ? Avant l'aube, dans la casemate. Ensuite il y avait eu la marche vers le village, la course pour appeler les autres, le saut dans le fossé... Le coup sur le côté ! Il devait avoir troué la cartouchière en faisant tomber la montre qui, peut-être, m'avait sauvé la vie en interceptant la balle, et avait éclaté en mille morceaux. Mais je ne pouvais pas décevoir le capitaine. Au pire, je me serais présenté devant Jane avec des débris inutilisables.

– Qu'est-ce que tu fabriques ?

Je ne m'étais pas aperçu que le lieutenant-colonel m'observait de derrière la table. Je me levai d'un bond.

– J'ai perdu la montre du capitaine Kadwell. Il me l'avait confiée, il voulait que je la porte à sa femme. Je suis presque sûr qu'elle est tombée quand nous nous retirions du village. Je demande l'autorisation d'y retourner pour la récupérer. Je peux le faire tout seul, mon Colonel.

J'aurais mieux fait de me taire. Cette requête dut lui paraître si farfelue qu'il lui fallut quelques instants pour comprendre que je parlais sérieusement et pour me répondre, entre perplexité et colère :

– Tu te crois en voyage scolaire ? On a besoin de tout le monde ici. Range tout dans ton sac et ferme-la jusqu'à nouvel ordre.

Je piquai un fard.

– Oui, mon Colonel.

Je venais tout juste de refermer le sac quand j'entendis une détonation et me retrouvai étendu par terre entre les fauteuils. Une onde de choc, un coup plus rapproché que ceux qui venaient de la masure lorsque nous montions la Vickers. Le lieutenant-colonel était resté debout en s'agrippant à la table, puis s'était approché de la fenêtre. Je le rejoignis et, au milieu de la fumée, je vis que la moitié de la plate-bande avait été engloutie dans un cratère. Il ne s'agissait pas d'un mortier ni même d'une bombe lancée par un avion, autrement nous aurions entendu le bruit des moteurs. L'artillerie : les Allemands qui s'étaient enfuis de la masure avaient donné l'alarme, le début du barrage annonçait que l'attaque était imminente.

– Descendons.

Le major avait rassemblé devant la villa une quarantaine d'hommes qui disparurent entre les arbres pour rejoindre les camarades qui avaient déjà pris position. Le commandant m'ordonna de les suivre et de faire la navette entre le parc et la villa pour le tenir informé. Le bombardement s'intensifiait, mais la maison n'avait pas été touchée.

Je rejoignis Beltman et ses hommes alors qu'ils se postaient à côté des artilleurs, près des arbres qui bordaient la voie d'accès principale, à hauteur d'un tournant où la vue était presque dégagée jusqu'au battant du portail. Ensuite, je traversai le parc où les coups de l'artillerie déchiquetaient les branches en projetant des éclats aussi dangereux que des balles, jusqu'au sentier qui menait au pignon ouest de la maison. La seconde Vickers était positionnée entre les troncs d'arbres, en haut d'une petite côte d'où elle avait tout le bois adjacent dans sa ligne de mire et, si nécessaire, les ennemis qui avaient échappés au premier poste. De retour à la villa, j'entendis la voix du lieutenant-colonel. Il me sembla qu'elle venait de derrière et je fis le tour.

– L'officier des Fritz a voulu lui parler, me dit l'un des camarades qui montaient la garde devant le court de tennis.

Je le vis au centre du cercle que formaient des prisonniers. Il discutait avec un jeune capitaine, sûr de lui, qui s'exprimait dans un anglais assez correct.

– Englin au rapport, mon Colonel.

Le lieutenant-colonel me fit signe de me taire pendant que l'Allemand l'haranguait sur le ton d'un professeur qui réprimande des élèves.

– Les conventions internationales interdisent de mettre en danger la vie des prisonniers de guerre. J'exige d'être placé immédiatement dans un lieu sûr avec mes hommes.

– Ce sont les vôtres qui vous bombardent, pas nous. Si vous voulez, je peux vous faire installer dans la villa, mais je crois que c'est plus dangereux que de rester ici. À vous de choisir.

L'officier ne capitula pas.

– C'est inacceptable. Je veux parler à votre supérieur.

– Dès qu'il en arrivera un, je vous le ferai savoir. En attendant, j'aimerais vous poser une question. Vous qui semblez connaître les conventions…

Un sourire glacial se dessina sur ses lèvres.

– Naturellement.

– Connaissez-vous aussi les ordres d'Hitler ?

– Qu'entendez-vous par là ?

– Que nous avons eu vent d'une note signée du Führer. Il dit que les parachutistes anglais doivent être éliminés même s'ils ne sont pas en mesure de se défendre. Je me demande ce que cela a à voir avec les conventions internationales.

– C'est ce que vous faites vous aussi.

– Quoi ?

– Vous tuez les prisonniers.

– S'il en était ainsi, vous seriez déjà morts. Qui vous a raconté ces idioties ?

L'officier allemand baissa les yeux et se tut sous le regard du commandant, qui ne souriait plus. Le bombardement faiblissait. Ils ne tarderaient pas à attaquer.

– Maintenant je dois vous laisser, mais je reviendrai car j'aimerais avoir une réponse. En attendant, si vous changez d'idée sur votre installation, parlez-en aux gardes. Allons-y, Roger.

Qu'est-ce que c'est que cette histoire ? aurais-je voulu lui demander.

Celle d'Hitler. Qui savait, à part le commandant ? Les officiers pour sûr. Pourquoi le capitaine ne m'en avait-il pas parlé au lieu de se moquer de moi ? Lui avait-on ordonné de se taire ? Peut-être. Mais à présent il était impossible de lui demander ou de lui reprocher quoi que ce soit. Et puis je m'étais porté volontaire, je savais que je ne serais pas accueilli à bras ouverts. Alors, je me contentai de marmonner « Moi, je l'aurais tué ». Le commandant m'entendit.

– Toi aussi t'as entendu dire que nous tuons les prisonniers ?

– Je…

– Je ne pense pas que tu tuerais quelqu'un comme l'officier qui était le médecin de la Batterie.

– Quel médecin ?

– Au lieu d'aller à l'infirmerie, il est resté pour s'occuper des blessés qui ne pouvaient pas être transportés. Abbott l'a vu courir sous les bombes, entre les casemates avec sa trousse de médicaments. Il risquait sa peau pour nos camarades aussi, pas seulement pour les siens. J'espère qu'il s'en est sorti... Les positions ?

– Prêtes. Trente-sept hommes à l'entrée et trente-deux sur le flanc.

– Retourne voir Beltman. Feu à volonté quand les Fritz sont à vingt ou trente yards, mais seulement si c'est une véritable attaque. S'il s'agit d'une patrouille, des coups de Bren isolés suffiront pour les tenir à distance, et rien de plus.

Je ralentis brusquement lorsque je vis, agenouillé à quelques pas du chemin, le lieutenant qui se retourna brusquement et posa son index sur ses lèvres. Entre les troncs d'arbres, quelques dizaines de yards plus bas, on apercevait les premières silhouettes vert-de-gris d'une colonne qui avait passé le portail et avançait lentement. J'en voyais une trentaine, mais à en juger par le bruit des pas, ils pouvaient être le double. Beltman ordonna de rester à terre, prêt à tirer. Je m'étendis au milieu des buissons et des arbres en posant le canon du Sten sur une racine qui sortait du sol, et en le mettant à l'ombre.

19. 4 JUIN 2014, 06:12

– Tu te moques de qui là ? Arrête immédiatement, sinon pas d'ordinateur pendant une semaine !

Cédric leva la tête de l'oreiller et regarda autour de lui, d'abord désorienté, puis rassuré par le spectacle que révélaient les premiers rayons du soleil qui filtraient des volets en baignant le meuble TV, l'ordinateur et le chargeur posés sur la tablette du bureau, pour rebondir de l'autre côté, sur le métal du porte-manteau. La vue réduite de sa chambre, des points de repères à retrouver après une randonnée sans guide. Trop tôt pour le petit-déjeuner, indiquait l'écran de son portable. Il allait tendre la main vers l'interrupteur du spot encaissé dans la tête de lit mais se ravisa.

Pourquoi s'en prenait-il à Théo ? Encore Internet ? Cédric resta immobile comme s'il craignait de faire un faux pas et de tomber du câble tendu entre sommeil et éveil où il tentait de maintenir un équilibre précaire, en tenant dans les mains un puzzle trop complet pour être vrai et trop fragile pour résister à l'impact avec la réalité.

Seul, au milieu d'une pelouse, il fixait une plaque de marbre sombre dans l'herbe, identique à celle qui couvrait la tombe de son père, et essayait, sans y parvenir, de déchiffrer les mots gravés au centre : une phrase en anglais et pas de nom. Il avait fouillé dans ses poches pour trouver son portable sur lequel, quelques jours avant, il avait téléchargé la mise à jour du dictionnaire, mais au lieu de l'étui en plastique, ses doigts rencontrèrent un objet métallique. La vue de la montre, de *cette* montre, émergeant du seul endroit où il n'avait pas cherché parce que trop proche, trop évident, l'avait foudroyé comme un éclair de joie extatique, la stupeur de quelqu'un qui retrouve quelque chose d'important après s'être résigné depuis longtemps à l'avoir perdu. Il l'avait mise à son poignet, attaché le bracelet, puis l'avait approchée de son oreille, les yeux dans le vague en essayant d'entendre le tic-tac. Il lui avait fallu quelques secondes pour qu'il se rende compte qu'entre temps, autour de lui, tout avait changé. Ou était-ce ainsi depuis le début ?

La pelouse était un terrain de football, tandis que la tombe et lui se trouvaient dans le cercle tracé au milieu. Sur les quatre côtés, les tribunes, bondées et silencieuses. On n'entendait ni cris ni chant ni quinte de toux, pourtant toutes les places étaient occupées. Des milliers de spectateurs immobiles, tous identiques, figés dans la même couleur brun clair des chaussures, des pantalons, des vestes, des casques, et des visages. Des petits soldats ! Des parachutistes anglais de la Seconde Guerre mondiale, d'aucuns avec une grenade dans la main droite et une mitraillette dans la main gauche, d'autres debout ou à genoux pour tirer, d'autres encore couraient, baïonnette au fusil. Les officiers avaient un béret sur la tête, des jumelles autour du cou et un bras tendu pour indiquer quelque chose. Ils étaient grandeur nature, et le dévisageaient depuis les tribunes, en lui procurant un malaise que la sensation de se trouver dans un endroit familier accentuait au lieu d'atténuer.

Anfield Road ! Comment avait-il réussi à entrer sur le terrain ? Qu'est-ce que les soldats faisaient là ? Que lui voulaient-ils ? En baissant les yeux pour se soustraire à cet examen insistant, il n'avait pu retenir un cri : le dos de sa main gauche était couvert d'un liquide rouge et dense qui s'égouttait de la pointe de son index. Il avait peur de s'évanouir comme cela lui était arrivé une fois quand il était petit, en voyant un mouchoir taché du sang qui coulait de son nez. Il avait détourné les yeux. Puis il s'était ressaisi et avait soulevé la main pour chercher la blessure, en examinant chaque centimètre carré. Rien, pas même une égratignure, alors que l'hémorragie continuait, intarissablement. Ce n'est qu'après avoir écarté la montre du doigt qu'il en avait trouvé l'origine, et avait tressailli. Ce qui saignait n'était pas sa main mais le métal de la montre. Le sillon circulaire entre le bord et le fond du boîtier coulait lentement et régulièrement, le long des encoches et de là, sur le poignet.

Cédric avait tenté de se débarrasser de la montre pour la jeter sur la pelouse, mais il ne parvenait pas à saisir le bracelet poisseux de sang, le bout de ses doigts moites glissait dessus tandis que l'inquiétude se transformait en angoisse puis en désespoir. Cet appendice resterait collé à lui pour toujours et nul n'aurait su le retirer. À qui demander de l'aide ? Il n'y avait que des soldats en plastique dans les tribunes, immobiles à leur place, leur socle en travers de leur siège, si impassibles qu'il se demandait à présent s'ils l'observaient vraiment.

Et c'était qui celui-là ? Au bout de la pelouse, sous le Kop. Théo ! Reconnaissable même de dos et à cinquante mètres de distance, il parlait avec quelqu'un. Une femme, ou plutôt une jeune fille qui semblait porter un uniforme, une chemise et une jupe vert foncé, un chapeau à large bord de la même couleur avec une bande rouge vif. Qui était-ce ? Que faisait-elle avec son fils ? Et pourquoi Théo était-il ici ? Il aimait le basket, pas le foot. Mais s'il avait changé d'idée, il avait bien fait. Cédric le pensait aussi en réalité car Théo était trop petit pour un sport de géants. Mais il lui demanderait quel était le motif de sa présence une autre fois. Pour l'heure, l'important était qu'il soit au bon endroit au bon moment, seule promesse de salut au milieu d'une foule indifférente.

– Viens ici, lui avait-il hurlé.

Théo s'était retourné, puis s'était mis à marcher lentement dans sa direction, en tenant la jeune fille par la main.

– Dépêche-toi !

Théo souriait, peut-être fier de se montrer en compagnie d'une femme plus séduisante que son institutrice. Il prenait son temps, comme lorsqu'il savait qu'il y aurait des épinards au dîner, au point de sembler presque immobile même s'il marchait. Au lieu d'avancer pour le rejoindre à mi-chemin, Cédric se contentait d'attendre, impuissant et planté dans l'herbe comme les poteaux des cages de but.

Puis son attention fut attirée par le tableau lumineux au-dessus de la foule des soldats en plastique, fixé au toit de la tribune latérale, et par deux chiffres en caractères énormes, jaunes sur fond rouge. 6-6 : un score insolite pour un match de football. Et quel match d'abord ? Sur le terrain, il n'y avait que son fils, cette jeune fille, et lui.

Une minute, ou une heure, ou un jour après, ils l'avaient rejoint et Cédric avait tendu le bras vers Théo en lui disant « Enlève-moi cette montre ! », sans obtenir de réponse.

– Qu'est-ce que tu attends ? Tu ne vois pas que…

La phrase était restée étouffée dans sa gorge car il n'avait plus rien à son poignet, ni montre ni sang. Disparus : aucune trace non plus sur la pelouse, à ses pieds. Où était passé ce petit monstre en fer avec sa plaie ouverte ? Pourquoi cette disparition ne lui procurait-elle aucun soulagement ? Et pourquoi la jeune femme, qui avait enlevé son chapeau en libérant sa longue chevelure rousse, le fixait-elle ainsi, muette, ses tâches de rousseur striées de larmes ?

– Qui est-ce ? Tu sais bien que tu ne dois pas parler avec des inconnus.

– Ce n'est pas une inconnue. C'est Jane.

Jane... Ce nom lui disait quelque chose, mais il ne l'avait

jamais vue avant.

– Pourquoi pleure-t-elle ?

– Parce que tu as perdu la montre.

– Je suis sûr qu'elle est ici, quelque part. Si vous m'aidez à la chercher...

– C'est toi qui dois le faire.

– Tout seul ? Impossible.

– Tu n'es pas seul, avait répliqué Théo, en lâchant la main de la jeune femme et en prenant la sienne pour le conduire à côté de la plaque de marbre et lui indiquer les lettres gravées au centre.

– Qu'est-il écrit ? Je ne comprends pas.

– Je te l'avais dit, non ?

À présent Théo prenait l'air de quelqu'un qui en savait long.

– Non...

– Si que je te l'avais dit. Et eux aussi.

– Qui ?

– Eux. Écoute-les, dit-il en pointant l'index vers le Kop comme s'il comptait les soldats en plastique un à un.

– Je n'entends rien.

– Et pourtant ils chantent.

– Tu te moques de qui là ? Arrête immédiatement, sinon pas d'ordinateur pendant une semaine !

C'était étrange de pouvoir reconstruire un rêve dans les moindres détails, du début à la fin. Cédric n'y était jamais parvenu. Peut-être qu'une recherche sur Internet aurait pu lui suggérer une explication. Il y penserait demain ou après, en admettant qu'il en ait encore envie. Maintenant il avait d'autres chats à fouetter. Mais lorsqu'il se décida à bouger, son premier geste, machinal, lui révéla que revenir à la réalité n'était pas aussi simple que d'appuyer sur la touche d'une télécommande. Avec la paume de sa main, sans regarder, il chercha à tâtons sur le dessus de la table de chevet une montre qu'il n'avait jamais portée. Il lui fallait un bon café, même deux.

20. 6 JUIN 1944, 13:19

... Je m'étendis au milieu des buissons et des arbres en posant le canon du Sten sur une racine qui sortait du sol, et en le mettant à l'ombre.

Moins de quarante hommes pour en arrêter une soixantaine. Et moi qui m'étais jeté à terre au dernier moment, en me retrouvant dans la pire des positions, la vue cachée par un relief du sol, je ne les aurais aperçus que lorsqu'ils auraient été pratiquement sur moi. Qui plus est, je n'avais jamais été un bon tireur. Au camp, il y en avait au moins deux cents qui tiraient mieux que moi. D'ailleurs, on m'avait donné un Sten, pas un Enfield. À cette distance, même moi j'aurais tapé dans le mille, me dis-je, tout en espérant que les autres les obligeraient à se replier avant que je n'aie eu le temps de le vérifier. J'étais certain qu'ils les avaient dans leur ligne de mire car j'entendais distinctement les Allemands parler à voix basse, et j'étais nerveux. Qu'est-ce qu'il attendait, Beltman ?

Soudain, les chuchotements devinrent des imprécations et des cris, tandis que le crépitement des armes automatiques m'arrivait aux oreilles. Qui tirait ? D'où ? Et contre qui ? Je me tournai vers les autres. Nul ne semblait comprendre ce qui se passait.

– Va voir, ordonna Beltman à son voisin qui se mit à ramper vers la rangée d'arbres et le sentier.

Je le suivais du regard lorsqu'un bruit sec, et un mouvement perçu du coin de l'œil m'arrachèrent un cri avant que je n'aie eu le temps de penser.

– Fritz, à droite !

Ils étaient une dizaine. Ils étaient entrés dans le parc après avoir quitté le sentier en contrebas, et ils couraient vers nous, en se faufilant entre les buissons et les arbres. Quand ils m'entendirent, ils parurent surpris, comme s'ils ne s'attendaient pas à nous voir. Pendant que je tirais, des rafales de trois coups comme l'avait recommandé le capitaine, pour ne pas me retrouver avec un chargeur vide au mauvais moment, ma seule préoccupation était le feu des camarades derrière moi, et surtout la Vickers, car les Allemands étaient des cibles étrangement passives qui tardaient à s'abriter et à riposter. Ce n'était pas comme à la batterie, où l'on tirait sur des ombres. Je les voyais maintenant, je distinguais les petits nuages de poussière que libérait leur uniforme quand nous en touchions un. La plupart tombèrent, d'aucuns cherchèrent refuge derrière les troncs d'arbre, et certains les rejoignirent par derrière. Ils ressemblaient à des fugitifs, non à des agresseurs, et ils semblaient aussi désorientés que ceux qui les avaient précédés.

– Suivez-les !

Le cri, en anglais, venait de l'autre côté du sentier. Les Allemands abandonnèrent leurs abris derrière les arbres et se dirigèrent vers la villa en essayant de nous éviter. Certains y parvinrent, en disparaissant dans les buissons, mais nous entendîmes aussitôt d'autres rafales. Maintenant c'était la mitrailleuse positionnée sur le côté ouest du parc qui leur tirait dessus.

– Il en arrive d'autres ! cria Beltman.

Des silhouettes bougeaient entre les arbres, à une cinquantaine de yards, plus ou moins là où nous avions vu les premières. Je mis le fusil en joue, mais un instant avant d'appuyer sur la gâchette, je reconnus le profil du chargeur cintré qui dépassait du canon d'un Bren, puis, éclairé par le soleil qui filtra une fraction de seconde entre les branches, un pan de treillis.

– Ce sont les nôtres ! hurlai-je.

Les hommes en Denison se jetèrent à terre. Je lançai un regard à Beltman qui me répondit en hochant la tête et ordonna de cesser le feu. Une question arriva de derrière les arbres.

– Qui êtes-vous ?

– Aéroportée. Et vous ? répondit Beltman.

– Commando.

Ils étaient arrivés, finalement. Outre le soulagement, je sentis que j'avais la nuque engourdie et les épaules raidies par la position de tir, des fourmis dans les doigts, une brûlure sur le dos de la main gauche, égratignée je ne savais quand ni où.

– Bien vu, Roger !

Beltman m'avait rejoint en rampant. Personne n'était sorti à découvert.

– Venez, nous vous couvrons.

Ils sortirent l'un après l'autre de derrière les buissons et s'approchèrent en évitant les corps qui jonchaient le sol. Le commando était formé d'une quarantaine d'hommes, guidés par un officier qui avait une moustache et un fort accent écossais.

– Qui commande ici ?

– Lieutenant Beltman.

– Vous êtes seuls ?

– Non. Je vous accompagne chez le lieutenant-colonel. Suis-nous, Roger.

Le parc était redevenu silencieux. Il y avait des cadavres en uniforme vert-de-gris partout et l'un d'eux me frappa plus que les autres. Il devait avoir mon âge, blond, agenouillé contre un tronc d'arbre, le visage ensanglanté penché sur l'écorce, avec des yeux clairs qui semblaient me fixer, les lèvres entrouvertes comme s'il allait dire quelque chose, un bras coincé entre sa poitrine et l'arbre et l'autre le long du corps, le poing fermé. Peut-être qu'en mourant, il était persuadé d'avoir son fusil, alors que l'arme était tombée Dieu seul savait où. Près du corps, on ne voyait que le casque, que le coup mortel sur le côté droit de la tête avait projeté dans l'herbe. Sans que je m'en rendisse compte, cette image était en train de s'ancrer dans ma mémoire. Plus que celle du capitaine que j'avais à peine entrevue, car j'étais trop abasourdi pour comprendre ce qui lui était arrivé. Plus que celle du camarade qui gisait face contre terre et près duquel j'étais passé sans m'arrêter en sortant du village, et dont je ne savais pas même le nom. Plus que les horreurs qui défileraient sous mes yeux au cours des heures et des jours à venir, plus que les corps mutilés, les visages défigurés par un éclat d'obus ou carbonisés. Plus que tout, car une hallucination se superposait à ce que je voyais. Tout en marchant à côté de Beltman avec l'impression d'être suivi par ce regard éteint, je me voyais sur un terrain de foot, portant le maillot des Spurs, serrant la main d'un jeune homme blond de mon âge, le capitaine d'une équipe allemande en visite à Londres. Je m'entendais lui dire « que le meilleur gagne », dans sa langue parce qu'on m'avait appris cette phrase, mais convaincu que c'était nous les meilleurs et que, s'il l'avait fallu, je le lui aurais fait comprendre en employant la manière forte, avec un de ces tacles dont j'avais le secret, et qui lui aurait valu un bleu mémorable sur le tibia en guise de souvenir de son voyage en Angleterre. La manière forte : comme il avait changé, le sens de cette expression. Était-ce moi qui l'avais tué ? Impossible, je n'avais pas tiré un seul coup dans cette direction. J'en fus soulagé et aussitôt je me sentis idiot. Quelle importance cela pouvait-il avoir ?

– Où étais-tu passé, Roger ?

Le commandant nous avait vus et venait à notre rencontre.

Beltman ne me laissa pas le temps de répondre.

– Il est resté ici avec nous, autrement ils l'auraient vu. Il a été bien, ce garçon. Il a vu l'ennemi avant les autres et il nous a empêché de tirer sur les nôtres. Ce sont les Commandos, mon Commandant.

– Ça fait un moment qu'on vous attend.

– Les Fritz nous ont créé des problèmes, mais nous le leur avons bien rendu.

– Comment ça s'est passé dans le parc, Beltman ?

– Nous les avons pris entre deux feux. Ils sont tous morts ou blessés.

– Pas tous, le corrigea l'officier des Commandos, quelques-uns ont réussi à s'enfuir, quatre ou cinq, dirais-je.

– Peu importe. Ils raconteront quel accueil nous leur avons réservé et peut-être qu'ils nous foutront la paix le temps qu'on organise l'attaque du village. Et nous ? Quelles pertes ?

– Quatre blessés dans notre groupe, pour les autres, je ne sais pas.

– Envoie Goldfield leur demander et relève tes hommes du poste. Nous montons, Major. Et toi, avec nous.

Alors que je montais l'escalier en fixant les tomettes sombres des marches aux bords ébréchés qui me semblaient une centaine au lieu d'une douzaine tout au plus, je sentis la fatigue pour la première fois depuis des semaines. Les voix des officiers n'étaient qu'un brouhaha lointain où je ne distinguais ni les mots ni les phrases. Arrivé en haut des marches, je fus secoué par une détonation étouffée venant de la partie la plus éloignée du parc. C'est reparti, pensai-je, en essayant de prévoir la réaction du commandant et en me voyant déjà sortir en courant de la maison. Mais je le vis indiquer une chaise au major, près de la table, apparemment imperturbable. On n'entendit plus rien pendant une dizaine de secondes. Puis une autre déflagration, plus proche cette fois, suivie d'une nouvelle pause.

– Des mortiers, commenta le lieutenant-colonel, qui poursuivit :

– Si c'est tout ce qu'ils savent faire, nous pouvons être tranquilles… Roger ?

– Oui, mon Colonel ?

– Que fais-tu là debout ?

– … Rien, mon Colonel. Je voulais dire… J'attends les ordres.

– Repos. Et ne va pas te faire de drôles d'idées. Tu iras au village, mais avec nous.

Je me laissai tomber sur le fauteuil où j'avais découvert que la montre du capitaine avait disparu quand je remarquai, sur la colonne droite de la cheminée, une écornure en forme de triangle allongé qui rappelait la crosse d'un fusil. Je me demandai s'il aurait été possible de combler le trou avec un fragment de pierre identique à celui qui manquait, en le posant sans laisser de traces. Existait-il des restaurateurs spécialisés pour le faire ? Comment s'appelait ce métier ?

Je ne connaissais pas les réponses ni même la raison pour laquelle je me posais ces questions. Alors je me mis à penser à autre chose, en calant bien la nuque sur l'appui-tête du fauteuil.

21. 4 JUIN 2014, 09:47

Le cadre aurait pu être celui d'un G8. Un hôtel de luxe à deux pas de la plage et des planches de Deauville : cinq étages de balcons et deux de fenêtres percées dans la pente du toit, le style haussmannien à la normande pour le confort des nantis amateurs de golf, de chevaux et de casino, venant de Paris ou de l'autre rive de la Manche. Un édifice fréquenté pendant plus d'un siècle par le gratin de la jet-set, qui jetait son ombre massive et inquiétante sur la voiture de Cédric. Sa petite berline semblait une bévue au milieu des joyaux de l'aristocratie mécanique anglaise, allemande et italienne, invités au salon de l'automobile de luxe où le panneau avec un « P » à l'entrée semblait plus qu'un euphémisme. Cédric ne se sentait pas à sa place lui non plus, au moment où il entra dans le hall aussi grand qu'un court de tennis, où les colonnes en stuc éclairées par les appliques murales étaient le théâtre d'une symphonie de couleurs où dominait le pourpre. Du pourpre partout : parmi les motifs géométriques beiges des tapis, dans les rayures alternant l'ivoire et le pourpre du tissu qui recouvrait les fauteuils, sur les divans circulaires de teinte unie au centre desquels s'élançaient des plantes aux feuilles charnues et brillantes, et jusque sur le velours de la banquette, momentanément vide, du pianiste. Si la lumière des abat-jour qui fleurissaient sur les petites tables avait perdu depuis longtemps son pari avec celle des lustres de cristal qui descendaient du plafond, les quelques lecteurs de journaux assis sur les coussins de satin semblaient pourtant s'en accommoder pleinement. S'agissait-il de clients de l'hôtel, de potentiels acquéreurs ou des deux à la fois ? Cédric espérait que la première hypothèse fût la bonne. Il ne se voyait pas entrer en lice avec des rivaux dont les vêtements, les accessoires – mallettes en cuir, lunettes griffées, grosses toquantes dépassant légèrement sous le bouton de manchette – et même le regard, suffisaient à lui faire entrevoir l'abysse entre les moyens dont il disposait et les leurs.

– Premier étage.

Le concierge en livrée grise qui surveillait l'entrée de derrière son comptoir lui indiqua le grand escalier de marbre à côté de la réception. En haut des marches, des panneaux avec le logo de la société de vente aux enchères l'orientèrent vers un couloir aussi large que le jardin de sa maison mais vingt mètres plus long et de là, dans une petite salle où une douzaine de personnes se tenaient devant le cordon tendu entre deux poteaux de guidage en laiton, barrant l'accès à la pièce voisine. De l'autre côté de cette barrière, un contrôleur souriant en costume-cravate s'excusait pour l'attente, en expliquant qu'il ne pouvait pas laisser entrer plus de vingt personnes à la fois. Il était assisté par un agent de sécurité en uniforme bleu, le cordon d'une oreillette descendant le long de son cou, les sourcils froncés, qui prenait manifestement son rôle de vigile très au sérieux.

Quand ce fut au tour de son groupe, Cédric se retrouva dans une pièce bordée de vitrines sur trois côtés. En face du quatrième mur, près de l'entrée, il y avait une table avec deux fauteuils d'un côté et un tabouret de l'autre, occupé par un jeune homme en blouse blanche, avec une loupe d'horloger sur le front et des doigtiers en caoutchouc sur le pouce et l'index. Au centre, un autre cerbère à l'air méfiant qui concentrait son attention sur un homme d'une trentaine d'années, bronzé, aux cheveux éclaircis par le soleil, avec, aux pieds, des mocassins à cinq cents euros, le catalogue ouvert dans les mains, coupable, apparemment, de rester trop longtemps au même endroit, au lieu de passer les vitrines en revue. La seconde sentinelle avait aussi un partenaire en tenue formelle qui, à l'autre bout de la salle, conversait avec un couple entre deux âges dont tout – du maquillage lourd aux bijoux clinquants de la femme, de la gestuelle aux couleurs criardes des vêtements de l'homme – semblait une caricature de parvenus. Tout en haut, les coins que formaient le plafond stuqué et les murs étaient équipés de deux caméras de surveillance à circuit fermé.

Tandis que les autres membres du groupe se dispersaient pour aller regarder les vitrines, Cédric demanda des renseignements au gardien en uniforme, qui lui donna une explication télégraphique sans perdre de vue le trentenaire : les objets étaient exposés dans le même ordre que celui du catalogue, en partant de la première vitrine à gauche de la porte et en procédant dans le sens des aiguilles d'une montre. Cédric dut se hisser sur la pointe des pieds pour regarder par dessus les têtes des visiteurs qui s'attardaient devant les vitrines pour lire les plaquettes en métal posées sous les présentoirs. Le lot 110 terminait la série qui se trouvait près du mur en face de l'entrée, où de lourdes tentures empêchaient les rayons du soleil d'altérer le contraste entre les reflets des objets et les éclairages tamisés de la salle. Il ne lui restait plus qu'à attendre son tour devant la première vitrine après l'angle. 113, 114, 115... Sur la bague en plastique fixée sur un socle métallique, il n'y avait rien. Où était la montre ? Retirée de la vente au dernier moment ? Le cours accéléré sur Internet lui avait appris que parfois cela pouvait arriver. Certes, cela aurait eu l'air d'une blague. Non, impossible, le notaire l'aurait prévenu. L'agent de sécurité était en train de marmonner quelque chose dans le micro relié au cordon, mais il n'y avait pas lieu de le déranger une seconde fois car le moulin à paroles en costume élégant était de nouveau disponible, les nouveaux riches s'étant éloignés, et se tenait debout près de l'horloger.

– 115 ?

Le timbre de la voix et le ton compassé ne laissaient aucun doute : Onfray en personne, et plus ou moins comme Cédric l'avait imaginé, peu de cheveux et beaucoup d'arrogance, si raide que son pantalon et sa veste parfaitement repassés paraissaient taillés dans le bois.

– Deux personnes ont demandé à la voir. Vous pouvez les rejoindre, si vous le désirez.

Autour de la table, étaient assis un homme corpulent d'une cinquantaine d'années, et un homme âgé qui hochait la tête lorsque l'expert lui parlait à voix basse, en anglais, en lui montrant la montre posée sur un plateau en bois au fond garni de velours. Cédric se glissa derrière eux pour tenter de voir et d'entendre quelque chose. La main osseuse du vieil homme, où la résille des veines était si près de la peau qu'on croyait les voir pulser, posa la canne contre le bord de la table et effleura la montre. Elle n'était pas la seule à avoir un air familier. Ce visage creusé et le pommeau de la canne – une petite tête de chien couleur ivoire – lui rappelaient également quelque chose…

Mais bien sûr : hier, à la présentation du livre. Après avoir traduit les questions du public et les réponses de l'auteur, Cédric avait profité de la présence d'un dirigeant de la maison d'édition. Après avoir demandé au propriétaire de la librairie de le lui présenter, il l'avait remercié de lui avoir confié cette tâche, lui avait dit en passant qu'il serait heureux de travailler de nouveau avec eux, tout en lui donnant des détails sur son expérience professionnelle. Il n'avait jamais été très doué pour le marketing personnel, mais il avait l'impression d'avoir été convaincant, sérieux sans apparaître froid, aimable sans adulation, et avait réussi à dépasser les quelques secondes qu'un directeur de grosse société accorde normalement à un simple collaborateur, et pas seulement. Après l'aspect professionnel de la conversation – ne jamais insister, une proposition spontanée se transforme rapidement en harcèlement – il avait saisi au vol une plaisanterie du libraire et avait pu jouer les prolongations en ouvrant un débat informel à trois sur l'échec de Lyon lors de la dernière Ligue des Champions. Ancien footballeur amateur – sa forte carrure et sa stature trahissaient son appartenance aux défenseurs centraux, même s'il ne l'avait pas précisé – fanatique de l'Olympique Lyonnais, abonné depuis des années, Monsieur Dubois avait perdu son aplomb de président de conseil d'administration pour se lancer dans une diatribe qui n'épargnait personne : les dirigeants ineptes, l'entraîneur dominé par les clans qui s'étaient formés dans les vestiaires, les joueurs-mercenaires qui ne respectaient ni le club ni le public, les journalistes impatients de découvrir des magouilles déplorables. Tout en encourageant l'indignation de Dubois en lui rappelant le score apocalyptique de Madrid – sept à zéro pour le Real – et en sirotant un jus d'orange, Cédric suivait du coin de l'œil l'écrivain qui entretenait une conversation animée avec un vieil homme muni d'une canne. Une conversation qui s'éternisait malgré la petite file d'attente des lecteurs qui attendaient de pouvoir serrer la main du protagoniste de la soirée et lui demander une dédicace. La cordialité de l'historien à l'égard de son interlocuteur avait attiré son attention, et la tête de chien du pommeau, bien visible car le vieil homme ne le serrait pas dans le poing fermé mais y posait seulement la paume de la main, était assez inusuelle pour qu'il la remarque. Une dizaine de minutes après, le vieil homme s'était dirigé vers la sortie en compagnie du quinquagénaire qui à présent était assis à côté lui, tandis que Cédric se replongeait corps et âme dans les tourments de Lyon et du premier de ses supporters, un sujet trop prenant pour admettre la moindre distraction.

Il était bien là, ce vieil homme à la canne, qui lui tournait le dos, absorbé par l'examen de la montre. Cédric s'était tellement rapproché que l'accompagnateur se tourna vers lui et le fixa d'un air interrogatif.

– *Sorry*, j'aimerais voir moi aussi, mais je peux attendre, s'excusa Cédric.

Puis il recula, mais de peu.

Cet accompagnateur, d'âge moyen, devait être un parent du vieil homme, avec ces cheveux roux, le même teint clair et la même stature, mais avec une quarantaine de kilos en plus, son idée d'exercice physique s'arrêtant probablement au geste qu'il faisait toutes les cinq secondes, en posant l'index sur son nez pour remonter ses lunettes en métal qui avaient glissé d'un millimètre. Le vieil homme était maigre et, si ce n'avait été pour le visage sillonné de rides et les petites taches brunes, on lui aurait donné moins de quatre-vingts ans, un âge qu'il devait avoir dépassé, et de beaucoup. Il devait être frileux à en juger par son imperméable qui n'était pas de saison. Il tenait la montre de la main droite, à quelques centimètres de son visage, mais il ne pouvait pas la voir car il avait porté sa main gauche devant ses yeux comme pour se protéger d'une lumière trop forte. Il hocha la tête lorsque son accompagnateur lui chuchota quelque chose, et il retourna la montre une première fois, une seconde fois, puis son regard se perdit dans le vague. L'expert sourit à Cédric, comme pour s'excuser de cette attente qui ne dépendait pas de lui, tandis qu'Onfray arborait l'air impassible de quelqu'un qui ne voyait aucune raison d'intervenir. Ce fut le quinquagénaire qui débloqua la situation en murmurant une question à laquelle le vieillard répondit exacerbé : « Évidemment que je suis sûr ! », tout en posant la montre sur le plateau, en reprenant sa canne pour se lever, en saluant l'horloger, et en se dirigeant vers la sortie avec une rapidité insoupçonnable également pour celui qui l'accompagnait et qui – dans la hâte de le rejoindre – sembla oublier les limites qu'imposait sa stature et heurta le fauteuil du genou en laissant échapper un petit cri.

« Sûr de quoi ? », se demanda Cédric en les suivant du regard, bien obligé d'admettre qu'il pouvait lui aussi affirmer être sûr de quelque chose : il venait juste de rencontrer deux des rivaux auxquels il aurait à faire dans quelques heures, et il n'était pas content.

– Monsieur ? l'apostropha l'expert.

– Oui... ?

– Vous souhaitiez l'examiner vous aussi, je crois.

– Oui, merci.

Cédric s'assit et tendit la main vers le plateau tandis que la salle se vidait ; quelques minutes s'écouleraient jusqu'à l'entrée du groupe suivant.

Ce n'était pas un rêve cette fois : il voyait la montre qui avait été celle de son père, et de son grand-père Jean-Jacques avant lui et, à l'origine, d'un certain Roach. Un objet ayant traversé une guerre et trois générations, et si la montre avait pu parler, Cédric l'aurait écoutée volontiers. Mais il devait se contenter d'imaginer ce qui pouvait avoir causé une éraflure aussi profonde sur le métal, à droite, au niveau du chiffre deux. Un choc lors d'un affrontement entre parachutistes anglais et grenadiers allemands ou la distraction d'un père français qui l'avait heurtée contre la portière de la voiture en mettant dans le coffre la poussette d'un enfant nommé Cédric ? De combien de vies un objet pouvait-il témoigner : la première restait mystérieuse en dépit des gravures au dos de la montre et de la signature sur une feuille dactylographiée, les autres étaient familières mais invisibles. Il aurait fallu l'un de ces laboratoires qu'on voyait dans les séries TV pour les identifier grâce à l'ADN extrait des traces de sueur laissées par les différents poignets au cours des décennies.

– Vous pouvez utiliser la loupe.

L'expert lui indiqua un petit cylindre en métal posé sur le

plateau. Lorsqu'il vit Cédric regarder à une dizaine de centimètres, il ajouta, avec tout le tact dont était capable quelqu'un qui savait comment expliquer une évidence aux interlocuteurs les moins préparés sans les humilier :

– Vous devez regarder du côté le plus large et en approcher l'objet presque jusqu'à le toucher.

Les détails déjà vus sur l'ordinateur apparurent sous ses yeux : la surface craquelée du cadran noir, les petites taches de rouille sur le bord des aiguilles, les fissures qui s'ouvraient dans leur partie centrale. Et la *Broad Arrow*, en relief comme les chiffres des heures, les index bâtons et les petits points sur le limbe externe, tous d'un jaune presque orange, un dégradé – avait-il appris en visitant l'un des nombreux sites Internet – dû au vieillissement de la peinture luminescente.

– Voulez-vous que je l'ouvre ?

– Est-ce possible ?

– Certainement. Pour voir le mouvement. On nous le demande souvent.

Le mouvement ? Ah !… le mécanisme.

– Oui, merci.

En le regardant manier un petit outil rectangulaire et en positionner les deux griffes dans deux des encoches disposées radialement sur la partie externe du fond du boîtier, et le faire tourner ensuite, délicatement, dans le sens inverse des aiguilles d'une montre, Cédric ne put retenir un léger mouvement de recul. Mais aucune goutte de sang ne tomba des doigts qui posèrent le cercle d'acier et la montre renversée sur le plateau.

– Tenez-la inclinée pour la regarder, vous la verrez mieux, lui conseilla-t-il tandis que Cédric cherchait la bonne distance entre la loupe et la radiographie tridimensionnelle qu'il serrait entre le pouce et l'index de sa main gauche. Des roues dorées se chevauchant, de fins cylindres argentés au bord entaillé de dizaines de dents minuscules, des vis de trois tailles différentes, certaines claires et les autres noircies par la rouille, des plaques solidaires aux profils légèrement incurvés, sertis de pierres rouges translucides – appelés rubis et qui aujourd'hui, ne sont plus des rubis en réalité, mais des pierres synthétiques – enchâssées dans le métal pour limiter l'usure due au frottement des parties en mouvement. Pas mal, se félicita-t-il en s'apercevant qu'il se souvenait de ce détail. Il serait peut-être capable de passer un examen théorique, mais la pratique était une autre histoire. Comment juger de l'état du mécanisme, ou plus exactement, du mouvement ? Pour lui, la montre faisait bien son âge avec ses rayures et ses taches, la patine écaillée çà et là du métal, les chiffres sur le grand plateau quasi illisibles.

– Les chiffres du numéro de série devraient être sous le sigle WWW, dit l'expert en lui indiquant l'intérieur du fond et Cédric l'associa instantanément aux photos du PDF trouvé sur Internet.

– Nous avons effectué des recherches, mais nous n'avons pas réussi à savoir pourquoi ils manquent, tant ici qu'à l'extérieur, où sont gravés l'emblème et le nom. Pourtant la pièce est authentique. Nous avons un document prouvant que la montre a été léguée pendant la guerre. Je peux vous le montrer, si vous voulez.

Ce n'est pas nécessaire, pensa Cédric.

– Vous, qu'en pensez-vous ?

– De quoi ? demanda l'expert qui parut surpris

– De son état...

Une question naïve, mais Cédric avait renoncé à jouer les connaisseurs. C'était écrit sur son front qu'il était un profane en la matière et qu'il avait besoin de toutes les informations possibles.

– Acceptable, si l'on considère qu'il s'agit d'une montre militaire. Elle a été portée sans égards, elle est légèrement cabossée. Ceci dit, c'est justement pour leur aspect vécu que les collectionneurs apprécient ces objets. Ils présentent aussi des avantages par rapport à d'autres objets de la même époque.

Ils ont été conçus pour fonctionner dans des conditions difficiles ; ils sont donc solides, fiables, précis. Permettez-moi de vous montrer quelque chose.

Les visiteurs qui étaient entrés entre temps se tenaient devant les vitrines et l'expert en profita pour s'attarder un peu, prenant plaisir à montrer non seulement sa compétence, mais aussi la passion qui, dans sa profession, devait être aussi indispensable que sa loupe.

– Personne n'a touché la montre depuis que le vendeur nous l'a confiée. Pas de réparations ni de lubrification. Elle est restée pendant des décennies dans un coffre-fort. Là, elle est arrêtée, comme le montre l'aiguille des secondes, la petite, en bas. Pourtant, regardez ce qui se passe si je tourne une seule fois la couronne du remontoir. Elle repart tout de suite. Cela veut dire qu'il s'agit d'une fabrication de très haute qualité. Les parties métalliques ont été polies de manière à ne pas laisser de résidus qui avec le temps se seraient déposés entre les dents des roues et les auraient bloquées. Quant au boîtier, il est vraiment étanche, autrement les taches d'oxydation seraient bien plus évidentes. L'armée imposait des conditions qui ne laissaient aucune marge de manœuvre aux fabricants : ou ils les respectaient ou leurs produits étaient rejetés... Excusez-moi, je crois qu'on me réclame.

Onfray s'approchait, suivi d'une femme élégante, d'une cinquantaine d'années, à la silhouette élancée. Elle portait un chemisier fuchsia et un rang de perles au-dessus duquel l'abus de Botox avait figé ses traits en un masque inexpressif, caricature momifiée d'un visage qui, avant son passage chez le chirurgien esthétique, devait porter sa maturité avec un charme aristocratique. Il posa sur le plateau un lourd bracelet serti de pierres précieuses, orné d'une montre rectangulaire minuscule.

Cédric céda la place à la femme, remercié par une tentative de réveiller les muscles du visage en guise de sourire, et se dirigea vers la porte. Puis il changea d'idée et revint sur ses pas, attendant qu'Onfray ait remis la montre dans la vitrine. Il s'approcha, tant pour jeter un dernier regard que pour observer les autres objets qui l'entouraient. La plupart étaient impressionnants : des boîtiers en or massif comme des lingots, avec des poussoirs partout, des cadrans couverts de compteurs et d'aiguilles comme le tableau de bord d'une voiture, des noms de marques prestigieuses que même un débutant comme lui connaissait. À côté, la vieille *Broad Arrow* faisait figure de parent pauvre aux vêtements ravaudés ou, dans le meilleur des cas, de noble désargenté qui n'avait plus qu'un blason effacé par le temps pour évoquer les gloires du passé. Cependant, elle marchait encore. Un geste léger, imperceptible avait suffi pour la remettre en marche, alors que les autres, étincelantes sur leurs présentoirs, étaient toutes arrêtées. Une revanche ? L'envie de se faire remarquer ? Prêter de l'espoir, de la nostalgie et de la vanité à un morceau d'acier était puéril, pensa Cédric. Mais cela aidait.

Il ne lui restait plus qu'à s'inscrire. Trop tôt, lui répondit-on, en lui suggérant d'attendre dans la salle voisine, où se déroulerait la vente. Cédric s'assit au premier rang, et se mit à feuilleter le catalogue qu'on lui avait prêté, tandis qu'autour de lui, des commissionnaires achevaient les derniers préparatifs. La salle était rectangulaire, d'une trentaine de mètres de long sur une quinzaine de mètres de large. Ici aussi, l'un des murs était entièrement couvert de tentures, bleues cette fois et non pourpres, probablement pour mieux occulter la lumière venant du dehors. Devant les tentures se trouvait une table étroite où étaient posés quatre téléphones pour enregistrer les offres des participants qui n'étaient pas présents. Cédric se trouvait devant le pupitre du commissaire-priseur, un peu sur la droite, flanqué d'un retour latéral avec deux ordinateurs. Dans le coin opposé, orienté de façon à être vu également du pupitre, il y avait l'écran où seraient projetées les images des lots, accompagnées de la progression des enchères en euros, en sterlings et en dollars jusqu'au moment de l'adjudication. En comptant les fauteuils, deux îlots de douze rangées séparés par une allée centrale, on arrivait à un total d'environ deux cents places.

– Maintenant vous pouvez vous inscrire, si vous le désirez.

Onfray accompagna Cédric à la table de l'horloger où le *cast* avait changé : l'expert en blouse blanche armé d'outils avait été remplacé par le jeune homme en costume-cravate qui contrôlait le flot des visiteurs à l'entrée et par un collègue portant la même tenue que lui. Ils avaient chacun un ordinateur ouvert devant eux.

Cette espèce d'interrogatoire se déroula sans accroc, Cédric s'y étant préparé sur Internet. Nom, prénom, adresse, document d'identité, numéro de téléphone, adresse électronique.

– Mode de paiement ?

– En espèces, répondit Cédric sans hésitation.

Pas de numéro de carte bancaire, ainsi il ne pourra pas l'utiliser, une mesure auto-dissuasive contre la tentation de commettre une folie. À la fin, il eut une question à poser lui aussi.

– Puis-je choisir le numéro de la palette ?

Le préposé aux formalités interpela son voisin qui hocha la tête tout en continuant à taper sur son clavier.

– Si vous y tenez... Quel numéro vouliez-vous ?

– Le soixante-six, si possible. C'est ma date de naissance, le six juin...

Lorsqu'on posa la palette au manche en métal sur la table, ce ne fut pas à son utilisation ni au déroulement des ventes que pensa Cédric – la lever correspondait à un pas d'enchère de dix pour cent sur l'enchère précédente, à moins qu'il n'ait préféré enchérir à voix haute – mais au numéro imprimé sur le plastique et à la clé USB noire qui dépassait au bas d'une pile de papiers, entre les deux ordinateurs. Cédric la prit et la plaça horizontalement entre les deux chiffres six, comme pour écrire le score d'un match étrange. Un match qui n'avait jamais été disputé, du reste.

– Voilà où elle était passée, cette clé !

L'exclamation lui rappela que ses pieds étaient posés sur la moquette d'un hôtel cinq étoiles, et non sur une pelouse rectangulaire délimitée par des lignes blanches.

– Excusez-moi… Je suppose qu'elle est à vous.

– Merci, Monsieur. Et bonne chance pour cet après-midi.

22. 6 JUIN 1944, 14:37

... Alors je me mis à penser à autre chose, en calant bien la nuque sur l'appui-tête du fauteuil.

Pourquoi me sentais-je si las ? Au camp, je n'étais jamais fatigué. Un jour, Folgate m'avait lancé une chaussure, en me manquant de peu, car je voulais le convaincre de jouer au foot après la marche. Que m'arrivait-il ? Allais-je me reprendre ? Oui, si seulement j'avais pu fermer les yeux une minute, une seule. Sans m'endormir, seulement fermer les yeux, après quoi je serais de nouveau en forme. Je l'aurais fait pour les autres, pas pour moi. Seulement une minute et ma tête aurait été moins lourde et je n'aurais pas risqué de commettre des erreurs. Mais je devais résister. Le « bitard », comme m'avait appelé Beltman. Il n'avait toujours pas confiance en moi, il craignait que je fusse l'un des premiers à craquer. Si j'avais fermé les yeux, je lui aurais donné raison. Mais ils se trompaient tous les deux, le commandant et lui. « En voyage scolaire ! » Mes couilles, oui ! Dans le parc, c'était moi qui les avais avertis de la présence des Fritz puis de celle des commandos. Et je lui aurais demandé de nouveau la permission de retourner au village.

J'oubliais... Nous devions y retourner sous peu, ainsi personne n'aurait pu m'empêcher de chercher la montre. Pourquoi me l'avait-il donnée à moi ? Elle aurait été expédiée chez lui avec ses affaires et Jane l'aurait eue, comme il le voulait. Pourquoi moi ? Peut-être avait-il confiance, même si au camp il ne perdait pas une occasion de me pourrir la vie. Par contre, il me l'avait à peine donnée que je l'avais déjà perdue. Dans le sac, pas dans la cartouchière, c'était là que j'aurais dû la mettre, enveloppée dans le ciré, protégée. Quel idiot.

Qu'aurais-je fait en rentrant si je ne l'avais pas retrouvée ? Aurais-je fait semblant de rien ? Non, ça non. J'y serais allé quand même, ne fusse que pour m'excuser. Si j'en étais sorti vivant, bien sûr... Un billet, voilà, où je lui écrirais deux lignes que je mettrais dans une poche de ma Denison, ainsi on lui aurait envoyé si je me faisais tuer, et Jane aurait su que cela n'avait pas dépendu de moi. Je l'aurais écrit le lendemain, toujours si je ne m'étais pas fait tuer avant. Non, mieux valait le faire tout de suite. En fait, j'aurais dû en écrire pas mal, de billets. À mes parents, à Betty...

***

Betty ! C'était la première fois que je pensais à elle depuis... depuis quand ? Au moins deux jours, peut-être trois. Une éternité car en un an cela ne m'était jamais arrivé. Depuis que j'étais allé chez Monsieur Worthington pour lui dire que j'avais été appelé sous les drapeaux. C'était ma mère qui avait insisté, elle prétendait que ce n'était pas le genre de nouvelles qu'on pouvait garder pour soi. Je lui avais répondu que je n'étais jamais allé chez Worthington, que j'aurais dû lui demander un rendez-vous, que de toute façon je devais le voir après, le lendemain soir, sur le terrain. Ma mère m'enjoignit de me taire : je savais où il habitait donc pas d'histoires, je devais le prévenir puisque je devais partir dans trois jours. J'enfourchai donc mon vélo. Il devait être plus ou moins deux heures de l'après-midi, un beau dimanche d'août. Je n'avais que deux miles à faire, mais j'allongeai la route pour passer à côté du White Hart Lane. Dieu seul savait quand j'aurais revu ma seconde maison, à la fois stade et lieu de travail. Et qui savait quand l'Arsenal serait parti. Leur équipe jouait chez nous depuis quatre ans car leur terrain avait été réquisitionné dès 1939 pour y aménager un centre de premiers secours et un poste de défense anti-aérienne, et avait été bombardé deux fois. Solidarité face à la guerre obligeait, difficile cependant d'avoir des hôtes plus importuns. En mettant mon vélo contre la clôture du jardin, je repensai à cette profanation et tentai de me consoler : ça ne leur plaisait pas à eux non plus, ils devaient même être persuadés que ce stade leur portait la poisse car ils n'avaient pratiquement jamais gagné depuis des années, eux qui s'étaient toujours cru les meilleurs.

Je sonnai à la porte et un ange m'apparut. Une brune aux yeux bleus avec une bouche si parfaite qu'on avait envie de la toucher pour voir si elle était réelle. Elle me parut grande sur le moment, mais en réalité, c'était parce qu'elle se trouvait deux marches au-dessus de moi, sur le seuil de la maison. Je bafouillai que je devais m'être trompé d'adresse, que je cherchais un certain Monsieur Worthington. Elle répondit que c'était son père et me demanda qui elle devait annoncer.

– Roger Englin, je joue dans l'équipe de Tottenham.

À vrai dire, je faisais encore partie des Juniors et c'était donc lui mon entraîneur, même si on me mettait de temps en temps dans l'équipe pro pour compléter l'effectif, quitte à me renvoyer d'où je venais quand un invité arrivait, comme on appelait à l'époque les professionnels qui, pour pouvoir joindre les deux bouts, jouaient où ils le pouvaient, après avoir demandé l'autorisation à leur club. Je m'étais présenté au stade une douzaine de fois, mais n'avais foulé sa pelouse que quatre fois ; j'avais suivi les autres matchs depuis les gradins, mais en évitant la Tribune Est. Une morgue y avait été aménagée, en haut, pour les victimes des bombardements et je préférais également me tenir à distance des gradins les plus proches du terrain.

Lorsqu'il fut sur le pas de la porte, Monsieur Worthington me toisa de la tête aux pieds comme il le faisait avant les matchs pour s'assurer que tout était en ordre : les cheveux bien coiffés, la tenue repassée et les chaussures cirées, sans la moindre trace de boue séchée sur les crampons, – « n'oublie pas que tu portes le maillot des Spurs », m'exhortait-il, avec l'expression de quelqu'un qui pensait en revanche « regarde un peu qui je dois envoyer sur le terrain ! ». Il me demanda ce que je faisais là pendant mon jour de congé.

Ce fut le moment le plus embarrassant de ma vie : je ne m'en souvenais pas. Peut-être à cause de l'ange, qui était encore là, à côté de son père. Je fixais la pointe de mes chaussures en fouillant dans ma mémoire, tout en essayant, du coin de l'œil, de saisir une image pour la retenir avant qu'elle n'ait disparue.

– J'ai quelque chose à vous dire, Monsieur…, balbutiai-je.

– Alors parle, répondit-il, en ajoutant : il vaudrait mieux que tu perces dans le foot, je n'ai pas l'impression que tu sois fait pour la carrière d'avocat.

J'entendis un petit rire étouffé, celui de l'ange qui, craignant peut-être de me vexer, s'interrompit aussitôt. Son père nous présenta – « Roger, Betty. Betty, Roger » – et m'invita à entrer car « si nous attendions encore, autant aller directement sur le terrain pour l'entraînement de demain soir. »

Sa femme se montra cordiale et me fit asseoir dans le séjour, un petit salon familial, ni pauvre ni riche, avec dans un coin, un grand poste de radio en bois posé sur une étagère étroite, qui semblait devoir tomber d'un instant à l'autre, et un piano droit noir à côté de la fenêtre. Ce fut l'ange, Betty, qui posa la tasse de thé devant moi.

– Oui, du lait, s'il vous plaît, dis-je.

De nouveau, ce petit rire cristallin, car en réalité, elle m'avait demandé si je voulais du sucre.

– Pauvre Roger, intervint Monsieur Worthington, ce n'est

pas son jour aujourd'hui.

Bien, que voulais-je lui dire ? Je m'en souvins finalement et me lançai dans une tirade tout d'une haleine, la tasse à la main.

– Armée ? sursauta-t-il.

Comme je craignais de ne pas être pris, je ne lui avais pas encore dit que je m'étais enrôlé, et je me justifiai : si mes camarades de l'équipe l'avaient appris, ils auraient ri de moi pendant des semaines. J'essayai ensuite de l'amadouer en ajoutant que j'étais certain de réussir parce que, en forme comme je l'étais grâce à lui, je savais que je passerais tous les tests avec succès. En parlant, je fixais son bras droit comme lorsqu'il nous réunissait autour de lui pendant l'entraînement. Il ne le bougeait presque pas, il faisait tout avec la main gauche et lorsqu'il il ramassait les ballons pour les ranger dans le sac, il y mettait un certain temps, mais il refusait qu'on l'aide. Un jour, j'en avais demandé la raison à Ritchie, le gardien, qui m'avait répondu « Dunkerque », là où l'armée avait dû battre en retraite, et où Monsieur Worthington avait été blessé, ce qui lui valut d'être réformé. Peut-être qu'il y repensait et qu'il m'enviait de pouvoir être utile à la cause, ou peut-être avait-il peur pour moi, ou qu'il se demandait tout simplement par qui il m'aurait remplacé au prochain match. Walt ? Possible. Mais moi, j'étais meilleur, ça, il le savait aussi bien que moi. Betty me demanda quand je devais partir. J'en fus heureux. Je la regardai dans les yeux en espérant lui paraître moins étourdi qu'au début.

– Je commencerai l'entraînement jeudi prochain, Mademoiselle.

Tout le monde se taisait. La mère de Betty se leva en s'excusant et courut dans la cuisine. Monsieur Worthington expliqua qu'elle pensait à Francis, leur fils, qui combattait en Afrique du Nord. Puis il plaisanta :

– Essaie de la gagner vite fait cette guerre, afin que l'Arsenal puisse remettre son affreux stade en état et nous débarrasse de ses supporters ; j'en ai assez de les voir par ici.

Cette réflexion me mit de bonne humeur.

– Assez, Monsieur ? Moi je n'en peux plus.

– Pour sûr, dit-il, s'ils font une collecte pour les travaux, je serais prêt à leur allonger une sterling, tout pour qu'ils s'en aillent.

J'éclatai de rire, en remarquant que Betty n'avait pas l'air de s'amuser. L'ambiance était étrange, légèrement tendue. Je leur dis que je devais rentrer.

– Je t'accompagne à la porte, Englin, dit Monsieur Worthington.

Englin ? Il ne m'avait jamais appelé ainsi, mais toujours par mon prénom, ou « fiston », comme il le faisait avec tous les joueurs de l'équipe. Peut-être voulait-il me faire comprendre que pour lui j'étais devenu un adulte.

Lorsque nous fûmes sur le pas de la porte et qu'il fut certain que personne n'aurait pu nous entendre, il planta son regard dans le mien.

– Je ne m'attendais pas à cela : Mister Fair Play qui nous raconte des salades.

Je rougis sans comprendre.

– Des salades… ?

– Tu te souviens du match de l'année dernière contre les gars de Crossbrook ?

Évidemment que je m'en souvenais. Je me rappelais même qu'alors il avait dû hésiter entre me donner une raclée ou me complimenter. Et la raison ? Certes, comment aurais-je pu l'oublier ?

– Je vois encore l'arbitre qui nous siffle un penalty sur un score de un à un à cinq minutes de la fin. Et toi qui cours vers lui pour lui dire que tu étais tombé tout seul. Résultat : pas de penalty et trois minutes après, ce sont eux qui ont marqué. Ce n'est pas une raclée que je voulais te flanquer, je t'aurais étranglé, Roger.

– Dans les vestiaires, vous aviez dit que j'avais bien fait...

– Mais après avoir marché un peu et fumé une sèche, alors que toi, tu étais intervenu immédiatement. Voilà pourquoi ça m'étonne que tu racontes des bobards maintenant.

– ...

– Qu'est-ce que tu as dit à ceux du recrutement ?

– Que je voulais m'enrôler...

– Fais pas semblant de ne pas comprendre. Je veux dire comme âge. Ils ne prennent pas ceux qui ont seize ans.

– J'en ai seize et demi ! protestai-je.

– C'est pareil, c'est trop jeune. Qu'est-ce que tu leur as dit ?

– Dix-huit... Ce n'est pas un vrai mensonge. Je suis costaud pour mon âge. Et au moment d'entrer en action, peut-être que j'en aurais vraiment dix-huit...

– Peut-être... Mais ça ne t'a pas effleuré que tu es trop jeune pour ce qu'ils te demanderont de faire ? Que si tu combines l'un de tes tours, tu mettras les autres en danger ?

Non, je n'y avais pas pensé, mais je ne voulus pas l'admettre et je me tus en espérant qu'il se serait calmé tout seul.

– Qu'en pense ta mère ? Tu lui en as parlé, je suppose.

– Ce matin, quand le télégramme est arrivé...

– Ce matin ? Tu veux dire que jusqu'à aujourd'hui personne n'était au courant de cette histoire ?

– À part Monsieur Davies...

C'était mon autre chef à White Hart Lane, dans les bureaux transformés en usine de masques à gaz. J'y travaillais depuis que mon père avait quitté son poste pour entrer dans la marine. Il se trouvait sur une frégate quelque part dans l'océan Atlantique à cette heure-ci, à la chasse aux U-Boot.

– Qu'est-ce que Davies a à voir là-dedans ?

– C'est mon chef de service, j'ai besoin de son autorisation. Je lui ai demandé de ne rien dire à personne. C'est seulement de ma faute.

Monsieur Worthington secoua la tête.

– Un de ces jours, j'irai dire deux mots à Davies. Et dire

que dans quelques mois le Club aurait pu t'offrir un contrat de professionnel...

– D'embusqué, vous voulez dire.

– Tu sais très bien qu'il ne s'agit pas de ça. Beaucoup se sont enrôlés en 39, avant d'être rappelés.

– ... et les autres ont tout fait pour éviter le front.

– Tu t'es enrôlé seulement parce qu'ils t'ont fauché ta place plusieurs fois...

– Non ! Je veux me rendre utile, faire mon devoir. Comme vous, Monsieur.

J'avais hâte de m'en aller, mais j'étais habitué au règlement du terrain où c'était lui qui décidait si et quand on pouvait partir.

– J'espère que tes instructeurs t'apprendront à courir au moins. Moi je n'y ai jamais réussi. Tu es rapide mais tu gâches beaucoup d'énergie parce que tu manques de coordination. Parfois tu tombes tout seul, comme contre Crossbrook. L'arbitre t'a sifflé un penalty parce qu'il ne te connaissait pas, moi je ne l'aurais jamais fait.

Il me taquinait comme aux entraînements, l'orage était peut-être passé.

– Reviens-nous vite, compris ? J'ai besoin de mon milieu de terrain, tout au moins tant que je n'en aurais pas trouvé un qui sache jouer au foot.

Il me sembla le voir esquisser un sourire et je saisis l'occasion pour lui demander l'âge de Betty.

– Seize ans, comme toi, répondit-il, non, excuse-moi, j'oubliais que tu en as seize et demi...

– Beaucoup de garçons doivent lui tourner autour, jolie comme elle est.

Il ne s'attendait pas à cela. Il changea d'expression et parut plus surpris qu'irrité. Englin qui osait lui poser une telle question ? J'étais prêt à encaisser quelque chose du genre « mêle-toi de tes affaires », mais au contraire...

– Pourquoi ne le lui demandes-tu pas directement ? Betty,

viens ici.

Je tressaillis et balbutiai :

– Il se fait tard... Il vaut mieux que...

– Si tu as peur d'elle, tu vas faire comment contre les Fritz ?

L'ange était de nouveau là, l'air interrogatif.

– Je me fais du souci pour mon joueur. La semaine prochaine, ils lui apprendront comment se servir d'un fusil, mais en attendant, il n'est même pas capable de retrouver le chemin de sa maison. Aurais-tu la gentillesse de l'accompagner ?

– Moi ? Je peux sortir seule ?

– Tu n'es pas seule, il y aura Roger à l'aller. Ne t'inquiète pas, c'est un brave garçon. Mais rentre vite après.

J'étais tellement stupéfait que je lui demandai si elle avait un vélo elle aussi, ainsi nous serions allés plus vite. Monsieur Worthington me regarda de travers et me dit que les pneus du vélo de sa fille étaient à terre, qu'il n'avait aucune envie de les gonfler et que, par conséquent, il ne nous restait plus qu'à y aller à pied. À moins que, ajouta-t-il, je n'eusse voulu les gonfler moi-même. Je compris que si je m'étais offert de le faire, il m'aurait renvoyé de l'équipe pour toujours. Je pris congé.

Ce fut la plus belle promenade de ma vie. La plus courte aussi, même si je m'efforçais de marcher lentement sous prétexte que je n'étais pas habitué à marcher en tenant la bicyclette. Je parlai à bâtons rompus, en commençant par l'école. Je ne l'avais jamais aimée, au point que je fus heureux de la trouver fermée à la fin de 1939, en rentrant à Londres après trois mois passés dans la ferme où mes parents m'avaient envoyé pour me tenir loin des bombes, qui seraient tombées beaucoup plus tard. La guerre semblait de grandes vacances que nous passions en jouant au football et en regardant les vitrines d'Hamleys à Régent Street. Puis mon père décida de partir – rien ne l'y obligeait, précisai-je à Betty, car l'usine où il travaillait produisait du matériel pour l'armée – et je pris sa place. Dix heures par jour et, de temps en temps, des tours de vingt heures consécutives. Il ne restait pas beaucoup de temps pour le ballon, mais c'était bien payé. Nous avions besoin de cet argent et j'étais le seul de la famille à pouvoir travailler car ma mère devait s'occuper de mes sœurs.

Je lui parlai de 1940, du Blitz, en oubliant que Betty avait elle-même vécu ces épisodes : les nuits passées dans le refuge en tôle à demi enfoui dans le jardin, en essayant d'ignorer le vrombissement des avions, le vacarme de la défense anti-aérienne, les explosions tout près ; la bombe qui toucha le souterrain de Downhills Park et tua des centaines de personnes, parmi lesquelles certaines que nous connaissions tous les deux, les cratères, aussi profonds que des gouffres, les portes et les murs criblés d'éclats. Néanmoins, je la fis rire en lui racontant le matin où Kate, ma sœur cadette, remarqua que les voisins étaient dans leur jardin et se regardaient l'air perdu :

– Regardez ! La famille Noir et Blanc.

Monsieur Parks était couvert de farine de la tête aux pieds. Une bombe était tombée la nuit précédente sur la fabrique de mouture de farine où il travaillait. Au même moment, sa femme et son fils s'étaient réfugiés dans la cave, à côté du tas de charbon, et en étaient ressortis comme deux ramoneurs. Lorsqu'elle entendit le cri de Kate, ma mère la pinça pour la faire taire, mais les voisins se mirent à rire à leur tour. Ainsi, nous fîmes la paix grâce à la guerre : Madame Parks ne me saluait plus depuis que mon ballon avait pris son chat de plein fouet, quelques mois auparavant, et depuis lors – jurait-elle – sa Kitty n'avait plus été la même.

Une autre histoire qui amusa Betty fut celle du rideau. Mon père était rentré à l'occasion d'une permission et nous voulions fêter cela, prêts à nous serrer la ceinture pendant une semaine pour passer une soirée en ville ensemble. Dîner à trois, car mes sœurs étaient restées à la maison avec notre grand-mère, puis le cinéma, sans danger car en 1942 les bombardements avaient cessé pour de bon, c'était du moins ce que nous voulions croire. Cela faisait des mois qu'on parlait du film américain qui passait à l'Empire, place Leicester : environ quatre heures d'amours et d'aventures aux États-Unis, au XIXe siècle, et de plus en couleurs, une innovation appelée Technicolor. Ma mère trépignait d'impatience, nous aussi, finalement nous irions voir « Autant en emporte le vent ». Au cinéma, ma mère versa quelques larmes, comme presque toutes les femmes assises dans la salle, mais à la sortie elle oublia Clark Gable et Vivien Leigh, ou du moins essaya, en reprenant son rôle de femme au foyer aux prises avec le rationnement. Fidèle lectrice des brochures du gouvernement qui distillaient des conseils diététiques et sur la mode en temps de guerre.

– Je pourrais faire comme Rossella, pensa-t-elle tout haut.

– Qu'entends-tu par là ? lui demanda mon père.

– Me faire une robe dans un rideau.

Nous nous regardâmes mon père et moi. Lequel de nous lui aurait-il fait remarquer que le seul rideau potable de la maison n'aurait été bon qu'à faire des chiffons ? Ma mère était encore sous l'emprise de la magie du cinéma, pensai-je. Elle se ressaisit rapidement et changea de conversation, en s'inspirant cette fois du documentaire qui avait précédé le film. Un hymne du Ministère de l'agriculture aux propriétés nutritives des rutabagas, aliment incontournable en ces temps de guerre.

Lorsqu'elle parvint à interrompre ce flux de paroles, Betty me dit que, contrairement à moi, elle regrettait l'école. C'était en partie pour cela qu'elle n'avait pas cessé de harceler ses parents de la maison où ils l'avaient envoyée pour la protéger des bombardements. Elle était partie peu de temps après moi et n'avait pas eu de chance. La maîtresse de maison se bornait à encaisser l'allocation hebdomadaire versée aux familles d'accueil et lui faisait perdre des journées d'école pour la faire travailler comme une esclave : faire la lessive, la cuisine, s'occuper des enfants. Après deux mois de lettres désespérées, son père avait fini par aller la chercher pour la ramener à Londres où il l'avait inscrite au Programme d'éducation domestique, un succédané de l'école, confié à des professeurs retraités ou qui étaient restés en ville tandis que leurs collègues avaient suivi les élèves durant leur exode vers d'autres destinations. Les cours se tenaient lorsque les circonstances le permettaient, chez des particuliers ou dans la première salle disponible.

Ce fut grâce au Programme d'éducation domestique que Betty apprit à jouer du piano. Madame Walters avait perdu le sien, détruit avec tout le reste pendant le Blitz. Elle travaillait à présent dans une usine d'uniformes et lorsqu'elle était libre, elle donnait des leçons de français, son occupation principale avant la guerre. Un soir, en raccompagnant Betty chez elle après deux heures de cours dans un hangar aménagé avec quelques tables et une dizaine de chaises bancales, elle remarqua le piano dans le séjour. À partir de ce jour, elle revint toutes les semaines, à la fois pour ne pas perdre la main et pour donner des cours. Elle venait le samedi. Voilà pourquoi – avait ajouté Betty – je ne l'avais jamais vue assister à nos matchs. Je pensai qu'en réalité elle n'aimait pas le football et qu'elle n'osait pas me le dire. Je fus donc surpris de la voir désobéir à son père, ce que moi-même je n'avais jamais osé faire pendant ces deux années. Au lieu de rentrer immédiatement chez elle, Betty s'attarda une demi-heure sur le trottoir devant chez moi. J'aurais peut-être dû l'inviter à entrer pour la présenter à ma mère, mais j'aurais dû partager sa compagnie. J'allais bientôt partir et je voulais profiter de ce moment en toute tranquillité. Les fois où je n'oubliais pas de la laisser parler, je la regardai en pensant que Monsieur Worthington ne m'avait jamais fait de cadeau ; après le meilleur match de ma vie, il s'était contenté de grogner « tu vois qu'en t'entraînant comme il faut, même toi, tu réussis à combiner quelque chose ! » Sauf que cette fois… c'était mieux qu'un abonnement en tribune pour la saison. Il aurait fallu que j'aille le remercier à mon retour, en espérant qu'il la laisserait sortir avec moi, même en temps normal.

Lorsqu'elle dit qu'elle devait vraiment y aller, je lui prêtai mon vélo. Il ne m'aurait plus servi pendant longtemps, et ma mère serait passée le récupérer. Je fis semblant d'oublier le maillot des Spurs qui était lavé et repassé à la maison. J'aurais dû le lui donner pour qu'elle le rende à son père, mais je n'en avais pas envie et je décidai que je l'aurais emporté avec moi.

– Puis-je t'écrire ? lui demandai-je.

Elle me répondit sans hésiter :

– Bien sûr.

Je restai planté au milieu de la rue pour la regarder s'éloigner, jusqu'au moment où elle arriva au carrefour et disparut derrière la maison des Parks. Je ne bougeai pas, espérant qu'elle se serait retournée pour me dire quelque chose. J'attendis cinq minutes, peut-être dix. Puis je fis les quelques pas qui me séparaient de la maison en pensant que ma vie avait bien changé en l'espace de trois heures : d'abord l'armée, ensuite Betty. Et comme je l'avais rencontrée grâce au télégramme, je n'aurais pas vraiment eu de quoi me plaindre si je ne l'avais pas revue avant mon départ.

Je lui écrivis trois semaines plus tard pour lui raconter ma nouvelle vie à Fulford où j'avais été envoyé pour l'entraînement. Les vaccins, les courses, les marches, les instructions pour l'Enfield et le Bren. Je lui racontai la première punition que m'infligea un sergent qui devait avoir entendu mon commentaire sur sa bedaine, et qui, après une marche de dix miles, m'obligea à faire deux fois le tour du terrain de foot au pas de course, avec tout le barda.

– J'avais dit deux ! hurla-t-il quand je venais d'achever le troisième.

Je me mis au garde-à-vous à deux pas de lui pour qu'il remarque que je n'étais pas du tout essoufflé.

– Excusez-moi, j'avais mal compris, mon Sergent.

À partir de ce jour-là, il me laissa tranquille, ou mieux, il ne m'adressa même plus la parole. Quelques jours après, je fus convoqué dans le bureau du commandant. Je pensai que c'était pour une autre punition, sérieuse cette fois. Mais il fut aimable, me demanda ce que je pensai de l'armée et comment je voyais l'avenir.

– Je m'ennuie un peu, mon Commandant, répondis-je sans réfléchir, comme cela m'arrivait souvent.

– Que pouvons-nous faire pour rendre tes journées plus intéressantes ?

– M'affecter aux troupes aéroportées, mon Commandant.

Je m'étais renseigné. L'entraînement était dur, mais j'étais certain de réussir, puis je savais que les parachutistes gagnaient une livre sterling, un shilling et six pence par semaine, le triple de ce que je touchais dans le King's Royal Rifle Corps.

– Il faut être ambitieux dans la vie, déclara le commandant avant de me congédier.

J'interprétai son sourire comme une promesse et je l'écrivis à Betty en espérant l'impressionner : son ami Roger allait entrer dans une unité d'élite de l'armée !

Elle me répondit presque aussitôt, mais sans faire de commentaires sur les parachutistes. Se faisait-elle du souci pour moi ? Elle s'étendit longuement en revanche sur la rencontre de nos mères respectives. Elles se connaissaient à peine, mais lorsque ma mère passa chez eux pour reprendre mon vélo, elles parurent aussitôt de vieilles amies. Elles bavardèrent longuement et, pour fêter cette visite, elles échangèrent des recettes qu'elles avaient copiées ou inventées de toute pièce pour faire croire aux membres de la famille qu'elles ne cuisinaient pas seulement des rutabagas, comme tout un chacun.

Dans la lettre suivante, je ne pus cacher ma déception. Le mois et demi d'entraînement était terminé, et ce n'était pas à l'unité de parachutistes qu'on m'avait envoyé, mais dans l'East

Surrey Regiment, d'abord à Malton puis à Uckfield. Des séjours déprimants dans des baraquements aux latrines infectes, entouré de gars qui étaient presque tous soit trop maigres soit trop gros. Des marches qui paraissaient des promenades, peut-être parce que ceux qui avaient la même forme que moi représentaient au maximum dix pour cent des effectifs. Quand finirait ce cauchemar ?

Betty, quant à elle, était contente. Elle avait été engagée dans les auxiliaires de la RAF et me remerciait parce que, si ce n'avait été pour moi, il lui aurait été impossible de convaincre son père :

– Si Roger est dans l'infanterie, pourquoi ne pourrais-je pas faire un travail qui est beaucoup moins dangereux ?

J'étais content pour elle et le lui écrivis. Je l'étais moins pour moi-même. Au camp, on parlait d'une permission et je me voyais déjà, en uniforme, sonner à la porte des Worthington. Impossible que son père me refuse une heure ou deux avec elle, pensai-je. Quand j'arrivai à Londres, elle était partie et je dus me contenter d'un brin de conversation avec ses parents. Trois de mes amis s'étaient enrôlés et Monsieur Worthington ne savait plus comment faire pour former une équipe. Sa femme semblait plus sereine que lorsque que je l'avais vue quelques mois auparavant. Son fils Francis avait été blessé par un éclat d'obus et avait perdu trois doigts de pied, ce qui lui avait valu d'être transféré loin du front, de sorte qu'il avait au moins sauvé sa peau.

Dix jours plus tard, en sortant du bureau du major, j'écrivis à Betty au lieu de préparer mes affaires. Affectation acceptée ! J'avais hâte de partager ma joie avec quelqu'un et il n'y avait qu'avec elle que je pouvais le faire. Ma mère n'était même pas au courant de ma demande d'affectation aux troupes aéroportées. Je lui aurais annoncé la nouvelle directement, à la première permission.

Betty aimait le poste qu'on lui avait confié : opératrice dans une station radar parce que, lui expliqua-t-on, le timbre de sa voix était parfait pour les transmissions. Je n'étais pas le mieux placé pour en juger. Le seul jour où je l'avais entendue, sa voix me parut descendre directement du Paradis. Elle promit qu'elle serait venue assister à mon premier match une fois la guerre terminée, car elle avait commencé à aimer le football en regardant, pour passer le temps entre deux tours de travail, des gamins qui jouaient dans le petit pré à côté de la base.

Je lui racontai l'entraînement, sans nommer les lieux, car il s'agissait d'informations réservées, nous avait-on avertis. La première étape fut Harwick Hall pour la sélection préliminaire : des marches et des courses avec tout le barda réglementaire sur le dos, des parcours du combattant avec des escalades et des passages de rivières, de fossés et de barbelés, des sauts de l'arrière d'un camion en marche, des exercices de tir et de combat à mains nues, des abdominaux et des poids, la course à travers champs et la boxe. Ceux qui ne passaient pas l'épreuve se voyaient remettre un ordre portant le sigle RTU, soit *Return To Unit*, retour à l'unité d'origine, car jugés inaptes aux troupes aéroportées. J'en vis une douzaine nous quitter.

Nous partîmes ensuite à Ringway pour les simulations. Une semaine de sauts à travers la trappe d'une passerelle en bois, des plongeons sur un toboggan et des galipettes pour apprendre à amortir l'impact avec le sol, des exercices où nous étions accrochés à des suspentes imitant celles des parachutes, fixées au plafond d'un hangar. La deuxième semaine, nous passâmes aux choses sérieuses, à commencer par l'épreuve la plus détestée : le saut du fond de la nacelle liée au câble d'un ballon de barrage, à sept cents pieds de hauteur. Nous nous asseyions sur le bord de la trappe et nous nous laissions tomber pendant cent vingt pieds avant que le parachute ne s'ouvre, tandis qu'au sol, l'instructeur hurlait ses recommandations dans un mégaphone. Après deux sauts de ce genre, l'avion fut presque un soulagement. Le courant d'air qui nous projetait en arrière était préférable à la sensation de tomber comme des pierres, malgré le choc et les bleus du premier atterrissage. Nous fîmes six sauts, après lesquels on nous remit l'insigne en tissu avec le parachute ailé à coudre sur la manche droite de l'uniforme. Nous étions de vrais parachutistes à présent et nous n'avions plus le droit de nous défiler. À partir de maintenant, quiconque aurait refusé de sauter aurait été condamné à quatre-vingt-quatre jours d'emprisonnement.

Avant de m'affecter quelque part, on me demanda si j'avais une préférence. Je répondis que j'aurais aimé rester avec Ted Withe parce que nous avions fait tout l'entraînement ensemble ; ainsi on nous assigna tous les deux au 9e Bataillon. La caserne de Bulford était la meilleure de celles où j'avais été jusqu'ici, avec de vraies salles de bains et de la nourriture en abondance. En revanche, l'entraînement était plus dur, avec des marches de cinquante miles, deux ou trois fois par semaine, souvent sous la pluie. Un jour, on nous envoya à West Woodhay où nous découvrîmes la reproduction de la Batterie. De toute évidence, le moment de vérité approchait. Je ne pouvais pas l'écrire à Betty mais deux semaines avant la mission, sa dernière lettre me le confirma. Elle avait voulu me faire comprendre que nous serions bientôt entrés en action, pensai-je. Peut-être avait-elle entendu quelque chose, par exemple des échanges de messages via radio ou remarqué un trafic aérien plus intense que d'habitude.

***

Assis dans ce fauteuil en attendant les ordres, je me demandai où Betty pouvait être à présent. C'était à elle que je devais penser, pour avoir un point de repère, un objectif. Je n'avais aucun doute sur ce que j'aurais fait une fois rentré. Un saut à la maison pour embrasser mes parents, puis aussitôt après chez les Worthington. Là, peut-être que son père m'aurait obligé à faire la première séance d'entraînement sur place, dans le jardin.

Doucement avec les programmes. Il valait mieux dire *si*

j'étais rentré à la maison. J'étais encore entier, mais dans quelques heures... Il aurait fallu occuper le village, tenir la position et Dieu seul savait ce qu'il se serait passé après. Elle était loin, Betty. Dans l'espace et surtout dans le temps. Une brique à la fois, comme pour construire une maison. Sauf que les maçons se reposaient de temps en temps. Moi par contre, je ne pouvais pas. Il m'aurait pourtant suffi d'une minute, une seule. Les yeux clos, sans dormir, juste pour rester un instant dans l'obscurité. Quel mal y avait-il ? Si le colonel m'avait vu, mais il était en train de parler avec l'officier des commandos et moi j'étais caché par le dossier du fauteuil, je lui aurais dit que j'avais les yeux qui brûlaient et je me serais relevé d'un bond. Et d'abord, pourquoi aurais-je dû avoir honte ? Je m'en étais bien tiré, non ? À la batterie, au village, dans le parc. Ils avaient tous vu qu'ils pouvaient avoir confiance en moi. Qu'aurait-il bien pu se passer si j'avais fermé les yeux un instant ?

Malheureusement, je finis par les fermer vraiment et lorsque je les rouvris, le colonel se tenait debout devant moi. Il était furieux. Il me dit que j'étais un irresponsable et que s'il n'avait pas eu besoin de tous ses hommes, il m'aurait expédié devant la cour martiale. Plus tard, Beltman m'expliqua qu'il ne parlait pas sérieusement, qu'il voulait seulement me secouer.

Ce furent les dernières vingt minutes de sommeil en deux jours. Quelques semaines après, je fus promu sergent sur le terrain : j'avais réussi à me faire pardonner.

23. 4 JUIN 2014, 13:50

Rien à dire sur la qualité des moules, mais une demi-heure d'attente pour le service et dix autres minutes pour payer la note, c'était un peu trop. Lorsque Cédric rentra à l'hôtel, la salle des ventes était presque pleine : dans ce brouhaha, des gens qui se connaissaient se saluaient, des habitués, des collectionneurs ou des commerçants échangeaient leurs impressions en indiquant des photos sur le catalogue. Le commissaire-priseur se tenait derrière le micro éteint. L'un des clercs préposés aux téléphones se leva et le rejoignit pour lui donner un document. Un ordre d'achat de dernière minute ?

Cédric avança dans l'allée et chercha une place libre. Ils étaient là. Il ne s'était pas fait d'illusions, mais les voir le rendait nerveux. Ils étaient au milieu de la salle, dans la section de droite. L'homme entre deux âges tenait la palette sur ses genoux, l'autre, la main gauche posée sur sa canne, regardait devant lui, apparemment sans se soucier de ce qui se passait autour de lui. Il se retourna juste au moment où Cédric, qui l'observait, passait près de lui en esquissant un sourire. Le vieil homme répondit par un signe de tête et réclama l'attention de son accompagnateur. Il semblait que la présence de Cédric les agaçât autant que la leur agaçait Cédric. Il revint sur ses pas pour occuper un fauteuil du secteur gauche, deux rangs derrière eux, près de l'allée centrale, d'où il pouvait les tenir à l'œil.

Bien qu'il en fût déjà informé grâce à ses recherches sur Internet, la rapidité des ventes le surprit. Elles n'étaient pas seulement une question d'argent, elles étaient aussi une question de réflexes. Les lots se succédaient à un rythme effréné, ponctué par les gestes et les annonces du commissaire-priseur qui semblait un agent réglant le trafic à l'heure de pointe, par les palettes qui se dressaient au-dessus des têtes comme déclenchées par un ressort, par les chuchotements frénétiques des standardistes en ligne avec des clients, par le va-et-vient des crieurs qui traversaient la salle pour remettre des documents aux acheteurs ou à leurs représentants assis derrière la table. Cédric chronométra mentalement quelques enchères : certaines ne dépassaient pas les vingt secondes et, si personne n'enchérissait, dix secondes suffisaient pour passer au lot suivant. Les enchères pour le lot 111 furent les plus longues, deux minutes pour atteindre un prix de cent vingt mille euros et produire un certain mouvement dans l'assistance. Beaucoup quittèrent la salle après l'adjudication, apparemment la plus attendue de la journée. Les lots 112 et 113 ne trouvèrent pas preneurs et trois enchères suffirent pour adjuger le 114. Le cœur de Cédric se mit à battre de plus en plus fort à mesure que le commissaire-priseur décrivait sommairement le lot 115 et annonçait la mise à prix, 1 700 euros, en précisant qu'il s'agissait d'une offre reçue par écrit avant l'ouverture des enchères.

Le haut-parleur diffusa la première enchère annoncée par une standardiste, 1 800 euros.

Les Anglais réagirent.

— 1 900, clama le commissaire-priseur en indiquant l'homme entre deux âges.

Cédric leva sa palette.

– 2 000 ! confirma le commissaire-priseur qui précisa qu'à partir de ce moment, le pas d'enchère était de deux cents euros.

– 2 200 !

Toujours eux. Deux secondes de silence suivirent.

– 2 200. Personne ne dit mieux ?

La standardiste secoua la tête en direction du pupitre, puis ferma son mobile. Cédric revint à la charge.

– 2400 !

À présent, c'était une affaire entre lui et les Anglais qui se consultèrent et renchérirent.

– 2.600 !

Merde ! Continuer signifiait dépasser le plafond qu'il s'était fixé, mais laisser tomber pour cent euros… Ultime assaut, et si cela ne suffisait pas, Cédric sortirait et chercherait une filiale de sa banque pour couvrir le compte.

– 2 800 !

Il était tenté de détourner le regard comme il l'avait fait devant la télé avant le dernier penalty du match Liverpool-Milan, lors de la finale de la Ligue des Champions 2005, mais la tension l'en empêcha. Il épia ses adversaires pour tenter de devancer leur réaction, quelques fractions de secondes qui lui parurent des heures, jusqu'au moment où le vieil homme baissa la tête.

– 2 800. Qui dit mieux ? Les messieurs au milieu de la salle ? Une fois… deux fois… trois fois… adjugé, vendu !

Cédric s'affaissa contre le dossier du fauteuil. Il l'avait, il avait gagné. En admettant qu'on puisse appeler cela une victoire. Trois mille huit cents euros. Il y avait, ou plus exactement il y avait eu, un accord avec Sylvie : partager le budget familial, décider ensemble des grosses dépenses. Un pacte qui n'avait jamais été violé, jusqu'à aujourd'hui.

Un crieur essoufflé se planta devant lui en lui tendant le bulletin. Tandis qu'il le mettait dans la poche de sa veste, Cédric vit les Anglais quitter leurs places et se diriger vers la sortie. Le vieil homme arborait un air sombre, refusait le bras de l'autre et ne prêtait aucune attention à ce qu'il lui disait. Cédric se leva pour les suivre et les rejoignit dans l'allée avant qu'un employé ne refermât la lourde porte capitonnée derrière lui.

– Bonjour. J'ai cru comprendre que vous teniez à cette montre. Je suis désolé, mais c'était très important pour moi aussi.

Ce fut l'homme d'âge moyen qui répondit.

– Ne vous inquiétez pas. Nous nous étions fixés une limite que nous ne pouvions pas dépasser.

Ceci dit, ils l'avaient poussé à dépasser la sienne !

– Collectionneurs ?

– Non... C'était seulement cette montre qui nous intéressait, ou plutôt, qui intéressait mon oncle.

Le vieil homme se contenta de hocher la tête.

Cédric tenta de le faire participer à la conversation :

– Nous nous sommes croisés hier aussi. À Caen, pour la présentation du livre de Wilkins. J'étais son interprète et je suis le traducteur de l'édition française.

– Je crains de ne pas pouvoir la lire. Je ne parle qu'anglais..., dit-il d'une voix rauque de fumeur ou d'ex-fumeur.

– J'ai cru comprendre que vous vous connaissez, vous et Monsieur Wilkins.

– En réalité, non, intervint le neveu, nous sommes venus de Londres pour les enchères, et quand mon oncle a su qu'il y avait cette présentation, il a voulu y aller. À la fin, lorsqu'il s'est présenté, Monsieur Wilkins s'est ému. Il a dit que s'il était venu au monde, c'était aussi grâce à lui.

– Comment ça ?

– Son grand-père faisait partie du contingent qui avait débarqué à Sword Beach...

– Je le sais, j'ai traduit son livre. Mais... votre oncle ?

– Il était avec les parachutistes qui avaient attaqué une batterie près d'ici, de nuit.

– À Merville ?

– Exactement. Si ces canons avaient pu tirer, peut-être que le grand-père de Wilkins n'en serait pas sorti vivant.

– Nous avons fait notre devoir, et lui aussi, l'interrompit le vieil homme

– Peut-être, mon oncle. Mais je crois qu'il aurait voulu te serrer dans ses bras. Il s'est retenu par crainte que tu n'apprécies pas ou que tu lui assènes un coup de canne...

La réflexion s'abîma dans l'indifférence du vieillard.

– Nous pourrions nous asseoir quelques minutes, insista Cédric, laissez-moi vous offrir un verre, pour me faire pardonner l'histoire de la montre... et pour vous expliquer pourquoi j'y tenais tant. Si vous n'êtes pas pressés, naturellement.

– Je ne sais... Qu'en dis-tu, mon oncle ?

– D'accord. Je vous remercie.

Le vieil homme avait des yeux très clairs, Cédric ne s'en apercevait que maintenant qu'il les voyait ouverts et attentifs, comme deux taches bleu ciel émergeant du puits sombre des orbites. Finalement un regard direct, pour le sourire, on verrait plus tard.

Le bar, annoncé par la porte vitrée au fond du hall gigantesque, était presque vide. Debout près du comptoir, deux clients buvaient un café en bavardant avec le serveur ; peut-être des acquéreurs qui attendaient la fin des enchères pour retirer leurs achats. Cédric précéda ses hôtes pour aller au fond de la salle, à côté de l'une des fenêtres qui donnaient sur le jardin intérieur. Le vieil homme posa sa canne sur l'accoudoir du fauteuil, son neveu s'assit à côté de lui et sourit à Cédric.

– Nous ne nous sommes pas présentés. Jeremy Englin et mon oncle, Roger. Englin lui aussi.

– Cédric Roussel. Ce nom vous dit peut-être quelque chose. Il figure sur le certificat de donation de la montre. Mais peut-être que vous...

– Nous l'avons vu, mais j'avais oublié comment s'appelait..., confirma Jeremy.

– Jean-Jacques Roussel. C'était mon grand-père.

– Votre grand-père ? répéta Roger qui, en se redressant, heurta de son coude la canne qui tomba avec un bruit sourd sur la moquette. Jeremy s'apprêtait à se lever pour la ramasser lorsque son oncle le retint d'un geste brusque.

– En effet... Je vais commander. Que prendrez-vous ? demanda Cédric.

– Un demi pour moi et un thé pour mon oncle. Avec du lait.

– Vous étiez en train de nous parler de votre grand-père..., reprit Roger quand Cédric revint s'asseoir.

– C'est la raison pour laquelle je tenais à cette montre. C'est un souvenir de famille. Elle est passée de mon grand-père à mon père qui, étant malade et ayant besoin d'argent, la céda ensuite à son patron. Et aujourd'hui, les héritiers l'ont mise en vente.

– Sur l'acte de donation il est écrit que votre grand-père avait aidé les Alliés lors de la bataille de Normandie.

À cet instant, le regard de Roger exprimait une réelle curiosité.

– C'est exact. Il faisait partie des FFI, les Forces Françaises de l'Intérieur. La Résistance, en fait. Il vivait à Caen et passait des renseignements sur les positions allemandes de la région. Il est mort avant ma naissance.

– Dommage. Vous auriez connu un héros. Vous savez ce que les Fritz faisaient aux partisans, n'est-ce pas ?

Jeremy tressaillit et, visiblement gêné, suivait du regard le serveur qui retournait à son comptoir après avoir posé la théière, la tasse et les verres sur leur table.

– Ne t'inquiète pas, continua son oncle, rien ne dit que ce serveur comprenne l'anglais.

– Oui, mais essaie au moins d'éviter ce terme...

– Fritz ? C'est comme ça qu'on les appelait. Qu'est-ce que

ça peut faire si on m'entend ? Tout au plus ils se mettront à rire et penseront que je suis un vieux gâteux. Je ne pense pas qu'ils me mettront en prison. Bouche-toi les oreilles si ça te gêne. J'ai presque quatre-vingt-dix ans : tu n'auras plus à me supporter longtemps.

Jeremy haussa les épaules comme pour s'excuser et Cédric essaya de minimiser :

— Je ne le raconterai à personne, promis...

Roger les ignora tous les deux.

— Quand ils les prenaient, ils les torturaient, avant de les tuer. Par contre, nous, ils nous tuaient sur le champ. D'une certaine manière, nous étions des privilégiés ! J'aurais aimé rencontrer votre grand-père, lui serrer la main. Cela aurait été un honneur pour moi... Ainsi, vous la ramenez chez elle. Je veux dire, la montre.

Curieux : il avait employé les mêmes mots que Levasseur.

— Un pur hasard. Le vendeur a découvert qui je suis et a cru que la montre m'intéressait parce que je connaissais l'histoire, c'est pourquoi il m'a invité à venir le trouver à son étude. En réalité, je ne savais rien.

— Vraiment ?

— Moi-même, je ne parviens pas à me l'expliquer. J'ai perdu mon père quand j'étais petit et ma mère ne m'a jamais rien raconté. Je lui demanderai dès que j'arriverai à Nice... Mais peut-être que vous, vous pourriez me dire quelque chose. Ce Roach devait être un parachutiste, sinon il n'aurait pas fait graver l'emblème sur le fond. J'aimerais savoir...

— J'aimerais bien le savoir aussi !

— Donc, vous ne savez pas qui c'était.

— Je sais seulement qui il n'était pas.

— Je ne comprends pas...

— Jamais vu ni jamais entendu parler de lui. Du reste, je ne pouvais pas connaître tous les parachutistes de la Division. En revanche, je me souviens bien du propriétaire de la montre. Lorsque j'ai vu la photo...

– C'est moi qui lui ai montrée, intervint Jeremy, enjoué et de bonne humeur malgré l'observation de son oncle, quelques instants auparavant. Il poursuivit :

– Je l'ai trouvée sur le catalogue de la Société des ventes publié sur le site lorsque je cherchais quelque chose sur les troupes aéroportées. Vous savez, mon oncle n'en parle pas beaucoup, alors je dois me débrouiller... Je l'ai archivée en raison de l'emblème de la Division et quelques jours après, quand mon oncle est venu dîner à la maison, il l'a reconnue aussitôt...

– Ce n'était pas difficile... ... il y avait le nom avec l'emblème, précisa sèchement Roger sur un ton qui rappela à Cédric le « évidemment que j'en suis sûr ! », entendu avant la vente aux enchères.

– Un ami ?

– Pas exactement. Pete Kadwell, capitaine du Neuvième Bataillon. Je faisais partie de son peloton et Jane était sa femme.

Une jeune fille rousse au visage parsemé de taches de rousseur ? Cédric avait envie de le lui demander mais se ravisa, soupçonnant de connaître la réponse.

– Et ce Roach... ?

– Pardon ?

– Comme il n'a rien à voir dans cette histoire... croyez-vous... je ne sais pas... qu'il pourrait l'avoir volée... ?

– Volée ? Un voleur ne fait pas don de son butin, vous ne croyez-pas ?

– En effet... Mais alors comment... ?

– J'espérais que vous, vous saviez comment la montre avait fini dans les mains de votre grand-père. Tant pis. Je crois que nous ne saurons jamais ce qu'il s'est passé...

Jeremy posa la main sur le bras de son oncle.

– Veux-tu rentrer, mon oncle ?

– Retourner à l'hôtel ne sert à rien. Si c'était moi qui l'avais achetée, je l'aurais offerte au Musée des parachutistes de

Duxford afin qu'elle soit exposée avec le nom du capitaine. Un hommage à sa mémoire, puisqu'il est trop tard désormais pour demander à Jane de me pardonner... Mais c'est aussi bien comme ça. Quoi de mieux que le petit-fils d'un partisan ? Je crois qu'il serait d'accord lui aussi.

Le silence qui suivit dura assez longtemps pour que Cédric se rendît compte qu'il avait là une occasion unique :

– Le capitaine... Comment s'appelait-il ?

– Kadwell.

– Comme j'ai acheté sa montre... j'aimerais bien savoir quel genre d'homme il était.

– Généreux, loyal, auquel on pouvait se fier les yeux fermés. Hâbleur et un peu grande gueule sur les bords. Un jour, il me le dit en français, la langue de sa mère. Je ne me souviens plus du mot qu'il avait employé, mais vous le connaissez certainement, vous qui êtes français.

– ... Gascon ?

– Exactement. Il suffisait de l'entendre parler une minute pour comprendre quel type il était, ou plutôt, il suffisait de le regarder en face. J'aimerais vous montrer une photo, mais je ne l'ai pas sur moi.

– Je vais m'en occuper, intervint de nouveau Jeremy, je vous enverrai une copie via e-mail, si cela vous intéresse.

Il avait l'air de quelqu'un de bien, et de patient, vu le caractère de son oncle.

– Naturellement, cela me ferait plaisir.

L'atmosphère étant devenue cordiale, Cédric estima qu'il pouvait oser davantage.

– Vous savez, je... je suis professeur d'histoire, pas seulement le traducteur du livre. Cela ne m'était jamais arrivé... je n'avais encore jamais rencontré quelqu'un qui y était... Je veux dire ... j'ai connu des Français, mais jamais d'Anglais. Alors, j'aimerais beaucoup écouter un témoignage comme le vôtre. D'une certaine manière cela compenserait le fait que je n'ai pas pu parler avec mon grand-père...

Bien que confuse, ou peut-être justement pour cela, la supplique sembla apprivoiser le vieil homme.

– Que voulez-vous savoir ?

– Je ne sais pas... ce dont vous vous rappelez...

– Ce dont je me rappelle ?

Il y avait quelque chose de bienveillant dans la réponse, celle d'un grand-père attendri par la candeur de son petit-fils. Il reprit :

– Je crains qu'il soit plus facile de se souvenir que d'oublier. Je suis encore sur cet avion, tous les soirs avant de m'endormir ou quand je me réveille vers une heure du matin en me demandant pourquoi je suis allongé sur un lit alors que je devrais être assis, prêt à me lancer derrière le capitaine dès l'arrivée du signal. Au lieu de cela, je regarde le plafond et il me faut un peu de temps pour comprendre que personne ne m'hurlera de me dépêcher, que je n'ai plus la force de traîner les cent livres de barda, que je ne risque pas d'être brûlé vif ni d'être réduit en charpie par la défense anti-aérienne, que je ne serais plus une cible facile dès l'ouverture du parachute. Je dois simplement aller aux toilettes ou prendre le verre sur la table de nuit pour boire une gorgée d'eau. Je suis seul, les autres nous ont quittés. Mais ils sont encore avec moi. Tous.

Qu'y avait-il donc derrière la fenêtre, dans le jardin ? Inutile de se retourner pour vérifier : ce que Roger était en train de fixer ne pouvait répondre à des questions comme « qui ? » et « où ? », pourtant ce qu'il fixait devait être assez net pour reléguer tout le reste au second plan, à commencer par son neveu, imposant monument au buveur de bière, le demi levé, le coude posé sur l'accoudoir du fauteuil, pétrifié d'étonnement. Il n'avait probablement jamais entendu son oncle parler ainsi.

– Nous devions mettre hors d'usage les canons tournés vers la plage. Merville : on nous avait indiqué le nom quelques heures avant, mais je l'avais oublié aussitôt. Je ne parvenais pas à me concentrer parce que le capitaine voulait absolument bavarder. Il se moquait de moi au sujet de sa fête, des Spurs...

– Les Spurs ?

– Tottenham Hotspur. C'est une équipe de football.

– Je sais, répondit Cédric.

Pas même un vétéran de la Seconde Guerre mondiale n'était autorisé à douter de ses connaissances en la matière :

– Mais... qu'est-ce que cela vient faire ici ?

– J'y jouais avant de m'enrôler. Avec les Juniors et parfois, en équipe pro. Le capitaine m'asticotait parce qu'il 'était un supporter de Liverpool.

De Liverpool ! Ça alors...

– Et la fête ?

– Celle de son anniversaire.

– Donc… il était né le 6 juin ?

– En 1920. Belle façon de célébrer, n'est-ce pas ?

Un demi-siècle. Ce Kadwell était né exactement cinquante ans avant Cédric. Et quatre-vingt-six ans avant Théo. Supporter du Liverpool, qui plus est. Il commençait à lui plaire.

– Et... ensuite ?

– Si vous me laissez parler, je vous le dirais.

Cette réponse contenait une question implicite : pourquoi continuer à l'interrompre après lui avoir demandé de raconter ? Le professeur Roussel en prit acte et se tut. L'Histoire elle-même dispensait ce cours, pas un quelconque enseignant.

– *Je fixais l'obscurité en essayant de distinguer ces lueurs minuscules...*

24. 4 JUIN 2014, 17:39

... – Je fus promu sergent sur le terrain. J'avais réussi à me faire pardonner. Je me sens légèrement fatigué, Jeremy. Peut-être qu'il vaudrait mieux rentrer.

Comment ça ? Il avait parlé d'une petite fille pendant un quart d'heure et avait liquidé la bataille de Normandie en deux temps trois mouvements ? Cédric se sentit en droit de briser le silence :

– Et la montre ?

Roger mit un peu de temps à réaliser que c'était lui qui avait changé de sujet de conversation, pas Cédric, et bien que répondre lui pesât, il ajouta :

– J'ai exécuté les ordres, même si je l'avais perdue. J'aurais voulu aller voir Jane dès mon retour en Angleterre, en septembre, mais elle n'avait jamais répondu à mes lettres. J'ai appris ensuite qu'elle était à Londres avec le Corps des Volontaires. Elle avait été transférée quand les V1 avaient commencé à pleuvoir sur la ville, Il fallait secourir les blessés, trouver un logement pour les survivants, évacuer les zones à risque. Puis j'ai trouvé sa réponse à la caserne, à mon retour d'Allemagne, en 1945, et je suis parti pour Liverpool. Je me suis présenté en civil car, après ce qui était arrivé, je craignais qu'elle déteste les uniformes, mais elle portait la chemise et la jupe verte des Volontaires. Elle savait tout de moi, du football, de ma famille. Je n'aurais jamais imaginé que le capitaine aurait sacrifié quelques minutes de son temps pour lui parler ou lui écrire au sujet du soldat le plus jeune du peloton, et encore moins qu'elle s'en serait souvenue aussi longtemps. Elle était également au courant de la dédicace sur la montre et elle trouvait logique que le capitaine me l'ait confiée. Qu'aurait-il dû faire d'autre ? Ce n'était pas de ma faute si je l'avais perdue, et puis les souvenirs les plus chers étaient ceux qu'elle conservait dans son cœur. Pas seulement des souvenirs, avait-elle ajouté. Son mari était toujours là, il lui parlait tous les jours et elle l'entendait. Elle me fit de la peine. La douleur devait être si insupportable que... que sais-je, peut-être avait-elle perdu un peu la raison. Toutefois je l'enviai car moi je n'avais pas réussi à la garder près de moi. Chaque mois qui passait m'enlevait quelque chose : le regard, les cheveux, le sourire, la voix, et même son écriture...

De quoi parlait-t-il ? Cédric chercha un indice dans les yeux de Jeremy, mais la seule réponse fut les sourcils froncés en un avertissement qui paraissait une menace, tout à fait insolites sur ces traits placides et rebondis.

– J'ai dû avoir l'air malin, continua Roger. Je me suis mis à pleurer – comme le môme que j'étais, aurait dit le capitaine. Ça ne m'était plus arrivé depuis le jour où je m'étais démis l'épaule en tombant d'un arbre. Je devais avoir plus ou moins onze ans. Ainsi, c'est elle qui m'a réconforté, le monde à l'envers ! La veuve de guerre qui tendait un mouchoir au vétéran... Elle a cru que c'était à cause de la montre. Puis je lui ai expliqué, ou plutôt, je me suis défoulé. Avec mes parents, je ne pouvais pas. J'avais vu des dizaines de camarades mourir, d'autres perdre un œil ou un bras, et moi j'étais indemne, pas même une entorse à la cheville. Alors qu'elle, seulement parce qu'elle avait profité d'une permission pour rendre visite à une amie avec sa mère... Quel mal y avait-il à passer par Woolsworth's ? Rien, tant qu'un obus ne vous tombe pas dessus.

Le sang de Cédric se glaça et il se sentit pris dans un étau qu'aucune justification ne parvenait à desserrer. Il n'y avait pas de quoi avoir honte s'il s'ennuyait en écoutant le récit d'une rencontre et d'un échange de lettres entre adolescents, de même qu'il ne pouvait pas imaginer que derrière le rêve d'un parachutiste épuisé se cachait un cauchemar. Pourtant il se sentait coupable car ces souvenirs avaient la même tonalité inexorable que les quintes de toux qu'entendait l'enfant de Caen assis devant le téléviseur. Le regard noir de Jeremy lui avait épargné l'embarras d'une question inopportune, mais pas la contemplation d'un gouffre semblable à celui qui l'avait englouti voilà bien longtemps.

Le neveu de Roger paraissait mal à l'aise lui aussi, mais si ce qui le mettait dans cet état était la crainte d'une boutade contre les Fritz, il pouvait être tranquille :

– J'ai repensé à Monsieur Worthington. J'étais allé le voir quelques semaines auparavant, après... après ce qui était arrivé. Une demi-heure à fixer le piano parce que, avec ce visage terreux et cette voix qu'on entendait à peine, il faisait plus peur que lorsqu'il m'hurlait que si j'avais fait une autre mauvaise passe, il m'aurait fait rester sur le terrain jusqu'au lendemain. Il semblait mort lui aussi, comme Betty et sa femme. Mais elles, elles ne souffraient plus.

Roger s'interrompit pour boire une gorgée de thé. Cédric n'avait plus besoin de Jeremy pour comprendre qu'il devait patienter.

– Jane m'a demandé si j'allais reprendre le football. Je lui ai répondu que non. Pourquoi aurais-je dû ? Betty n'aurait pas été là pour le premier match, donc, je n'avais aucune raison d'y être moi non plus. L'armée aurait pensé à mon avenir. J'étais encore en service et je devais repartir sous peu. En Palestine. Nous devions faire la police, tenir les Arabes loin des Juifs.

Avant de me saluer, Jane m'a fait promettre de lui écrire et m'a fait écouter une chanson.

– Une chanson ?

– Un parent à elle lui avait rapporté un disque des États-Unis. Une comédie musicale de Broadway, il me semble. Elle parlait d'une femme qui avait perdu son homme : si elle avait trouvé la force de continuer, elle n'aurait jamais été seule. Jane aimait tellement cette chanson qu'elle avait fait graver le titre sur la pierre tombale de son mari. Elle m'aiderait moi aussi, m'assura-t-elle. Je pensai qu'il m'en fallait bien davantage, mais je la remerciai. Par la suite, je lui ai vraiment écrit, une ou deux fois par an. Je lui parlais de ma carrière d'instructeur dans les forces spéciales à mon retour de Palestine, du mariage avec Maureen, du fait que nous ne pouvions pas avoir d'enfants... Un jour, je lui ai téléphoné pour lui demander si elle avait entendu *sa* chanson qui venait de passer à la radio. J'étais certain qu'il s'agissait de cette chanson, bien qu'elle fût chantée par un groupe anglais. Comment s'appelait-il déjà ? Jerry et... ? Ça m'échappe maintenant.

– Gerry and the Pacemakers ?

– Oui, je crois.

Continue à marcher, le cœur rempli d'espoir et tu ne marcheras jamais seul...

– You'll Never Walk Alone !

– La chanson ? C'était celle-là. Vous la connaissez ?

Quant à ce que lui répondrait Cédric, qui se contenta de hocher la tête, ses amis de lycée n'auraient aucun doute, pas même vingt-six ans après le naufrage dans les vagues humaines du Kop.

– Elle m'expliqua qu'elle avait acheté le disque parce que le sien était tellement rayé qu'il n'était plus écoutable. Elle parvint même à plaisanter : les visiteurs du cimetière de Granville penseraient que son mari était un chanteur célèbre. J'aurais voulu l'appeler de nouveau, deux ans plus tard, pour lui dire d'allumer son téléviseur, mais j'étais à la base. Le commandant nous avait ordonné de suivre la finale de la Coupe avec lui, au mess, pour fêter la victoire de Leeds. En réalité, c'est Liverpool qui gagna et vers la fin, on entendait les supporters chanter *You'll Never Walk Alone...* Alors je me suis souvenu que le capitaine était un supporter de Liverpool, qu'il aurait été à Wembley, ou du moins devant son téléviseur si... eh bien, s'il n'était pas resté en France.

Quelqu'un comme lui aurait trouvé la force de chanter, contrairement à un lycéen ému.

– Et Jane ? S'était-elle remariée ?

– Non. Je lui avais écrit qu'elle aurait dû recommencer sa vie, mais elle m'avait répondu qu'elle n'en éprouvait pas le besoin. Elle travaillait comme infirmière dans un hôpital de Liverpool et consacrait son temps libre aux Volontaires. Elle était restée dans son *armée*, comme moi. Et le soir, lorsqu'elle rentrait chez elle, elle parlait avec lui.

– Lui ?

– Son mari. Une obsession, avais-je pensé à l'époque, mais au fond, il n'y avait rien de mal à cela. L'important était qu'elle trouve une raison pour continuer, comme disait la chanson. Son Pierre serait toujours avec elle...

– Pierre ?

– Je m'étais presque cassé les reins à cause de ce surnom...

Une grimace amusée transforma ses traits, y imprimant des rides invisibles un instant avant. Il poursuivit :

– Quand nous étions au camp, c'était moi qui lui apportais le courrier. Je le faisais volontiers car j'arrivais le premier au mess pour la distribution. J'étais impatient de savoir s'il y avait une lettre de Betty. Un jour, j'ai vu *Pierre Kadwell* écrit sur une enveloppe et je lui ai demandé qui la lui avait envoyée. Il m'a répondu que c'était Jane qui l'appelait Pierre, soit la version française de Pete, puisque sa mère était française. Elle était tellement habituée à l'appeler ainsi qu'elle l'avait écrit machinalement sur l'enveloppe. Comme je ne pensais pas que ce pouvait être un secret entre eux, car en fait n'importe qui aurait pu voir l'enveloppe, j'en ai parlé à un camarade et, en fin soirée, la nouvelle avait déjà fait le tour de la base. Le lendemain, tous les officiers l'appelaient Pierre. Naturellement, moi je n'aurais jamais osé, mais c'est à moi qu'il s'en est pris en premier puisque c'était de ma faute. Je me souviens encore de la punition : trente pompes avec le barda sur le dos. Quant aux autres, il leur avait simplement rappelé qu'il s'appelait Pete, en ajoutant que si quelqu'un avait envie de faire un peu de boxe, il suffisait de l'appeler « Pierre » et il l'aurait contenté avec plaisir vu qu'il devait garder la forme pour le tournoi de la Brigade. L'idée de l'affronter avec des gants de boxe ne plaisait à personne, de sorte que le surnom disparut en l'espace de quarante-huit heures. Jane était la seule qui pouvait l'appeler ainsi parce que c'était le destin qui les liait : « mariés et de plus, nés le même jour », m'avait-il expliqué. En réalité, lui était né en 1920 et elle en 1923, mais le jour...

– Le 6 juin ?

– En effet. ... mais cette date n'a porté chance ni à l'un ni à l'autre...

– Beaucoup de gens sont morts ce jour-là...

– En 1944, oui. Ceci dit, Jane aussi est morte un 6 juin. Ça devait être en 1974 ou en 1975, elle devait avoir à peine plus de cinquante ans. Quand le pasteur m'a téléphoné, cela a été comme voir mourir le capitaine une seconde fois. Ce qui me consolait, c'était de savoir qu'elle était morte pendant son sommeil, la nuit, et qu'elle ne s'était rendu compte de rien. À l'enterrement, j'avais l'impression d'être le seul à penser que sa vie s'arrêtait là. Cela doit être une belle chose d'avoir la foi. Je me souviens encore du discours de l'aumônier la veille du saut : *« La Peur frappa à la porte. La Foi ouvrit et ne vit personne. »*

Les yeux brillants et la tête haute, et sans le moindre geste pour s'essuyer les yeux de ses doigts repliés, le sergent Englin semblait convaincu, comme soixante-dix ans auparavant, qu'avec ou sans foi, il n'y aurait eu personne derrière sa porte.

– Monsieur Cédric Roussel est prié de se présenter au comptoir du premier étage. Je répète : Monsieur…

L'avis diffusé par le haut-parleur et l'écran de son mobile le firent sursauter : sept heures moins le quart, la vente devait être terminée depuis deux heures.

– Il vaut mieux que j'y aille, autrement ils garderont la montre... Resterez-vous pour la commémoration du soixante-dixième anniversaire ?

– Non, dit Jeremy qui avait retrouvé la parole, nous partons demain. Mon oncle veut rentrer à Londres. Et vous ?

– Je rentre chez moi aussi. Mais j'aimerais rester en contact...

– Ne vous inquiétez pas, je tiendrai ma promesse, sourit Jeremy.

– Votre promesse ?

– La photo...

– Pardonnez-moi, je l'avais oubliée. Je vous en remercie dès maintenant.

25. 4 JUIN 2014, 18:55

– Je pensais à une somme d'environ 3 800 euros..., balbutia Cédric lorsque Onfray lui présenta la facture.

– Non, Monsieur. Le prix d'adjudication de 2 800 euros est majoré des commissions et des taxes, ce qui donne un total de 3 948 euros. Vous avez le détail ici, vous voyez ?

Il avait raison évidemment. Cédric avait calculé une enchère de 2 700 euros, grand maximum, pour son retrait à la banque de Caen.

– Je crains de m'être trompé en faisant les comptes, je ne sais pas si...

– Ne vous inquiétez pas. Si vous préférez, nous vous enverrons la facture par poste ou via e-mail. Dans ce cas, nous devrons garder la montre jusqu'à l'encaissement de votre paiement, ce qui entraînera quelques frais supplémentaires. Environ une centaine d'euros.

Cent de plus ? Non, il devait être possible de l'éviter. Cédric fouilla dans son portefeuille à la recherche des cent quarante-huit euros qui lui manquaient, en espérant que les notes du restaurant et du café lui aient laissé quelque chose. Au terme d'un calcul fébrile qui tenait également compte de la moindre pièce de cinq centimes, il arriva à cent quarante-trois euros et quinze centimes, auxquels il ajouta le billet de dix euros qu'il conservait à tout hasard dans la poche de sa chemise. Onfray l'observait, imperturbable. Dans certaines circonstances, le flegme devait être l'un des fondements essentiels d'un code d'éthique professionnelle assimilé depuis des années. Au final, sur la table qui les séparait, se trouvaient, d'un côté une liasse de trois mille huit cents euros en billets presque neufs, de l'autre, cent quarante-huit euros en petites coupures et pièces de monnaie. Tout cet argent englouti par la caisse perturba Cédric qui prit congé et se tourna pour s'en aller.

Même Onfray dut trouver cette situation inhabituelle car il laissa échapper un sourire spontané, peut-être le premier d'une journée empreinte de politesse froide à l'égard des clients.

– Vous ne retirez pas la montre ?

– Pardon ? se ressaisit Cédric, si... auriez-vous une boîte ?

– Non, malheureusement. Quand nous disposons de l'étui original, nous l'indiquons dans le catalogue, mais c'est très rare pour ce genre de pièces. Je vois que vous ne portez pas de montre. Vous pourriez la mettre à votre poignet. Je peux la remonter et la remettre à l'heure, si vous voulez.

– Oui, merci, comme ça vous me montrerez ce qu'il faut faire. Celle que m'a offerte ma femme est une montre à pile.

– C'est très simple, mais n'oubliez pas qu'il faut la remonter avant de la mettre au poignet, et non lorsque vous la portez, car il ne reste pas assez d'espace pour les doigts et vous risqueriez de plier la tige du remontoir. Vous devez tourner la couronne dans les deux sens jusqu'à ce que vous sentiez un peu de résistance. Ne la remontez pas au-delà de ce blocage car le ressort moteur pourrait se rompre. Ensuite, vous tirez le remontoir vers l'extérieur et vous le tournez pour mettre les aiguilles à l'heure comme vous le faites avec votre montre à quartz. Pour finir, appuyez sur la couronne pour l'enfoncer. C'est tout. L'important est de la manipuler délicatement. Cet objet a soixante-dix ans. Vous permettez… ?

Onfray se pencha au-dessus de la table pour attacher la montre au poignet gauche de Cédric.

– Elle nécessite une révision comme toutes les montres qui sont vendues aux enchères. Je préfère le rappeler aux clients, même si c'est indiqué dans le catalogue. Le bracelet est neuf, nous l'avons mis nous-mêmes. Si vous portez la montre tous les jours, il devrait durer environ un an. Quand vous devrez le changer, parce qu'il est fendillé ou taché, essayez d'en trouver un semblable : en cuir de porc comme les originaux des années 40.

– De porc ?

– Pas de lézard ou de crocodile. Ces montres devaient être solides, pas élégantes. Rappelez-vous aussi que les barrettes sont fixes.

Cédric devait avoir l'air si perdu qu'Onfray s'empressa de traduire :

– Je parle des attaches qui servent à fixer le bracelet. Celles des montres actuelles sont généralement à ressort, pour pouvoir les extraire afin de les insérer dans le bracelet. Ici elles sont soudées sur les cornes, c'est-à-dire les appendices du boîtier, par conséquent le bracelet doit être cousu dessus. C'est un peu plus compliqué, mais là où vous achèterez le nouveau bracelet, ils s'en chargeront. Les documents sont ici.

Onfray posa sur la table une chemise portant le logo de la société de vente aux enchères. Les papiers y étaient rangés dans des enveloppes en plastique qui semblaient faites sur mesure, une grande pour l'acte de donation et une petite pour l'autre. Cédric les regarda rapidement pour vérifier si tout correspondait aux photocopies du notaire, puis il prit congé car sa journée n'était encore pas terminée.

Pour rassembler ses idées, il choisit l'un des divans en satin du hall, près d'un lampadaire. Il enleva la montre et la plaça sous le faisceau de lumière. Elle était vraiment *dans son jus*, pour reprendre l'euphémisme de l'expert. Valait-elle la peine :

d'avoir dépensé autant et de devoir affronter les inévitables remontrances de Sylvie ?

Son regard suivait le seul mouvement visible, celui de l'aiguille la plus petite, en bas, sur un mini cercle bordé de tirets. Un parcours au rythme et à la direction immuable, la preuve que le temps était une voie à sens unique. Si avec la montre il avait pu acheter un billet de retour, inverser le sens de l'aiguille, ou plutôt de toutes les trois, jusqu'à rejoindre son père, son grand-père, le capitaine, l'usine où quelqu'un avait assemblé ce puzzle métallique, pour revivre les sensations de tous ceux qui l'avaient contrôlée, portée ou seulement touchée, alors oui, à n'importe quel prix, elle en vaudrait la peine. Mais ce prodige n'était pas en vente. La minuscule aiguille argentée attaquée par la rouille avançait inexorablement, accompagnée de ses grandes sœurs fendillées au milieu, à la fois servantes et victimes du temps qui les avait affaiblies et couvertes de rides comme pour les avertir, ainsi que ceux qui les regardaient, que quand bien même elles s'arrêteraient parce que le ressort était détendu, le présent continuerait à se changer en passé composé et le passé simple en passé antérieur.

En approchant la montre de son oreille, Cédric eut l'impression de s'imiter soi-même. Ce fut une image, et non un son, qu'il perçut d'abord : le rêve, son rêve, cristallisé en un dixième de seconde. La pelouse, la tombe, les tribunes, les soldats en plastique, le sang, le tableau lumineux, Théo, Jane, tous en même temps, se superposèrent en une pile de photographies nettes, transparentes, si près, à portée de main. Mais elles s'évanouirent aussitôt, sans lui laisser le *temps* de les mettre en ordre. Le temps, toujours le temps.

26. 4 JUIN 2014, 19:47

Qui avait dit que dans un hôtel grand luxe, tout coûtait les yeux de la tête ? Lorsque Cédric s'était présenté à l'accueil pour régler les cinq minutes de connexion Internet, une réceptionniste lui répondit aimablement qu'il ne devait rien. Elle aurait feint de croire que la convention réservée aux participants de la vente aux enchères était encore valable, même s'il ne restait que les manutentionnaires chargés de tout démonter et de tout emballer dans la salle du premier étage. Heureusement, autrement il aurait été obligé de payer par carte bancaire toute somme dépassant les cinq euros qui lui restaient en poche. La recherche sur Internet avait été brève, le site du Commonwealth War Graves Commission pour les Sépultures de guerre, un formulaire à remplir en indiquant nom, prénom, nationalité et date de décès. La réponse dépassa ses attentes puisqu'il trouva l'emplacement exact de la tombe. Il n'avait plus qu'à entrer l'adresse sur son GPS et à se laisser guider jusqu'au petit parking, où une seule voiture était garée. Normal, car il était encore trop tôt pour les préparatifs du soixante-dix-septième anniversaire du débarquement et trop tard pour les visiteurs habituels. Ce fut en regardant son mobile qu'il sut qu'il était presque vingt heures. Cédric n'avait pas l'habitude de porter une montre et, en réalité, il ne s'y fiait pas trop. Fonctionnait-elle vraiment ? Au moment de regarder la montre, il éprouva un picotement d'appréhension, puis de soulagement. L'onéreux garde-temps *dans son jus* était – du moins pour le moment –à la hauteur d'un téléphone portable datant de quelques années.

L'entrée était un arc étroit en briques claires, à quelques mètres de la route. Les murets latéraux se prolongeaient à angle droit vers le bord de la chaussée, en rejoignant la haie qui entourait le cimetière. « Ranville War Cemetery », indiquait l'inscription gravée sur la gauche, tandis qu'à droite il n'y avait que deux dates : 1939-1945. Un voile de nuages diaphanes aux contours incertains semblait vouloir défendre la pelouse et les pierres tombales contre les rayons du soleil, bien que la journée touchât à sa fin. La brise fraîche qui venait de la mer était trop délicate pour l'importuner. Les lieux paraissaient déserts.

Cédric monta une marche et passa sous l'arc en poussant un petit portail sombre en fer forgé. Une trentaine de mètres plus loin, après les premières rangées de tombes, se dressait une croix en pierre blanche, de la même hauteur que l'arc, et où était encaissée une immense épée en bronze, la Croix du Sacrifice, d'après le plan du cimetière. Sur la première marche, quelqu'un avait déjà déposé un coussin de fleurs dont les couleurs vives contrastaient avec le blanc de la pierre. Cédric s'approcha. Sous l'Union Jack réalisé en fleurs bleues, blanches et rouges, on apercevait une feuille de papier plastifié où perlaient des gouttes d'eau, celles de la pluie fine qui avait accompagné la dernière partie du voyage en voiture de Cédric. Les fleurs cachaient les premiers vers du poème, et ceux qui étaient lisibles lui rappelaient qu'il ne s'agissait pas d'un cimetière comme les autres : « ... On nous demande pourquoi nous le faisons, pourquoi nous continuons à défiler maintenant que nous sommes devenus vieux et un peu usés. Ce n'est ni pour la gloire ni pour les médailles qui ornent nos poitrines. C'est uniquement parce que nous sommes des frères d'armes ayant passé la dernière épreuve. Ce 6 juin fatidique, un jour que nous n'oublierions jamais, beaucoup de gars sacrifièrent leur vie et s'acquittèrent de la dette finale. Alors, si vous rencontrez un Vétéran, serrez-lui la main, car les médailles épinglées sur sa poitrine ont été gagnées en terre étrangère. Et quand Dieu demandera *Qui es-tu mon vieil ami ?* je répondrai avec fierté : je suis un Vétéran, Seigneur. »

Passé la croix, la rangée de pierres tombales reprenait pour s'interrompre de nouveau là où deux allées coupaient le grand terre-plein herbeux du centre, passerelles de ciment bordées de colonnes de briques identiques à celles de l'arc de l'entrée. Au fond, se trouvaient un autel et une petite colonnade où, à l'abri de la pluie, quelqu'un avait déjà installé les enceintes qui diffuseraient les discours des autorités, parmi lesquelles, à ce qu'il paraissait, le Président de la République et un représentant de la famille royale d'Angleterre.

La limite droite du cimetière coïncidait avec un mur de deux mètres de haut qui empêchait en partie de voir l'imposante église gothique dont les côtés étaient percés de deux rangées de fenêtres hautes. Elle valait peut-être le détour, mais pas maintenant. Elle servit de point de repère à Cédric qui longea le mur sur une dizaine de pas en direction de la route. C'était la première rangée. S'agissait-il d'un hommage, fortuit ou volontaire, à un homme qui avait toujours voulu être en tête du peloton ? En parcourant les quelques mètres qui le séparaient du capitaine Kadwell, Cédric lut les phrases gravées sur les tombes voisines : « À William, mari et père adoré qui a donné sa vie pour la nôtre – Avec amour, sa femme et son fils » ; « Il vaut mieux perdre l'amour plutôt que ne l'avoir jamais connu – Son épouse, Sarah. » Apparemment, quelques mots suffisaient pour évoquer cinq vies, s'ils étaient les mots justes.

« Capitaine Pete F. Kadwell – 6e Division aéroportée - 6 juin 1920 / 6 juin 1944 - *You'll Never Walk Alone.* » Plus un encouragement qu'un souvenir. Qui aurait pu dire si Jane avait été la seule à y penser.

– Un parent ?

Cédric tressaillit et, en se retournant, croisa le sourire d'un homme âgé à la tête trop grosse par rapport aux épaules protégées par un imperméable beige. Il avait d'épais sourcils gris qui faisaient ressortir sa calvitie freinée, autour des oreilles, par quelques cheveux de la même couleur.

– Pardonnez-moi, je ne voulais pas vous effrayer. Lickert, je suis venu me recueillir sur la tombe de mon père. Je ne l'ai pas connu, je suis né deux mois après... Je voulais rester seul, en silence, avant le vacarme de demain et d'après-demain. Vous savez, la police, les barrières, les autorités, les discours, les hélicoptères,... Êtes-vous un parent du capitaine Kadwell ? demanda-t-il en anglais et en lui tendant la main.

– Non, je ne suis pas anglais...

– Français, alors.

– Oui.

– En fait, ils le sont tous.

– Qui ?

– Eux. Ils ont passé plus de temps en Normandie qu'en Angleterre. Ainsi, ils sont devenus un peu français.

– Je n'y avais pas pensé... et pour le capitaine Kadwell, vous avez doublement raison puisque sa mère était française.

– Je sais. De temps en temps, je lis de vieilles lettres à la maison et ce nom apparaît souvent. Ils ont passé presque un an ensemble à la base, ils étaient sur le même avion. Et ils sont morts tous les deux à Merville. J'ai pensé que vous étiez un parent, c'est pourquoi je me suis approché.

Lickert ? Un nom familier. Mais oui ! Le caporal qui se vantait de parler français.

– Un ancien parachutiste m'a parlé du capitaine Kadwell, il y a deux heures. Lui aussi était sur cet avion. Il s'appelle Roger Englin, ce nom vous dit quelque chose ?

– Naturellement ! Je l'ai connu il y a des années lors d'une cérémonie, à Londres. Cela m'avait fait plaisir car les lettres parlaient aussi de lui. Mon père l'enviait, il avait écrit qu'il était fort comme un taureau, même s'il était très jeune, et qu'il n'avait jamais vu quelqu'un comme lui. Lorsqu'on me l'a présenté, si maigre, j'aurais parié qu'il continuait à marcher trente miles par jour comme à l'époque. Je suis content de savoir qu'il est toujours en vie, j'espère le rencontrer à Merville lors de la commémoration, dit-il en souriant.

– Je crains qu'il n'y assiste pas. Son neveu m'a dit qu'ils partent demain.

– Dommage. Et vous ?

– Je dois partir aussi. Je rentre à Nice car dimanche nous fêtons deux anniversaires, celui de mon fils et le mien.

– Nés le 6 juin ? Vous avez quelque chose en commun avec Kadwell...

– En effet…

Quelque chose ou plus ? Cédric n'était pas certain d'avoir tous les éléments.

– Je dois vous laisser, ma femme m'attend dehors. Elle n'a pas voulu entrer, elle dit que les cimetières la rendent triste. Saluez la Côte d'azur de ma part.

Cédric le suivit du regard jusqu'à ce qu'il ait disparu derrière l'arc de briques, puis revint examiner l'inscription sur la tombe : *You'll Never Walk Alone.* Les lettres formaient des mots clairs et une phrase complète, pourtant, plus il les observait, plus elles lui rappelaient un dessin que son professeur d'histoire de l'art avait montré un jour en classe : une image ambiguë, de celles qu'on peut voir de deux manières différentes. Il croyait y voir le portrait d'une vieille femme, pourtant son professeur affirmait que ces traits représentaient aussi le visage d'une jeune fille. Tandis qu'il essayait de le distinguer, il se sentait mal à l'aise. Pourquoi lui fallait-il autant de temps ? Une déficience visuelle ou, pire, cognitive ? Il avait fini par y parvenir, avec un peu d'aide : « regarde bien, la narine et l'œil de la vieille, ils deviennent le menton et l'oreille de la jeune fille... ». Ce n'était pas le cas ici. Derrière le titre de la chanson, il y avait quelque chose qui lui échappait comme une inscription sur le marbre au milieu d'un terrain de football, sauf qu'à présent personne n'aurait pu le mettre sur la bonne voie, pas même un petit garçon de huit ans accompagné d'une jeune fille aux cheveux roux.

27. 5 JUIN 2014, 08:18

Maintenant qu'il était réveillé et prêt pour l'épreuve du retour en voiture, il ne parvenait pas à s'expliquer pourquoi hier il s'était écroulé de la sorte. Trois heures de sommeil profond, tout habillé, la télé allumée. En rouvrant les yeux, Cédric avait vu les images du journal télévisé de la nuit défiler sur l'écran. Il s'était assis sur le bord du lit, un peu hébété comme lorsqu'on dort à des heures improbables, et ce qu'il avait lu sur son mobile l'avait sidéré : minuit et demi, et quatre appels de Sylvie. Le volume sonnerie était désactivé et il avait oublié de le remettre après la vente aux enchères. La table présentait encore les signes d'un dîner expéditif : assiettes en plastique, couverts, miettes, pelures. Il avait commis l'erreur de vouloir se reposer « deux minutes » avant de ranger et, au réveil, seul le fait de ne pas devoir rendre de comptes à un supérieur furibond l'avait conforté. Il ne pouvait pas téléphoner à Sylvie car elle devait se lever tôt le lendemain matin pour accompagner Théo au MiniBasket. Il lui avait envoyé un texto et, puisqu'il était réveillé, il avait commencé à préparer sa valise avant d'aller se recoucher. À cet instant, l'hymne d'Anfield Road, des Merseysiders et des Catalans –

supporters opposés mais unis par la sonnerie de son mobile – lui rappela qu'il devait téléphoner avant de partir.

– Allô ?

C'était la voix de Théo.

– Allô, c'est moi…Comment ça va ?

– Bien. Je dois aller au basket.

– Je sais. Maman ? Elle est où ?

– Elle est dehors avec Céline. C'est elle qui nous accompagne. Tu rentres quand ?

– Ce soir. J'espère arriver à temps pour le bisou du soir.

– Tu pars maintenant ?

– Oui. Mais avant, je voudrais te demander quelque chose...

– Elles klaxonnent, je dois y aller.

– Juste une minute. Tu te rappelles quand tu avais laissé l'ordinateur allumé, lundi ?

Silence. Cédric croyait voir la grimace contrarié que devait faire Théo : pourquoi revenir là-dessus ? La promesse de ne plus le faire n'avait-elle pas suffi ? Cette histoire devait être close, archivée, oubliée.

– Ne t'inquiète pas, je voulais seulement savoir pourquoi tu étais allé sur ce site.

– Quel site ?

– Celui avec des photos de montres.

– C'était une idée de Pierre. Je te l'avais dit, non ?

– Non...

– Si, que je te l'avais dit !

Devait-il lui intimer de ne pas faire le malin et le menacer de le priver d'ordinateur pendant une semaine ? Une fois avait suffi.

– Ok… j'avais oublié.

– J'y vais sinon maman va encore se fâcher.

– Encore ?

– Elle est méchante, elle m'a fait mal…

Sa voix se brisa et il raccrocha. Il détestait qu'on l'entende pleurer.

Une demi-heure plus tard, après avoir mis la valise dans le coffre, Cédric s'assit dans sa voiture mais attendit avant de démarrer, il voulait y voir clair.

– Oui.

– Sylvie. Pourquoi as-tu mis autant de temps à répondre ?

– J'ai dû sortir des vestiaires parce que l'entraîneur m'a regardée de travers. Tu sais comme il peut être fanatique. Il vaut mieux qu'on s'appelle plus tard. J'ai lu ton message…

– Juste une question. Tout à l'heure j'ai parlé avec Théo, que s'est-il passé ?

– Comment ça ?

– Il a fait des bêtises… tu l'as frappé ?

– Frappé ? Ça n'va pas ?

– Il a dit que tu lui avais fait mal…

– Mal… Juste un peu peut-être. Comment aurais-je pu le faire sinon ?

– Faire quoi ?

– Ce matin, il s'est présenté dans la cuisine, le visage barbouillé de cirage noir. Du cirage, tu te rends compte ? Il l'avait pris dans le placard et l'avait étalé sur toute sa figure. Comme ça, nous avons sauté le petit-déjeuner tous les deux parce que j'étais bien obligée de le laver. Ça lui aura fait un peu mal parce que j'ai dû frotter fort. Je ne pouvais pas l'envoyer au basket dans cet état, non ? Ensuite j'ai dû me changer puisque j'avais taché mon pantalon avec le cirage. Écoute, rentre à la maison et essaie de parler à ton fils parce que j'en ai assez de cette histoire de Pierre.

Ton fils, formule réservée aux commentaires sur les inventions les plus discutables de Théo.

– Qu'est-ce que Pierre a à voir là-dedans ?

– Il dit qu'il veut avoir la figure comme lui, pour devenir courageux et gagner. Nous en parlerons à ton retour. Ne te fais pas de souci, il va très bien, même s'il débloque.

Sylvie semblait d'une humeur exécrable bien qu'elle ne fût

pas encore au courant de la montre. Il ne manquait plus qu'en rentrant de la salle de sport, elle se connecte au site de la banque pour contrôler le solde du compte.

28. 5 JUIN 2014, 22:46

– Tiens, mon petit mari !

Cédric avait pris toutes les précautions possibles pour éviter de rompre le silence de la maison endormie. Il avait ôté ses chaussures aussitôt après avoir franchi le seuil, il avait posé délicatement sa valise sur la malle de l'entrée avant de monter l'escalier, dans le noir et pieds nus. Il n'avait pas envie de parler, il était trop fatigué pour aborder la question de la montre. La porte de la chambre était entrouverte comme toujours. Une requête de Théo, ainsi ses parents lui semblaient à portée de voix en cas de besoin. Cédric était arrivé dans la salle de bains, pratiquement les yeux fermés, en rasant le mur du couloir pour éviter la latte de parquet, au milieu, celle qui était presque complètement décollée. En attendant d'avoir une autre raison valable pour appeler le menuisier, ils avaient tous mémorisé son emplacement en prenant l'habitude de l'éviter. Pas de bruit suspect, mais...

– Tiens, mon petit mari !

– Excuse-moi, je ne voulais pas te réveiller.

– Les excuses ne suffisent pas. Un baiser !

Cédric s'exécuta aussitôt en ajoutant un « tu m'as manqué »

plus chaleureux, bien que, il devait l'admettre, moins spontané que d'habitude : mieux valait accumuler un petit bonus avant la reddition des comptes.

– Qu'est-ce que tu me racontes ?

– Que je voudrais savoir ce que combine Théo, se défila-t-il, que lui arrive-t-il à ce gosse ?

Sylvie s'assit sur le lit en passant le dos de sa main sur son front, un geste qui, dans son langage corporel, était un signe manifeste de mauvaise humeur.

– Il déraille, je te l'ai dit. La nouveauté d'aujourd'hui, c'est qu'il aurait perdu à cause de moi.

– C'est à dire ?

– Je ne l'avais jamais vu comme ça après un match. Dans la salle de sport il n'a rien dit, mais dans la voiture... Des larmes, des cris… je ne devais pas lui laver le visage, je lui avais enlevé tout son courage... un délire. Quand il raconte des bêtises pour me faire enrager, je m'en aperçois, mais là, j'ai eu l'impression qu'il y croyait. Après, dès que nous sommes arrivés à la maison, il s'est calmé. Même trop. Il a dû dire dix mots au déjeuner et au dîner, et le reste du temps il est resté dans sa chambre. Je l'ai entendu marmonner quelque chose vers neuf heures, peut-être qu'il voulait rester debout pour te voir, mais je crois qu'il dort maintenant. Ce serait bien si tu lui parlais demain...

– En attendant, je vais voir ce qu'il fait.

– Ne le réveille pas, il y a la fête... À propos, on dirait que ça ne l'intéresse plus, ça fait deux jours qu'il n'en parle pas.

– Ça, c'est plutôt bizarre, répondit Cédric avec un sourire.

***

Comme il lui ressemblait… Il s'en était toujours rendu compte, mais après quelques jours d'absence, il en était surpris comme s'il rencontrait la même personne à deux endroits différents. Sylvie en miniature : le même teint mat, le même nez pointu, les mêmes cheveux noirs et lisses et, en dormant, la même position, sur le dos, les bras le long du corps, comme au garde-à-vous. Il y avait pourtant quelque chose de différent, que révélait la veilleuse pour enfants que Théo branchait le soir dans la prise de courant à côté du lit, plus méthodique que pour n'importe quel autre aspect de sa vie de tous les jours, et qu'il remettait le lendemain matin, à sept heures sonnantes, dans le tiroir de la table de chevet. Personne n'avait jamais compris pourquoi il ne se contentait pas de l'allumer et de l'éteindre avec l'interrupteur.

Cédric ramassa le tabouret renversé au pied du lit et s'assit à côté de Théo. Sous les paupières, les yeux étaient immobiles. Sa respiration était si légère que ce n'était que depuis quelques années que Sylvie, mère trop anxieuse d'un fils unique, avait cessé d'aller l'observer le soir quand, avant d'aller se coucher, elle s'approchait de lui pour effleurer sa poitrine de la paume de la main. Quelque chose de différent. Mais quoi ? Cédric cherchait un indice dans les traits de son fils, lorsqu'un mouvement brusque lui suggéra la réponse. Théo porta son index sur sa lèvre supérieure pour calmer une sensation de démangeaison passagère sans que rien, pas même un frémissement, ne perturbât la profondeur de son sommeil, puis sa main retomba mollement sur l'oreiller. Un geste précis, d'adulte. Était-il déjà parti en voyage vers son alter ego ? Avait-il dû devenir grand avant l'heure ? En quatre jours, pendant que son père était loin ? Loin... On aurait dit qu'il l'était déjà avant de partir.

On distinguait encore, sur ses joues et sur son front, des traces de cirage que même la friction énergique de Sylvie n'avait pu effacer complètement le matin. Le dessus de la table de nuit, qui correspondait à l'idée qu'on se fait généralement d'un dépotoir, mais à petite échelle, semblait exclure l'hypothèse d'une maturité précoce : deux mouchoirs en papier chiffonnés, des miettes de biscuits chapardés dans la cuisine et consommés en cachette avant de dormir, un verre en plastique vide avec des traces de jus de fruit au fond, une feuille de papier quadrillé, froissée et couverte de tirets, de nombres et de flèches – peut-être les schémas à apprendre avant le prochain défi du MiniBasket – et un feutre noir qui avait perdu son capuchon.

Cependant, en observant de plus près, des éléments inédits émergeaient du bouillon primordial. Pas encore les prémisses d'un futur où la basket droite tiendrait compagnie à la gauche, de préférence par terre et non sur le rebord de la fenêtre, ou du moins, n'en serait pas trop loin. Pour l'heure, cela restait encore du domaine de la fiction. Plutôt un embryon d'harmonie, derrière lequel pourrait se cacher une certaine logique, difficile à saisir.

Le réveil de Winnie l'Ourson avec la touche relevée et l'aiguille sur le douze, pour commencer. Si Théo se sentait fatigué au point d'en avoir besoin pour se lever à midi, il avait mal fait ses comptes. La sonnerie l'arracherait bientôt au sommeil, à minuit. Et les petits soldats ? En rang par deux, derrière le tube flexible de la lampe, presque plaqués contre le mur, tous avaient le visage peint en noir. S'il comprenait à présent à quoi avait servi le feutre, la raison du maquillage et du rassemblement des petits soldats lui échappait. Le coin d'un *post-it* jaune plié en deux dépassait sous le pied de la lampe, et ses deux bords se superposaient avec une précision millimétrique, l'exact contraire de la feuille quadrillée ; était-ce un signe de la mutation en cours ? En le dépliant, Cédric lut les quelques mots qui, jusqu'à la semaine dernière, lui auraient parus tellement incompréhensibles qu'il les aurait oubliés aussitôt : *Google www.armée britannique numéro 9.* L'écriture était celle de Théo mais différente, précipitée. Cédric avait l'impression de le voir, s'appliquant à former les lettres, comme il le faisait habituellement et qui, de temps à autre, énervé par la rapidité de la dictée, levait la tête pour se rebeller.

– Va doucement ! Comment veux-tu que je suive ?

En remettant la feuille de papier quadrillée à sa place, Cédric se sentit observé. Les yeux de Théo, la seule exception confirmant la règle « portrait craché de Sylvie », la seule partie du visage qu'il avait indéniablement prise de lui. Pas tant pour leur couleur, à mi-chemin entre le brun-noisette des siens et le noir profond de ceux de sa mère, mais pour leur forme ronde qui les faisait paraître plus grands qu'ils n'étaient. Le regard coïncidait avec les nouveautés devinées ou présumées : le regard direct de quelqu'un qui veut comprendre, pas seulement observer. Avant, en voyant quelqu'un assis à côté de son lit, il se serait redressé d'un bond ; ce soir, il resta allongé et ne se tourna que légèrement vers son père. Sa voix, elle au moins, n'avait pas changé.

– Quelle heure est-il ?

– Je te le dirai si tu me dis bonjour avant.

– Salut… Tu es arrivé quand ?

– Il n'y a pas longtemps. Bon anniversaire !

Théo jeta un regard inquiet au réveil.

– C'est déjà le matin ?

– Onze heures du soir. Je voulais être le premier.

– Merci…

– Eh bien…

– Quoi ?

– Ce sera l'anniversaire de quelqu'un d'autre dans une heure, je crois.

– Joyeux anniversaire, papa.

– Et Pierre ?

Théo planta ses coudes sur le matelas en soulevant le buste avec l'air de quelqu'un qui flairait le piège et n'avait pas l'intention de tomber dedans.

– Pierre ?

– Quand tu le verras, souhaite-lui un bon anniversaire de ma part.

– … ?

– Tu l'avais oublié ? C'est bizarre.

– Non, mais...

Dans les yeux écarquillés de Théo, le soulagement avait du

mal à remplacer le doute. Était-il possible que le cauchemar fût réellement terminé ?

– Et remercie-le aussi, dit Cédric en lui montrant son poignet.

– C'est celle-là ? La montre de grand-père ?

– Tu devrais la reconnaître.

– ...

– Compliments.

– J'ai juste allumé l'ordi.

– Et tu as trouvé la bonne page.

– Pourtant lundi tu m'avais disputé...

– Je n'aurais pas dû. Je regrette.

– Tu faisais semblant ?

– Semblant ?

– D'être en colère. Et quand tu faisais des clins d'œil à maman, en riant, et que tu regardais du mauvais côté dans le garage ? C'était pour jouer ?

– Non, pas pour jouer.

– Pourquoi alors ?

– Je... c'est que... je ne savais rien de la montre.

Une explication lacunaire, de professeur qui n'avait pas bien préparé sa leçon. Heureusement, Théo était un élève compréhensif, prêt à lui venir en aide.

– Peut-être que tu avais encore *le noir dedans*, sans le savoir.

Encore cette histoire.

– Qu'est-ce que le *noir* vient faire ici ?

– C'est pour ça que tu n'arrivais pas à reconnaître tes amis de tes ennemis.

– Je t'ai déjà dit que j'ai toujours été capable de reconnaître un ami.

– Alors pourquoi tu le traitais mal lorsque tu le voyais quand tu étais petit ?

– Qui ?

– Lui. Tu le menaçais, tu lui hurlais de s'en aller. Mais au moins, tu lui parlais, alors que maintenant... Qu'est-ce que tu as ?

– Rien…

– Tu es devenu tout blanc.

– Pâle : on dit pâle. Ça doit être la fatigue. De Caen à Nice, c'est un long voyage.

Il pensait cependant qu'il lui avait fallu une douzaine d'heures, pas trente-neuf ans.

– Ne t'inquiète pas, il n'est pas fâché. En fait, il riait.

À vrai dire, Théo aussi semblait s'amuser, aux dépens de son père. Théo reprit :

– Il m'a dit : *tu te rends compte ? Un petit bonhomme de cinq ans qui ose menacer quelqu'un comme moi ! Il ne manquait pas de toupet. Mais il était courageux : quand ta grand-mère lui demandait de descendre acheter quelque chose, il y allait, même s'il savait que j'étais dans l'escalier et croyait que je voulais lui faire du mal. Un brave soldat, comme toi.*

– Je ne savais pas que tu étais devenu un soldat.

– Je ne pouvais pas le dire. Personne ne m'écoutait.

– En effet… Je devrais m'excuser auprès de lui pendant la fête.

Théo s'assombrit.

– Il n'y sera pas.

– Pourquoi ?

– Il part cette nuit. Avec eux.

– Les parachutistes ? C'est lui qui t'a dit de les colorer comme ça ?

– C'est pour la mission. Avec la figure noire, ils se cachent mieux dans la nuit. Quand le réveil sonnera, je les emmènerai dans le garage et ils partiront. Ils doivent entrer dans la forteresse des méchants et détruire les canons pour qu'ils ne puissent pas faire de mal à leurs amis.

L'appréhension qu'affichait le visage de Théo était si évidente que Cédric tenta de dédramatiser.

– On dirait un plan de Gyorx.

– Là, ce n'est pas un film, répondit-il déçu avec une pointe d'agacement.

Si son père avait réellement compris, pourquoi se mettait-il à parler de jouets dans un moment pareil ? Peut-être avait-il besoin d'un cours d'histoire.

– Ce sont de vrais méchants. Pour libérer les bons, il ne suffit pas d'inverser le flux des *virotrons* comme dans la *Galaxie perdue*. C'est très dangereux, ils risquent leur vie.

–Tu as raison, acquiesça Cédric, convaincu.

Avant d'aller plus loin, il tint à montrer qu'il avait vraiment saisi le concept.

– Tu iras dans le garage tout seul ? La nuit ?

– Ce sont mes ordres.

– Je croyais que tu avais peur du couloir.

– Il a dit que si je regardais la peur en face, elle passerait. Comme tu le faisais, toi. Et même que pour toi c'était plus difficile parce que tu avais *le noir dedans*. Dommage que tu ne le laissais pas parler, le noir aurait disparu tout de suite.

– Tu crois ?

– Oui. Il voulait t'aider, te dire quelque chose... De toute façon, tu l'as compris quand tu es devenu grand.

– Je crains que non. Je dois être moins intelligent qu'il ne le pense.

– Mais si... la chanson que tu écoutes tout le temps. Celle de ton mobile, qui dit que tu ne seras jamais seul même si tu as perdu quelqu'un qui t'aimait. Moi, je ne comprenais pas les paroles, c'est lui qui me les a traduites.

– Tu peux avoir confiance, il sait l'anglais.

– Ça vaut pour tout le monde ?

– Quoi ?

– La chanson.

– Bien sûr.

– Donc, moi non plus je ne serai jamais seul...

C'était le premier signe de faiblesse depuis qu'il s'était

réveillé : en définitive, Cédric était peut-être rentré à temps pour le voir grandir.

– Ne t'inquiète pas. Nous sommes là...

– ... Pierre aussi.

– ... Pierre aussi. À propos, dors maintenant, sinon tu seras trop fatigué quand ton réveil sonnera. Tu ne voudrais pas arriver en retard ?

– Je fais quoi si maman me voit circuler dans la maison ? Qu'est-ce que je lui dis ? Elle va encore se fâcher.

– Je trouverai quelque chose, j'essaierai de la distraire.

– Elle est méchante.

Prononcée avec ce calme glacial, la sentence était plus inquiétante que lorsque Théo l'avait hurlée en sanglotant, au plus fort de la bataille – perdue – qu'il avait menée pour avoir la permission de se faire teindre un double Y rouge sur les cheveux comme Sam-Sam Youny, son meneur de jeu préféré.

– Ce n'est pas vrai et tu le sais. Elle a cru que tu t'étais sali juste pour l'embêter.

– Pour l'embêter ? Je ne suis plus un bébé. Je voulais...

– ... faire comme lui pour devenir courageux, je sais. Et tu le seras également, même sans te barbouiller la figure de cirage. Regarde la peur en face.

– ... et si ça ne suffit pas, je penserai à la chanson.

– C'est lui qui te l'a conseillé ?

– Non, j'y ai pensé tout seul.

– Tu verras, ça marchera.

– Mais... pourquoi toi tu comprends et pas maman ?

– Elle n'est pas comme nous.

– Forcément, c'est une fille.

– Je ne l'entendais pas dans ce sens. Toi et moi, nous avons quelque chose d'autre en commun. Et Pierre aussi.

– ... ?

– Tu as oublié quel jour c'est demain ?

Un coup de vent qui balaie le dernier nuage de l'horizon de Théo, une révélation qui méritait d'être célébrée en recourant au lexique de Gyorx – même le Sergent Englin serait d'accord là-dessus – plus inventif que celui qu'utilisaient les parachutistes anglais en 1944 : « ... c'est *géniagalactique* ! »

– Si tu veux je t'accompagne.

– Noon !

Théo rougit, se libéra du drap d'un geste rapide et sauta debout sur le lit ; peut-être pour devenir plus grand, plus courageux ou les deux en même temps ?

– Je dois y aller tout seul.

– Ah ! J'oubliais… les ordres.

– Et toi ?

– Je vais aller dans la chambre et je m'occuperai de maman. Elle ne doit rien savoir du plan et de ce que nous avons dit. C'est comme ça que ça se passe à la guerre : ne jamais mettre en danger ceux qui ne sont pas concernés. D'accord ?

– Alors elle continuera à me disputer...

– Elle oubliera vite. L'important, c'est que nous fassions tous notre devoir. Il en va de la réussite de la mission.

Et de la sécurité de Pierre, fut-il tenté d'ajouter, mais il se ravisa, Théo était déjà assez inquiet.

– J'ai hâte de lui parler de la montre. Il sera content.

– Je l'espère. Allez, dors maintenant.

Théo se recoucha sans quitter des yeux le poignet de son père, et le laissa le couvrir avec le drap jusqu'à la poitrine.

– Bonne nuit…

– Bonne chance !

Au moment de l'embrasser, Cédric hésita car Théo aurait pu se vexer en pensant que *c'était bon pour les petits*. Eh bien non, au contraire, Théo le serra fort dans ses bras en lui rendant le baiser. Apparemment, ce « bonne chance » était important pour lui.

***

Cédric n'avait plus sommeil, ce qui lui arrivait lorsqu'il était vraiment fatigué. Au lieu de retourner dans sa chambre, il s'arrêta dans son bureau où il alluma son ordinateur pour contrôler sa messagerie. Un réflexe conditionné car il était improbable qu'on lui ait envoyé quelque chose un samedi. En attendant que l'ordinateur démarre, il enleva la montre et tourna le remontoir une trentaine de fois, en avant et en arrière, puis l'approcha de son oreille. Il n'avait pas cessé de le faire dans la voiture. Au début pour rompre la monotonie du voyage et éviter la somnolence, ensuite, parce qu'il aimait bien le faire. Après avoir complètement baissé le volume du lecteur CD et en écoutant attentivement, il fut rassuré de découvrir qu'il parvenait à entendre le tic-tac malgré le bruit constant et envahissant du moteur, de l'air sur le pare-brise, des pneus sur l'asphalte. Compensation sensorielle : forcé d'admettre qu'il ne pouvait pas toujours comprendre ce qu'il voyait, Cédric tentait de se convaincre qu'il pouvait au moins plier son ouïe à sa volonté.

Ces pulsations métalliques étaient déjà devenues les notes indispensables de sa bande sonore intérieure. Et elles le resteraient, même si elles devaient le jeter en pâture à Kevin, élève indolent de son lycée arrivé jusqu'en terminale par pure inertie, doté de capacités aussi indéniables que sa paresse, et qui se secouait jusqu'à devenir trop brillant dès qu'il s'appropriait le devant de la scène pour imiter les professeurs et leurs tics. En novembre dernier, de l'entrée de sa classe, Cédric avait eu du mal à se retenir de sourire en le voyant mimer la démarche raide du directeur, tandis que les copains de Kévin, qui avaient remarqué sa présence, gesticulaient pour le faire cesser. Quelques semaines plus tard, il s'était arrêté un instant avant d'entrer dans les toilettes car il avait entendu la voix stridente d'une femme, venant de l'intérieur. Lui ou Madame Jacquet, la professeur d'histoire de l'art, s'étaient-ils trompé de porte ? Il lui avait suffi d'écouter quelques secondes pour reconnaître l'accent du midi de Kevin qui décrivait une œuvre de Delacroix en imitant les pénibles vocalises de la prof, dans un discours truffé d'obscénités paillardes qui se substituaient au vocabulaire des critiques.

D'ici peu, ce serait son tour. Un jour, il verrait Kevin porter le dos de sa main gauche vers sa joue, en expliquant à ses copains de classe que, en tant que professeur d'histoire, il était tenu de vérifier continuellement en quel siècle il se trouvait. Patience, il s'en ferait une raison et, de toute façon, Kevin n'était plus qu'à quelques semaines du baccalauréat. L'an prochain, les professeurs de l'université seraient ses nouvelles cibles, en admettant qu'il y allât et qu'il ne préférât pas la carrière d'imitateur.

Au lieu de mettre la montre au poignet ou de l'approcher de son oreille – était-ce l'éventualité d'être la risée de ses élèves qui l'en avait dissuadé, bien qu'il ne voulût pas l'admettre ? – Cédric la posa sur le bureau, à côté du clavier, avec l'ardillon du fermoir planté dans un trou du bracelet et le cadran, presque perpendiculaire au plan de la table, qui semblait le regarder, comme les trois visages souriants qui apparurent sur l'écran lorsqu'il allumait son ordinateur.

Il lui arrivait souvent de s'attarder sur la photo qu'il avait choisie comme fond d'écran. Elle avait des propriétés euphorisantes comme le chocolat, sauf qu'elle ne gâtait pas les dents et, en cet instant, elle avait balayé toute pensée concernant le risque-Kevin. Il était difficile de croire qu'elle n'était autre que l'œuvre fortuite d'un passant. La famille au complet, à Aix-en-Provence, immortalisée, à leur demande, par un touriste japonais qui les avait avertis qu'il n'était pas spécialement doué et qui, en réalité – était-ce dû à la chance ou à la maîtrise technique qu'on prêtait à quiconque venait d'un pays synonyme d'appareils photo ? – leur avait offert un chef-d'œuvre. La lumière chaude de fin d'après-midi, les ombres douces, l'équilibre de la composition avec le groupe au premier plan et les façades des immeubles XVIIIe siècle du Cours Mirabeau derrière, juste un fragment de ciel au lieu du vide azur qui aurait occupé la moitié de l'image si un novice avait été derrière l'objectif.

Un prodige inconcevable, évidemment, si les sujets n'avaient pas également joué leur rôle. Tous bronzés, le sourire naturel, les yeux bien ouverts, et même les couleurs de leurs vêtements s'accordaient harmonieusement : le polo blanc fraîchement repassé de Théo sur son bermuda bleu ciel, la robe jaune, rouge, bleue et noire de Sylvie, une palette de motifs géométriques imprimés sur un tissu chatoyant, la chemise à manches courtes de Cédric, à fines rayures bleues et vertes portée sur un jean. Pas même le travail d'un photographe professionnel pour une famille royale n'aurait donné un meilleur résultat. Seul Cédric n'avait pas été à la hauteur. En sauvegardant le fichier après l'avoir adapté aux dimensions de l'écran, il l'avait intitulé banalement « Aix ». Ce trio heureux sous le soleil de Provence aurait mérité mieux, il en était toujours persuadé mais jusqu'ici, il n'avait pas su comment y remédier.

À présent, il le savait. Il ouvrit le dossier des photos de famille, cliqua sur le nom et le modifia : YNWA. Pourquoi n'y avait-il pas pensé plus tôt ? Peut-être parce qu'il lui semblait que seuls des initiés auraient pu comprendre, que c'était indéchiffrable pour Sylvie et Théo, ou parce qu'il ne savait pas encore que le son de cinquante mille voix pouvait graver une plaque de marbre. Indéchiffrable ? Il y avait toujours Google avec, s'il se souvenait bien, pas moins de quatre millions de résultats. Quatre simples lettres pour raconter un voyage d'été, un état d'âme, un destin attendu depuis le jour où une aiguille de tourne-disque le lui avait annoncé en le dénichant dans les sillons d'un vieux vinyle.

Le seul nouveau message de la « Boîte de réception » venait d'un expéditeur inconnu, un certain jer.eng@o2.co.uk, et était accompagné d'un point d'exclamation. Le programme anti-spam l'avertissait d'une possible « menace ». Un piège grouillant de virus de dernière génération ? Mieux valait ne pas risquer. Cédric s'apprêtait à l'éliminer lorsque ce qu'il lut lui suggéra d'approfondir. « Pete and Roger » annonçait l'objet du mail. Apparemment le bon Jeremy ne s'était pas contenté de tenir sa promesse. Il avait été diligent et lui avait envoyé la photo numérisée dès son retour chez lui, quelques heures auparavant. « Mai 1944 », lisait-on en bas à droite, mais aucun détail sur le lieu. De toute évidence, au cours des semaines qui précédèrent la mission, le secret sur les déplacements du bataillon concernait aussi les photos-souvenirs.

Au centre, deux jeunes hommes souriaient, debout l'un à côté de l'autre devant une clôture au-delà de laquelle semblait s'étendre un espace herbeux et plat, peut-être la piste d'atterrissage. Ils étaient en uniforme de repos, chaussures cirées, pantalon repassé, chemise épaisse avec de grandes poches sur la poitrine, boutonnée jusqu'à la pomme d'Adam, béret portant l'insigne avec le parachute ailé. Un moment de pause, à en juger par les visages détendus, vraisemblablement au début plutôt qu'à la fin d'une journée d'entraînement. Il n'était pas difficile de distinguer Roger. Il se reconnaissait à ses cheveux clairs et crépus qui dépassaient du béret, au visage poupin qui contrastait avec sa carrure. Roger avait raison. Qui aurait soupçonné que ce gaillard presque aussi grand et aussi fort que son supérieur de six ans son aîné, bluffait sur son âge ?

Le capitaine : il le voyait finalement. Le physique du rôle, une personnalité débordante, comme en témoignait le sourire indécis de Roger, presque intimidé à côté de lui. Son expression en aurait fait le candidat idéal d'un film où il jouerait son propre rôle, celui du parachutiste prêt à envahir la Normandie à lui tout seul. Un sourire en coin familier, insolent, que dessinaient seulement les commissures des lèvres qui remontaient des deux côtés. « Monsieur Rictus, *I presume* », chuchota Cédric. Il était mieux sur cette photo que sur celle de Merville. Plus spontanée, plus rassurante aussi qu'une vision d'épouvante cachée parmi les ombres du passé. Le regard était attentif, direct, mais pas seulement. Cédric eut l'impression d'y percevoir un air protecteur, peut-être inspiré par les doutes qu'il éprouvait quant à la force du poussin qui se tenait à côté de lui et qui avait grandi trop vite – était-ce la raison pour laquelle il avait passé un bras derrière son cou, à la manière d'un grand frère ? – ou peut-être pensait-il à Jane ? Parfois, savoir les choses offusque le jugement, comme lorsqu'on observe un tableau et que le guide du musée débite une interminable série de notes biographiques, de détails techniques et de notions historiques. Intéressant, certes, mais Cédric préférait regarder d'abord et poser des questions ensuite. C'était la même chose dans ce cas. Quel effet lui ferait ce regard s'il n'avait rien su de Pete Kadwell ?

L'avant-bras du capitaine dépassait de derrière la nuque de Roger et la manche de sa chemise se retroussait légèrement en découvrant le poignet. C'était elle ! Cédric agrandit l'image qui se brouilla davantage à chaque clic. Si ce n'était pas la montre, elle lui ressemblait beaucoup, pensa Cédric en prenant la montre qu'il approcha de l'écran pour tenter en vain de trouver un détail susceptible de le lui confirmer, de lui donner une preuve certaine.

Tandis que Cédric reposait la montre à côté du clavier, une pensée balaya toutes les autres, en traversant comme un éclair la nuit de son cerveau tous feux éteints. Ils étaient trois à avoir porté la montre avant lui, et tous les trois s'en étaient allés trop tôt. Une constatation qui aurait plutôt dû l'inquiéter : même s'il n'était pas superstitieux, il lui arrivait parfois de répéter une séquence de gestes ou de fouiller dans un tiroir pour trouver la chemise qu'il avait portée lors d'une circonstance heureuse. Au lieu de cela, il la jugea froidement, comme s'il s'agissait d'une nouvelle venue du monde lointain de la haute finance. Le capitaine, son grand-père et son père avaient reçu la montre en cadeau. Lui l'avait achetée, et il aimait l'idée que, tout compte fait, avec l'adjudication, les taxes et la commission, il avait payé l'assurance de voir grandir non seulement Théo, mais aussi les enfants de Théo. Il était même prêt à le parier. Pourquoi ? Il ne le savait pas et peu lui importait. À cette heure, n'importe quelle conviction avait droit de cité, même la moins justifiée.

– Tu ne viens pas dormir ?

Sylvie apparut dans l'embrasure de la porte entrouverte du bureau, et s'approcha, d'un pas léger accompagné du bruissement du pantalon de son pyjama beige. Elle posa une main sur son épaule, puis la retira aussitôt pour la tendre vers l'objet posé sur la table. Comme elle n'avait pas ses lentilles de contact, elle dut pratiquement le mettre sous son nez pour vérifier s'il s'agissait bien d'une nouveauté.

– Qu'est-ce que c'est ?

La meilleure réponse qui vint à l'esprit de Cédric fut un condensé de la vérité.

– La montre de mon père.

– Je ne l'avais jamais vue. Où la rangeais-tu ?

– Je l'ai trouvée hier.

– Trouvée ?

Si j'essaie de faire le malin, ce sera pire, pensa Cédric.

– Achetée, en réalité. À Deauville.

– Tu as acheté la montre de ton père à Deauville ? Je ne te suis pas...

– Elle était sur la photo du site d'une société de vente aux enchères et l'emblème du Régiment des Parachutistes anglais qui a participé au D-Day m'avait frappé : celui-là, tu vois ? Alors je me suis demandé à qui elle appartenait à l'origine parce que j'espérais apprendre quelque chose d'intéressant. Et en effet…

– Je peux...? lui demanda Sylvie en s'asseyant sur ses genoux.

Elle écouta en silence, la montre dans la main, en la retournant plusieurs fois pour examiner les inscriptions gravées. Onfray, le notaire, Merville, Roger, les enchères... le rapport de Cédric était détaillé, mais incomplet, inévitablement.

– Tu es sûr ? Ça paraît… je dirais... incroyable.

– J'ai les documents ici. Tu veux les voir ?

– Tu aurais pu m'en parler avant.

– J'avais peur que tu me dises de laisser tomber.

– Pourquoi aurais-je dû ?

– Elle coûte plutôt cher, bien qu'elle soit vieille et tu dois même la trouver moche. Mais les collectionneurs adorent ce genre de chose.

– Plutôt cher ?

– Euh… pour notre compte.

– Ah…

En attendant l'inévitable demande de détails et, surtout, d'explications, Cédric se demanda comment Sylvie aurait fait pour paraître crédible au moment où elle se fâcherait. Pour commencer, elle aurait dû se lever car ce n'était pas sérieux de se disputer avec son mari en restant assise sur ses genoux. Ensuite, elle aurait dû courir dans la salle de bains pour mettre ses lentilles de contact. Ses grands yeux tendres de myope n'étaient pas adaptés aux circonstances. En fait, elle ne bougea que pour lui montrer la paume de sa main.

– Tu me le diras demain, combien tu as dépensé.

– D'accord. Je suis désolé…

– Et ne prends pas cet air de chien battu. Peut-être que moi aussi, à ta place... Qu'est-ce que c'est ?

– Quoi ?

– Un bruit. Dans le couloir.

– Je n'ai rien entendu.

Maintenant qu'il avait vidé son sac, il pouvait bien se permettre un petit mensonge.

– Alors tu dois aller chez l'oto-rhino. Je vais voir.

Cédric la saisit par le bras juste avant qu'elle n'ait pu s'éclipser.

– Laisse tomber, c'est Théo.

– Il ne va jamais aux toilettes la nuit. T'as oublié l'histoire des chauves-souris ?

– Il va dans le garage, pas aux toilettes.

– Comment sais-tu ça, toi ?

– C'est lui qui me l'a dit, il s'est réveillé tout à l'heure. Il a rendez-vous avec Pierre.

Les yeux écarquillés de Sylvie lui dirent qu'il exagérait à présent.

– Tu es devenu fou toi aussi, ou bien vous vous êtes mis d'accord pour me faire devenir folle ?

– Il a décidé que Pierre s'en allait et il veut lui dire au revoir.

– Lui dire au revoir ?

– Il m'a promis que ce serait la dernière fois. Si ce n'est pas vrai, c'est moi qui m'en occuperai. Mais si j'ai raison, promets-moi de faire la paix avec lui.

– Qui a dit que nous sommes en guerre ? J'ai hâte de le câliner un peu.

– Lui aussi, j'en suis sûr. S'il te plaît...

– Quoi ?

– Laisse-le y aller. C'est son anniversaire...

– Ce n'est pas juste, à deux contre une..., soupira Sylvie qui effleura la souris en reposant la montre sur la table. L'écran se ralluma et la photo apparut.

– C'est qui ?

– Le premier propriétaire de la montre et un ami à lui, celui que j'ai rencontré à Deauville. Son neveu m'a envoyé la photo par e-mail. Regarde, on voit la montre : selon moi, c'est vraiment elle.

– Si c'est toi qui le dis... Bon, moi je retourne me coucher, si tu n'as pas d'autres bizarreries à me raconter.

Pas maintenant. Et probablement, pas demain non plus. Peut-être jamais.

– Je ne crois pas. J'arrive dans deux minutes.

***

En sortant du bureau, Cédric vit Théo déboucher de l'escalier, sans pantoufles, portant seulement des chaussettes de basket, et avancer prudemment le long du couloir qu'éclairait la lumière restée allumée de la salle de bains. Il ne semblait pas effrayé, même s'il écarquilla les yeux en le voyant.

– Comment ça s'est passé ? lui demanda Cédric à voix basse.

– Ils sont partis... Je crois.

– Tu crois ?

– Je voulais attendre, mais il m'a envoyé au lit.

Pas grave. Il n'était pas obligé d'être présent pour les aider à contrôler le parachute et les armes, pour rire de leurs plaisanteries, les saluer un à un au moment où il s'embarqueraient dans l'avion, suivre du regard le Dakota qui montait vers la lune pâle suspendue au fil électrique d'un ciel de ciment craquelé, pour rester à l'écoute jusqu'à ce que le vrombissement des moteurs ait disparu. Il aurait pu le faire avant de s'endormir, ou aussitôt après.

– Il a raison. Tu dois te reposer.

– C'est ce qu'il a dit lui aussi.

– Alors, bonne nuit.

– Papa... ?

– Oui ?

– Il reviendra quand ?

La même question. *Sa* question, mille fois répétée, jusqu'à ce que sa mère ait fini par renoncer à ses réponses sur le paradis, que Cédric n'écoutait plus, pour se réfugier dans un sourire triste. Quant à lui, il avait abandonné le rituel du soir des premiers temps, lorsqu'il fermait les yeux et feignait de dormir dès qu'il posait la tête sur l'oreiller parce qu'il était persuadé que quelques minutes après, il aurait entendu la porte de la chambre s'ouvrir et senti son père lui caresser la joue du bout des doigts pour le réveiller, lui souhaiter bonne nuit, s'excuser d'être parti sans lui dire au revoir et lui promettre de ne plus le faire. « Il reviendra quand ? » : Jane aussi avait dû se le demander, tout en sachant que nul n'aurait su répondre puisqu'elle n'était pas une enfant. Théo, lui, l'était, en revanche. Cédric aussi, autrefois. C'était un âge où les départs sans retour et les explications convaincantes n'existaient pas. Il pouvait seulement gagner du temps.

– Je ne sais pas. Tu lui as demandé ?

– Il a dit que ça ne dépendait pas de lui.

– C'est un soldat, il doit obéir aux ordres.

– Et puis... ça veut dire quoi qu'il en a terminé ici ?

– Qu'il a accompli sa mission, j'imagine.

– Quelle mission ?

– D'après toi, pourquoi est-il venu chez nous ?

– Pour jouer avec moi.

– ... et pour t'aider.

– C'est moi qui l'ai aidé. J'ai préparé ses amis et je les lui ai amenés.

– ... en traversant le couloir la nuit. Cela faisait un an que tu ne le faisais plus. C'est lui qui a réussi à te convaincre.

– Je le sais, mais...

– Ensuite, il t'a montré comment m'aider, moi. Nous ne pouvons pas lui en demander plus, tu ne crois pas ?

– Non... mais je veux qu'il revienne.

Les mots ne suffisaient plus, il fallait des faits, ou quelque chose du genre :

– Moi aussi. J'ai une idée. Tu sais ce que nous allons faire ? Nous allons l'attendre ensemble.

– L'attendre ?

– Demain soir, après la fête. Nous irons nous asseoir dans la voiture et nous l'attendrons dans le garage. Si tout va bien cette nuit, peut-être qu'il trouvera le temps de passer nous voir et de nous souhaiter un joyeux anniversaire. Qu'en penses-tu ?

Cédric ne l'avait jamais vu ainsi. Il n'aurait su dire ce qui l'emportait entre la joie et la perplexité, trop agité pour répondre. Le vrai bonheur est muet, mais Cédric n'avait pas besoin d'instructions pour comprendre ce qui se passait dans la tête de son fils : les adultes sont prévisibles, ils ne bougent le petit doigt que s'ils ont une bonne raison de le faire ; d'ailleurs, ses parents aussi ont toujours quelque chose à faire et n'ont jamais une minute à perdre ; son père n'envisage pas une seconde de passer toute une nuit assis dans une voiture à attendre quelqu'un dont on ne sait même pas s'il viendra vraiment. Donc, il n'y a aucun doute : il reviendra.

– Alors ? Ça marche ?

– Oui !

– Bien. Mais il ne sera pas content de voir que tu as désobéi aux ordres.

– ...?

– Il t'a dit de te reposer, il me semble.

Théo fila dans sa chambre sans dire un mot, en laissant la porte entrouverte derrière lui. Il alluma la lampe de chevet dont la lueur filtrait dans l'embrasure de la porte, et l'éteignit aussitôt. Et la veilleuse de nuit ? Il avait dû oublier de la brancher. Ou peut-être n'en avait-il plus besoin.

29. 6 JUIN 2014, 10:13

Cela faisait des mois qu'il détestait ces instants-là. Le ding-dong du carillon, clair derrière la porte fermée, était un signal d'alarme, l'annonce de l'angoisse subtile qui montait de l'estomac puis se gonflait en une boule qui restait coincée dans sa gorge. Cédric tenta d'anticiper le verdict en écoutant la cadence des pas qui s'approchaient – rapides et décidés ou traînants et lents ? – afin de ne pas se laisser prendre au dépourvu lorsque, après avoir entendu le déclic de la serrure, il saurait de quoi ce dimanche serait fait. Il se le demandait chaque semaine en parcourant trop lentement le couloir du second étage de la grande bâtisse en béton armé, comme s'il devait lutter contre un vent contraire. Depuis quand ? Il ne se souvenait ni du jour ni du mois. Il avait refoulé la date puisqu'il ne pouvait pas effacer le reste. Une de ces visites du dimanche matin avec Théo, étrangement sombre, mais Cédric était persuadé que les câlins de sa grand-mère auraient tout arrangé. En effet, Théo s'était calmé dès qu'il avait aperçu la table de la cuisine dressée, prête à accueillir la tasse de chocolat chaud et les deux beignets posés sur une assiette – ils n'avaient pas pris leur petit-déjeuner à la maison car le dimanche, ils le prenaient chez grand-mère – tandis que Cédric était pétrifié, au contraire. Qu'était cette tache sur le dessus de la tête de sa mère, ce miroir argenté qui semblait s'élargir à vue d'œil pour engloutir tout ce qu'il restait de la teinture couleur bronze ? Ils avaient manqué la visite de la semaine passée parce que l'équipe de Théo jouait le dimanche à Menton. Qu'avait-il pu se passer pendant ces quinze jours ?

– Qu'est-ce qui est arrivé à tes cheveux ?

Cédric n'avait pas pu se retenir de le lui demander pendant qu'elle servait le chocolat.

– Les teindre ne me rajeunissait pas, alors j'ai décidé d'arrêter.

Cédric essayait de regarder ailleurs tout en roulant les angles de la serviette de table pour les enfiler, sans y parvenir, dans le col de la chemise de Théo, derrière la nuque. Petite, aussi fragile que la main tremblante qui tenait le pot à chocolat, fatiguée, le gris de ses cheveux semblait se refléter partout, sur ses sourcils, dans ses yeux, sur ses lèvres, sur ses rides. Soixante-quinze ans : ce qui, quelques minutes avant, n'était encore qu'un nombre, devenait une question maintenant. Combien d'autres visites du dimanche matin restait-il ? Combien d'années avant que la main ne cessât de trembler ? Elle s'était assise à côté d'eux, le souffle trop court, et contemplait Théo qui mordait le beignet, comme si elle assistait à un miracle. Depuis qu'il était adulte, Cédric n'avait jamais ressenti un malaise aussi profond. Il se leva en annonçant qu'il la laissait une dizaine de minutes seule avec Théo pour aller acheter le journal.

– Mais tu ne l'achètes jamais le dimanche...

– Aujourd'hui si, il y a un supplément sur les voitures.

Il s'était précipité dehors, sans même un regard pour Théo, et avait descendu l'escalier quatre à quatre sans attendre l'ascenseur. Même cinq secondes d'attente lui auraient semblé trop longues car il ne voulait pas risquer de rencontrer un voisin. Une fois sur le trottoir, il était parvenu à se reprendre, ou presque.

– Tout va bien… ? lui avait demandé un vieil homme qui promenait un chien en laisse.

– Oui, merci. Ne vous inquiétez pas.

Cet intérêt de la part d'un inconnu en tenue du dimanche l'avait touché, et il avait dû se retenir de céder à la tentation du cliché : une politesse d'une autre époque, un adolescent aurait passé son chemin sans le daigner d'un regard, et blablabla…

Il était arrivé à sa voiture, garée devant l'immeuble, et avait utilisé la lunette arrière en guise de miroir. Ce qu'il y vit le persuada de prolonger sa promenade, car il ne pouvait pas rentrer avec cette tête, avec les yeux rouges et exorbités d'un zombie. Sa mère se serait inquiétée, l'aurait bombardé de questions, et transmis son inquiétude à Théo.

– Et le journal ? lui avait-elle demandé en le voyant sur le seuil de la porte une vingtaine de minutes plus tard.

– Trop tard. Il n'y en avait plus, pas même à la Maison de la Presse.

Théo et lui étaient restés plus longtemps qu'à l'accoutumée. Le désespoir était passé, il ne restait que l'angoisse, mais il devrait apprendre à vivre avec, et il valait mieux commencer tout de suite.

Le problème était qu'il ne semblait exister aucun remède contre le supplice des instants d'attente derrière la porte, lorsqu'il était partagé entre la crainte du pire et l'espoir qu'il n'y aurait rien de nouveau, à vrai dire l'unique « mieux » envisageable. Chaque fois qu'il entendait le bruit métallique de la serrure, il avait l'impression d'avoir un révolver sur la tempe, sa roulette russe personnelle.

Mais pas aujourd'hui. C'était son cadeau d'anniversaire : elle était sereine comme il ne l'avait plus vue depuis des semaines, pour ne pas dire heureuse. C'était grâce à la fête, celle de Théo plus que la sienne, indéniablement. Son visage était mobile comme à ses meilleurs jours, les émotions s'y lisaient clairement, en toutes lettres et le fond fané n'avait aucune importance.

– Déjà là ? Et Théo ?

– Il dort. Il s'est couché tard hier soir.

– Tu as bien fait de le laisser dormir, c'est son jour aujourd'hui. Mais toi...?

– Je dors peu, je vieillis moi aussi, alors j'ai pensé de venir plus tôt. Le problème c'est que tu me fais sentir encore plus vieux. Tu as l'air en pleine forme.

C'était la réplique habituelle du dimanche matin, mais cette fois il ne s'agissait pas d'un stratagème pour lui arracher un sourire las, et la promptitude de sa réaction le lui confirma.

– Arrête tes bêtises et assieds-toi, je vais me préparer.

– Prends ton temps, j'ai dit à Sylvie que nous arriverions à l'heure du déjeuner. Il reste encore un peu de café ?

– Dans la cuisine, sur le gaz.

La cafetière tiède était un autre bon présage. La journée commençait bien et aurait continué ainsi. Maintenant, tout dépendait de lui. Que dire, comment le dire, quand le dire. Cela faisait des jours qu'il y pensait, et il avait changé cent fois de stratégie. Puis il avait fini par laisser tomber : une idée lui viendrait bien au dernier moment. Le dernier moment c'était maintenant, mais pas l'ombre d'une idée. Cédric creusait avec sa petite cuillère comme s'il espérait dénicher un indice au fond de la tasse, dans le reste de sucre teinté de café. Quand il était petit, il aimait bien le faire avec la tasse de sa mère. Avant de sortir pour aller à l'école, il avait l'habitude de casser la bouillie brune pour en exalter l'arôme et la déguster quelques grains à la fois. Sa mère fermait les yeux, quel mal ces traces infinitésimales de caféine auraient-elles bien pu lui faire ? Saveurs de la maison. Cédric posa la cuillère à café, le manche en équilibre sur le bord de la tasse en guise de pense-bête pour la reprendre plus tard, puis détacha le bracelet de son poignet.

– Celle-ci ou celle-là ?

La voix de sa mère interrompit une contemplation qui

n'avait rien à voir avec la curiosité de savoir quelle heure il était, comme c'était le cas depuis deux jours. De la main droite, elle tenait un cintre avec un chemisier noir aux motifs floraux mats sur fond brillant et, de la main gauche, un chemisier rose avec de fines rayures gris perle sur le col.

– C'est une fête d'anniversaire, pas un enterrement, et tu n'as pas encore l'âge de t'habiller comme un corbeau. Pour moi, tu peux carrément le mettre au feu ton chemisier noir.

Elle feignit d'être vexée, un autre rituel révélateur de ses bons jours.

– Il n'y a pas de couleur plus élégante. D'abord qu'est-ce que t'en sais, toi ? J'aurais mieux fait de demander à Sylvie.

– Appelle-la si tu n'as pas confiance.

– Elle est trop occupée. Et toi, tu l'as laissée se débrouiller toute seule, comme toujours.

– J'avais une bonne raison pour filer à l'anglaise.

– Laquelle ?

– Ma p'tite maman préférée.

– Sers-toi de moi comme prétexte... Tu n'as pas honte ? Parle-moi de Caen, plutôt.

– La librairie était bondée. Il y avait beaucoup de jeunes, ce qui prouve que les épisodes de la guerre sont toujours d'actualité. Et ce Wilkins est un type brillant, d'une culture phénoménale. Normal, il est prof d'histoire comme moi...

– Et la famille ? Tu as vu quelqu'un ?

– Je n'en ai pas eu le temps, mais ce n'est pas grave. Ils viendront ici à Noël. Par contre, j'ai trouvé quelque chose. Viens t'asseoir une minute. Nous ne sommes pas pressés...

En la regardant accrocher les cintres à la poignée de la porte, Cédric se demanda s'il aurait eu l'occasion de profiter d'un moment de distraction et de solitude pour faire disparaître le chemisier noir.

– Qu'en dis-tu ? lui demanda-t-il en posant la montre sur la table, le bracelet replié sous le boîtier.

Elle jeta un coup d'œil rapide et leva les yeux, intriguée.

Intriguée, rien de plus.

– Que devrais-je dire ?

– Je viens de l'acheter. Regarde-la bien. Derrière aussi.

– Elle a l'air d'être vieille...

– Vieille, c'est tout ?

Cédric la fixa, ne voulant pas laisser échapper le moindre battement de cils ou tremblement des lèvres, et pour saisir le moment où il n'aurait plus à lui poser de questions. Mais sa réaction, après avoir retourné la montre, lui rappela qu'il n'avait pas besoin de faire tous ces efforts. Sa mère n'avait jamais su cacher ses émotions, elle avait tendance à pâlir, comme lui. Et à présent, elle sembla être d'une humeur qui lui inspira un léger remord. Il aurait dû la préparer au lieu de la soumettre à un interrogatoire.

– Où ...? murmura-t-elle d'une voix presque imperceptible.

– À Deauville, à une vente aux enchères. Elle m'a coûté une fortune, mais je suis content. Et j'espère que tu l'es toi aussi. Ça a été un hasard. Je l'ai vue sur Internet.

Un autre récit incomplet, comme avec Sylvie. Le reste n'avait d'importance que pour lui, et pour Théo.

– Ton cadeau...

– Cadeau ?

– Il disait toujours qu'il te l'aurait donnée quand tu aurais eu ton bac. Aujourd'hui tu l'aurais au poignet depuis... combien de temps ? Vingt-six ans, tu en as quarante-quatre aujourd'hui.

– Sauf qu'ensuite papa l'a vendue.

– Qui te l'a dit ?

– L'héritier de celui qui l'avait achetée, un notaire de Caen. Mais j'aurais préféré l'entendre de ta bouche.

– Ton père ne voulait pas, ça a été humiliant. Il n'y avait aucune raison de revenir là-dessus après... Tu n'en aurais rien su.

– Bien, mais maintenant tu peux me raconter.

– Il n'y a pas grand-chose à dire. Il la portait toujours.

C'était son père qui la lui avait donnée et elle devait être à toi après. Mais il est tombé malade et il a dû arrêter de travailler. C'était une période difficile, que devait-il faire ?

– Et grand-père ? On m'a donné un certificat de donation avec la montre...

– Ils avaient voulu le remercier de son aide. C'est écrit sur son calepin, tu ne devais pas le voir parce qu'il y parlait aussi de la montre, mais...

– Quel calepin ?

– Le sien. Il raconte ces mois-là, quand il était dans la Résistance...

– Tu as un carnet de grand-père et tu ne m'en as jamais parlé ?

– Je t'ai dit que...

– Maman ! Tu sais quel travail je fais, non ? Je viens de traduire un livre sur la bataille de Normandie, et j'ai l'intention d'en écrire un moi-même, un jour ou l'autre. Ce qu'il y a dans ce carnet...

Cédric était convaincu de ses arguments, mais il se tut – et pas seulement parce qu'il n'aimait pas crier, cela n'étant pas dans ses habitudes, et encore moins contre sa mère – ce qui le désarmait, c'était son sourire, plus satisfait que conciliant.

– ... tu le connais déjà.

– Quoi ?

– Le calepin. À part la montre.

– Qu'est-ce que tu veux dire ?

– Peut-être que tu ne t'en rappelles pas, tu étais petit, mais tu avais déjà l'air d'un petit historien pointilleux. Tu me demandais si tout était vrai ou si j'avais inventé quelque chose.

– Je ne l'ai demandé qu'une seule fois et tu as changé de conversation.

– Mais ce que je te racontais, c'était la vérité.

– La vérité...

– Si tu ne me crois pas, vérifie toi-même. Le calepin est dans ma chambre, je vais le chercher.

Elle aurait au moins pu feindre de regretter, pensa-t-il en la regardant s'éloigner. Trente-cinq ans d'omissions et elle avait l'air content, et même rajeunie, convaincue de ne rien avoir à se reprocher, l'image-même de l'innocence. Cédric remit la montre à son poignet, traça un cercle au fond de la tasse avec la cuillère à café, et sourit en imaginant une scène qui aurait été tabou dans les mauvais jours, trop réaliste pour devenir un sujet de plaisanterie : sa mère aux portes du Paradis, interrogée par Saint Pierre sur les motifs pour lesquels il aurait dû la laisser entrer, qui jurait d'avoir toujours dit la vérité, toute la vérité, rien que la vérité, *plus ou moins*.

Les chemisiers étaient encore pendus à la poignée de la porte et une raison morale s'ajoutait maintenant à la raison esthétique : l'affreuse soie noire serait immolée sur l'autel de l'indignation de Cédric, qui hésitait cependant, car à vrai dire, lui non plus n'avait pas tout dit. Sa mère réapparut avant qu'il n'ait pu prendre une décision.

– Tiens ! Jette un coup d'œil pendant que je m'habille.

Le regard que Cédric lui adressa en réponse dut être sans équivoque, car en reprenant les cintres, elle ajouta :

– D'accord, je mettrai le rose.

30. 6 JUIN 2014, 11:04

L'heure du combat viendra / *Les dés sont sur le tapis*

Ce furent les premiers mots que rencontra Cédric, là où le brochage du carnet à couverture marron s'effilochait jusqu'à tomber en lambeaux. Peut-être que son grand-père, Jean-Jacques, les avait transcrits à la date du 27 mai parce que, même à l'époque, c'était celle sur laquelle s'ouvrait le carnet. Ainsi, il aurait fini par les apprendre par cœur et par les reconnaître au moment opportun. Ce moment arriva le soir du 1er juin, lorsqu'il avait l'oreille presque collée contre la radio cachée dans le grenier pour la soustraire à la réquisition qu'avaient ordonnée les Allemands quelques mois auparavant. L'émission en langue française de la BBC avait commencé avec les messages personnels habituels, des dizaines d'appels codés destinés aux groupes de la Résistance. Mais cette fois, outre « Clémentine peut se curer les dents » et « les carottes sont cuites », le chroniqueur de Radio Londres transmit le message le plus attendu : *L'heure du combat viendra.* Jean-Jacques ne l'avait pas dit à sa femme, il était trop tôt. En effet, il avait fallu quatre jours avant que le speaker ne le confirmât en annonçant : *Les dés sont sur le tapis.*

La scène décrite était si réaliste que Cédric avait l'impression d'y assister comme s'il était au théâtre, calé dans un fauteuil du premier rang, devant la scène : Jean-Jacques qui se précipitait dans l'escalier et faisait irruption dans la chambre du petit Clément, interrompant l'histoire que Colette lui racontait pour l'endormir et lui faire oublier la faim. Colette qui devinait sans rien demander, en lisant dans les yeux de son mari, un verbe quasi impossible à prononcer après des années de vaine attente. *Ils arrivent.* Cette fois c'était vrai. Ils arrivaient. D'ici quelques heures. Pas la fin de l'obscurité, pas encore, mais le début de la fin. Et l'opportunité, ou mieux le devoir, de conquérir la première lueur d'espoir. Son grand-père savait depuis des jours ce qu'il aurait fait le matin après l'annonce. Une douzaine de kilomètres à vélo pour retirer un message, démonter la selle, enrouler le billet pour le glisser dans le tube du cadre, le remettre au destinataire habituel. Sans lire son contenu, comme toujours, mais il n'aurait pas été difficile de l'imaginer : des instructions sur l'objectif à saboter aux premières heures de l'invasion, un tronçon de route ou de voie ferrée, une ligne électrique ou téléphonique.

Des histoires déjà entendues, lui avait assuré sa mère. Maintenant c'était différent car il les voyait sur le papier jauni et ondulé par l'humidité. Il en sentait la rugosité comme s'il voyageait dans une voiture sans amortisseurs, ballotté par la prose boiteuse d'un cheminot qui s'était improvisé correspondant de guerre pour décrire la vie comme les Français la voyaient durant ces semaines, le sanglot convulsif de craintes, d'espoirs et de déceptions, dans des lignes fluctuantes derrière lesquelles semblait se cacher un clandestin obligé d'écrire à la hâte et de s'arrêter à chaque bruissement. Laborieux dans la syntaxe mais méticuleux dans la séquence temporelle : une nouvelle page chaque jour avec la date en haut.

Sa mère avait allumé la télé dans sa chambre en guise de compagnie pendant qu'elle se coiffait, assise devant le miroir.

Mais la liste des grèves qu'annonçaient les infos n'arrivait pas aux oreilles de Cédric, couverte par le crépitement des armes automatiques du récit qu'il lisait. Dieu seul savait si la stupeur avait été plus grande que la peur lorsque son grand-père fut pris entre deux feux au moment où il traversait le carrefour éventré par les bombes, avec son rouleau de papier dissimulé dans le cadre de son vélo. S'arrêter aurait été plus risqué que de continuer, s'était-il dit. Ainsi, il continua à pédaler jusqu'au moment où il aperçut un groupe d'hommes armés en treillis, tapis dans le fossé creusé par une bombe, et où il entendit qu'on l'apostrophait en anglais. Déjà là ? Était-ce possible ?

Il coucha son vélo sur le bord de la route, les rejoignit et tenta de se rendre utile en les mettant en garde contre le contingent qui occupait le village, mais l'officier lui parut méfiant. Les hommes de la Résistance ne pouvait pas porter de signes de reconnaissance, pas encore.

L'un des Anglais s'élança pour rejoindre une masure délabrée en face du carrefour, à cent mètres de là, et sous le feu qui semblait venir du clocher de l'église. Jean-Jacques n'avait plus qu'à se résigner, impossible de repartir, les Allemands l'auraient abattu dès qu'il se serait montré. Peu après, il vit une trentaine de soldats en treillis sauter par les fenêtres du rez-de-chaussée de la maison, puis courir de l'autre côté de la route, la traverser et se jeter dans le cratère. Le dernier d'entre eux lui tomba dessus, en l'abattant comme une quille, et en risquant de lui fracturer l'épaule. Jean-Jacques s'agenouilla, avec la jambe droite de son pantalon du dimanche imprégnée d'un liquide noir poisseux. L'aspect de l'homme tombé sur lui qui le fixait du fond du fossé de son regard bleu très clair le frappa. Il était grand, robuste et jeune, dix-huit ans tout au plus, et semblait se demander – et lui demander – s'il était blessé. Jean-Jacques s'empressa de le rassurer, puis l'officier arriva et lui ordonna de se lever. Lorsque le dernier homme du groupe, celui qui était resté à l'arrière pour couvrir les autres, les rejoignit, ils s'éloignèrent rapidement vers la route qui menait au village, celle qu'il devait prendre lui aussi.

Cédric sourit en pensant à Roger qui aurait voulu serrer la main de son grand-père. En réalité, il avait fait mieux que cela, même si les présentations n'avaient pas respecté l'étiquette à la lettre. Pourquoi sa mère ne lui avait-elle jamais raconté leur rencontre, ou plutôt, leur affrontement ? L'explication arriva quelques lignes après.

Pendant que les Anglais se repliaient, le grand-père de Cédric remarqua un reflet venant d'un objet métallique à demi enfoui dans les gravats au fond du fossé. Il tendit la main, qui ne saisit pas une douille mais une montre. Elle devait être tombée du poignet de l'un des Anglais car un emblème identique à celui de leur uniforme était gravé sur l'acier. Il tenta d'attirer leur attention en hurlant et en levant la main gauche qui serrait la montre. Le dernier de la colonne était le jeune soldat, qui se retourna et, après lui avoir fait signe de se taire, continua sa marche. Alors Jean-Jacques mit la montre dans sa poche et resta à l'abri en attendant que les Allemands aient cessé le feu.

– Halt !

L'ordre, accompagné d'une rafale de coups de feu en l'air le rattrapa au moment où, revenu sur la route, il s'apprêtait à récupérer son vélo. Cinq Allemands avançaient à pied, précédés d'un semi-chenillé dont le canon dépassait du blindage d'acier derrière le conducteur. L'officier qui guidait la patrouille ressemblait à un molosse, trapu, le pas court, qui aboyait des questions l'une derrière l'autre sans attendre les réponses que Jean-Jacques n'aurait pu lui donner, même s'il l'avait voulu, car il n'en comprenait pas un mot. Les Allemands auraient-ils tenté de se faire comprendre ou l'auraient-ils abattu sur le champ ? Toujours mieux que s'ils avaient trouvé le message, car dans ce cas ils l'auraient remis à la Gestapo ou aux collabos de la « bande à Hervé » pour qu'un spécialiste des fameux « interrogatoires » s'occupe de lui :

ongles arrachés, os fracassés à coup de massue et décharges électriques sur les testicules, bref, la procédure habituelle pour vaincre la réticence des suspects, comme l'avaient averti les chefs du réseau lorsqu'il y était entré. Après quoi, le peloton d'exécution aurait archivé la question, qu'il ait parlé ou non. Dommage qu'il n'ait pas été armé. Jean-Jacques aurait tiré le premier, en les obligeant à réagir et aurait ainsi évité la torture. D'une façon ou d'une autre, il serait mort, pensa-t-il. Sans revoir sa femme et son fils, mais convaincu que dans ce fossé, et avec cette espèce de boue dont il était couvert, il avait vécu les prémisses de la tempête qui allait balayer les Boches.

Cédric interrompit sa lecture. Il serrait les dents, mais ce n'était pas sa mâchoire endolorie qui le dérangeait. C'était la petite voix intérieure qui le tourmentait à chaque ligne des récits de ces années-là. Qui aurait-il été, lui ? Un bon ? Un méchant ? L'un de la grande majorité qui se contentait simplement de survivre ? Trop facile de hausser les épaules et de répondre « du côté des héros, évidemment ». Comment aurait-il pu en être sûr, lui qui n'avait pas connu la faim, la peur, l'inquiétude pour un père, un frère, une épouse, un fils ou un ami ? Voilà pourquoi il ne s'agissait pas seulement d'un chapitre de la mémoire collective et familiale. Pour autant qu'il essayât de se mettre dans la peau des autres, il ne lui serait jamais donné de savoir comment il aurait agi au moment de l'épreuve suprême. Son grand-père, au contraire, avait passé cette épreuve avant de savoir si l'attendait une fin rapide, ou atroce, ou un improbable salut.

Il connaissait une douzaine de mots allemands et une seule phrase entière : « Ich verstehe nicht », *je ne comprends pas*. Il la répéta en vain deux ou trois fois, puis l'un des soldats se tourna vers l'officier et s'offrit comme interprète. Il lui sauva probablement la vie.

Que faisait-il là ? D'où venait-il ? Où allait-il ? Que lui avaient dit les ennemis ? Où se dirigeaient-ils ? Et encore et encore, pour le mettre à l'épreuve et l'arrêter à la première contradiction. Il était au village pour se faire prêter des outils, expliqua-t-il, en sachant que le menuisier aurait confirmé sa version. C'était lui qui, en lui passant le message, lui avait donné la sacoche qu'il portait en bandoulière, et qui l'avait remplie avec un marteau, une scie rouillée et deux tournevis. Il n'avait pas vu les parachutistes sur le moment, mais seulement après avoir sauté dans le fossé, poursuivit-il. « Les parachutistes ? » l'interrompit l'officier. Comment savait-il que c'était des parachutistes ? « Les ailes sur la manche de leur uniforme », répondit-il en ajoutant des détails dans l'espoir qu'ils lui vaudraient un peu d'indulgence : ils l'avaient menacé, ils l'auraient tué s'il ne l'avait pas bouclée et au moindre geste. L'inquisiteur ne sembla pas enclin à s'émouvoir. « Combien étaient-ils ? », « Une trentaine » répondit Jean-Jacques en mentant, mais il n'aurait pas su dire s'il y en avait d'autres dans les parages, qui ensuite s'étaient éloignés sur la route tout en pointant une arme contre lui.

Tout à coup il se souvint et son cœur se mit à battre plus fort. La montre ! Avec le parachute bien en vue sur le fond. Que se serait-il passé s'ils l'avaient trouvée ? Comment l'aurait-il expliqué ? La seule justification possible était la vérité, bien qu'elle sonnât faux à ses propres oreilles. L'un des soldats allemands s'était penché pour ramasser le vélo puis s'était assis sur la selle. « Schöne... », avait-il commenté à voix haute après quelques coups de pédale. De ce côté-là au moins, il était en règle. Il avait dans sa poche le reçu qui lui avait été remis après le recensement de 1943. « Je peux...? » demanda-t-il à l'officier qui l'encadra longuement, l'air sombre, peut-être partagé entre la tentation de lui tirer dessus et l'inquiétude pour un futur, qu'il savait proche, où il risquait d'être appelé à rendre des comptes. Puis l'officier tourna les talons et se dirigea vers le semi-chenillé. Jean-Jacques n'osa pas bouger jusqu'au moment où l'Allemand qui tenait le vélo ne le lui ait rendu et que celui qui avait servi d'interprète l'eût enjoint de déguerpir, et en vitesse, car il n'aurait pas eu autant de chance la prochaine fois.

Il pédala une dizaine de kilomètres sans s'arrêter, à travers champs, sur des chemins défoncés, et en se tenant à l'écart des routes les plus fréquentées, jusqu'à ce qu'il eût rejoint son contact, un homme de petite taille, entre deux âges, avec de fines lunettes en métal, qu'il ne connaissait que sous le nom de Philippe. Il détonnait dans ce décor, pendant qu'il l'attendait à côté d'une étable en fumant une cigarette, ressemblant davantage à un employé plutôt qu'à un combattant. Il lui remit le message et le quitta sans prononcer un mot, selon l'usage. Défense de faire la conversation. Le détail le plus insignifiant, divulgué ou entendu en parlant de tout et de rien, aurait pu trahir le réseau dans le cas où l'un d'eux aurait été arrêté.

Il était dix heures. En sortant de la ville, quelques heures avant, Jean-Jacques avait entendu des explosions et s'était retourné : un raid sur la gare. Il parvenait à distinguer les petits points noirs des bombes qui se décrochaient du ventre des avions et descendaient de plus en plus vite jusqu'à disparaître dans la fumée. Il se demanda ce qu'étaient devenus Michel et Valentin, les collègues avec lesquels il devait faire équipe sur la voie ferrée ce matin-là. Il espéra qu'ils avaient eu le temps de se mettre à l'abri. De toute façon, il ne se serait pas présenté au travail, et le lendemain il aurait fourni au bureau l'un des certificats que le docteur Debailly lui signait sans demander d'explications, en laissant en blanc l'espace pour la date. Il imaginait les motifs de ces absences et les approuvait suffisamment pour prendre des risques.

S'il n'avait pas compris qu'il était en train de se passer quelque chose d'important lorsqu'il était au village, Jean-Jacques allait s'en rendre compte en constatant que les rues de Caen était semi-désertes, que les files d'attente devant les boutiques étaient moins longues qu'à l'ordinaire et que les haut-parleurs sur le toit des rares voitures qui circulaient, recommandaient aux civils de ne pas sortir de chez eux. Les nuages du matin et la fumée des bombes s'étaient éclaircis et le

271

soleil brillait sur un calme auquel aucun passant ne semblait se fier. Au lieu de rentrer chez lui, Jean-Jacques fit un détour pour aller à la ferme où vivaient ses beaux-parents, à Éterville, à quelques kilomètres au sud-ouest de la ville. Une visite-surprise, comme toujours, mais le motif était évident. Lorsqu'ils trouvaient quelques extras à manger, ce qui arrivait parfois à la campagne, ils les lui mettaient de côté en les cachant dans la cave, derrière les étagères où étaient alignées les dames-jeannes vides et poussiéreuses où le vin vieillissait autrefois.

La première fois qu'ils lui avaient montré la cachette, lui vint une idée pour le calepin. Le garder à la maison était devenu risqué après l'attentat à la gare et l'arrestation de certains collègues. Il valait mieux le cacher, tant pis s'il ne pourrait plus y écrire chaque jour. Cet après-midi-là, il avait promis qu'il aurait tout rangé après avoir lavé le linge qu'il avait apporté de chez lui où l'eau ne coulait que par saccades. Mais dès qu'il avait été seul, il avait abandonné le linge et les chemises dans l'évier en pierre, pour retourner dans la cave et examiner le mur. Le petit canif rouillé qu'il avait toujours sur lui avait suffi pour creuser le mortier et desceller deux pierres de rivière branlantes, à hauteur de ses genoux. Cette niche aurait été celle du carnet.

Voilà pourquoi l'humidité avait détérioré le papier, pensa Cédric.

L'idée lui avait paru bonne car si les Allemands avaient déplacé le meuble, ils auraient trouvé tout au plus un paquet contenant un peu de farine, un œuf, une poignée de haricots, et plus difficilement, de la viande séchée. Ils l'auraient réquisitionné, sans soupçonner qu'il y avait autre chose trente centimètres plus haut. Une fois les pierres remises à leur place pour couvrir la niche, il aurait été bien difficile pour qui que ce soit de remarquer une différence avec le reste du mur car Jean-Jacques était un bricoleur-né. Ses supérieurs le surnommaient *Mains d'or* et chaque fois qu'ils avaient un problème, à savoir souvent à une époque où les pièces de rechange étaient pratiquement introuvables, ils faisaient appel à lui. Le seul problème lors des visites suivantes fut de convaincre ses beaux-parents qu'il n'avait pas besoin d'aide pour aller chercher les provisions, qu'il se serait débrouillé tout seul pour prendre les provisions après avoir vidé les étagères qu'il aurait replacées ensuite contre le mur. Ils avaient fini par accepter après avoir vaguement hésité – grâce au mal de dos du père de Colette – ce qui lui laissait toujours une dizaine de minutes de liberté pour écrire. Un jour, sa belle-mère l'avait surpris, assis par terre, le dos contre la niche. Il avait glissé furtivement le carnet sous sa veste et lui avait expliqué qu'il avait dû s'asseoir parce qu'il avait eu un vertige, mais qu'il se sentait mieux à présent car il avait avalé un peu du sucre qu'ils lui avaient mis de côté. Peu après, tandis qu'il remettait tout en place, il s'était demandé si c'était la bonne chose à faire. Il les mettait en danger, eux qui n'avaient rien à voir avec ses choix. Auraient-ils réussi à être convaincants en cas de nécessité ? Il voulait le croire, mais un autre doute s'était allié à ses appréhensions de ces derniers mois pour tourmenter son sommeil.

Le 6 juin, il creusa facilement le fond de la niche de quelques centimètres de plus. La montre, enveloppée dans un vieux mouchoir, prit place derrière le carnet. Ensuite, il mit dans sa sacoche les deux œufs que ses beaux-parents lui avaient préparés, après les avoir emballés dans du papier journal, puis s'assit pour écrire les faits d'une journée extraordinaire. Les registres de l'Histoire l'auraient baptisée D-Day, mais pour lui, l'expression de Rommel, *le jour le plus long*, se serait avérée plus exacte. En écrivant, il n'imaginait pas que les prochaines heures auraient été pires que les précédentes ni qu'il aurait repris si tôt son carnet, le soir du 7, impatient de fixer sur le papier ce qu'il avait vu, d'abord pour y croire réellement et surtout pour se défouler.

Il y raconterait le grondement des bombardiers et les explosions de Caen, à une heure et demie, lorsqu'il était encore à la ferme ; la peur pour sa famille pendant qu'il pédalait vers la fumée qui obscurcissait l'horizon déchiré par les éclairs et les flammes ; la colère éprouvée à un barrage improvisé où deux Allemands interdisaient la route à ceux qui essayaient de passer ; sa décision de tenter coûte que coûte, jusqu'au moment où il trouva une ruelle non surveillée ; le trajet entre les murs qui s'effondraient dans un fracas assourdissant, la poussière jaunâtre et suffocante, l'horreur à la vue d'un corps carbonisé transporté sur un brancard par deux prêtres ; l'arrivée rue de la Fontaine où l'école et le Monoprix ressemblaient à des torches gigantesques, son soulagement en apercevant sa maison intacte et, en ouvrant la porte, le bombement du matelas étendu au pied d'un mur porteur. Le petit Clément était là, recroquevillé au milieu des oreillers, et lorsque son père souleva le matelas pour regarder dessous, il ne sembla pas terrifié, il était juste inquiet parce que sa mère n'était pas avec lui. Où Colette était-elle passée ? Jean-Jacques avait couru à l'étage du dessus et l'avait vue traîner un autre matelas par terre, vers l'escalier. Il l'avait aidée, puis ils s'étaient abrités tous les deux au rez-de-chaussée, en étreignant leur fils et en attendant un peu de répit.

– Ils n'auront aucune ville à libérer s'ils continuent comme ça, murmura Colette au moment où Jean-Jacques prenait une décision : celle de fuir, d'aller se réfugier chez les beaux-parents, quitte à traverser le centre-ville sous les bombes et à manquer un rendez-vous important.

– Simone doit venir aussi ! l'implora-t-elle.

Simone était sa meilleure amie, enceinte de neuf mois, et était aussi leur voisine avec son mari François. Dès qu'il entendit la dernière escadrille d'avions s'éloigner, Jean-Jacques sortit pour chercher un moyen de transport. Une tâche ardue car l'essence était réservée aux Allemands et aux services indispensables. Pourtant, il revint une heure après, assis dans une camionnette à côté du commis boulanger, arborant le sourire satisfait de *Mains d'or* qui avait accompli un exploit mémorable. Ils chargèrent les valises remplies à la hâte et mirent plus d'une heure pour sortir de la ville car les cratères et les décombres les obligeaient à changer continuellement de route. Boulevard Bertrand, ils durent rouler au pas pour éviter les gens pris de panique qui traversaient la rue en courant à la recherche d'un abri pendant que les chasseurs volaient en rase-mottes au-dessus de leur tête pour localiser les postes allemands à mitrailler.

Arrivés à la ferme, ils s'installèrent tous les cinq dans la grange. Ils y passèrent une nuit blanche, déchirée par l'écho du bombardement de Caen et par le passage des colonnes motorisées obligées d'avancer dans l'obscurité parce qu'en plein jour elles auraient été une cible facile pour les avions alliés. Le lendemain matin, bien que Colette tentât de le dissuader, Jean-Jacques voulut rentrer à la maison pour récupérer son vélo qu'il avait oublié au moment de leur départ précipité, en espérant une pause après le bombardement qui avait duré pratiquement jusqu'à l'aube. Sept kilomètres à pied à travers champs, un chemin malaisé mais moins risqué que les routes.

En passant à côté d'une petite maison délabrée, il entendit un cri en anglais. Ils étaient une dizaine postés dans les ruines, en uniforme kaki, casqués de leurs « assiettes à soupe ». Ils le virent et lui ordonnèrent d'entrer. Que faisaient-ils derrière les lignes ennemies ? Il n'aurait pas été surpris de découvrir qu'ils s'étaient perdus, car les rumeurs les plus disparates circulaient sur ce qui arrivait. Le commis boulanger les avait informés que les Alliés étaient en train de consolider la tête de pont. Non, les avait contredit François : ils avaient été rejetés à la mer, d'après un gendarme qu'il avait croisé le matin. Les deux informations étaient fausses, avait assuré un voisin des beaux-parents : le débarquement sur les plages voisines servait à distraire les Allemands de l'invasion proprement dite, qui allait commencer d'ici peu dans la région de Calais.

L'officier qui les commandait parlait français. Il lui

demanda où il allait et s'il savait quelque chose sur la position des troupes allemandes dans les environs. Donc les Anglais savaient où ils se trouvaient. Ils étaient en patrouille, chargés de rendre compte des mouvements de l'ennemi. Jean-Jacques leur proposa d'aller voir. Ils convinrent de se retrouver deux heures plus tard au même endroit, puis Jean-Jacques repartit en direction de Caen.

Une promenade en enfer. Au milieu des décombres du Boulevard Arthur Leduc, il vit ce qui sur le moment lui sembla être des chiffons tachés de sang, sauf qu'il y avait quelque chose dedans. Des morceaux de cadavre. Horrifié, il détourna les yeux tout en accélérant le pas, mais ralentit aussitôt pour regarder le spectacle surréaliste de l'un des rares immeubles restés debout, sans façade et sectionné verticalement tel une maison de poupée. Derrière les lambeaux d'un rideau agrippé à sa tringle de laiton comme pour protéger les restes d'une intimité profanée, et agité par la brise qui se frayait un passage entre les ruines, on entrevoyait des poutres calcinées, un lavabo accroché à un pan de mur encore intact, un tableau au verre éclaté, des tubes et des câbles qui sortaient de ce qu'il restait des plafonds et des planchers.

Un peu plus loin, deux gars des équipes d'urgence de la Croix-Rouge secouraient un blessé qu'on venait d'extraire des décombres, tandis que l'un de leurs collègues couvrait de chaux vive ce que Jean-Jacques prit pour deux cadavres. En s'approchant, il comprit qu'il n'y en avait qu'un, coupé en deux. Seuls les vêtements laissaient deviner qu'il s'agissait d'une femme. Si d'une certaine manière on pouvait toujours s'empêcher de regarder, on ne pouvait rien faire en revanche pour se protéger de l'odeur, malgré le mouchoir sur le nez. Jean-Jacques craignit de s'évanouir dans la rue, en risquant d'être pris lui aussi pour une victime du bombardement. Ce qui lui permit de se ressaisir fut la vue de son vélo appuyé contre le mur. Tous les deux intacts, le vélo et la maison, un miracle inexplicable au milieu des ruines d'une rue que les bombes avaient pratiquement effacée de la carte.

Les gravats entravaient sa marche. En portant son vélo sur l'épaule, il contournait ou escaladait des éboulements de briques concassées pour regarder autour de lui en tentant de mémoriser les positions des blindés et des rares pièces d'artillerie qu'il pouvait voir. Difficile de s'orienter, les repères de la ville n'étaient plus les mêmes. À un moment, il eut peur, au début de la seule avenue praticable qu'il avait remarquée en arrivant dans la ville, en voyant une colonne de quatre camions qui avançait, précédée d'un Panzer et d'une avant-garde de trois hommes, des S.S. en tenue de camouflage, les manches retroussées et la tête nue, qui pointèrent leurs armes contre lui dès qu'ils le virent déboucher d'une rue latérale. Jean-Jacques eut l'impression qu'il n'y aurait pas eu de tir de sommation et fit demi-tour en pédalant quelques dizaines de mètres, puis s'arrêta pour reprendre haleine, plié sur le guidon et stupéfait d'être encore vivant. Les Boches avaient peut-être reçu l'ordre d'économiser les munitions.

Il arriva presque à l'heure au rendez-vous, mais il n'y avait personne dans la maison en ruines. Avaient-ils été obligés de se retirer, été capturés ou tués ? Jean-Jacques s'assit, épuisé, pour s'accorder une pause avant de reprendre la route. Enfant, il rêvait de devenir un vrai cycliste, un professionnel. Il n'y avait aucune trace de ces rêveries dans le carnet, la guerre les avait effacées. Cédric le savait uniquement parce qu'un jour sa mère lui en avait parlé. En lisant le carnet, il essaya de deviner les pensées qui traversèrent l'esprit de son grand-père durant ces minutes d'épouvante, et sa tentative d'oublier les horreurs dont il avait été témoin, en s'imaginant à l'arrivée d'un Paris-Roubaix, les bras levés, le podium, les fleurs. Il n'y eut pas de course, cependant, pas même un entraînement, mais un tout autre sport : des kilomètres de cyclo-cross entre les fossés, les cratères et des montagnes de débris, en cherchant la bonne trajectoire tout en sachant que la mauvaise lui ferait immanquablement rencontrer une balle ou une bombe, jusqu'à la ligne d'arrivée, une masure en ruines au carrelage cassé et couvert de tuiles, avec un reste de poutre incliné contre le seul mur de plus de deux mètres de haut, et le tuyau éclaté d'une chaudière en guise de trophée pour récompenser le vainqueur. Et tout cela pour rien, les Anglais avaient disparu.

– Bonjour, Monsieur.

C'était lui. Jean-Jacques l'entendit lorsqu'il arriva derrière lui, sorti de derrière le mur. Il était seul.

– J'ai laissé mes hommes près du carrefour. C'est le seul endroit où les voitures et les motos peuvent passer.

Il ne se fiait pas à Jean-Jacques, évidemment, et avant de s'approcher de lui, il avait voulu contrôler s'il ne les avait pas trahis et s'il n'avait pas été suivi par un peloton d'Allemands. Il reprit :

– Major Landon Roach.

Roach ! *Ce* Roach ? L'acte de donation était à la maison, dans le tiroir du bureau, mais Cédric n'avait pas besoin de vérifier. Le grade correspondait, le nom aussi. De plus, il y avait une autre coïncidence dont il ne s'aperçut qu'à cet instant : le prénom, Landon, comme l'ami anglais de son grand-père, celui que sa mère citait dans ses récits. S'agissait-il de la même personne ? Et qu'avait-il à voir avec la montre trouvée la veille à quinze kilomètres de là ? Le carnet ne le disait pas.

À son retour à la ferme, deux surprises attendaient Jean-Jacques. Les Allemands avaient placé une mitrailleuse devant la façade, en obligeant ses beaux-parents et les autres à se réfugier de l'autre côté de la maison, dans la salle à manger. Et il y avait un hôte en plus, l'enfant que Simone venait de mettre au monde, quelques heures avant, aidée par Colette. Il dormait profondément sur le sein de sa mère, allongée par terre, très pâle, sur une couverture épaisse en guise de matelas.

– Comment as-tu fait ? demanda Jean-Jacques à sa femme.

– L'expérience.

– Quelle expérience ? Tu étais couturière.

– J'ai eu un enfant, moi aussi.

Passer des renseignements aux Anglais était dangereux, mais plus facile que d'aider une femme à accoucher, du moins pour lui, pensa-t-il.

Le soir venu, les Allemands quittèrent les lieux avec leur mitrailleuse et les réfugiés reprirent possession de la grange. Jean-Jacques pu se permettre de descendre à la cave pour écrire, certain que personne ne l'aurait dérangé. Simone et son bébé accaparaient toute l'attention, l'allaitement était un rituel public où tous, y compris Colette, cherchaient un signe d'espoir en l'avenir.

Que faire pour se remettre en contact avec les camarades de l'organisation ? La réponse se trouvait dans une ferme du Mesnil, à quelques kilomètres de là, mais comportait des risques, à la fois pour lui et pour les maîtres de maison. Jean-Jacques connaissait le propriétaire de réputation car il avait aidé Michel, son meilleur ami, à éviter le S.T.O. en Allemagne, et l'avait envoyé chez des connaissances à lui « animées d'un patriotisme fervent », celles qu'il aurait lui-même contactées par la suite. Le bruit courait que des équipages des avions alliés abattus au-dessus de la Normandie avaient trouvé refuge dans cette maison, ce qui était impossible selon Jean-Jacques, car les Allemands s'y étaient installés dès 1940.

– Je vais chez les Richier, peut-être qu'ils auront un peu de pain pour nous, murmura-t-il à Colette après l'avoir prise à part, en ajoutant :

– N'en parle pas aux autres, inutile de leur donner de faux espoirs.

Un signe de tête lui confirma que sa femme avait deviné le motif principal de cette visite.

Arrivé en vue de la propriété, alors qu'il parcourait déjà l'allée d'accès, son premier réflexe fut de s'éloigner le plus rapidement possible. Une grosse voiture décapotée avançait dans sa direction en occupant toute l'allée, les phares allumés bien qu'il fît encore jour. Il n'était pas nécessaire de l'attendre pour comprendre qu'il s'agissait d'Allemands. Personne d'autre n'aurait pu circuler avec des engins pareils. Il pensa que s'il avait cédé à la tentation de faire demi-tour, il aurait aggravé sa situation puisqu'ils l'avaient déjà vu. Alors il s'écarta et attendit sur le bord de la route. Ils n'étaient que deux, l'un conduisait et l'autre, un officier, était assis sur le siège arrière. Ils ne le daignèrent pas d'un regard, ils accélérèrent même, aussitôt après l'avoir dépassé.

– Je suis Roussel, dit-il à la femme entre deux âges qui lui ouvrit la porte, probablement Madame Richier. Il poursuivit :

– Je me suis réfugié à Éterville après le premier bombardement d'aujourd'hui. Nous sommes huit... Je me demandais si vous n'auriez pas un peu de pain.

– Entrez, l'invita la femme d'un ton à la fois poli et distant.

Il était difficile de se fier à un étranger par les temps qui couraient.

Trois hommes étaient assis autour de la table de la cuisine, l'un entre quarante et cinquante ans, les deux autres plus jeunes, et l'observaient. Jean-Jacques fut surpris de remarquer à quel point ils lui ressemblaient, non seulement en raison de leur maigreur, mais aussi par leur tenue, l'uniforme des Français sous l'occupation : couleurs sombres, chemises au col et aux poignets élimés, pantalons froissés, chaussures à l'empeigne usée.

– Bonsoir. Philippe Richier, dit le convive d'âge moyen aux cheveux prématurément gris, qui se leva pour lui tendre la main.

– Jean-Jacques Roussel. Je suis un ami de Michel.

– Michel ?

– Celui qui vous a demandé de l'aider l'année dernière pour éviter un voyage à l'étranger. Nous nous comprenons très bien.

– Très bien ?

– Sur tout. Sauf sur le fromage. Il déteste le Livarot.

– Il n'est pas un bon Normand, alors, intervint l'un des deux autres, aux yeux noirs, pénétrants, et à la barbe mal taillée.

– L'important, c'est qu'il soit un bon Français.

– Très juste ! Bienvenu parmi nous, répondit le nouvel interlocuteur avec un sourire.

Examen réussi. Lorsqu'on lui avait fait apprendre la liste des répliques, il l'avait trouvée assez ridicule, mais à présent, il était content de s'en être souvenu.

– D'après ce que j'ai vu, ce n'est pas le bon moment pour parler.

– Si tu fais allusion à l'invité indésirable de Monsieur Richier, tu peux être tranquille. Il est parti avec son chauffeur. Nous sommes seuls et nous le resterons longtemps, je pense. On dirait qu'ils ont besoin de tous leurs hommes sur la côte.

La réflexion fut accompagnée d'une grimace haineuse.

– Les amis m'appellent Max. Et vous... ?

– Arc-en-ciel. Max ? Celui du billet d'Amfreville ?

– Oui, mais comment...

– Il paraît que tu t'en es sorti par miracle. Après la fusillade, le menuisier t'a vu parler avec les Boches. Au début il a soupçonné quelque chose, mais ensuite il a compris qui tu étais dans le pétrin. Et Philippe nous a dit que tu étais arrivé presque à l'heure au rendez-vous. Chapeau.

– Je l'ai échappé belle encore aujourd'hui, ajouta Jean-Jacques en se demandant si Arc-en-ciel était aussi au courant de cela.

– C'est-à-dire ?

– Les S.S. ont failli me tirer dessus pendant que je les épiais à Caen. C'est un officier anglais que j'ai rencontré près d'ici qui me l'avait demandé. Le problème c'est qu'hier j'avais rendez-vous avec Tortue. Peut-être que vous pourriez le joindre, vous, pour lui dire où je suis, ou...

– Trop tard, répondit Arc-en-ciel en secouant la tête.

– Qu'est-il arrivé ?

– Il a été tué lors du bombardement en début d'après-midi, la voiture a été mitraillée.

– La voiture ?

– Celle de la Gestapo. Il venait juste d'être arrêté. Les collabos qui l'emmenaient rue des Jacobins sont morts aussi. Maigre consolation.

Au cours du silence qui suivit, Jean-Jacques était persuadé qu'ils pensaient tous la même chose, à savoir que pour Tortue – un nom de guerre approprié, disait-il en riant, car il avait été champion des cent mètres inter-écoles – c'aurait été pire s'il était arrivé vivant au Q.G.

– Qu'est-ce que je fais maintenant ? C'était lui que me passait les consignes, qui assurait le contact avec les autres...

– J'aurais bien une idée... dit Arc-en-ciel en prenant l'initiative, pendant que Richier les écoutait en silence, et que le troisième semblait s'intéresser davantage à sa soupe à l'oignon et aux pommes de terre qu'à la conversation. Il reprit :

– Ça t'irait de refaire ce que tu as fait aujourd'hui ? D'aller lorgner là où nous te le dirons puis d'informer les Anglais ? Monsieur Richier te dira où et quand.

– D'accord.

Une réponse immédiate pour dissiper les doutes avant qu'ils ne soient apparus devant lui en même temps que Colette et Clément. Il risquait de laisser une veuve et un orphelin, pensa-t-il après en enfourchant son vélo pour rentrer à Éterville, et en oubliant le pain enveloppé dans du papier journal que Madame Richier avait posé pour lui sur la console de l'entrée.

– Bien. Maintenant, laisse-moi te présenter le lieutenant Pickard. Il a perdu son Spitfire mais pas l'envie de combattre.

Le mangeur d'oignons et de pommes de terre leva les yeux en entendant son nom, certainement le premier mot qu'il avait compris depuis l'arrivée de Jean-Jacques.

– Demain nous lui ferons passer les lignes. J'étais venu pour lui donner les instructions, et j'ai trouvé un nouvel informateur en prime. Que pourrait-on vouloir de plus...

Jean-Jacques chercha dans le maigre dictionnaire d'anglais qu'il avait dans la tête et dit, en lui tendant la main :

– Friend.

L'Anglais se leva d'un bond et, avec un sourire de cheval, répondit avec ferveur :

– Friend !

Ainsi la réalité dépassait grandement ce que Jean-Jacques croyait être une légende : un pilote de la R.A.F. séjournait chez les Richier sous le nez d'un officier allemand et de son ordonnance. Si on le lui avait raconté, il n'y aurait pas cru. D'ailleurs, qui l'aurait cru lui, s'il était allé raconter qu'il avait rencontré des Anglais trois fois en moins de deux jours ?

Le lendemain matin, Jean-Jacques et les autres réfugiés de la ferme se rendirent compte qu'Éterville non plus n'était pas si sûre. Les Allemands n'avaient pas le choix. Ils devaient se déplacer en plein jour, en camouflant les voitures, les motos et les blindés sous des branchages ramassés dans les bois et en sortir précipitamment au moindre bruit d'un chasseur qui s'approchait. La scène se répétait une douzaine de fois par jour sous les yeux de François et de Jean-Jacques qui avaient commencé à creuser une tranchée dans le champ de pommes de terre en face de la ferme, où ils se jetaient chaque fois que les Boches se dispersaient pour se mettre à l'abri. Les vols en rase-mottes et les rafales de balles couvraient pendant quelques secondes le grondement lointain des canons, puis la colonne repartait, le plus souvent en contournant une carcasse fumante que des hommes poussaient dans un fossé, tandis que François et Jean-Jacques se remettaient à creuser la terre avec leur pelle. Le 9 juin, ils eurent froid dans le dos en voyant passer sur la route, pas moins de trois cents prisonniers canadiens, en rang par deux, escortés par des SS fiers de leur butin. Que se passait-il ? Et qu'attendait Richier pour donner signe de vie ? Jean-Jacques voulait savoir et pas seulement informer.

Le signal arriva le 12 juin, d'un ouvrier de l'exploitation agricole du Mesnil, qui le priait de se présenter à la ferme en soirée. Il s'agissait de retourner à Caen le lendemain matin, de noter ce qu'il voyait sur la route et en ville, et d'en référer ensuite à un officier anglais qui se serait présenté en civil et en vélo. Le seul détail de la mission qui le préoccupait réellement était le lieu de rendez-vous choisi. Il s'agissait de l'un des refuges creusés par les Allemands dans les champs avoisinants, des baraques enfouies dans le terrain avec le toit au ras du sol. L'endroit aurait été désert à partir du 6 juin, lui avait assuré Richier, mais la veille, Jean-Jacques avait entendu le récit d'une jeune mère en larmes qui passait avec sa famille devant la ferme. Elle ne se pardonnait pas d'avoir convaincu son mari qu'une de ces baraques vides aurait été un refuge idéal. Ils y avaient laissé leurs valises avec tout ce qu'ils avaient pu sauver des bombardements et le lendemain, lorsqu'ils y étaient retournés avec leurs enfants, une patrouille de SS leur avait barré la route en leur ordonnant de circuler, sans leur rendre leurs valises, évidemment. Avant de partir, Jean-Jacques expliqua à ses beaux-parents et à François qu'il serait passé à la maison et au Lycée Malherbe ; de là, il aurait tenté d'envoyer un message à la famille de Besançon pour les rassurer.

Le miracle n'avait pas duré : pas un brin de fumée ne s'élevait des décombres de ce qui avait été sa maison, les bombes l'avaient certainement détruite quelques jours avant. Ce qu'il vit au Malherbe, un monastère bénédictin du douzième siècle transformé en école et à présent en centre d'accueil, avait quelque chose d'apocalyptique. Des milliers de réfugiés accourus de tous les coins de la ville, attirés par les énormes croix rouges peintes sur le toit et sur le sol de la cour, dans l'espoir qu'elles pourraient les sauver des avions et de l'artillerie. Des gens partout, beaucoup en pyjama et en pantoufles car ils avaient fui leur maison pendant la nuit du 6 au 7 juin, entassés dans les souterrains contre des murs de pierre de trois mètres d'épaisseur, dans les couloirs, dans les bureaux, sous les portiques du cloître. Les salles de cours avaient été transformées en morgue ou en salles opératoires, avec les tables du réfectoire en guise de civières, le jardin accueillait des sépultures hâtives et provisoires. Des enfants jouaient malgré tout à côté de leurs mères qui aidaient à préparer les repas. Des matelas avaient été disposés par terre pour les malades, les seuls à y avoir droit, tandis que les autres devaient s'arranger avec de la paille.

Jean-Jacques demanda des renseignements à un brancardier ivre de fatigue, les yeux rouges et le visage couvert de poussière sous le casque blanc de la Défense Passive, qui le mena au soi-disant bureau de poste, à vrai dire un débarras dont le centre était occupé par une table derrière laquelle était assis un jeune en débardeur, à demi caché par une montagne de papiers – peut-être l'un des élèves du lycée – qui se fit remettre l'enveloppe et la jeta dans le sac en jute posé par terre. La lettre serait partie le lendemain, mais impossible de savoir quand elle serait arrivée, précisa-t-il. Puis il lui fit remarquer l'affiche collée sur le mur derrière lui. Un avis signé du préfet et du maire, l'invitation à quitter la ville le lendemain pour se réfugier à Trun, à une cinquantaine de kilomètres au sud, en empruntant une route que les Allemands auraient libérée pour l'exode.

– Qu'en pensez-vous ? demanda Jean-Jacques.

– Il n'y en aura pas beaucoup qui partiront d'ici, la plupart ont peur d'être pris entre deux feux, répondit le jeune.

Sorti du Malherbe, Jean-Jacques fut surpris de constater qu'il y avait très peu d'Allemands. Il croisa le groupe le plus nombreux, une douzaine tout au plus, dans une rue que les bombes avaient partiellement épargnée. Ils n'étaient pas occupés à patrouiller ou à consolider des défenses, mais se livraient à une activité qu'ils semblaient trouver même plus excitante que la torture : le pillage. Un passe-temps avide, méthodique et répandu, en dépit des panneaux que la Feldgendarmerie avait affichés ici et là pour rappeler aux soldats que la punition pour les actes de pillage était l'exécution immédiate. Si l'avertissement avait été appliqué, on n'aurait pas eu besoin des Alliés car les Boches auraient fini par se tuer entre eux, conclut amèrement Jean-Jacques. Un lustre, une passoire, un tapis râpé, un réveil, des couvertures, des draps et un tiroir rempli de couverts, toutes sortes de choses sortaient des maisons abandonnées. Jean-Jacques poursuivit son chemin sans être inquiété et, probablement, invisible aux yeux des hommes de la Wehrmacht qui allaient et venaient. À quelques centaines de mètres de là, il fut témoin d'un spectacle paradoxal. Devant la porte défoncée d'un magasin, deux files quasi parallèles, l'une de S.S. et l'autre de bénévoles de la Défense Passive, se passaient de gros sacs de farine dans une course contre la montre opposant des concurrents qui s'ignoraient mutuellement. Gagnée par les Français, pour une fois, car le besoin de nourrir les réfugiés des centres d'accueil multipliait leur énergie au point qu'ils empilaient trois sacs dans leur camionnette, le temps que les Boches en aient chargé deux dans le camion garé juste à côté.

J'aurai bien peu de choses à raconter, pensa Jean-Jacques en se remettant en selle pour quitter le centre. Il se trompait. À mesure que les décombres s'espaçaient, le nombre d'Allemands augmentait, jusqu'à devenir des postes d'artillerie et des colonnes blindées hors de la ville. Les Panzer, dont on disait qu'ils étaient en train d'anéantir les tanks anglais et canadiens, étaient camouflés sous les arbres et parmi les buissons. Ils le contrôlèrent souvent, parfois en tirant un coup de feu en l'air, d'autres fois en lui demandant ses papiers et en lui ordonnant de faire demi-tour. Jean-Jacques feignait d'obéir et changeait de route jusqu'au prochain barrage, où il expliquait qu'il ne savait pas comment rentrer à Éterville. Ce jeu de cache-cache dura jusqu'à l'heure du rendez-vous au refuge qu'il trouva effectivement vide et abandonné.

Roach ! De nouveau lui, sur un vélo plus rouillé que le sien et sans sa petite moustache qui avait dû lui sembler trop *British*, en civil dans un costume décousu et étriqué. Un déguisement un peu trop réaliste, se dit Jean-Jacques, en lui remettant les feuilles de papier où il avait tracé les plans sommaires des positions des pièces d'artillerie et des tanks. Au moment de prendre congé, Roach annonça, l'air satisfait, qu'ils auraient encore l'occasion de se voir. Pourtant, ils risquaient tous les deux d'être fusillés pour espionnage, une pensée que Jean-Jacques s'efforça d'écarter en reprenant le chemin de son domicile provisoire.

Ils se virent deux autre fois, en effet. La première, le 18 juin, quand Jean-Jacques expliqua à François qu'il sortait pour chercher un moyen de transport, car il fallait fuir comme l'avaient fait les habitants des villages voisins où le feu de l'artillerie ne laissait plus aucun répit. Il ne trouva pas de véhicule mais il vit Roach et, outre lui passer les derniers renseignements, il lui annonça son intention de partir avec sa famille. « Bonne idée, si vous y parvenez, les amis du Mesnil me le diront. »

En réalité, lui et les autres habitants de la ferme durent passer une bonne partie des jours suivant dans le champ de pommes de terre, au fond de la tranchée, en s'abritant tant bien que mal des tirs des artilleries qui s'opposaient. Ce fut là que le 23 juin, l'émissaire de Richier le dénicha. La sortie de reconnaissance fut fixée pour le lendemain en début d'après-midi, mais Jean-Jacques l'anticipa, et sortit en milieu de matinée pour se précipiter en ville. Le fils d'un voisin avait été blessé au cou par un éclat, il fallait appeler une ambulance et Jean-Jacques était le seul à avoir une bicyclette. Après avoir envoyé sur place la camionnette garée devant l'hôpital du Bon-Sauveur, il prolongea sa visite et vit passer le premier signe de la défaite : trois Panzer se dirigeaient sur Vaucelles, sur la rive droite de l'Orne, suivis pêle-mêle par des petits groupes d'hommes exténués aux uniformes sales et déchirés.

Le 29 juin, les Allemands donnèrent l'ordre d'évacuer Éterville, destinée à se transformer en champ de bataille d'ici peu. Jean-Jacques convainquit les autres de se réfugier au Malherbe qui était encore presque intact alors que la ville s'effondrait tout autour. Quelques mois auparavant, ses beaux-parents avaient caché dans la paille de la grange les roues de la vieille Peugeot noire garée dans la cabane à outils, dans l'espoir qu'elle échapperait à la réquisition. L'astuce avait marché. Il ne restait plus qu'à remonter les roues et à verser dans le réservoir le contenu du jerrican remisé dans le buffet de la cuisine comme s'il s'agissait d'un bon vin, alors qu'il contenait de l'essence. Les beaux-parents occupèrent les sièges de devant, Simone s'installa derrière avec son bébé, Colette et Clément, et le coffre fut rempli de tout ce qu'ils parvinrent à y entasser. Après les avoir regardés partir, Jean-Jacques et François partirent à pied à travers champs en évitant les bêtes qui erraient en beuglant, effrayées par les explosions, tandis que sur la route une colonne allemande était assaillie par les feux croisés de l'artillerie et des bombardiers.

À Bretteville, ils aperçurent la Peugeot noire. Le beau-père s'était arrêté parce qu'ils avaient trouvé un charretier disposé à transporter Jean-Jacques et François jusqu'à l'endroit où les décombres lui auraient permis de passer avec son mulet. Ils firent tous à pied la dernière partie du chemin. En voyant le père de Colette se tourner constamment et secouer la tête à la vue de la Peugeot abandonnée le long du mur d'une église, Jean-Jacques tenta de le consoler : difficile de la voler avec un réservoir pratiquement vide. Arrivés au Malherbe, on les envoya à la Salle des Fêtes – un nom qui semblait une plaisanterie de mauvais goût – et, de là, à l'une des caves du bâtiment principal, soutenues par des piliers et des grandes voûtes en pierre rassurantes, qui abritaient des centaines de déplacés. Il n'y avait qu'un seul accès, mais il y avait une trappe dans le plafond de chaque pièce, avec une échelle qui permettait d'aller et venir assez rapidement. Pour ceux qui voulaient prendre l'air, il y avait le cloître, aussi invitant que dangereux, car nul n'aurait pu garantir que la bonne fortune du lycée – quasi intact après trois semaines de raids aériens – allait perdurer.

Sept milles personnes s'entassaient dans un centre d'accueil prévu pour en recevoir six cents, et il y avait pourtant de quoi manger pour toutes. Les bénévoles de la Défense Passive battaient la campagne à la recherche des animaux qui avaient échappé aux bombes, les chargeaient sur leurs camions puis les parquaient dans l'enclos aménagé au Bon-Sauveur. Lorsqu'ils trouvaient des animaux morts depuis peu, ils les transportaient au Malherbe où ils étaient immédiatement dépecés. Tous les matins, les équipes d'urgence de la Croix-Rouge faisaient le tour des centres d'accueil pour les approvisionner avec le lait des vaches gardées à la Prairie. Le vin et le fromage ne manquaient pas non plus. Le vrai problème était l'eau. Elle était l'objet de la circulation ininterrompue des camions qui la transportaient dans des fûts de deux cents litres, mais elle était trop rare et trop précieuse pour la destiner à l'hygiène. Ainsi, les repas étaient distribués à des groupes successifs de cinq cents personnes qui mangeaient dans des assiettes, avec des couverts et des verres qui n'étaient lavés qu'une seule fois, à la fin.

De nouveau sans contacts. Qu'était-il arrivé à Richier ? Était-il toujours vivant ? Jean-Jacques recommença à jouer le *Mains d'or* – ce n'était pas les occasions qui manquaient – et s'enrôla dans le service de sécurité du centre d'accueil, une sorte de police intérieure chargée, entre autres, des rondes nocturnes. Cela n'aurait pas représenté un problème, pensa-t-il. Avec les raids aériens, il n'aurait pas beaucoup dormi de toute façon. La nuit la plus terrible, celle du 7 juillet, commença lorsqu'il était en train de jouer avec Clément sous les portiques du cloître, en attendant que Colette les rejoignît en sortant de la salle où elle passait chaque jour des heures à raccommoder. Un service indispensable celui-là aussi car pour quatre-vingt-dix pour cent des réfugiés, si les vêtements qu'ils portaient le jour de leur arrivée au Malherbe se déchiraient, ils n'avaient rien d'autre pour se changer. Le hoquet métallique de la défense anti-aérienne obligea Jean-Jacques à lever les yeux.

Le ciel était obscurci par les Halifax et les Lancaster qui volaient bas, à cinq cents mètres d'altitude, grand maximum, en formation de douze ou de vingt-quatre. Il n'eut pas le temps de se demander sur quel quartier de la ville ils se dirigeaient. Les premières bombes tombèrent plus près qu'elles ne l'avaient jamais fait auparavant, semant la panique avec la même violence que l'onde de choc qui projetait les gens contre les murs du cloître. Parmi les cris, la fumée, les courses désespérées vers les caves, Jean-Jacques prit Clément dans ses bras et s'élança dans le couloir d'où Colette aurait dû arriver. Ils se rencontrèrent, en se heurtant presque, derrière un pilier puis coururent vers l'escalier qui conduisait aux souterrains où les gens se bousculaient, désespérés. Le chef de la Défense Passive hurlait qu'il fallait garder son calme puisque les avions étaient passés et qu'aucune autre bombe ne serait tombée près d'eux. Cependant, le bâtiment tremblait jusque dans ses fondations et, lorsque Jean-Jacques finit par arriver au refuge avec sa famille, il se demanda s'il avait fait le bon choix. D'en bas, les coups produisaient un bruit sourd qui accentuait l'impression d'être enterré vivant. Une jeune fille, assise par terre à côté d'eux, piqua une crise de nerfs, et en hurlant comme une échaudée, elle se mit à déchirer sa jupe. Convaincu que le lendemain ce serait à Colette qu'incomberait de raccommoder ces lambeaux d'étoffe, Jean-Jacques lui montra le poing en la menaçant de la frapper si elle ne se calmait pas. Jean-Jacques dut lui sembler encore plus terrifiant que les bombes, car la pauvre fille se tut, et ses doigts crispés sur l'ourlet de sa jupe se détendirent. Avec ce regard fixe, elle aurait semblé morte si ce n'avait été pour les hoquets qui la secouaient. Jean-Jacques baissa la tête pour éviter les regards de Colette et de Clément. Il avait honte de ce que ces catacombes lui avaient fait faire.

Ce furent les trois quarts d'heure les plus longs depuis le débarquement allié, le coup de grâce à une ville anéantie. Les nouvelles qu'apportaient les sauveteurs qui allaient et venaient au Malherbe étaient épouvantables. Les quartiers épargnés par les raids précédents avaient été rasés au sol, la bibliothèque universitaire avait brulé, l'église Saint-Julien avait été littéralement pulvérisée, et les restes de la mairie s'étaient effondrés. Jean-Jacques proposa son aide. On ne lui demanda même pas ce qu'il savait faire, on lui mit un casque sur la tête en l'envoyant dehors avec un autre bénévole et une civière. Le calepin ne présentait qu'une description succincte de ce qu'il vit cette nuit-là. C'était mieux ainsi. Quelques lignes – dont sa mère ne lui avait jamais parlé, et il ne pouvait lui donner tort – suffirent à Cédric pour décider qu'il valait mieux tourner la page. L'un des corps qu'ils ramassèrent avait une tête mais pas de visage, la peau fondue comme une statue de cire. Il y avait pourtant encore un peu de vie dans ces restes, des petites bulles qui se formaient à la surface d'un caillot de sang dont on ne comprenait pas s'il était là où avait été le nez ou la bouche.

– Nous sommes de la Défense Passive, nous vous emmenons à l'hôpital, lui murmura-t-il avant de le coucher sur la civière avec toute la délicatesse dont était capable un cheminot qui n'avait pas la moindre formation de secouriste, et en se demandant aussitôt après comment ce moribond sans oreilles aurait pu l'entendre.

Rentré au Malherbe, Jean-Jacques se laissa tomber sous le portique du cloître, imité par son compagnon, et il eut l'impression de ne l'avoir jamais vu avant, comme s'il ne s'était pas encore rendu compte qu'il avait passé des heures parmi les décombres éclairées par les flammes avec un garçon qui ne devait pas avoir plus de quinze ans. Qu'est-ce qu'il fait ici ? pensa Jean-Jacques. Il devrait être dans son lit avec un pyjama propre, et n'avoir pour seul souci que le fait de n'avoir pas suffisamment préparé l'interrogation écrite du lendemain. Le pyjama, le lit, l'école, il devait les avoir perdus depuis longtemps, et peut-être sa famille aussi. Ils se quittèrent à l'aube, après une petite sieste, sans rien savoir de plus que leurs prénoms respectifs.

– Ils sont arrivés !

Jean-Jacques assistait à la messe avec Clément et Colette le matin du 9 juin, lorsqu'il entendit le cri retentir dans la nef. L'église adjacente au Malherbe avait été transformée en dortoir elle aussi. Les fidèles écoutaient l'homélie au milieu des paillasses où dormaient des centaines de réfugiés, qui tendaient l'oreille pour distinguer la voix de l'abbé, couverte toutes les deux secondes par les pleurs des nouveau-nés qui réclamaient du lait ou par les lamentations des malades. Mais tous entendirent la nouvelle et ceux qui étaient trop exténués pour se réveiller furent secoués par leurs voisins. Jean-Jacques se précipita dehors comme beaucoup d'autres et, sur le moment, ne prêta pas attention aux deux silhouettes qui avançaient lentement vers eux, avec circonspection, en uniforme kaki et le fusil à la main. Ce n'était pas comme ça qu'il avait imaginé la Libération. Il s'attendait à une parade, avec de la musique, des fleurs, des discours d'officiers devant la mairie... Mais, se souvint-il, la mairie n'existait plus.

Les deux hommes s'arrêtèrent à quelques mètres d'eux et les regardèrent comme s'ils n'en croyaient pas leurs yeux. Les premiers civils qu'ils rencontraient à Caen devaient leur paraître plus mal en point que ce à quoi ils s'attendaient, même s'ils n'avaient pas l'air d'être en grande forme non plus. Couverts de poussière, le regard éteint, ils étaient si épuisés que même le poids de leur casque devait leur sembler écrasant. L'un des deux l'enleva, passa un chiffon sale sur son front, puis dit d'une voix à peine audible :

– *Bonjour. Nous sommes canadiens.*

Personne ne bougea puis une femme se détacha du groupe, s'approcha du Canadien sans casque, l'étreignit en se haussant sur la pointe des pieds car il la dépassait de vingt centimètres au moins, et lui planta un baiser sonore sur la joue. Le soldat se tourna vers son compagnon d'arme comme pour chercher du renfort, tandis que les gens applaudissaient. Puis, dans le curieux français que parlent les Québécois, ils expliquèrent le motif de leur embarras. Ils étaient certains qu'un blindé plein de chocolat et de cigarettes à distribuer dans les rues les aurait précédés, mais au lieu de cela, le tank avait dû échouer au fond de l'un de ces cratères qui rendaient la circulation pratiquement impossible, en les laissant seuls. Ainsi, ce furent les réfugiés qui leur offrirent un verre de vin et qui les accompagnèrent pour les présenter à ceux qui ne pouvaient pas bouger, comme des trophées remportés lors d'un concours de pétanque.

Quelques heures après, une nouvelle surprenante se répandit. Des membres de la Résistance avaient réussi à rapporter de Vaucelles, où les Allemands qui se retiraient s'étaient barricadés, un drapeau tricolore avec la croix de Lorraine cousue sur la bande blanche. Une entreprise à laquelle il aurait bien aimé participer aussi, avait écrit le grand-père de Cédric avec une pointe d'envie. En fin d'après-midi, annoncèrent-ils, le drapeau serait hissé sur la place qui s'ouvrait entre la façade de l'église Saint-Étienne et le parloir du lycée. Jean-Jacques ne se serait pas contenté d'y assister. Il voulait être digne de l'occasion, mais il ne savait pas comment se procurer les brassards qu'il voyait portés par ceux qui avaient pris part à l'expédition de Vaucelles. Il avait bien un morceau de tissu blanc en assez bon état, celui dans lequel il avait enveloppé la montre – *toujours elle* ! – avant de quitter Éterville, mais comment y aurait-il tracé la croix à double traverse ?

– J'ai une idée, dit Colette en souriant, et elle sortit le plus improbable des accessoires de la valise cabossée où elle conservait le peu qu'il restait à la famille Roussel.

– Tu as pris ton rouge à lèvres pour venir dans un refuge ? lui demanda-t-il en écarquillant les yeux.

– Je voulais me persuader qu'il aurait fini par me servir un jour ou l'autre. En attendant, c'est à toi qu'il pourrait servir.

Jean-Jacques se mit à l'ouvrage et dix minutes après son uniforme était prêt, un mouchoir blanc avec le symbole écarlate de la France libre à se mettre au bras, plus exactement sur la manche droite de sa veste, et non pas sur la gauche s'il voulait cacher la reprise qui se voyait le plus.

Et la montre ? L'aurait-il remise dans la valise, avec le linge ? Mieux valait la porter au poignet, décida-t-il. Elle avait participé à la Libération elle aussi, elle méritait donc d'y assister. Il s'approcha du mat du drapeau avec une demi-heure d'avance sur le début de la cérémonie et, là, à côté, il vit un petit groupe d'hommes qui portaient le brassard réglementaire, d'aucuns en uniforme, d'autres en civil. L'un d'eux le salua et s'éloigna des autres en se dirigeant vers lui. Arc-en-ciel ! Presque méconnaissable avec la barbe rasée de frais, le béret, la veste militaire, le ceinturon avec le pistolet dans son holster.

– Félicitations pour le brassard. Il est si beau que le mien à l'air d'un faux, dit-il en riant et en l'étreignant. Puis il reprit :

– Viens me voir à la mairie provisoire. Nous avons besoin de gens comme toi.

La cour se remplit rapidement, les gens se bousculaient pour s'approcher du jeune qui fixait le drapeau au câble du mât, pour le hisser ensuite avec une lenteur calculée afin de marquer la solennité du moment.

Le premier qui commença fut un homme assez petit avec une voix de baryton qui, d'où il était, derrière une haie de dos et de têtes, ne devait pas voir grand-chose. Bien décidé à se faire entendre, cependant, il y parvint car en un clin d'œil, ils entonnèrent tous le couplet. En observant ses voisins du coin de l'œil, Jean-Jacques se demanda comment tous ces gens réussissaient à chanter la Marseillaise en pleurant, avant de se rendre compte qu'ils auraient pu lui poser la même question. Ce fut là qu'il comprit que son livre de grammaire, celui de l'école maternelle, avait tout faux. Si *liberté* n'avait été qu'un mot abstrait comme on avait voulu lui fait croire, il n'aurait pu l'entendre, la savourer, admirer ses couleurs. Sur cette place, au contraire, il entendait, sentait et voyait tout : le chœur de mille voix, le sel des larmes qui glissaient entre ses lèvres, le bleu, le blanc et le rouge du drapeau hissé en berne à la mémoire de ceux qui étaient tombés dans la ville, le marron des uniformes anglais et canadiens d'un groupe d'officiers au garde-à-vous, le bout des doigts touchant la visière de leur casquette.

À la fin, Jean-Jacques s'approcha de l'un d'eux au moment où il montait dans sa jeep, après avoir remarqué qu'il portait l'uniforme gris-bleu de la R.A.F.

– Était-il vraiment nécessaire de raser la ville ? lui demanda-t-il après s'être présenté, en veillant à ne pas paraître trop brusque ou, pire, ingrat.

L'officier hésita si longtemps que Jean-Jacques se demanda s'il avait compris la question – on ne pouvait certainement pas s'attendre à ce que tous les Anglais parlent français – enfin, avec un regard qui trahissait à la fois son embarras et sa tristesse, il prononça une phrase qui sonnait comme une version officielle :

– C'est grâce au dernier bombardement que nous avons pu entrer dans la ville.

On avait déjà dû lui poser cette question, pensa Jean-Jacques, et il avait certainement dû se la poser lui-même, sans trouver de réponse satisfaisante.

Pour lui, la guerre n'était pas finie. Dans les deux semaines qui suivirent, le lycée Malherbe devint une cible pour l'artillerie allemande postée sur la rive droite, qui le toucha plusieurs fois, en tuant des dizaines de réfugiés et en obligeant des centaines d'entre eux à monter dans les camions que les Alliés avaient mis à disposition pour les évacuer vers la côte, loin du front. Pourquoi les Boches s'acharnaient-ils sur ce qui n'était qu'un centre d'assistance aux civils ? se demandait-on. Peut-être tenaient-ils à laisser un ultime souvenir avant d'abandonner la Normandie, commenta Jean-Jacques, qui lui, ne partit pas cependant. Arc-en-ciel, dont il connaissait le vrai nom à présent, Albert Girault, lui avait demandé de rester au Malherbe le temps que la situation fût redevenue normale, et

Jean-Jacques avait accepté volontiers. Il aimait se rendre utile, sentir qu'il avait un rôle à jouer dans la reconstruction qui commençait, et Colette le seconda, non seulement en déclinant l'invitation à suivre les autres, mais aussi celle de ses parents à rentrer à Éterville avec eux.

La satisfaction la plus inattendue fut de découvrir la face drôle de la liberté et de pouvoir en rire avec une joie tonitruante, sans bornes, effrénée. Cela se passa un soir, lorsqu'il lui racontait la scène à laquelle il venait d'assister dans le réfectoire. Deux colosses armés de seaux, de serpillières et de balais venaient juste de terminer l'entreprise titanesque de laver le sol pour la première fois depuis des semaines et, en se tournant vers un jeune portant l'uniforme de capitaine de l'armée française, ils lui avaient assuré, visiblement satisfaits :

– C'est depuis les Boches qu'on n'avait pas si bien nettoyé.

L'officier les avait foudroyés du regard, le visage cramoisi. Il donna libre cours à sa colère dans un discours furibond où les mots « défaitistes » et « trahison » étaient les plus récurrents, et qui se concluait par la menace de confisquer leur salaire et de les dénoncer à la police. Quand il se fut éloigné, Jean-Jacques dut conforter les deux malheureux, leur assurer qu'ils n'avaient rien à craindre et leur offrir une douzaine de cigarettes chacun après les avoir chourées dans l'entrepôt dont on lui avait confié les clés. Comme quoi, il était devenu un traitre lui aussi, commenta-t-il pour conclure son récit, avant d'être vaincu par le rire contagieux de Colette comme lorsqu'ils avaient tous les deux leurs dix-huit ans. Quant à Clément, qui n'avait jamais vu ses parents rire autant, il les imita sans comprendre pourquoi, mais heureux.

Jean-Jacques n'avait pas oublié qu'il avait une dette à payer.

– Aujourd'hui, je suis allé rendre la montre, avait-il écrit à la page du 27 juillet.

Il pédalait lentement sur un vélo qu'on lui avait prêté au

Malherbe – car il avait laissé le sien à Éterville le jour de l'évacuation et en rentrant chez eux la semaine d'avant, ses beaux-parents avaient constaté son inévitable disparition – en regardant les gens qui erraient parmi les décombres à la recherche de quelque chose, de n'importe quel objet susceptible de leur rappeler l'existence d'un passé avant les ravages. Arrivé à la bâtisse de la rue d'Hastings où les Alliés avaient établi le quartier général des Civil Affairs, il demanda si quelqu'un connaissait un certain Major Roach. On lui indiqua un bureau du premier étage où l'accueillit un capitaine qui, en faisant des efforts aussi louables qu'inutiles pour s'exprimer en français, l'informa que le Major Roach était absent mais qu'il serait heureux de l'aider. Cependant, lorsqu'il vit la montre avec la gravure sur le boîtier, il se raidit. Jean-Jacques lui expliqua deux fois le motif de sa visite, lentement en choisissant avec soin les mots les plus communs en espérant se faire comprendre, mais en vain, à en juger par la méfiance avec laquelle il le considérait. Tandis qu'il subissait les questions rythmées par un accent qui dans d'autres circonstances l'aurait amusé, Jean-Jacques commença à se demander pourquoi il s'était mis tout seul dans cette mauvaise situation, en se faisant traiter comme un voleur, ou pire, comme un chacal.

– Roussel ! C'est vraiment toi ?

La voix du salut venait de derrière lui, suivie par le bruit des talons du capitaine qui se mit au garde-à-vous. Le nouvel arrivé traversa le bureau presque au pas de course et serra vigoureusement la main de Jean-Jacques.

– Quel plaisir de te voir !

– Tout le plaisir est pour moi, Major.

Il n'avait jamais été si heureux de le rencontrer, et maintenant il pouvait se laisser aller à des civilités que les circonstances des rendez-vous de juin avaient rendues impossibles :

– Tu es mieux en uniforme et avec une moustache.

– Et toi en homme libre. Tu t'en es sorti, Dieu soit loué.

– La peau dure des Normands et beaucoup de chance.

– Que pouvons-nous faire pour toi ? Si tu veux une médaille, tu t'es trompé d'adresse, tu dois la demander à tes amis des F.F.I.

Toujours au garde-à-vous parce que Roach continuait à l'ignorer, le capitaine les fixait mais, à en juger par son regard, n'avait aucun espoir de comprendre les raisons de cette familiarité entre son supérieur et un civil français.

– Curieux. Il y a le symbole du Ministère mais pas le numéro de série, et sans ce numéro il est difficile de remonter au propriétaire, commenta le major en examinant la montre.

– Il y a l'emblème, le nom...

– Où les as-tu vus, disais-tu ?

– À Amfreville, le matin du 6 juin.

– Amfreville ? J'ai lu les rapports. Ils ont eu chaud là-bas, la semaine après le D-Day. Très chaud. Je crains qu'il n'en soit pas resté beaucoup, de ceux que tu as rencontrés.

Et le jeune soldat aux yeux bleus ? se demanda Jean-Jacques. Que lui était-il arrivé ? Était-il mort lui aussi ? La montre était peut-être la sienne. Peut-être avait-il une fiancée qui s'appelait Jane qui avait déjà reçu la mauvaise nouvelle.

– Puis-je te la laisser ? Si le propriétaire s'en est bien tiré, il est plus probable que ce soit toi qui le rencontres...

– J'ai une meilleure idée. Garde-la.

– Comment ?

– Hommage de l'armée britannique. Tu le mérites, tu as risqué ta peau.

Puis, en le voyant titubant, il ajouta :

– Il vaut mieux que j'écrive quelque chose.

Il dicta deux lignes au capitaine puis glissa le papier timbré et signé dans une enveloppe.

– Si quelqu'un te demande d'où vient cette montre, montre-lui ceci et dis-lui que c'est moi qui l'a donné.

Si tous les mystères pouvaient avoir une explication aussi

simple, pensa Cédric en souriant lorsqu'il lut le commentaire de son grand-père : si les Anglais tenaient tant à le remercier, il aurait préféré un vélo neuf. Naturellement, il avait gardé cette réflexion pour lui.

– Je ne sais pas comment te remercier...

– Moi je le sais. Tu m'inviteras à dîner chez toi, quand tu auras une nouvelle maison.

Et il lui donna une tape sur l'épaule en le raccompagnant à la porte sous le regard du capitaine, plus perdu qu'auparavant.

Si le texte de cette lettre expliquait tout, la procédure adoptée par le major en revanche devait lui sembler pour le moins discutable.

Cédric ferma le carnet et le posa sur la table. Il était à lui à présent, un cadeau d'anniversaire arrivé à destination avec quelques dizaines d'années de retard et un tas d'images que sa maman, plus ou moins volontairement, avait omises. La plus belle était son père quand il était petit, caché sous un matelas, entre les oreillers, inquiet mais pas effrayé. Avait-il hérité un peu du courage de Jean-Jacques ? S'il en était ainsi, il pourrait l'avoir transmis à Cédric, en lui donnant la force d'affronter le danger, même s'il n'y en avait pas. Et à Théo.

– Je suis prête, annonça sa mère de la chambre.

– Moi, presque, murmura Cédric, en prenant son mobile dans sa banane pour enregistrer un mémo. En début d'après-midi, il devrait s'isoler une demi-heure, voire une heure, en fermant la porte de son bureau à clé sous prétexte qu'il avait quelque chose à faire avant la fête, comme corriger des copies ou préparer des notes pour un cours par exemple. L'important était qu'on le laissât tranquille car la retouche de photo exigeait de la concentration et jusqu'à présent, Cédric s'était seulement occupé de rectifier les yeux rouges sur les photos prises avec le flash.

31. 6 JUIN 2014, 23:07

– Je suis fatiguée, je vais au lit.

Comment lui donner tort, pauvre Sylvie ! Elle avait dû s'occuper pratiquement toute seule des préparatifs de la fête. La mère de Cédric avait raison, dans ce cas du moins. À vrai dire, *seulement* dans ce cas. Cédric s'était contenté de rincer les couverts et de brancher le lave-vaisselle après le départ des derniers invités. Sylvie, quant à elle, était entrée en action treize heures avant, en commençant par aller chercher le gâteau à la pâtisserie, et ne s'était plus arrêtée depuis.

Tout s'était bien passé : les jeux, les cadeaux, les trucs du père de Malik qui s'était improvisé prestidigitateur, les bougies soufflées du premier coup pour Théo et au second pour Cédric, le soleil, la brise qui rafraîchissait l'air, les vingt-cinq invités tous présents à l'appel, nouveau record du principal intéressé. Théo qui, seule ombre au tableau, semblait absent, et pas seulement au sens figuré. Il disparaissait de temps en temps pour réapparaître deux minutes plus tard, avec un regard interrogatif qui tentait de croiser celui de son père et qui trahissait son impatience de lui parler seul à seul. Impossible avec tout ce monde, et inutile. Si Cédric connaissait les questions, il en ignorait les réponses. Ainsi, le seul point de repère de Théo était une chaise vide. Il savait qu'elle n'aurait pas servi, mais avait tenu à la placer quand même devant le téléviseur, « on ne sait jamais » lui avait-il susurré après le dîner.

Maintenant que Sylvie s'était retirée, si fatiguée qu'elle ne lui avait même pas demandé quand il la rejoindrait, ils étaient seuls. En le voyant avec la télécommande, Théo se leva d'un bond du divan.

– On y va ?

– Je regarde s'il y a quelque chose à la télé, avant. Vas-y, j'arrive tout de suite.

– Non, je t'attends...

– Je croyais que tu n'avais plus peur.

– Bien sûr que non, mais moi aussi je veux regarder, s'indigna-t-il.

Craignait-il que son père oubliât sa promesse ? Ou pire, qu'il la trouvât trop futile pour la tenir ?

– Rassure-toi, ce soir nous ne devrons même pas donner d'explications à maman. Selon moi, elle dort déjà.

Théo répondit à son clin d'œil par un sourire crispé, forcé.

La météo, de vieux téléfilms, des longs métrages antédiluviens, un documentaire sur les ours, pas de sport… Des programmes qui étaient tout sauf exaltants, lorsque, au dixième changement de chaîne, Cédric reconnut un lieu familier. Il l'avait presque oublié : le soixante-dixième anniversaire, le jour des commémorations. Les images arrivaient de Colleville-sur-Mer, du cimetière militaire américain, avec le résumé de la journée en fin de soirée. Lorsque Cédric cessa son zapping, l'impatience de Théo, qui était resté debout en espérant peut-être mettre son père mal à l'aise pour abréger l'attente, se transforma en angoisse. Cependant, il ne fixait plus Cédric comme s'il craignait de le voir disparaître sous son nez et, tout en continuant à le surveiller, il semblait impressionné par la fanfare en grand uniforme, par le podium de l'orateur, par la petite tribune des autorités, par le public.

Cédric y était allé deux fois. La première, quand il était petit, lors d'un voyage pédagogique organisé par l'école maternelle de Caen, la seconde, vingt ans plus tard, en été, quand il enseignait au collège et n'était pas encore chargé de famille, lors d'un voyage d'étude qu'il prolongea en passant deux jours en Normandie au lieu de rentrer immédiatement chez lui de Paris. Caen, sa famille, mais aussi Colleville. Il se souvenait bien de cette journée, à commencer par les contretemps qui la caractérisèrent. Il arriva une petite heure avant la fermeture parce qu'il était parti trop tard de chez la cousine de son père et s'était trompé deux fois de chemin. Cependant, dès la première étape de la visite, dans l'obscurité et le silence de la salle où était projeté un film sur les soldats morts au combat, la mauvaise humeur disparut, supplantée par l'émotion, la sienne et celle des autres spectateurs, qu'on devinait au mouchoir qui sortait de temps en temps d'une poche ou d'un sac-à-main. Lorsque les lumières se rallumèrent, il suivit le flot de visiteurs dans la salle de la reconstitution historique. Il y avait des photographies et des textes sur les murs, des films sur les écrans installés au centre en guise d'îlots séparateurs des différentes zones de l'exposition.

Le temps pressait. Il sortit et, en suivant l'allée bordée d'arbres qui surplombait la plage où, en quelques heures, deux mille officiers et soldats américains trouvèrent la mort, il arriva aux marches du Mémorial, un grand parvis encadré sur trois côtés d'une colonnade semi-circulaire. Il observa la statue de bronze qui se dressait au centre, puis se tourna vers l'espace réservé aux tombes et resta bouche bée. La scène était la même que celle qui passait maintenant à la télé. Après le petit lac rectangulaire fleuri de nénuphars et les allées qui le bordaient jusqu'aux mâts des drapeaux américains, le vert émeraude de l'herbe s'étendait jusqu'au grand couloir central qui débouchait sur une petite chapelle, et se retirait sur les bords pour céder la place au blanc des croix, alignées sur des dizaines de rangées qui semblaient se refléter l'une sur l'autre comme des images multipliées à l'infini par une succession de miroirs. Les arbres qui se dressaient au loin, uniques points de repère, prouvaient qu'il ne s'agissait pas d'une illusion d'optique. Pour la première fois, son écran géant Full HD lui parut petit, inapproprié, impuissant. Il avait eu la même sensation au cinéma en voyant le film *Il faut sauver le soldat Ryan*. Il n'existait pas d'images en mesure de rendre le vertige qu'il éprouva comme s'il s'était penché du dernier étage d'un gratte-ciel ni d'équipements audio assez performants pour reproduire fidèlement le silence caressé par ce bruissement lointain, les pas, et les voix des visiteurs qui se fondaient en un seul murmure.

Cédric fit le tour du lac et marcha jusqu'à la chapelle où il se mit à lire les inscriptions en anglais et en français sur les murs extérieurs ; il rejoignit ensuite la foule qui se dirigeait vers la sortie, lentement, sans désordre. Il trouva dommage de ne pas pouvoir s'attarder, murmurer un « merci » devant au moins une de ces croix. Il dut se contenter de saisir quelques noms au passage, en marchant, tout en se promettant de revenir un jour ou l'autre, en prenant son temps.

La régie passait les images de la descente des couleurs du drapeau, en commençant par montrer le cercle presque parfait que formait une vingtaine de spectateurs comme si une petite voix intérieure leur avait soufflé à quelle distance précise ils devaient se tenir pour regarder sans déranger. Puis la caméra suivit un vieil homme, qui devait avoir l'âge de Roger. Grand et maigre, avec des cheveux très blancs, il se dirigeait lentement vers le mât en tenant par la main deux enfants d'environ huit à dix ans. Un soldat en uniforme bleu les précédait et, arrivé près de celui qui tenait le drapeau, il se le fit remettre et le tint comme on porte un plateau, avec les deux mains, les coudes à angle droit. L'autre soldat le rejoignit, souleva un pan triangulaire du drapeau qu'il replia par le dessous, tandis que l'autre parlait, tourné vers le trio qui s'était tenu à l'écart. D'un signe de tête, il invita le vieil homme à s'approcher avec les enfants. La main du plus grand, guidée par celle de son grand-père (ou de son arrière-grand-père), effleura le drapeau et seconda le maître de cérémonie qui, un pliage après l'autre, en réduit les dimensions jusqu'à former une sorte de pavé large et plat aux faces parfaitement lisses. Le tout sans le moindre commentaire, car le chroniqueur du programme parlait d'autre chose, peut-être parce que personne ne l'avait informé de ce hors-programme. Ainsi, on pouvait seulement tenter de deviner l'identité du vieil homme invité, était-ce un vétéran, le frère d'un soldat mort ?

L'émission se termina aussitôt après. Le spectateur avait l'impression de pénétrer dans la chapelle et d'avancer jusqu'à l'autel de marbre noir sur lequel se détachait une phrase en anglais qui restait au premier plan, bien visible malgré le générique de fin qui défilait à l'horizontale au bas de l'écran et non pas verticalement.

– Qu'est-ce qui est écrit ?

Ce qui était bien avec Théo, c'était que la curiosité l'emportait toujours, même lorsque, comme ce soir, il ne perdait pas de vue la hiérarchie des priorités.

« *Je leur donnerai la vie éternelle et ils ne périront jamais.*»

– Périront ? Ça veut dire quoi ?

– Mourront.

– C'est sûr qu'ils sont morts. Toutes ces croix...

– Tu n'as pas entendu ce qu'ils ont dit à la télé ? Ces soldats ont combattu pour notre liberté. Nous sommes toujours libres, donc ils sont toujours vivants.

Un syllogisme tellement bancal qu'il n'était pas nécessaire d'avoir une maîtrise en philosophie pour le contester, mais Théo en prit acte sans objections et se tut, les yeux baissés. Il avait de bonnes raisons de vouloir se laisser convaincre que les Chevaliers de la Liberté étaient immortels.

32. 7 JUIN 2014, 03:11

– Papa... ?

Le cou ankylosé, des picotements partout et la revue ouverte tombée des genoux lui rappelèrent le vol interminable vers les Maldives, lorsqu'en sortant d'un sommeil pénible et agité, il s'était demandé où était passée sa main droite. Il l'avait retrouvée entre deux fauteuils, le sien et celui où Sylvie dormait avec une béatitude agaçante peinte sur le visage, ignorant le risque de gangrène auquel était exposé son jeune mari. Il avait extrait sa main d'un mouvement brusque de l'épaule engourdie, doutant de l'éventualité qu'un jour elle aurait pu se remettre à fonctionner. C'était la même main qui gisait à présent anesthésiée sous sa jambe, mais Cédric ne pouvait pas se mettre à la réanimer avec la sollicitude qu'il aurait voulue.

– Tu t'es endormi..., lui reprocha Théo.

– Ça en a tout l'air. Et toi avant moi.

– Que ferons-nous si... ? Euh..., s'il est passé sans qu'on s'en aperçoive.

– Sans que *tu* t'en aperçoives. Moi je m'en suis aperçu. Je me suis endormi après.

– Après quoi ?

– Quand il était parti.

– Parti ? Quand ?

Semblant oublier que la voiture avait quatre portes, Théo plongea entre les sièges avant pour s'asseoir à côté de son père sans lui laisser le temps de s'écarter. Le coup que Cédric reçut sur l'épaule lui fit mal. Bon signe. L'épaule était sensible, donc récupérable.

– Vers deux heures plus ou moins.

– Il est arrivé quand ?

– Je dirais une heure avant. Tu dormais déjà.

– Pourquoi tu m'as pas appelé ?

– Il ne voulait pas.

– Qui ?

– Lui. Il a dit que s'il avait des enfants, il ne permettrait à personne de les réveiller au cœur de la nuit.

– Mais…

– Tout s'est bien passé, tu devrais être content.

– Et les méchants ?

– Ils ont eu peur et ils se sont rendus.

– Alors il reviendra bientôt...

– Tu sais bien que ce n'est pas lui qui décide.

– Il n'a rien dit d'autre ?

– Qu'il était fier de toi, que tu étais un excellent soldat. Après il m'a souhaité un bon anniversaire et m'a demandé comment s'était passé la fête. Et je me suis excusé. Tu avais raison. Il n'est pas fâché.

Le front plissé, le sommeil balayé par l'amertume et l'agacement qui cherchaient un prétexte pour exploser, Théo fixait le tableau de bord comme si le compteur de vitesse et les compte-tours étaient les rouleaux de papier millimétré et les aiguilles d'un détecteur de mensonges. Il était évident que le tracé ne le convainquait pas.

– Bizarre…

– Quoi ?

– Il vient me voir, il ne parle pas avec moi, il s'en va sans me dire au revoir...

– Il voulait être gentil. Tu dormais si bien... Et puis il m'a dit de te dire au revoir de sa part.

– Oui, mais…

– Qu'est-ce qu'il y a, tu ne me crois pas ? Pourquoi devrais-je te raconter des sornettes ?

– Je ne sais pas…. Pour me convaincre qu'il ne lui est rien arrivé, pour me faire plaisir, parce que c'est mon anniversaire...

Cédric s'efforça de paraître énervé :

– Ton anniversaire, c'était hier. Et les contes de fées c'est pour les petits.

Avant, il aurait laissé tomber, mais le Théo du D-Day n'avait peur ni de l'obscurité ni des chauves-souris ni de son père :

– C'est vrai, répondit-il sans dire la suite qui était sous-entendue, à savoir *alors pourquoi tu en racontes ?*

– Donc tu n'as pas confiance en moi. Je devrais t'expédier tout de suite au lit et te priver de dîner demain.

La menace résonna dans le silence car Cédric marqua une pause, afin de respecter les temps dramatiques qu'il avait repassés avant de s'endormir. Une interprétation convaincante, à en juger par l'activité intense des mâchoires sous les joues de Théo. Il ne restait plus qu'à déclencher le piège.

– Au lieu de cela, je te donne une chance. Tu serais prêt à quoi pour avoir une preuve ?

– Une preuve ?

– La preuve qu'il est venu ici, que je lui ai parlé. Ça te coûtera quelque chose en échange, mais au moins tu seras sûr.

– Moi, je n'ai pas d'argent...

– Pas besoin : tu devras me rendre les petits soldats.

– Les petits soldats ?

Il était si content le matin précédent de les revoir exactement là où il les avait laissés la nuit d'avant, sur le sol du garage, en rang par deux, face à face, que durant les quelques minutes où il avait pu rester seul avec son père avant la fête, il n'avait parlé que d'eux, certain que, après être rentrés sains et saufs, ils attendaient l'inspection de Pierre. C'est pourquoi il ne les avait déplacés que juste avant que Cédric eut garé la voiture, puis les avait installés sur le siège arrière, debout, appuyés contre le dossier, pour qu'ils ne soient pas pris au dépourvu à l'arrivée de leur capitaine. Que faire ? Lui ou ses amis ? La certitude payée cher ou le doute ? semblait-il se demander.

– J'oubliais… tu peux être tranquille car tu bénéficie de la garantie « satisfait ou remboursé ».

– Qu'est-ce que ca veut dire ?

– Tu te souviens de l'aspirateur que maman avait acheté sur Internet, celui qui aurait dû tout faire tout seul ? Comme il ne fonctionnait pas, nous l'avons renvoyé et on nous a rendu l'argent. Là c'est pareil : si la preuve ne te convainc pas, tu pourras garder les petits soldats. Que veux-tu de plus...

Cela aurait peut-être suffi, mais Cédric n'avait pas l'intention de courir des risques, et il agita devant son fils un appât impossible à ignorer, sous peine de perdre toute confiance en soi :

– Mais tu n'es pas obligé d'accepter si tu n'es pas sûr.

La réplique fut immédiate, comme prévu.

– D'accord, ça marche.

– Alors tope-là, marché conclu. C'est comme ça que ça se passe entre hommes, pas besoin de signatures. Allons-y.

– Où ?

– Dans mon bureau. Je veux te donner la preuve avant de dormir, comme ça tu iras à l'école rassuré et moi je reprendrai mes petits soldats. Je crois que je les mettrai dans le tiroir de la table de nuit.

Le regard de Théo révélait une réflexion fébrile : avait-il mal fait ses comptes ? Pouvait-il encore changer d'idée, dire à son père qu'il le croyait, se comporter comme un petit enfant ?

Ou devait-il assumer ses choix ? Pierre, lui, n'aurait pas hésité. Théo non plus. Il se tourna pour jeter un regard aux parachutistes, peut-être le dernier, avant de fermer la portière de la voiture.

    – On y va.

33. 7 JUIN 2014, 03:28

– Mais comment... ?

L'écran allumé, seule source de lumière du bureau, était le phare du jeune navigateur, aux yeux écarquillés et aux lèvres entrouvertes, partagé entre la joie et le remord. Peut-être que Théo avait commencé à se demander s'il valait vraiment la peine de dépasser les confins de la nuit pour s'aventurer sur des rives que seuls les adultes connaissaient, de se battre avec tant de détermination pour obtenir le laissez-passer qu'il convoitait depuis que sa vie était devenue trop compliquée pour tenir toute entière dans l'angle droit que formaient les aiguilles de la grande horloge accrochée au mur de la cuisine : 9 heures, l'heure de dormir, demain il avait école. Il ne voulait pas l'admettre, à Dieu ne plaise, mais au cas où son père et sa mère auraient eu raison de l'envoyer au lit si tôt, cela lui semblait à présent moins absurde qu'à l'ordinaire, car dans la dimension obscure où il voulait se risquer, il se passait des choses plus inexplicables encore que le complot ourdi par Ney-Zet, le meilleur ami de Gyorx, lorsque l'Empereur de la Galaxie perdue préparait l'assaut de l'avant-poste de Kradabash. Son soulagement était palpable, tout comme le dépit et la honte qu'il éprouvait. Comment se serait-il justifié lorsque Pierre aurait appris qu'il avait sacrifié ses soldats sous prétexte qu'il n'avait pas confiance en son père ? Le traiterait-il d'enfant capricieux, trop gâté ?

– C'est lui... C'est vraiment lui !

Pour Cédric, l'heure de la revanche avait sonné. Il en avait le droit. Pour ne pas dire le devoir. Pendant qu'il parlait, il éprouvait une sensation inconnue de déjà-vu qui au lieu de se dissoudre devenait de plus en plus nette.

– Je te l'avais dit, non ?

– Non ! protesta Théo.

– Si, que je te l'avais dit.

– Ce n'est pas vrai ! Comment aurais-je deviné que tu l'avais pris en photo ? Pourquoi tu ne me l'as pas montrée tout de suite ?

– Parce que tu ne me croyais pas, donc tu avais besoin d'une leçon. Qu'en dis-tu maintenant ?

– De quoi ?

– Tu y crois ou pas ?

– C'est qui l'autre ?

C'était sa tactique habituelle, répondre à une question par une autre question. Que disait Kipling déjà ? *« Si, confronté au Triomphe et au Désastre / Tu sais traiter ces deux imposteurs de manière égale... »*, mais Théo en était encore loin.

– Il s'appelle Roger, c'est un ami à lui. C'est lui qui a eu l'idée de la photo.

– Un jour, il m'a parlé de Roger. Donc c'est vrai qu'il a l'air d'un enfant, comme moi.

– Beaucoup plus grand que toi. Mais il est jeune, c'est vrai.

– Il est sympa ?

– Oui, assez. Il est dégourdi, même s'il ne parle pas beaucoup. Je crois qu'il est timide, ou qu'il a peur. Tu sais comment est Pierre : il le dispute, l'appelle *môme* pour le mettre en colère...

– Pourquoi la photo est si moche ? Toute grise, avec ces

taches...

Tu n'as qu'à essayer toi, si tu en es capable, aurait aimé lui répondre Cédric, mais il ne l'aurait pas fait même s'il avait pu car il craignait qu'une heure d'apprentissage devant l'ordinateur aurait suffi à Théo pour savoir s'en servir mieux que lui. Et puis le fond n'était pas si mal pour un homme de quarante-quatre ans qui ignorait encore, deux jours avant, l'existence d'un outil appelé « *clone brush* ». Alors de là à savoir s'en servir...

– J'ai dû faire une erreur en la téléchargeant de mon mobile. J'étais pressé parce que je t'avais laissé seul dans le garage. Mais qu'est-ce que ça peut te faire si tu ne vois pas le placard et la voiture ? Ce qui compte c'est Pierre, non ?

– Il n'a pas la figure noire comme les autres fois.

– Ce n'est plus nécessaire : mission accomplie.

– Ils sourient...

– Ils sont contents. Ils ont fait leur devoir et ils sont allés voir deux amis qui fêtaient leurs anniversaires. Je t'imprime la photo si tu veux. En attendant va chercher les petits soldats.

– Je dois te les apporter ici ? demanda-t-il, avec une tristesse qui vous fendait le cœur, mais ce n'était pas le moment de se laisser attendrir.

– Dépêche-toi, il faut aller au lit. Et quand tu reviens, frappe deux fois. Je ferme la porte parce que l'imprimante est bruyante.

Il avait un tas de choses à faire :

- la première lui fut rappelée par le bruit ferraille des rouleaux qui recrachaient le papier en le déposant sur le plateau de plastique. Donc, envoyer un mail à Jeremy pour le remercier de la photo, sans lui fournir de détails sur l'usage qu'il en avait fait, évidemment, et lui raconter comment certaines coïncidences s'étaient transformées en soixante-dix ans de questions sans réponses. Roger avait le droit de savoir qui était le Major Roach. Et sourire aussi, à l'idée que la rude étreinte avec un cycliste français ait laissé une trace profonde au point de traverser deux générations et de s'imprimer sur le poignet de Cédric, telle une empreinte sur le sable – de Normandie naturellement – restée quasi intacte en dépit des milliers de marées.

- Puis il y avait les choses à faire pendant les loisirs, et les week-ends que Cédric savait déjà comment occuper. Sylvie et Théo pouvaient aller en ville tout seuls, s'ils en avaient envie. Lui serait resté à la maison, aurait allumé son ordinateur pour écrire ce qui était arrivé à un brave cheminot, à sa famille, à ses amis, et tant pis s'il ne devait trouver aucun éditeur intéressé à publier ces mémoires sous prétexte que les librairies étaient déjà pleines de récits de guerre. Il devait tout d'abord en faire une copie, pour la relire de temps à autre, à la place de l'original qu'il conserverait dans un tiroir de son bureau, protégée par une chemise en plastique contre la poussière, la lumière et les traces de doigts, à imprimer pour la montrer à Théo quand il serait plus grand.

- Le troisième point de son mémo concernait le notaire. Il ne savait pas comment les choses s'étaient terminées. Il fallait l'en informer et lui envoyer une copie numérisée de cette photo de son oncle avec son père.

- Enfin, il y avait Sylvie, et là les choses se compliquaient. Comment affronter le sujet des vacances d'été et la convaincre qu'il existait des destinations tout aussi attirantes que la Corse ? Peut-être en lui disant par exemple : « tu sais, le propriétaire de la montre aurait voulu qu'elle revienne à sa femme, mais elle n'est plus de ce monde... Je me dois de... Juste une visite au cimetière, pour m'y recueillir quelques minutes, après quoi nous ferons les touristes » ; ou « Liverpool n'est pas mal, Théo et toi n'y êtes jamais allés ; en fait, vous n'êtes jamais allés en Angleterre. Nous pourrions en profiter pour visiter Londres... Entre les compagnies *low cost* et les *last minute*, ça ne reviendrait pas si cher... « Ce ne serait pas une excuse pour aller voir un match ? » rétorquerait-elle, et il répondrait : « Mais non, voyons, la télé me suffit... », et si possible sans pâlir et en gardant pour soi le fait qu'il y a une énorme différence entre écouter *You'll Never Walk Alone* dans le salon et la chanter au stade. Y serait-il parvenu, vingt-six ans plus tôt, s'il avait eu la montre ailée au poignet ? Il aimait à le croire. Au fond, il aurait déjà dû l'être, ce don d'un père fier de son fils bachelier. Et si Théo s'était aperçu que le prénom gravé sur la pierre tombale, Jane, était le même que celui de la montre ? « C'est un prénom très répandu en Angleterre » aurait-il répondu pour éviter de se lancer dans des explications trop compliquées.

Toc-toc : Théo était de retour, faisant une tête d'enterrement tandis que ses doigts fouillaient dans les poches de sa tenue de jogging.

– Tiens, prends la photo. Et ceux-là, mets-les dans ta chambre.

– Ceux-là ?

– Les parachutistes. Ils ont besoin de repos eux aussi.

– Tu avais dit...

– J'ai changé d'idée. Tu peux les garder.

– C'est vrai ?

– ... si tu promets qu'à partir de maintenant tu croiras ce que je te dis.

C'est tout ? semblaient lui demander les yeux rouges aux paupières de plus en plus lourdes.

– D'accord…

– Répète : je le jure.

– Je le jure.

– Au lit.

Cédric aussi pouvait aller se coucher maintenant qu'il avait trouvé le cadeau qu'il fallait pour Théo. Le mini-ballon de basket avec le réveil ne lui avait pas beaucoup plu, à en juger par la tête qu'il fit en ouvrant le cadeau de ses parents. Pas plus que le jeu vidéo du basket, le tableau magnétique, le t-shirt vert fluo avec son prénom, la voiture téléguidée. Tout était oublié sur la malle de l'entrée, au milieu des boîtes, du papiercadeau, des rubans, des étiquettes des boutiques et des cartes de vœux. Théo était convaincu qu'il méritait mieux et il avait raison. Il n'était plus un bébé.

34. 7 JUIN 2014, 07:09

« Qu'est-ce que tu fais ? Il est sept heures passées !

Le mal de ventre, ça marche toujours. Le mal de tête, non, car Maman s'inquiète. Un jour, elle avait même voulu m'emmener à l'hôpital. Le ventre lui fait moins peur et je sais quoi dire : trop de glace à la fête. Elle me croira, c'est sûr, comment aurait-elle pu me surveiller avec tout ce qu'elle avait à faire ? La dernière fois que j'ai fait le malade, c'était en décembre et selon moi, elle ne s'en rappelle plus. Deux fois par année scolaire. Jusqu'à maintenant ça a marché parce que je ne tombe jamais malade pour de vrai. Où est le problème si je manque l'école deux fois en neuf mois ? Il vaut mieux dormir à la maison qu'à l'école ou avoir l'air d'un zombie comme Jennifer qui se moque de moi parce que je dois aller me coucher tôt, alors qu'elle n'y va jamais avant minuit, sauf qu'avant dix heures du matin, elle n'est même pas capable de faire une petite addition.

Bien sûr que j'ai sommeil, mais je ne suis pas aussi groggy que papa le pense. Pas besoin de venir à six heures du matin pour me répéter de ne rien dire à maman. Qu'est-ce qu'il croit ? Que je suis assez bête pour lui dire que je suis resté debout jusqu'à quatre heures, après tous les savons qu'elle m'a passés ces jours-ci ? Je n'irai pas à l'école, c'est tout. Je serai seul toute la matinée, et Madame Yvonne passera me voir de temps en temps ; quand elle ne pourra pas venir, elle me téléphonera ; et puis maman téléphonera trois ou quatre fois, papa, une ou deux. Pour le reste, la liberté totale ou presque : pas d'ordinateur parce que s'ils s'aperçoivent que je m'en suis encore servi sans rien leur demander, qui sait ce qui se passera, et pas de biscuits ni boissons gazeuses non plus, vu que je suis censé avoir mal au ventre. Tant pis, il faut faire quelques sacrifices.

Maintenant je vais appeler maman et je vais lui dire. À voix basse, comme si j'avais du mal à parler, mais sans en faire de trop. Et en étant assis sur mon lit, parce que si elle me voit allongé, elle va s'inquiéter, alors que si je suis assis, elle pensera que j'ai essayé de me lever et donc, que je ne vais pas aussi mal que ça, mais juste un peu, et qu'il vaut mieux que je reste à la maison. Par précaution. *Précaution*, j'aime bien ce mot-là, il est magique. Depuis que je le connais je l'utilise souvent parce que j'ai compris qu'il sert à éviter des trucs embêtants, même si un jour papa s'est mis à rire et a dit que comme les épinards ne faisaient pas mal, on pouvait en manger sans prendre de *précautions*.

Le problème c'est Pierre. Qu'est-ce qui va arriver s'il me voit ici ? Il me posera des questions : « Pourquoi n'es-tu pas allé à l'école ? Pourquoi fais-tu exactement le contraire de ce que je te dis ? Pourquoi racontes-tu des mensonges ? » Qu'est-ce que je lui répondrai ? Que j'ai peur de m'endormir en classe et que la maîtresse me punisse ? Que si maman apprend que j'ai passé une nuit presque blanche, elle va se fâcher et me privera de biscuits pendant une semaine après s'être disputée avec papa en disant qu'il me laisse faire tout ce que je veux ? Je l'entends déjà : « Tu croyais peut-être qu'il suffisait d'être courageux une fois ? Trop facile. » Ce ne servirait à rien de lui rappeler que je m'étais levé la nuit pour l'aider. « Tu as obéi aux ordres, un point c'est tout. » Lui dire la vérité ? Il ne manquerait plus que ça. Il ne comprendrait pas et peut-être qu'il m'ordonnerait d'aller à l'école tout seul, cinq kilomètres à pied en descendant la colline.

Je vais prendre le risque. Du reste, qu'est-ce que je peux y faire s'ils ne m'écoutent que lorsque ça les arrange ? Dans une minute, quand maman viendra dans ma chambre et que j'inventerai l'histoire du mal de ventre, au maximum elle rouspètera qu'elle aurait dû me surveiller car elle sait bien que je ne résiste pas aux glaces et que je ne sais pas m'arrêter, mais comment pouvait-elle avec le monde qu'il y avait, est-il possible qu'elle doive toujours tout faire elle-même… bref, toujours les mêmes histoires, mais elle ne se demandera même pas si c'est vrai. C'est parce qu'elle me fait confiance, dirait Pierre pour que je me sente coupable. N'importe quoi ! À mon avis, c'est parce que c'est plus facile de croire au mal de ventre qu'à autre chose.

Ça ressemblait au coup de coude que m'avait donné Patrick pendant l'entraînement, la fois où je n'arrivais plus à respirer, mais où je m'étais vite repris. Hier au contraire, c'était une sorte de malaise plus qu'un vrai mal de ventre, mais ça ne s'en allait pas. Ça me le faisait depuis le matin, ou plutôt depuis la nuit, depuis que nous nous étions dit au revoir. Ce n'était pas des convulsions, je les aurais reconnues si c'en avait été. C'était comme un poids et je ne comprenais pas s'il me pressait à l'intérieur ou à l'extérieur de l'estomac, par contre j'avais la tête toute légère. J'étais étourdi, mes pensées étaient floues puis s'envolaient. Je ne regardais pas lorsqu'il il y avait les tours du prestidigitateur, je n'avais pas faim, je n'ai même pas touché à la glace, donc pas d'indigestion ; je disparaissais toutes les cinq minutes en disant que je devais aller faire pipi et j'avais hâte que la fête se termine, comme ça on aurait arrêté de demander où j'étais passé et j'aurais pu rester tout seul en paix dans le garage.

À qui aurais-je pu en parler ? Seulement à papa, mais

quand je me suis levé, il était déjà parti chez grand-mère et après le déjeuner, nous ne sommes pas restés seuls assez longtemps parce qu'il s'est enfermé dans son bureau. Après, pendant la fête, il était toujours avec quelqu'un. Pourtant, il m'avait promis qu'on aurait attendu ensemble. Mais je voulais lui demander pourquoi ses amis étaient revenus et pas lui, comment il faisait pour en être sûr, et s'il en était sûr pourquoi il ne savait pas à quelle heure il serait arrivé ? Plus le temps passait et plus ce poids était lourd : je commençais à croire qu'en réalité même papa ne savait rien. J'aurais préféré avoir mal au ventre pour de vrai.

Pourquoi l'ont-ils fait partir juste le jour de la fête ? J'ai toujours su que tôt ou tard on lui aurait donné une mission, mais l'histoire des canons, je ne l'ai sue que jeudi. Quand je lui ai dit que j'avais peur il s'est mis à rire et il m'a dit « Il ne peut rien m'arriver à moi. » Alors je me suis mis en colère parce que je le vois bien quand quelqu'un me raconte des salades, comme quand Sébastien jurait qu'il n'avait pas pris mon stylo, moi je ne l'avais pas cru et de fait, je l'ai retrouvé dans la poche de son k-way. Maintenant je sais bien la différence entre les vraies guerres et celles de Gyorx, entre les petits soldats de papa et les jouets. Pour me tranquilliser, il a inventé une histoire pour les petits : « Les méchants ne savent pas comment on devient courageux. La peur les fera faire dans leur froc et ils seront obligés de lâcher leurs armes pour se changer, alors ce ne sera plus qu'un jeu d'enfant pour nous. » Il voulait me faire rire mais ça n'a pas marché.

Qu'est-ce qui lui était arrivé ? Ça a été l'anniversaire le plus moche de ma vie. Au lieu de m'amuser, je l'ai passé à compter les minutes et à me demander quand ils partiraient, tous. Alors aujourd'hui j'ai raison de...

Attends. Ça, c'est une idée ! En fait, je pourrais aller à l'école. Comme ça il n'aura rien à me reprocher la prochaine fois et il sera obligé de m'écouter. Si la maîtresse me dispute parce que je ne suis pas attentif, je pourrais toujours lui faire le coup du mal de ventre. Quant à papa, il ferait mieux de faire semblant de rien parce que si quelqu'un savait ce qu'il s'est passé en réalité, il serait le premier à en subir les conséquences. Et puis maman pensera que je me suis bien comporté au fond, parce que je suis allé à l'école alors que je ne me sentais pas très bien. Génial. Un plan parfait, comme le sien. Dommage que je ne puisse pas le voir s'il passe par ici ce matin. Je lui laisserai un message dans le garage. S'il voulait me parler, il n'avait qu'à le faire la nuit dernière, il sait bien que je vais à l'école.

C'est sûr que je me serais bien amusé. Attendre que tout le monde sorte, allumer la télé pour être certain que personne ne m'entende, m'enfermer dans ma chambre, sauter sur le lit à pieds joints et crier en levant les bras comme lorsque je gagne au MiniBasket, et même, comme papa la fois où Gérard, ou bien Gerrard je ne sais pas, avait marqué un but à la dernière minute et que maman avait eu peur parce qu'elle avait cru qu'il s'était fait mal. Et puis décoller le poster de Sam-Sam Youny qui est sur la porte, prendre la photo dans le tiroir, mettre un peu de scotch dans les coins et la coller en haut pour que je puisse aussi la voir lorsque je suis allongé dans mon lit. C'est vrai qu'elle est moche. Pauvre papa ! Il ne sait même pas se servir de son portable, c'est facile pourtant. Il aurait dû m'appeler comme la fois où il avait arrêté un touriste japonais dans la rue parce qu'il ne savait pas faire fonctionner le retardateur. Vaut mieux ne pas lui en parler, sinon il va se fâcher. Et puis il a été gentil, il m'a laissé les petits soldats. Qui sait pourquoi ? Peut-être qu'il lui suffisait de me montrer que c'était lui qui avait raison, il adore avoir raison.

Pierre aussi. Mais cette fois c'est moi qui ai raison. Et quand nous nous reverrons, je lui dirai, ça c'est sûr. Je lui dirai tout : que j'ai été très déçu, que la nuit dernière il aurait dû me réveiller, que ma fête a été gâchée parce que j'avais peur et qu'aujourd'hui j'aurais mieux fait de prendre un jour de vacances pour crier et pour rire tout seul, que je suis allé à l'école seulement pour lui faire plaisir même si je m'en fichais pas mal de la maîtresse et de l'interro de français, et s'il essaie de m'interrompre parce qu'il n'a pas envie de m'entendre, je parlerai plus fort. C'est pas grave s'il me punit parce qu'il est officier et moi simple soldat. Tu es revenu, le reste ne compte pas.

    – Alors ? Je dois venir te chercher ?»

    – Oh la la, j'ai compris maman ! Je m'habille.

REMERCIEMENTS

Les pages suivantes présentent les livres et les sites Internet auxquels je me suis référé le plus souvent pour que le contexte historique de ce récit soit plausible. Le lecteur y trouvera des renseignements précis sur le déroulement réel des faits et, en particulier, sur l'assaut de Merville, le débarquement en Normandie, le siège de Caen, la Résistance française, sur la vie quotidienne et le football au Royaume-Uni au cours de la Seconde Guerre mondiale. Citer leurs auteurs est le minimum que je puisse faire pour les remercier.

Un grand merci à Francesco Di Cintio, historien et collaborateur de l'Imperial War Museum de Duxford. Il a été non seulement mon guide enthousiaste et compétent dans le monde des Paras, mais je lui dois aussi l'enregistrement d'une longue interview de deux vétérans du 9e Bataillon.

La relecture du manuscrit italien a été confiée à mon ami et journaliste Andrea Aloi, avec qui j'ai travaillé pendant plusieurs années à la rédaction du Guerin Sportivo. Ses encouragements m'ont été précieux.

Je tiens également à rappeler la belle initiative du Musée de la Batterie de Merville en collaboration avec l'association France 44. La marche commémorative de 2012, aux côtés d'un groupe de Paras vêtus et armés comme en 1944 a été une expérience unique et émouvante.

Enfin, ou plus exactement, surtout, ma reconnaissance va aux protagonistes réels : les soldats tombés au champ d'honneur, leurs camarades qui reviennent chaque année en Normandie pour en rappeler le sacrifice, et tous ceux qui ne peuvent plus le faire pour les avoir rejoints entretemps au Panthéon des héros. C'est à eux que j'exprime mes remerciements les plus émus et que je dédie ce livre, ainsi qu'aux Françaises et aux Français qui n'ont jamais cessé de croire en la liberté.

Marco Strazzi

BIBLIOGRAPHIE

Témoignages

Francesco Di Cintio : interview de **MM. Gordon Newton** et **Geoffrey Pattinson**, vétérans du 9ᵉ Bataillon

Publications

Stephen E. Ambrose: **Pegasus Bridge - D-Day: The daring British airborne raid**, Pocket Books (Grande Bretagne), 2003

Neil Barber: **The day the Devils dropped in - The 9th Parachute Battalion in Normandy**, Pen & Sword Aviation (G. Bretagne), 2007

Antony Beevor: **D-Day - The battle for Normandy**, Penguin (Grande Bretagne), 2009

Georges Bernages : **La nuit des Paras**, Hors-série Historica, Ed. Heimdal (France), 2002

Georges Bernages : **Les Paras du Jour J**, Hors série Historica, Ed. Heimdal (France), 2002

Jean Bouchery, Philippe Charbonnier : **D-Day Paratroopers**, Histoire & Collections (France), 2012

Thomas Koenig, Adrian van der Meijden: **On his Majesty's service - Watch, Wrist, Waterproof**, Horological Journal (Grande Bretagne), août 2008

Olivier Richard : **Paras Britanniques - Les unités, l'équipement et les opérations des "Red Devils"**, E-T-A-I (France), 2010

Anton Rippon: **Gas masks and goal posts - Football in Britain during WW2**, Sutton Ltd. (Grande Bretagne), 2007

Carl Shilleto: **Merville battery and the Dives bridges**, Pen & Sword Military (Grande Bretagne), 2011

Michael Strong: **Sid's war**, M. Strong (Grande Bretagne), 2012

Stuart Tootal: **The manner of Men - 9 PARA'S heroic D-Day Mission**, John Murray (Grande Bretagne), 2013

Maureen Waller: **A family in wartime - How the Second World War shaped the lives of a generation**, IWM-Conway (Grande Bretagne), 2012

Herbert David Ziman: **Instructions for British servicemen in France 1944**, Bodleian Library, University of Oxford (Grande Bretagne), 1995

Sites Internet

www.**6juin1944.com** (le débarquement en Normandie, en anglais)

www.**abmc.gov/cemeteries/cemeteries** (Commission Américaine des Monuments de Guerre, en anglais)

www.**batterie-merville.com** (Musée de la Batterie de Merville, en français et en anglais)

www.**bbc.co.uk/ww2peopleswar** (archives BBC, témoignages de guerre, en anglais)

www.**cwgc.org** (Commission des sépultures de guerre du Commonwealth, en anglais)

www.**dday-overlord.com** (débarquement et bataille de Normandie, en français et en anglais)

www.**education.gouv.fr** (Ministère de l'Éducation nationale, de l'Enseignement supérieur et de la Recherche, en français)

www.**france.44.free.fr** (reconstitution historique, en français)

www.**genuki.org.uk/big/paras** (Cimetières militaires britanniques en France, en anglais)

www.**iwm.org.uk** (site de l'Imperial War Museum, en anglais)

www.**mehstg.co.uk** (histoire du Tottenham Hotspur, en anglais)

www.**memorial-caen.fr** (Mémorial de Caen, en français/anglais)

www.**memorial-pegasus.org** (Musée des Troupes aéroportées britanniques en Normandie, en français, anglais, italien et hollandais)

www.**paradata.org.uk** (Musée des Troupes aéroportées britanniques, en anglais)

www.**pegasusarchive.org** (Archives Troupes aéroportées 1940-1945, en anglais)

www.**sgmcaen.free.fr** (la vie à Caen durant la bataille de Normandie, en français)

www.**soccer-history.co.uk** (histoire du football, en anglais)

www.**tottenham-summerhillroad.com** (histoire du quartier de Tottenham, en anglais)

www.**ville-caen.fr** (site officiel de la Ville de Caen, en français)

www.**wikipedia.org** (encyclopédie en ligne)

Films documentaires

Andrew Bampfield, Kim Bour, Richard Dale, Pamela Gordon, Sally Weale: **D-Day 6.6.1944**, BBC (Grande Bretagne), 2004

Jean-Michel Vecchiet : **Ils étaient les premiers**, Prismedia (France), 2013

L'AUTEUR

Né en 1958, Marco Strazzi débute dans la fiction littéraire après vingt ans de journalisme sportif et huit ans dans la communication pour l'industrie horlogère. Comme reporter, il a suivi les grands événements internationaux du football et du tennis. Comme historien de l'horlogerie, il a publié les volumes *Lancette & C.*, une encyclopédie de la montre-bracelet, et *Rolex dalla A alla Z*, une monographie sur la marque la plus célèbre du monde, les deux en italien, ainsi que *The Museum Collection*, une anthologie des 100 pièces maîtresses de l'horlogerie du XXème siècle, en anglais et italien. Il vit avec sa famille à Lugano (Suisse).

http://lamontreailee.blogspot.ch/
https://www.facebook.com/Orologio.con.le.ali
http://marcostrazzi.blogspot.ch/